UN COUPLE PARFAIT

Elin Hilderbrand

UN COUPLE PARFAIT

Traduit de l'anglais (États-Unis)
par Séverine Weiss

LES ESCALES

Titre original : *The Perfect Couple*

Première publication par Little, Brown and Company, New York

Édition française publiée par :

92, avenue de France
75013 Paris – France
Courriel : contact@lesescales.fr

ISBN : 978-2-36569-862-7
Dépôt légal : septembre 2024
Imprimé en France

Couverture : Hokus Pokus Créations
Mise en pages : Nord Compo

À Chuck et Margie Marino
Le couple parfait n'existe pas,
mais vous n'en êtes pas loin.
Avec toute mon affection

Samedi 7 juillet 2018, 5 h 53

LE CHEF

Un appel téléphonique le samedi avant 6 heures du matin n'est jamais une bonne nouvelle, même si cela peut arriver pendant la période estivale. Ed Kapenash, chef de la police de Nantucket, ne compte plus le nombre de fois où il a vu le 4 Juillet déraper. Le plus souvent, quelqu'un s'est arraché un doigt en allumant un feu d'artifice. Mais parfois c'est plus grave. Une année, ils n'avaient pas réussi à sauver un nageur emporté par un courant ; une autre fois, un homme avait bu dix shots de tequila avant de faire un salto arrière depuis le toit de l'immeuble Allserve et de percuter l'eau de telle manière qu'il s'était brisé la nuque. Il y a généralement assez de gens en état d'ébriété sur la voie publique pour remplir un bus de tourisme ; ainsi que des dizaines de bagarres, dont quelques-unes suffisamment graves pour que la police soit obligée d'intervenir.

Quand il reçoit l'appel, Andrea et les enfants dorment à poings fermés. Chloe et Finn ont 16 ans – un âge ingrat, que le Chef a géré sans difficulté avec ses propres mômes à l'époque, il s'en rend compte aujourd'hui. Quant à Chloe et Finn – qui sont à proprement parler les enfants de Tess, la cousine d'Andrea, et de son mari Greg, morts dans un accident de bateau il y a neuf ans –, ils lui donnent plus de fil à retordre. Finn a une petite amie, Lola Budd, et cet amour de jeunesse chamboule toute la maisonnée. Sa sœur jumelle, Chloe, travaille cet été pour Siobhan Crispin à Island Fare, le service de traiteur le plus actif de Nantucket.

Le Chef et Andrea ont divisé leurs inquiétudes concernant les jumeaux en deux parts égales. Andrea craint que Finn ne mette Lola Budd enceinte (bien que le Chef ait maladroitement tendu à Finn une énorme boîte de préservatifs, accompagnée de cette directive énoncée d'un ton sévère : *Tu mets ça. À chaque fois, sans exception*). Quant au Chef, il s'inquiète de voir Chloe plonger dans la drogue et l'alcool. Il a pu voir à maintes reprises comment le milieu de la restauration incite ses nouvelles recrues à succomber à la tentation. Nantucket a plus d'une centaine de licences de débits de boissons ; d'autres villes du Massachusetts de taille équivalente n'en ont qu'une douzaine. Lieu de vacances estivales, l'île a une culture de la fête, de l'insouciance et de l'excès. Tous les ans, c'est le rôle du Chef de tenir un petit discours aux lycéens sur l'abus de substances toxiques, juste avant le bal de promo. Cette année, Finn et Chloe étaient présents dans la salle ; et par la suite, tous deux ont soigneusement évité son regard.

Il se dit souvent qu'il est trop vieux pour assumer cette gigantesque responsabilité : élever des adolescents. Quant à les impressionner, c'est assurément hors de sa portée.

Le Chef sort son téléphone une fois qu'il est sur la terrasse arrière, orientée vers l'ouest et donnant sur des zones humides protégées. Ses conversations y sont secrètes, seulement surprises par les carouges à épaulettes et les mulots. La maison offre une vue imprenable sur le coucher du soleil – mais pas sur les flots, malheureusement.

C'est le sergent Dickson, l'un des meilleurs agents de son service.

« Ed. On a un corps flottant. »

Le Chef ferme les yeux. C'est Dickson qui lui a annoncé que Tess et Greg étaient morts. Il n'a aucun mal à balancer des infos bouleversantes. En vérité, il semble même y prendre un certain plaisir.

« Je t'écoute, dit le Chef.

— Une femme blanche nommée Merritt Monaco. Vingt-neuf ans, originaire de New York. À Nantucket pour un mariage. Elle a été retrouvée flottant sur le ventre non loin du rivage, en face du 333 Monomoy Road, où le mariage doit avoir lieu. La cause de la mort semble être la noyade. C'est Roger Pelton qui nous a prévenus. Tu connais Roger, le type qui organise les mariages des rupins ?

— Oui. »

Le Chef est membre du Rotary Club, tout comme Roger Pelton.

« Roger m'a dit qu'il commence tous les matins par inspecter les lieux de ses mariages, explique Dickson. Il a entendu des cris à son arrivée. La mariée venait de sortir le corps de l'eau. Roger a tenté de la réanimer, mais il n'y avait plus rien à faire selon lui. Il a l'air de penser qu'elle était morte depuis quelques heures déjà.

— Ce sera à la médecin légiste de nous le dire. 333 Monomoy Road, tu dis ?

— C'est une grande propriété privée. Une maison principale, deux cottages pour les invités, et un pavillon près de la piscine. Summerland, ça s'appelle. »

Summerland. Le Chef a déjà vu le panneau, même s'il n'y a jamais mis les pieds. Ce tronçon de Monomoy Road se trouve dans le quartier le plus outrageusement chic de la ville. Les gens qui vivent dans cette rue n'ont généralement aucun problème nécessitant l'intervention de la police. Les demeures sont équipées de systèmes de sécurité sophistiqués. Et leurs habitants savent se montrer discrets, de manière à ne jamais devoir dévoiler leurs problèmes.

« Est-ce que quelqu'un d'autre est au courant ? La police d'État ? La médecin légiste ?

— Affirmatif. Le Grec est en route pour Monomoy Road. Il était sur l'île hier soir, heureusement pour nous. Mais Cash et Elsonhurst sont en vacances jusqu'à lundi et je viens d'enchaîner deux services, alors je ne sais pas qui vous pourriez prévenir. Les autres agents sont encore des bleus...

— Je réfléchirai à tout ça plus tard. Cette jeune femme a-t-elle de la famille qu'il faudrait avertir ?

— J'en sais trop rien. La mariée était si bouleversée que j'ai demandé aux secouristes de l'emmener à l'hôpital. Elle avait besoin de Xanax, et pas qu'un peu. Elle pouvait à peine respirer, encore moins parler.

— Il va falloir que la presse la boucle jusqu'à ce qu'on ait prévenu les proches », conclut le Chef.

Voilà au moins une bonne nouvelle. La dernière chose dont il a envie, c'est que Jordan Randolph, du *Nantucket Standard*, vienne fouiner sur sa scène de crime. Le Chef n'arrive pas à croire qu'il ait manqué l'appel aux secours sur la radio de la police. Au fil des ans, il a développé un mystérieux dispositif de filtrage de cette fréquence : il sait, même dans son sommeil, ce qui mérite son attention et ce qu'il peut laisser filer. Mais voilà qu'il se retrouve avec un cadavre sur les bras.

La loi les oblige à supposer qu'il s'agit d'un homicide, même si, à Nantucket, les crimes avec violence sont rares. Le Chef travaille sur cette île depuis près de trente ans, et durant tout ce temps, il n'a eu droit qu'à trois homicides. Un par décennie.

C'était Roger Pelton qui avait appelé les secours. Le Chef a entendu son nom récemment. *Très* récemment. Au cours des deux derniers jours. Et une *grande propriété* à Monomoy – cela lui rappelle quelque chose. Mais quoi ?

Quelqu'un tapote à la fenêtre : à travers la vitre, il voit Andrea en chemise de nuit, une tasse de café à la main. Chloe déambule dans la cuisine derrière elle, vêtue d'un chemisier blanc et d'un pantalon noir. Sa tenue de travail.

Chloe est déjà debout ? songe le Chef. À 6 heures du matin ? Ou bien est-elle rentrée tellement tard hier soir qu'elle a dormi tout habillée ?

Seconde hypothèse, se dit-il. Elle devait faire le service pour le dîner de répétition d'un mariage. Soudain, c'est le déclic : Chloe lui a dit que le repas et la cérémonie avaient lieu à Monomoy, et qu'ils étaient organisés par Roger. Il s'agit donc bien du même mariage.

Le Chef secoue la tête, même s'il sait mieux que quiconque que l'île est toute petite.

« La femme que vous avez trouvée, est-ce qu'elle *logeait* dans la propriété où le mariage doit avoir lieu ?

— Affirmatif. C'était la demoiselle d'honneur, Chef. Je pense qu'ils vont annuler les noces. »

Andrea, reconnaissant peut-être l'expression qui s'affiche sur son visage, sort sur la terrasse, lui tend son café, et s'éclipse à l'intérieur. Chloe s'est volatilisée. Elle est sans doute montée se doucher avant de se rendre au boulot – sans savoir que ses heures de service seraient annulées. Les nouvelles de ce genre circulent vite. Le Chef s'attend à recevoir un coup de fil de Siobhan Crispin d'un instant à l'autre.

Qu'est-ce que Chloe lui a dit d'autre, au sujet de ce mariage ?

L'une des familles est britannique. La mère est connue pour une raison ou pour une autre : actrice de cinéma ? comédienne ? dramaturge ? Quelque chose dans ce goût-là.

Il trempe ses lèvres dans son café.

« Dickson, tu es toujours sur les lieux, n'est-ce pas ? À part la mariée et Roger, tu as parlé à des gens ?

— Oui, au futur marié. Il voulait accompagner sa fiancée à l'hôpital. Mais il est d'abord allé dans l'un des cottages des invités pour prendre son portefeuille et son téléphone. Et il en est ressorti la seconde suivante pour me dire que son témoin avait disparu.

— Disparu ? Est-il possible que nous ayons *deux* morts sur les bras ?

— J'ai scruté la mer le long de la plage, et j'ai vérifié avec mes jumelles en direction du large, d'un côté comme de l'autre. Rien à signaler. Mais à ce stade, je dirais que tout est possible.

— Dis au Grec de m'attendre, s'il te plaît, soupire le Chef. J'arrive. »

Vendredi 6 juillet 2018, 9 h 15

GREER

Greer Garrison Winbury aime les traditions, le protocole et le décorum ; mais à l'occasion du mariage de son fils cadet, elle est ravie de jeter les trois aux orties. Il est d'usage que les parents de la mariée organisent et financent les noces de leur fille ; mais si cela avait été le cas pour Benji et Celeste, le mariage se déroulerait dans l'église d'un centre commercial, suivi d'une réception dans un fast-food.

Qu'est-ce que tu peux être snob, Greer, aime à dire Tag, son mari. Elle craint que ce ne soit vrai. Concernant le mariage de Benji, cependant, elle *se devait* d'intervenir. Il suffit de songer à ce qu'elle avait enduré quand Thomas avait épousé Abigail Freeman : un mariage *texan,* avec tout l'argent du pétrole de M. Freeman étalé de manière pompeuse et grotesque. Trois cents personnes avaient été invitées à leur « fête de bienvenue » au Salt Lick BBQ – Greer aurait aimé ne jamais devoir mettre les pieds dans un endroit nommé Salt Lick BBQ –, où la tenue exigée était de « style ranch décontracté ». Quand elle avait demandé à Thomas ce que cela pouvait bien vouloir dire, il avait répondu : « Mets un jean, maman. »

Porter un *jean* lors des noces de son fils aîné ? Greer avait opté pour un pantalon large de teinte ivoire et des chaussures Ferragamo à talons compensés. L'ivoire s'était avéré un bien mauvais choix : on attendait des invités de cette fête de bienvenue qu'ils mangent des travers de porc avec les doigts. Des cris de joie avaient éclaté quand un chanteur nommé George Strait, que tout le monde appelait « le Roi de la country », avait fait une apparition surprise. Greer ne sait toujours pas combien avait payé M. Freeman pour louer les services du Roi de la country – et ce, pour un événement qui ne faisait même pas partie du déroulement habituel d'un mariage.

Alors qu'elle est au volant du Defender 90 (Tag l'a fait réparer et venir d'Angleterre) et roule jusqu'au ferry de la Hy-Line pour passer prendre Bruce et Karen Otis, les parents de Celeste, elle chantonne en écoutant la radio. Ils passent « Hooked on a Feeling », de B. J. Thomas.

Ce week-end, Greer est *de fait* autant la mère de la mariée que celle du marié, car elle est à 100 % aux manettes. Elle n'a rencontré aucune résistance pour agir ainsi, y compris de la part de Celeste. La jeune femme répond à toutes ses propositions par les mêmes mots : Ça me va.

(Greer méprise les textos, mais si l'on veut communiquer avec les millennials, mieux vaut renoncer à certaines idées démodées, comme espérer papoter au téléphone.)

Elle doit l'avouer, il lui a été beaucoup plus facile qu'elle ne l'aurait cru de parvenir à ses fins concernant l'association des couleurs, les invitations, les fleurs et le traiteur. Elle a l'impression d'œuvrer pour son propre mariage, trente-deux ans plus tard… sans sa mère et sa grand-mère dominatrices, qui avaient réclamé que la réception ait lieu l'après-midi, dans le jardin étouffant de chaleur de Swallowcroft, et sans fiancé exigeant un enterrement de vie de garçon la veille de leur mariage. Tag était rentré à 7 heures du matin, dégageant des effluves de Bushmills et de Chanel n° 9. Greer s'était mise à pleurer, et avait exigé de savoir s'il avait vraiment eu le culot de coucher avec une autre femme *la veille de son mariage*. La mère de Greer l'avait prise à part pour lui dire que la compétence la plus importante dans le mariage était de savoir choisir ses batailles.

Assure-toi que ce sont celles que tu peux gagner, avait-elle ajouté.

Depuis tout ce temps, Greer s'est efforcée de rester aux aguets quant à la fidélité de Tag, bien que ce soit une tâche épuisante avec un homme aussi charismatique que son mari. Elle n'a jamais trouvé de preuves tangibles d'une quelconque liaison, mais elle a assurément déjà eu des soupçons. En cet instant, elle en a encore concernant une Londonienne nommée Featherleigh Dale, qui atterrira à Nantucket dans quelques heures à peine. Si Featherleigh est suffisamment sotte et imprudente pour arborer la bague ajourée en argent ornée de saphirs roses, jaunes et bleus – Greer sait exactement à quoi elle ressemble, parce que Jessica Hicks, la joaillière, lui en a montré une photo –, son intuition aura été la bonne.

Greer se retrouve dans les bouchons d'Union Street. Elle aurait dû partir plus tôt ; elle *ne peut pas* se permettre d'être en retard pour les Otis. N'ayant jamais rencontré les parents de Celeste, elle aimerait faire bonne impression, et ne pas les laisser errer comme des âmes en peine près du Straight Wharf alors qu'il s'agit de leur premier séjour sur l'île. Greer s'était inquiétée de devoir organiser un mariage si peu de temps après la fête nationale ; mais c'était le seul week-end possible de tout l'été, et ils ne pouvaient le repousser à l'automne parce que Karen, la mère de Celeste, est atteinte d'un cancer du sein de stade 4. Nul ne sait combien de temps il lui reste à vivre.

La chanson s'achève, sa voiture est à l'arrêt au beau milieu de la circulation, et le mauvais pressentiment qu'elle est parvenue jusqu'alors à tenir à distance envahit la voiture telle une odeur nauséabonde. Greer n'est généralement perturbée que par deux choses : son mari et ses romans. Cela finit toujours par s'arranger pour ses livres (la baisse de ventes mise à part ; même si, en réalité, le travail de Greer consiste à *écrire* des polars, pas à les vendre). Aujourd'hui, cependant, elle s'inquiète pour... Que dire ? Si elle devait identifier la zone exacte de son désarroi, elle dirait Celeste. La facilité avec laquelle elle a pu prendre le contrôle de ce mariage lui semble soudain suspecte. Comme le disait sa mère : *Quand quelque chose semble trop beau pour être vrai, c'est généralement le cas.*

Tout se passe comme si Celeste *se fichait* de ce mariage. S'en fichait complètement. Comment Greer a-t-elle pu ignorer cette hypothèse lors des quatre derniers mois ? Elle en avait déduit que Celeste s'en remettait (avec sagesse) à son goût impeccable ; ou lui faisait extraordinairement confiance. Ou encore, que le seul projet de Celeste était de voir ses noces s'organiser aussi vite que possible, en raison de la maladie de sa mère.

Mais à présent, d'autres facteurs entrent en ligne de compte, comme le bégaiement qui a affecté la jeune femme peu après le choix d'une date pour les noces. Au début, Celeste se contentait de répéter certains mots ou certaines phrases brèves ; mais son bégaiement s'était accentué au point de devenir handicapant – elle trébuche sur les *r*, les *m*, les *p*, jusqu'à ce que ses joues s'empourprent.

Greer avait demandé à Benji si cela lui posait problème au travail. En tant que directrice adjointe du zoo du Bronx, Celeste était parfois amenée à donner des conférences aux visiteurs du zoo – généralement des écoliers la semaine, et des étrangers le week-end – ; ce qui signifiait qu'elle devait parler lentement et distinctement. Il était rare que Celeste bégaie pendant ses heures de travail, lui avait répondu Benji. C'était surtout quand ils étaient tous les deux, et lors d'occasions mondaines.

Cela l'avait fait réfléchir. Comment diable pouvait-on se mettre à bégayer à 28 ans ? C'était *l'indice* de quelque chose. Elle s'était immédiatement servie de ce détail pour son roman en cours : le meurtrier devenu bègue par culpabilité, et attirant ainsi l'attention de Miss Dolly Hardaway, la détective célibataire, protagoniste de ses vingt et un romans policiers. Voilà qui est parfait pour Greer, encline à exploiter toute nouvelle rencontre et expérience dans ses fictions ; mais qu'en est-il dans la vraie vie, concernant Celeste ? Que lui arrive-t-il ? Greer a le sentiment, sans trop savoir pourquoi, que son bégaiement est lié à son mariage prochain avec Benji.

Elle n'a pas le temps de réfléchir davantage car les voitures se remettent à rouler – et non seulement elle arrive rapidement en ville, mais elle déniche aussi une place de stationnement juste devant le quai du ferry. Avec deux minutes d'avance. Quelle chance ! Ses doutes se volatilisent. Il est évident que ces noces, cette union de deux familles au cours du plus festif des week-ends estivaux, étaient vouées à avoir lieu.

KAREN

Vue de loin, l'île de Nantucket est exactement comme Karen Otis l'imaginait : élégante, attrayante, nautique et traditionnelle. Le ferry s'approche du débarcadère en pierre ; elle serre la main de Bruce pour lui montrer qu'elle aimerait se lever et faire les quelques mètres qui les séparent du garde-corps. Bruce pose le bras sur son dos et l'aide à quitter sa place. Il n'est pas grand, mais il est costaud. En 1984, il a gagné le championnat de lutte de Pennsylvanie dans la catégorie des moins de soixante-cinq kilos. La première fois que Karen a posé les yeux sur lui, il était assis dans les gradins de la piscine du lycée d'Easton. Elle nageait le papillon pour l'équipe de relais de l'école, qui s'entraînait toujours à l'heure du déjeuner ; et quand elle était sortie de l'eau, elle avait aperçu Bruce, vêtu d'un pantalon de jogging et d'un sweat à capuche, qui regardait fixement une orange posée au creux de ses mains.

« Qu'est-ce qu'il fabrique, ce type ? s'était demandé Karen à voix haute.

— C'est Bruce Otis, avait répondu Tracy, la spécialiste du dos crawlé. Il est capitaine de l'équipe de lutte. Ils ont une rencontre cet après-midi, et il surveille son poids. »

Karen avait enroulé une serviette autour de sa taille et grimpé les marches d'un pas résolu pour se présenter à lui. Elle avait déjà une belle poitrine en classe de seconde, et elle était presque sûre qu'en la voyant dans son maillot une-pièce, Bruce Otis oublierait l'orange, son poids et tout le reste.

Bruce empêche Karen de vaciller tandis qu'ils s'approchent de la balustrade. Les gens les voient arriver, remarquent le foulard sur la tête de Karen – elle ne peut se résoudre à porter des perruques –, et reculent poliment de quelques pas pour lui faire de la place.

Karen agrippe le garde-corps des deux mains. Même ce geste lui demande un effort, mais elle veut avoir une bonne vue pour leur arrivée sur l'île. Les maisons qui bordent l'eau sont toutes gigantesques – dix fois plus grandes que le pavillon de Karen et Bruce dans Derhammer Street, dans le comté de Forks, en Pennsylvanie ; et elles sont toutes dotées de bardeaux en cèdre gris et d'encadrements de fenêtre d'un blanc immaculé. Certaines ont des terrasses aux bords arrondis ; d'autres des terrasses habilement superposées, comme pour une tour de Jenga. Certaines ont des pelouses d'un vert luxuriant qui ondoient jusqu'à des murs en pierre, avant de laisser place à une fine bande de plage. Toutes arborent le drapeau américain et sont parfaitement entretenues. Pas une seule renégate crasseuse ou débraillée dans la bande.

L'argent, se dit Karen. D'où vient tout cet argent ? Elle a suffisamment d'expérience pour savoir que l'argent ne garantit pas d'être heureux – et assurément pas d'être en bonne santé ; mais c'est tout de même fascinant de s'interroger sur la *quantité d'argent* que les propriétaires de ces maisons doivent posséder. Primo, il s'agit de résidences *secondaires,* il faut donc tenir compte de la principale – une maison en grès rouge à Manhattan ou un manoir en brique dans un quartier historique et cossu de Washington ; une propriété dans la banlieue chic de Philadelphie ou un haras en Virginie –, et y ajouter le prix de la demeure en front de mer sur cette île prestigieuse. Karen songe ensuite à tout le mobilier que de telles maisons doivent contenir : les tapis, les canapés, les tables et les chaises, les lampes, les lits à baldaquin traditionnels, les draps belges de qualité 9 000 fils, les coussins décoratifs, les Jacuzzi, les bougies parfumées près des Jacuzzi (Celeste lui a expliqué qu'il y avait mieux que les Yankee Candle ; il existe apparemment des bougies qui se vendent à plus de *400 dollars.* La future belle-sœur de Celeste, Abby, lui a offert une bougie de ce genre comme cadeau de fiançailles, et quand Celeste avait annoncé à Karen qu'une bougie Jo Malone au pin et à l'eucalyptus se vendait 470 dollars, Karen avait poussé un cri. C'était presque autant que ce que Bruce avait payé pour sa première voiture, une Chevy Nova de 1969 !).

Et puis, bien sûr, il faut payer le personnel : paysagistes, femmes de ménage, gardiens, nounous pour les enfants. Il y a les voitures – les Range Rover, les Jaguar, les BMW. S'y ajoutent sans doute des cours de voile et de tennis, des robes en coton gaufré monogrammées, des rubans en gros-grain pour les cheveux, une nouvelle paire de chaussures bateau à chaque saison. Et que dire des aliments que de telles maisons doivent contenir ? Des compotiers emplis de pêches et de prunes, des barquettes de fraises et de myrtilles, du pain tout chaud sorti du four, de la salade de quinoa, des avocats bien mûrs, des œufs bio, des steaks persillés et des homards écarlates cuits à la vapeur. Et puis du beurre. Beaucoup, beaucoup de beurre.

Karen inclut aussi toutes les dépenses assommantes auxquelles personne n'aime songer : assurance, impôts, électricité, télévision par câble, avocats.

Chacune de ces familles doit posséder 50 millions de dollars, décide-t-elle. Au bas mot. Or comment un être humain, n'importe lequel, peut-il gagner *autant d'argent ?* Elle poserait volontiers la question à Bruce, mais elle ne veut pas le mettre mal à l'aise. À savoir qu'elle ne veut pas le mettre *encore plus* mal à l'aise. L'argent est un sujet délicat pour lui – parce qu'ils n'en ont pas. Ce qui n'empêchera pas son mari d'être l'homme le plus élégant du mariage, Karen n'en doute pas une seconde. Bruce travaille au rayon costumes de Neiman Marcus, dans le centre commercial King of Prussia. Il bénéficie d'une remise de 30 % sur tous les vêtements et de retouches gratuites. Il a toujours sa carrure de lutteur – épaules solides, buste en triangle inversé et taille fine (pas de bedaine pour lui !) : sa silhouette en impose. S'il faisait cinq centimètres de plus, lui avait un jour dit le vice-président d'un magasin, il pourrait être mannequin.

Bruce aime les beaux vêtements presque à la manière d'une femme. Quand il rentre à la maison avec une nouvelle tenue (ce qui arrive assez souvent et laissait Karen perplexe au début, car ils n'ont pas vraiment les moyens d'acheter des vêtements neufs ni de se rendre dans des endroits où Bruce pourrait les porter), il aime offrir à Karen un petit défilé de mode. Elle s'assoit au bord du lit – ces derniers temps, elle s'allonge *dans* le lit – tandis que Bruce se prépare dans la salle de bains, puis surgit, une main sur la hanche, pour parader dans la pièce comme s'il s'agissait d'un podium. Karen se tord de rire à chaque fois. Elle a fini par comprendre que c'est pour ça qu'il achète ces costumes, ces chemises, ces cravates, ces pantalons et ces chaussettes – pour la mettre en joie.

Et aussi parce qu'il aime avoir belle allure. Aujourd'hui, pour leur arrivée, il porte un jean G-Star noir repassé, une chemise Robert Graham dont le motif cachemire noir et bleu turquoise contraste avec les poignets couleur vert sauterelle, des chaussettes zébrées, et des mocassins Gucci en daim noir. Il fait chaud sous le soleil. Même Karen, qui a toujours froid désormais à cause de la chimio, a l'impression de suffoquer. Bruce doit rôtir sur place.

Un phare orné d'un drapeau américain surgit dans le lointain, puis deux clochers d'église, l'un sous forme de flèche blanche, l'autre de tour d'horloge au dôme doré. Le port fourmille de voiliers de toutes tailles, de hors-bord au poste de pilotage surélevé pour repérer les bancs de poissons, de barques au moteur surpuissant et de bateaux de plaisance.

« On dirait un décor de cinéma », lance Karen, mais ses propos sont emportés par la brise marine, et Bruce ne l'entend pas. À l'expression de son visage, elle voit qu'il est aussi fasciné qu'elle. Il doit se dire qu'ils ne se sont pas retrouvés dans un lieu d'une telle beauté depuis leur lune de miel, il y a trente-deux ans de cela. Elle avait alors 18 ans, elle venait de quitter le lycée et, après avoir payé leurs tenues de mariage et la modeste cérémonie civile, ils n'avaient plus que 280 dollars en poche pour une escapade d'une semaine. Ils avaient acheté une caisse de sodas alcoolisés (une boisson démodée aujourd'hui, mais comme elle adorait le Bartles and Jaymes goût framboise à l'époque !) et de quoi grignoter – des biscuits au fromage, des chips tortillas, des snacks à l'oignon. Puis ils étaient montés dans la Chevy Nova de Bruce, avaient lancé sa cartouche huit pistes de *Bat Out of Hell,* et avaient mis le cap vers l'océan, chantant tous deux à pleins poumons.

Ils avaient atteint assez vite la côte du New Jersey, mais ni l'un ni l'autre n'avait ressenti l'obligation de s'arrêter. Ce littoral avait été la plage de leur jeunesse – voyages de classe, vacances familiales à Wildwood tous les étés ; ils avaient donc poursuivi vers le nord, direction la Nouvelle-Angleterre.

La « Nouvelle-Angleterre ». Le nom lui avait paru très exotique, elle s'en souvient aujourd'hui.

Ils étaient tombés en panne d'essence dans le Connecticut, à la sortie 61 de l'I-95, dans une ville nommée Madison. Sa rue principale bordée d'arbres était pleine de boutiques, comme sortie d'une sitcom des années 1950. Quand Karen était descendue de la voiture pour se dégourdir les jambes à la station-service, elle avait humé une odeur de sel flottant dans l'air.

« Je crois qu'on n'est pas loin de l'eau », avait-elle dit.

Ils avaient demandé au pompiste ce qu'il y avait à voir à Madison, et il les avait envoyés vers un restaurant nommé le Lobster Deck, offrant une vue imprenable sur le détroit de Long Island. Au bout de la rue du Lobster Deck, face à un parc national pourvu d'une plage, se trouvait le Sandbar Motel and Lodge, avec des chambres à 105 dollars la semaine.

Karen sait qu'elle n'a pas beaucoup l'expérience du monde. Elle n'est jamais allée à Paris, aux Bermudes, ni même sur la côte ouest. Bruce et elle emmenaient Celeste en vacances dans les monts Pocono. Ils skiaient à Camelback en hiver et allaient au parc aquatique Great Wolf Lodge en été. Le reste de leur argent, ils le mettaient de côté pour les études de Celeste. Elle avait très tôt manifesté son intérêt pour les animaux, et Bruce et Karen espéraient qu'elle deviendrait vétérinaire. Quand son goût s'était plutôt porté vers la zoologie, cela leur avait convenu également. Elle s'était vu offrir une bourse d'études partielle à l'université Miami, dans l'Ohio, qui possédait le meilleur département de zoologie de tout le pays. Cette « bourse partielle » leur laissait encore beaucoup à payer – certains frais de scolarité, la chambre et le couvert, ses livres, son argent de poche, ses billets de bus pour rentrer les voir –, si bien qu'il ne leur était plus resté grand-chose pour voyager.

Ainsi, cette unique expédition en Nouvelle-Angleterre demeurait sacrée aux yeux de Karen comme de Bruce. Ils sont encore plus dans le rouge aujourd'hui – près de 100 000 dollars de dettes, en raison des frais médicaux de Karen ; mais il était hors de question pour eux de ne pas faire le voyage jusqu'à Nantucket. Sur le chemin du retour, quand Celeste et Benji seront partis pour leur lune de miel en Grèce, ils s'arrêteront à Madison, dans le Connecticut, pour ce que Karen appelle en son for intérieur le Bouquet final. Le Sandbar Motel and Lodge a disparu depuis longtemps. Bruce a donc réservé une suite en front de mer au Madison Beach Hotel, un hôtel appartenant à la chaîne Hilton. Il a expliqué à Karen qu'il avait obtenu cette chambre gratuitement en acceptant les points Hilton Honors que lui avait offerts M. Allen, le directeur général du magasin. Karen sait très bien que tous les collègues de Bruce se sont demandé comment aider leur vendeur préféré, Bruce-des-Costards, dont la femme était atteinte d'un cancer en phase terminale ; et bien que ce soit vaguement humiliant, elle apprécie leur sollicitude, notamment la généreuse proposition de M. Allen de leur payer l'hôtel. Madison, dans le Connecticut, a pris l'allure paradisiaque d'un Shangri-la. Karen veut manger du homard – avec du beurre, beaucoup de beurre ; et elle veut voir la pastille couleur miel du soleil disparaître dans le détroit de Long Island. Elle veut s'endormir dans les bras de Bruce en écoutant le clapotis des vagues sur le rivage, une fois que le beau mariage de leur fille sera passé.

Le Bouquet final.

En août dernier, Karen a appris qu'elle avait une tumeur sur la vertèbre L3. Le cancer du sein, qu'elle pensait avoir vaincu, s'était métastasé dans ses os. Son oncologue, le Dr Edman, avait estimé qu'il lui restait entre douze et dix-huit mois à vivre. Karen suppose qu'elle survivra au moins jusqu'à la fin de l'été, ce qui est une chance incroyable. Il suffit de songer à tous ceux qui sont morts d'un seul coup. Le fait est que Karen pourrait traverser Northampton Street pour aller voir des amis dans le centre d'Easton et se faire renverser par une voiture, ce qui rendrait ce cancer sans importance.

L'annonce du diagnostic avait rendu Celeste malade. Alors qu'elle venait à peine de se fiancer à Benji, elle leur avait annoncé qu'elle voulait repousser le mariage, quitter New York, et revenir à Easton prendre soin de sa mère. C'était exactement le contraire de ce que souhaitait Karen. Elle avait encouragé Celeste à *avancer* le mariage plutôt qu'à le reporter.

Celeste, toujours docile, s'était exécutée.

Quand le Dr Edman avait appelé la semaine dernière pour annoncer que le cancer s'était propagé à l'estomac et au foie, Karen et Bruce avaient décidé de ne rien dire à Celeste. Karen repartira lundi matin en disant au revoir à Celeste comme si de rien n'était.

Elle n'a plus qu'une chose à faire : rester vivante les trois prochains jours.

Karen est encore capable de marcher avec une canne, mais Bruce s'est arrangé pour qu'un fauteuil roulant la fasse glisser gracieusement le long de la rampe. Greer Garrison Winbury – enfin, Greer Garrison ; les gens l'appellent rarement par son nom marital, à en croire Celeste – est censée les attendre sur le quai. Ni Karen ni Bruce n'ont jamais vu Greer, mais Karen a lu deux de ses livres : le plus récent, *Mort à Dubaï*, ainsi que celui qui l'avait fait connaître au début des années 1990, *Le Tueur de Khao San Road*. Karen n'est pas douée comme critique littéraire – elle a quitté trois groupes de lecture parce que les romans choisis étaient sinistres et déprimants –, mais elle avait trouvé *Le Tueur de Khao San Road* divertissant et plein de suspense (Karen ne savait absolument pas où se trouvait Khao San Road ; elle avait découvert qu'il s'agissait de Bangkok, et toutes sortes de détails approfondis concernant la ville – les temples, le marché aux fleurs, la salade de papaye verte avec des cacahuètes grillées – rendaient ce livre aussi palpitant qu'un documentaire télévisé.) *Mort à Dubaï, en* revanche, était convenu et prévisible. Karen avait trouvé qui était l'assassin dès la quatorzième page – le type imberbe à la moustache tatouée. Elle-même aurait été en mesure d'écrire un texte plus passionnant que celui-ci en se contentant des *Experts : Miami* comme toile de fond. Elle a l'impression que Greer Garrison, l'autrice de romans policiers réputée régulièrement comparée à Sue Grafton et Louise Penny, se repose sur ses lauriers maintenant qu'elle a atteint l'âge mûr.

Karen a étudié attentivement la photo de presse de Greer ; les deux romans qu'elle avait lus arboraient la même, même si presque un quart de siècle séparait les deux publications. On y voit Greer coiffée d'une capeline en paille, avec en arrière-plan un magnifique jardin anglais. Elle a peut-être 30 ans sur cette photo. Ses cheveux sont blond clair et sa peau blanche est sans défaut. Elle a des yeux d'un beau brun profond et le cou long et gracieux. Ce n'est pas une beauté renversante, mais elle dégage de la classe, de l'élégance, de la majesté même, et Karen comprend pourquoi elle n'a jamais mis à jour la photo. Qui veut voir la vieillesse s'abattre sur une femme ? Personne. C'est donc à Karen d'imaginer à quoi peut bien ressembler Greer aujourd'hui, avec des rides, les tendons bien visibles dans le cou, peut-être quelques cheveux blancs.

Une petite foule se presse sur le quai – les gens qui débarquent du ferry, ceux qui viennent chercher leurs invités, des touristes faisant du lèche-vitrines, des couples affamés en quête d'un repas. Le cancer ayant envahi son estomac, Karen a rarement faim, mais la perspective du homard réveille son appétit. Mangera-t-on du homard lors de ton mariage ? avait-elle demandé à Celeste.

Oui, Betty, avait répondu sa fille, et Karen avait souri en l'entendant employer ce surnom. *Il y aura plein de homard.*

« Karen ? crie quelqu'un. Bruce ? »

Karen scrute la foule et repère une femme – blonde, mince, au sourire nerveux, ou peut-être qu'il ne semble nerveux qu'en raison de son lifting – qui se dirige vers eux les bras grands ouverts.

Greer Garrison. Oui, c'est bien elle. Ses cheveux ont la même teinte blond pâle, et des lunettes de soleil qui semblent hors de prix – des Tom Ford ? – sont perchées sur son crâne. Elle porte un corsaire blanc et une tunique en lin blanc, ce que Karen suppose être du dernier chic et d'allure estivale, bien qu'elle-même ait toujours préféré la couleur, pour avoir longtemps travaillé à la boutique de souvenirs de l'usine Crayola, à Easton. De l'avis de Karen, le look de Greer serait plus intéressant si la tunique était magenta ou jaune paille.

Greer se précipite pour étreindre Karen dans son fauteuil roulant sans avoir eu confirmation qu'elle est bien, de fait, Karen Otis. Cela donne à Karen la désagréable impression que Bruce et elle détonnent tellement au milieu de la foule qu'il est impossible de les confondre. Ou alors, c'est Celeste qui a montré des photos à Greer.

« Comme c'est merveilleux de vous rencontrer enfin, s'exclame Greer. Et pour une occasion si réjouissante. Je suis enchantée que vous ayez pu faire le voyage. »

Karen s'aperçoit qu'elle a très envie de détester Greer Garrison et de s'offusquer de tout ce qu'elle raconte. *Évidemment*, Karen et Bruce ont fait le voyage ! Leur fille unique, la prunelle de leurs yeux, est sur le point de *se marier* !

Karen doit se reprendre, et vite. Il faut qu'elle renonce à sa jalousie mesquine, à son sentiment d'infériorité, à l'embarras qu'elle éprouve parce que Bruce et elle ne sont ni riches ni raffinés. Mais surtout, elle doit renoncer à sa colère. Qui n'est en rien la faute de Greer. Karen est en colère contre tous les gens bien portants – tout le monde, sauf Bruce. Et Celeste, bien sûr.

« Greer, répond-elle. C'est moi qui suis ravie de vous rencontrer. Merci de nous accueillir. Merci pour… *tout.* »

Bruce fait un pas en avant et tend la main à Greer.

« Bruce Otis, dit-il. Ravi de vous rencontrer, madame.

— *Madame* ? » s'exclame Greer.

Elle rit en rejetant la tête en arrière, dévoilant ainsi son cou – toujours gracieux, mais sans conteste flétri. « Ne dites pas cela, je vous en prie, j'ai l'impression d'avoir 1 000 ans. Appelez-moi Greer, et mon mari c'est Tag, comme les graffitis sur les murs. Après tout, nous serons bientôt une seule famille ! »

Une seule famille, songe Karen, tandis que Bruce l'aide à s'installer sur la banquette arrière de la voiture de Greer, qui a exactement l'aspect des véhicules que l'on peut voir dans la savane africaine ou les documentaires à la télé. Ils remontent une rue pavée. Chaque pavé sur lequel ils roulent est un coup de poing dans le ventre de Karen, mais elle serre les dents et encaisse en silence. Bruce, sentant sa douleur comme si c'était la sienne, tend la main entre les sièges pour la réconforter. Greer a parlé de famille sans réfléchir, mais sa remarque possède un indéniable attrait. Karen et Bruce n'ont pas beaucoup de proches. Le père de Karen était mort d'une crise cardiaque quand elle était enceinte de Celeste ; sa mère avait mis la maison de Tatamy en vente et fini par épouser Gordon, l'agent immobilier chargé de la transaction. Par la suite, alors que Celeste était en maternelle, la mère de Karen avait appris qu'elle était atteinte d'un myélome rare et était morte au bout de six mois. Gordon est toujours agent immobilier dans la région, mais ils n'ont presque plus de nouvelles. Bryan, le cadet de Bruce, était policier dans le New Jersey ; il avait été tué lors d'une course-poursuite. Après les obsèques de Bryan, les parents de Bruce avaient déménagé dans une résidence pour seniors de Bethlehem, où ils étaient tous deux morts de vieillesse. Karen et Bruce s'étaient toujours raccrochés l'un à l'autre, ainsi qu'à Celeste ; ils formaient un petit groupe insulaire de trois personnes. Karen n'avait jamais imaginé que Celeste leur fournirait une famille toute neuve, et certainement pas un clan aussi réputé que les Winbury, qui possédaient non seulement une résidence d'été sur l'île de Nantucket, mais aussi un appartement à New York dans Park

Avenue, et un logement londonien qu'ils utilisaient quand Tag était en voyage d'affaires ou que Greer avait le mal du « pays ». Karen ne peut s'empêcher d'être secrètement enthousiaste à l'idée d'avoir une nouvelle famille, même si elle ne sera plus là pour en profiter.

Greer leur montre Main Street, puis un restaurant qu'elle apprécie et qui sert une salade de betteraves bio, ainsi qu'une boutique où l'on trouve les pantalons rouges que tous les messieurs porteront demain. Ils en ont commandé un pour Bruce, ajoute Greer, taillé exactement aux mesures qu'il leur a indiquées (Karen n'était pas au courant). Greer pointe le doigt vers le magasin où elle a déniché une pochette assortie à sa robe de mère du marié (même si elle a acheté la robe à New York bien sûr, ajoute-t-elle ; Karen se retient de répliquer – car elle ne veut pas inspirer de la pitié – qu'elle a acheté sa robe de mère de la mariée au Neiman Marcus du King of Prussia, bien sûr, en profitant de la ristourne de Bruce) ; ainsi qu'un magasin spécialisé dans les objets nautiques anciens où Greer achète toujours les cadeaux destinés à Tag pour la fête des Pères.

« Vous avez un bateau, si je comprends bien ? » lui demande Bruce.

Greer rit comme s'il s'agissait d'une question idiote, et peut-être est-ce le cas. Peut-être que tout le monde sur cette île possède un bateau ; peut-être que c'est indispensable pour des raisons pratiques, comme d'avoir une pelle à neige solide pour gérer les hivers à Easton.

« Nous en avons trois, explique-t-elle. Un jet Hinckley de onze mètres nommé *Ella* pour faire un tour jusqu'à Tuckernuck, un Grady-White de neuf mètres qu'on emmène à Great Point pour pêcher le bar, et un Whaler de quatre mètres qu'on a acheté pour que les garçons puissent faire des allers-retours jusqu'à Coatue avec leurs copines. »

Bruce hoche la tête comme s'il approuvait, et Karen se demande s'il a la moindre idée de ce dont Greer est en train de parler. Pour sa part, elle n'y comprend rien ; cette femme pourrait tout aussi bien discourir en swahili.

Quelle sera leur relation une fois que leurs enfants seront mariés ? se demande-t-elle. Chacune sera la belle-mère de celui de l'autre, mais elles ne seront pas liées entre elles – du moins, par aucun lien de parenté clairement identifié. Elle soupçonne que, dans bien des cas, les mères des fiancés se détestent – voire pis encore. Karen aimerait se dire que Greer et elle apprendront à se connaître, se découvriront des affinités et deviendront aussi proches que des sœurs ; mais cela ne pourrait avoir lieu que dans un monde imaginaire, dans lequel Karen ne serait pas sur le point de mourir.

« On a aussi des kayaks d'une ou deux places, ajoute Greer. Tag préfère les kayaks aux bateaux, je crois. Peut-être les aime-t-il plus que nos propres enfants ! »

Bruce s'esclaffe comme s'il s'agissait de la chose la plus drôle qu'il ait jamais entendue. Karen se renfrogne. Qui plaisanterait sur un sujet pareil ? Elle a besoin d'un antalgique. Elle fouille dans la besace Tory Burch couleur lie-de-vin que Bruce lui a offerte à la fin de son premier protocole de chimio, à l'époque où ils étaient encore emplis d'espoir. Elle sort son flacon d'oxycodone. Elle prend soin de choisir une petite pilule ronde et non l'un des trois comprimés nacrés en forme d'œuf, et l'avale sans eau. L'oxy lui fait battre le cœur, mais c'est la seule chose qui fonctionne contre la douleur.

Karen aimerait bien admirer le paysage, mais elle est contrainte de fermer les yeux. Au bout d'un moment, Greer lance : « On y sera dans une seconde. » Son accent britannique rappelle à Karen celui de Julie Andrews dans *Mary Poppins. Rien qu'une toute toute petite seconde,* pense Karen. Greer s'engage dans un rond-point, puis met son clignotant et tourne à gauche. L'oxy fait effet d'un seul coup, au moment où la voiture oblique. La douleur que Karen éprouve s'estompe et un sentiment de bien-être la submerge à la manière d'une vague dorée. C'est de loin le meilleur moment quand on prend de l'oxy, cette première montée, quand la douleur est absorbée telle une flaque par une éponge. Karen est très probablement sur le point de devenir accro, si elle ne l'est pas déjà ; mais le Dr Edman ne rechigne pas à lui fournir des médicaments. À ce stade, qu'est-ce que ça peut bien faire qu'elle soit dépendante ?

« Nous y sommes ! » annonce Greer en s'engageant dans une allée faite de coquillages blancs broyés.

SUMMERLAND, indique un panneau. PRIVÉ. Karen jette un coup d'œil par la fenêtre. Il y a une rangée d'hortensias de chaque côté du chemin, tour à tour rouge fuchsia et bleu pervenche ; puis ils passent sous une arche de buis et pénètrent dans ce que Karen ne peut que définir comme une sorte d'utopie de front de mer. Il y a la maison principale, majestueuse et imposante, dont les fenêtres sont pourvues de stores blancs et verts. Face à celle-ci se dressent deux cottages au milieu de jardins paysagers ornés de fontaines en pierre qui gargouillent, de chemins dallés et de somptueux parterres de fleurs. Et tout cela à quelques mètres seulement de l'océan. Le port est juste là, et la ville de l'autre côté de l'étendue bleue et tranquille. Karen repère les clochers qu'elle a vus depuis le ferry. Le relief caractéristique de Nantucket.

Karen a du mal à respirer, encore plus à parler. Elle n'a jamais mis les pieds dans un endroit aussi beau. C'est tellement beau que ça lui fait mal.

On est vendredi. La répétition à l'église épiscopalienne St. Paul est prévue à 18 heures. Elle sera suivie d'un barbecue de fruits de mer sur la plage pour soixante personnes, avec un bar à huîtres et de la musique live – un groupe qui reprendra des morceaux des Beach Boys et de Jimmy Buffett. Une « petite tente » sera installée sur la plage pour abriter les musiciens, ainsi que quatre tables rectangulaires de quinze personnes chacune. Et il y aura du homard.

Le mariage aura lieu samedi à 16 heures et sera suivi d'un dîner assis sous la « grande tente », dont le toit en plastique transparent permettra aux invités de contempler le ciel. Il y aura une piste de danse, un orchestre de dix-huit musiciens, et dix-sept tables rondes de dix places chacune. Le dimanche, les Winbury organisent un brunch dans leur club de golf ; le repas sera suivi d'une sieste, du moins pour elle, songe Karen.

Lundi matin, Karen et Bruce repartiront en ferry, tandis que Celeste et Benji s'envoleront pour Athènes depuis Boston, et de là rejoindront Santorin.

Que le temps s'arrête, se dit Karen. Elle ne veut pas sortir de la voiture. Elle veut rester ici à jamais, avec toutes ces magnifiques perspectives déployées devant elle.

Pendant que Bruce aide Karen à descendre du véhicule et à prendre sa canne, des gens sortent de la maison principale et surgissent des cottages, comme si Bruce et Karen étaient des dignitaires en visite. *Ce qui est le cas,* songe Karen. Ils sont père et mère de la mariée.

Elle sait que ces gens sont aussi curieux de les voir parce qu'ils sont pauvres et que Karen est malade, et elle espère qu'ils les jugeront avec bienveillance.

« Bonjour, dit-elle à la petite troupe. Karen Otis. »

Elle cherche un visage familier, mais Greer s'est volatilisée et Celeste n'est pas là. Le soleil lui fait plisser les yeux. Elle n'a rencontré Benji, le fiancé de Celeste, qu'à trois reprises, et tout ce dont elle se souvient – merci la chimiothérapie –, c'est de la mèche rebelle qu'elle devait s'empêcher de lisser toutes les dix secondes. Deux hommes jeunes et séduisants sont plantés devant elle, et Karen sait que ni l'un ni l'autre n'est Benji. L'un d'eux est vêtu d'un élégant polo bleu barbeau et Karen lui sourit. Il fait un pas vers elle, la main tendue.

« Je suis Thomas Winbury, Madame Otis. Le frère de Benji. »

Karen lui serre la main ; la poigne du garçon manque réduire ses os en poudre.

« Je vous en prie, appelez-moi Karen.

— Et moi, c'est Bruce, Bruce Otis. »

Bruce serre la main de Thomas, puis celle du jeune homme qui se tient à côté de lui. Celui-ci a les cheveux très noirs et des yeux d'un bleu cristallin. Il est d'une beauté saisissante, au point que Karen a du mal à en détourner le regard.

« Shooter Uxley, dit-il. Le témoin de Benji. »

Shooter, c'est bien ça ! Celeste lui en a parlé – ce n'est pas un nom qu'on oublie. Celeste avait tenté de lui expliquer pourquoi c'était Shooter le témoin et non Thomas, le frère de Benji ; mais son récit l'avait laissée perplexe, comme si Celeste lui décrivait les personnages d'une série télé qu'elle n'avait jamais vue.

Bruce serre la main de deux jeunes femmes. L'une a des cheveux châtains et des taches de rousseur. L'autre est une brune à l'allure vénéneuse, vêtue d'une robe en jersey moulante d'une couleur que Karen qualifierait d'écarlate, comme la lettre.

La Lettre écarlate se tourne vers Bruce.

« Vous semblez avoir chaud... »

Avec une inflexion légèrement différente, on pourrait penser qu'elle fait du gringue à Bruce, mais Karen s'aperçoit qu'elle parle de la tenue de son mari – le jean noir, la chemise noir et bleu turquoise, les mocassins, les chaussettes. Il a l'air classe, mais pas vraiment à sa place. Tous les autres portent des vêtements d'été décontractés – les hommes sont en shorts et polos, les femmes en robes estivales en coton aux teintes vives. Celeste avait dit à Karen au moins une demi-dizaine de fois de rappeler à Bruce que les Winbury étaient BCBG. *BCBG*, c'était le mot que Celeste tenait à employer. Karen le trouvait démodé. N'était-il pas tombé aux oubliettes il y a plusieurs dizaines d'années de ça, en même temps que *yuppie* ? Celeste avait répondu : *Dis à MacGyver : blazers bleus et pas de chaussettes.* Quand Karen lui avait fait passer le message, Bruce avait ri, mais pas de gaieté de cœur.

Je sais comment m'habiller, avait-il répliqué. *C'est mon boulot.*

Un homme de haute taille et aux cheveux grisonnants traverse la pelouse à grandes enjambées et descend les trois marches en pierre menant à l'allée. Il est trempé et porte un slip de bain et un maillot moulant en néoprène.

« Bienvenue ! lance-t-il. Je vous ferais bien la bise, mais attendons que je sois sec pour ce genre de familiarités.

— Vous avez encore chaviré, Tag ? » le taquine la Lettre écarlate.

L'homme ignore le commentaire et se dirige vers Karen.

Quand elle lui tend la main, il y dépose un baiser, un geste qui la prend de court. Elle ne se souvient pas qu'on lui ait déjà fait un baise-main. Il y a une première fois pour tout, songe-t-elle, même pour une mourante.

« Madame », dit-il.

Son accent est suffisamment anglais pour être charmant, mais pas assez marqué pour le rendre agaçant.

« Je me présente : Tag Winbury. Merci d'avoir fait tout ce chemin, merci de vous être prêtée au jeu de ma femme et de toute son organisation, et merci, par-dessus tout, pour votre fille magnifique, intelligente et charmante, notre céleste Celeste. Nous sommes totalement épris d'elle et ravis de ce prochain mariage.

— Oh », s'exclame Karen.

Elle sent le rose lui monter aux joues, comme le disait toujours son père quand elle rougissait. Quel homme adorable ! Il a réussi à la mettre à l'aise tout en lui donnant l'impression d'être une reine.

Quelqu'un lui tape sur l'épaule et elle se retourne prudemment, en plantant sa canne dans les coquillages de l'allée.

« B-B-Betty ! »

C'est Celeste. Elle porte une robe d'été blanche et une paire de sandales minimalistes ; ses cheveux sont tressés. Elle a bronzé, et ses yeux bleus sont écarquillés et tristes.

Tristes ? songe Karen. Ce devrait être le plus beau jour de sa vie, ou le deuxième plus beau. Karen sait que Celeste s'inquiète pour elle ; mais elle est bien résolue à oublier qu'elle est malade – au moins pour les trois prochains jours –, et elle veut que tout le monde fasse de même.

« Ma puce ! s'exclame-t-elle en embrassant Celeste sur la joue.

— Betty, tu es là, murmure Celeste sans la moindre trace de bégaiement. Je n'en crois pas mes yeux. Tu es venue jusqu'ici.

— Oui », répond Karen.

Elle se souvient que c'est à cause d'elle que tout le mariage a lieu maintenant, pendant la semaine la plus animée de l'été.

« Je suis venue », répète-t-elle.

Samedi 7 juillet 2018, 6 h 45

LE CHEF

Il se gare devant le 333 Monomoy Road, juste derrière l'inspecteur de la police d'État Nicholas Diamantopoulos, également connu sous le nom du « Grec ». Le père de Nick est grec et sa mère cap-verdienne ; il a la peau brune, le crâne rasé et une barbichette d'un noir de jais. Il est si beau que les gens disent en plaisantant qu'il devrait quitter son poste et faire le flic dans des séries télé – les horaires sont meilleurs, et ça rapporte davantage ; mais Nick se satisfait d'être un excellent inspecteur et un Casanova notoire.

Nick et le Chef ont travaillé ensemble sur le dernier homicide de l'île, un meurtre en lien avec la drogue dans Cato Lane. Nick a beau avoir passé les quinze premières années de sa carrière à New Bedford, où les rues étaient dangereuses et les criminels endurcis, il n'aime pas jouer au dur-à-cuire ; il n'use d'aucune des méthodes fortes que l'on voit dans les films. Quand Nick interroge de potentiels suspects, il se montre encourageant et empathique ; il leur raconte parfois des histoires sur sa *yaya*, à Thessalonique, qui ne quitte jamais son affreuse robe noire et ses chaussures noires encore plus affreuses depuis le décès de son grand-père. Et les résultats qu'il obtient ! Il suffit qu'il prononce le mot *yaya* et les gens déballent tout. Ce type est un magicien.

« Nicky, lance le Chef.

— Chef. »

Il désigne la maison de la tête.

« C'est pas marrant, hein ? La demoiselle d'honneur.

— C'est tragique, tu veux dire », répond le Chef.

Il redoute ce qu'il va découvrir à l'intérieur. Non seulement une femme de 29 ans est *morte,* mais il va falloir interroger la famille et les invités, et annuler tous les préparatifs complexes et coûteux de ce mariage sans nuire à l'intégrité de la scène de crime.

Avant de se mettre en route, le Chef était monté à l'étage voir Chloe, pour savoir si elle avait appris la nouvelle. Elle était dans la salle de bains. À travers la porte close, le Chef l'avait entendue vomir.

Il avait frappé.

« Ça va ?

— Oui, avait-elle répondu. Pas de problème. »

Pas de problème, avait songé le Chef. Ce qui voulait dire qu'après le boulot elle avait passé des heures à la plage à boire de la bière et des shots de liqueur de whisky.

Il était allé embrasser Andrea dans la cuisine avant de partir.

« Je crois que Chloe a bu hier soir », avait-il murmuré.

Andrea avait poussé un soupir.

« Je lui parlerai. »

Parler avec Chloe ne servira à rien, s'était dit le Chef. Il fallait qu'elle change de boulot – ranger des livres sur les étagères de la bibliothèque pour enfants, compter les œufs de pluviers sur la plage de Smith's Point. Quelque chose qui la tiendrait à l'écart des ennuis, au lieu de l'y précipiter.

Le Chef et Nick longent le pan gauche de la demeure principale et gagnent la pelouse, où une gigantesque tente a été érigée. Ils y trouvent les membres de la police scientifique, l'un en train de remplir des sachets de prélèvements, l'autre de prendre des photos. Nick se dirige vers la plage pour examiner le cadavre ; le Chef constate que la jeune femme a été laissée juste en dessous de la laisse de mer. Il faudra la transporter à la morgue de l'hôpital dès que possible, à cause de la chaleur. Sous la tente, il y a une table ronde entourée de quatre chaises de réception blanches. Au milieu de la table se trouve une bouteille presque vide de rhum Mount Gay Black Barrel ainsi que quatre shots, dont deux renversés. Une demi-coquille de clam a servi de cendrier pour le cigare d'un fumeur. Un Romeo y Julieta. Cubain.

Randy, l'un des deux types de la police scientifique, est en train d'ensacher une paire de sandales en argent.

« Où les avez-vous trouvées ? demande le Chef.

— Sous cette chaise, répond Randy en la désignant de l'index. Connor en a pris une photo. De marque Mystique, pointure 40. Je ne suis pas vendeur de chaussures, mais je pense qu'elles appartenaient à la défunte. On vous confirmera tout ça. »

Nick revient.

« La fille a une vilaine entaille au pied, dit-il. Et j'ai vu une traînée de sang sur le sable.

— Des traces de sang sur les sandales ? demande le Chef.

— Non, Chef, répond Randy.

— Elle avait retiré ses chaussures, peut-être qu'elle s'est coupé le pied sur un coquillage, intervient Nick.

— Elle n'est pas morte d'une coupure au pied, en tout cas, réplique le Chef. À moins qu'elle n'ait nagé trop loin et qu'elle n'ait pas pu revenir à cause de son pied ?

— Ça ne colle pas, dit Nick. Il y a aussi un kayak pour deux posé à l'envers sur la plage, et une rame quelques mètres plus loin. Pas de sang sur le kayak. »

Le Chef inspire un grand coup. La journée est calme ; aucune brise au large. Il va faire chaud, et il y aura des insectes. Ils doivent emporter le corps loin d'ici, et fissa. Ils doivent commencer à interroger les gens, tenter de comprendre ce qui s'est passé. Il se souvient de ce que Dickson lui a dit à propos de la disparition du témoin. Avec un peu de chance, le problème s'est résolu tout seul.

« Remontons vers la maison, dit-il.

— On divise pour mieux régner ? demande le Grec.

— Je prends les hommes, toi les femmes. »

Nick fait des merveilles avec les femmes.

« Ça marche », acquiesce Nick.

Alors qu'ils approchent des marches du perron, le véhicule de Bob, de l'Old Salt Taxi, s'arrête dans l'allée, et un jeune homme d'environ 25 ans en descend. Il porte un short Nantucket Reds, une chemise oxford bleue, un blazer bleu marine et des mocassins ; il tient un grand sac en toile dans une main et une housse à vêtements dans l'autre. Il a les cheveux ébouriffés et il n'est pas rasé.

« C'est qui, ce type ? demande Nick à voix basse.

— Un invité en retard pour la fête », répond le Chef.

Il salue Bob de la main tandis que celui-ci quitte l'allée en marche arrière.

Le jeune homme lance un sourire inquiet au Chef et à Nick.

« Qu'est-ce qui se passe ?

— Vous êtes invité au mariage ? demande Nick.

— Je suis le témoin, répond le jeune homme. Shooter Uxley. Il y a un problème ? »

Nick se tourne vers le Chef. Celui-ci hoche imperceptiblement la tête et s'efforce de ne pas laisser paraître son soulagement. Et un mystère de résolu, un.

« La demoiselle d'honneur est morte », lance Nick.

Les sacs heurtent le sol et le gamin – Shooter Uxley, quel nom – devient blême.

« Quoi ? Attendez... *quoi* ? »

Premier interrogatoire, Roger Pelton, samedi 7 juillet, 7 heures

Le Chef rejoint Roger Pelton dans l'allée. Les deux hommes se saluent, et le Chef serre le bras de Roger en signe d'amitié et de soutien. Roger est marié à Rita depuis l'âge du bronze et ils ont cinq enfants, tous adultes. Il dirige sa boîte d'organisation de mariage depuis plus de dix ans ; auparavant, c'était un entrepreneur général prospère. Roger Pelton est l'être humain le plus solide que Dieu ait jamais créé sur Terre. Le Chef se souvient qu'il a aussi fait le Viêt Nam, où il a été décoré de la Purple Heart et de la Bronze Star. On aurait eu du mal à l'imaginer en planificateur de mariages le plus demandé de

Nantucket, mais il a un vrai don pour cela, et son activité est en plein essor.

En cet instant, Roger a l'air complètement bouleversé. Son visage est pâle et trempé de sueur ; ses épaules sont tombantes.

« Je suis navré, Roger. Ça a dû te faire un sacré choc.

— Je croyais avoir tout vu, murmure Roger. J'ai eu des jeunes femmes qui faisaient demi-tour à mi-chemin de l'autel ; j'ai eu des jeunes hommes qui ne se sont jamais pointés ; j'ai surpris des couples en train de faire l'amour dans les toilettes de l'église. J'ai vu des mères de la future mariée gifler la mère du fiancé. J'ai eu des pères qui refusaient de me payer et d'autres qui me filaient 5 000 dollars de pourboire. J'ai eu droit à des ouragans, des orages, des vagues de chaleur, du brouillard, et même, un jour, de la grêle. J'ai vu des gamines vomir et s'évanouir avant de s'engager ; j'ai même vu un garçon d'honneur manger une moule et faire un choc anaphylactique. Mais je n'ai jamais vu personne mourir. Je n'ai rencontré la demoiselle d'honneur qu'en coup de vent, je ne peux donc rien t'en dire, si ce n'est que c'était la meilleure amie de Celeste.

— Celeste ?

— Celeste Otis, la mariée. Elle est jolie et intelligente, mais sur cette île j'en vois beaucoup, des filles jolies et intelligentes. Ce qui est plus remarquable, chez elle, c'est qu'elle aime énormément ses parents, et qu'elle se montre patiente et gentille avec ses futurs beaux-parents. Elle est humble. Et c'est sacrément rare, quand on traite avec des jeunes femmes qui se marient à Nantucket.

— À ce point ?

— Crois-moi. Je suis consterné que tout ceci soit arrivé le jour de son mariage. Elle était à ramasser à la petite cuillère.

— Tentons de comprendre ce qui s'est passé. Je commence par toi, car je sais que tu as du pain sur la planche. »

Le Chef entraîne Roger jusqu'à un banc en fer forgé blanc, niché sous une tonnelle ruisselant de roses New Dawn. Ils s'y installent.

« Raconte-moi ce que tu as vu en arrivant ici, commence le Chef. Depuis le début.

— Je suis arrivé vers six heures moins le quart. La société de location était censée laisser dix-sept tables rondes et cent soixante-quinze chaises pliantes. Je voulais être sûr qu'il y avait bien le compte, voir comment la piste de danse avait été installée, vérifier qu'il n'y avait pas eu de fiesta toute la nuit. Le boulot habituel.

— Je vois.

— Dès que je suis sorti de ma voiture, j'ai entendu des cris. Et j'ai tout de suite compris qu'il s'agissait de Celeste. J'ai cru que quelque chose était arrivé à sa mère. »

Roger s'interrompt une seconde.

« Karen Otis, la mère de Celeste. Elle est très malade. Un cancer. Bref, j'ai compris, rien qu'en entendant ce hurlement, que quelqu'un était mort. Il y avait cette *urgence-là* dans sa voix. Alors j'ai foncé jusqu'à l'entrée de la maison et j'ai vu cette pauvre Celeste qui tentait de sortir son amie de l'eau en la tirant par les bras. En une seconde, j'ai su que la fille était morte, mais j'ai aidé Celeste à la traîner sur la plage et j'ai tenté de la réanimer.

— Massage cardiaque et bouche-à-bouche ?

— J'ai tenté le coup, soupire Roger. Je... J'ai fait ce que j'ai pu. Mais elle était morte quand je l'ai trouvée, Ed. C'est tout ce que je peux te dire.

— Alors pourquoi as-tu pris la peine de lui faire du bouche-à-bouche ?

— Je me suis dit, on ne sait jamais. Il fallait que je fasse *quelque chose.* Celeste me suppliait d'agir. *Vous devez la sauver,* elle disait. *Vous devez la sauver !* »

Roger plonge la tête entre ses mains.

« Elle était morte. Impossible de la réanimer.

— C'est à ce moment-là que tu as appelé les urgences ?

— Mon téléphone était tombé dans l'allée, alors j'ai pris celui de Celeste. Les secours étaient là six minutes plus tard. Eux aussi ont tenté un massage cardiaque. Puis la police a débarqué. Le sergent Dickson. Tous les deux, on est allés toquer à la porte de la grande maison.

— Et qui est venu ouvrir ? À qui avez-vous parlé ?

— C'était Greer Garrison, la mère du marié. Elle et son mari, Tag Winbury, sont propriétaires de la baraque. Greer était déjà debout. Elle avait une tasse de café à la main.

— Vraiment ? Tu es sûr de ce que tu dis ? s'exclame le Chef. Elle était réveillée mais elle n'a pas entendu Celeste hurler, et elle ne vous a pas vus en train de sortir un corps de l'eau pile devant chez elle ? Avec toutes ces gigantesques fenêtres, elle n'a rien remarqué ? Elle n'a pas entendu les sirènes, ni vu les gyrophares quand les secours sont arrivés ?

— Il semblerait que non. Elle n'avait aucune idée de ce qui s'était passé quand je lui ai parlé.

— Quand vous lui avez annoncé la nouvelle, quelle a été sa réaction ?

— Elle s'est mise à trembler. Elle a renversé du café. Dickson a dû lui retirer la tasse des mains.

— On peut donc dire qu'elle avait l'air choquée et bouleversée, conclut le Chef.

— Oui, aucun doute là-dessus. M. Winbury est venu voir ce que c'était que ce raffut, et je lui ai annoncé la nouvelle à lui aussi. Il a cru à une mauvaise blague.

— Une blague.

— Chacun réagit à sa façon. Mais la première émotion, bien sûr, c'est le choc et l'incrédulité. Celeste hurlait toujours. Elle est allée dans l'un des cottages réservés aux invités pour réveiller Benji – le marié. Il a essayé de la calmer, mais il n'y avait rien à faire. Elle était... comment dire. Le sergent Dickson a demandé aux ambulanciers de l'emmener aux urgences. »

Roger hoche la tête.

« J'ai de la peine pour elle. C'était censé être le plus beau jour de sa vie et au lieu de ça... sa meilleure amie... »

Le Chef se remémore soudain le jour où il avait appris la mort de Tess et de Greg. Il était allé directement à la plage voir Andrea. Parfois, au cœur de la nuit, il entend encore le son qu'elle avait émis quand il lui avait annoncé que Tess était morte.

« Il n'y a rien de pire que la mort soudaine et inattendue d'un être jeune, murmure-t-il.

— C'est bien vrai, soupire Roger. Quoi qu'il en soit, pendant que la famille se réunissait à l'intérieur, j'ai passé plusieurs coups de fil – au traiteur, à l'église, aux musiciens, aux autorités portuaires, au photographe, au chauffeur. J'ai appelé tout le monde. »

Roger regarde sa montre.

« Et désolé de dire ça, mais j'ai deux autres mariages qui m'attendent. »

Le Chef acquiesce. « On va te laisser partir. Je voulais juste savoir si tu avais remarqué quelque chose de bizarre, de particulier, de suspect ou de notable concernant le ou la mariée, la famille, ou l'un des invités. Est-ce que quelque chose ou quelqu'un t'a surpris ?

— Juste un détail. Et ce n'est sans doute rien. »

Sans doute rien, c'est souvent quelque chose, songe le Chef.

« Je t'écoute.

— Celeste... commence Roger. Elle avait son sac à main et un petit sac de voyage quand je l'ai rejointe sur la plage. Et elle était entièrement habillée. Elle portait sa tenue de départ en voyage, celle qu'elle était censée mettre dimanche.

— Et tu te demandes...

— Je me demande pourquoi elle la portait ce matin. Je me demande pourquoi elle avait son sac à main et son sac de voyage. Je me demande pourquoi elle était debout à six heures moins le quart, vêtue de cette façon, sur la plage.

— On lui posera la question, répond le Chef. C'est bizarre, en effet. »

Il réfléchit à ce que Roger vient de lui dire.

« Peut-être que le fiancé et elle ont décidé à la dernière minute de s'enfuir pour se marier ailleurs ?

— J'y ai pensé moi aussi. Mais les parents de Celeste sont ici... Sa mère... Il y a quelque chose qui cloche, à mon avis. Mais c'est une gamine vraiment chouette, Ed. Je suis sûr qu'il y a une explication logique à tout cela. Ce n'est probablement rien du tout. »

Premier interrogatoire, Abigail Freeman Winbury, samedi 7 juillet, 7 h 15

Côté femmes, Nick n'a guère le choix. Celeste, la future mariée, est à l'hôpital ; la mère du fiancé, Greer Garrison, est pendue au bout du fil pour contacter les invités et leur annoncer la terrible nouvelle ; et la mère de la mariée, qui est très malade, n'est toujours pas levée. Il ne sait même pas si elle est au courant de ce qui s'est passé.

Ne reste donc qu'Abigail Freeman Winbury – Abby –, demoiselle d'honneur et épouse du frère du marié.

Abby est petite, avec des cheveux auburn, coupés bien droit au niveau des épaules. Elle a des yeux marron et des taches de rousseur. Elle est mignonne, se dit-il, mais ce n'est pas une beauté. Quand elle entre dans la salle de réception où Nick mène ses interrogatoires – une pièce équipée de portes vitrées qui se ferment, la séparant du vestibule, de l'escalier, et du reste de la demeure –, la jeune femme tient sa poitrine entre ses mains. Nick bat des paupières. Ok. Il a déjà vu plus étrange.

« Bonjour Abby, je m'appelle Nick Diamantopoulos, inspecteur de la police d'État du Massachusetts. Merci d'accepter de discuter avec moi. »

Abby lâche ses seins pour lui serrer la main.

« Juste pour info. Je suis enceinte. De quinze semaines. J'ai fait une amniocentèse il y a quelques jours, et le bébé va bien. C'est un garçon.

— Oh », fait Nick.

Voilà au moins qui explique pourquoi elle se tenait les seins. Nick n'a pas d'enfants et n'a jamais été marié ; mais sa sœur, Helena, a eu trois mômes, et ce dont Nick se souvient concernant les grossesses d'Helena, c'est que la dignité en prend un sacré coup. Helena, d'habitude plutôt discrète concernant son corps et ses fonctions, se plaignait de ses seins douloureux (puis qui fuyaient du lait), ainsi que de la fréquence à laquelle elle avait envie de faire pipi.

« Toutes mes félicitations. »

Abby lui lance un sourire fatigué mais triomphant.

« Merci. Ce sera le premier héritier Winbury. Cela compte aux yeux des Britanniques, je crois.

— J'ai de l'eau ici, si vous en voulez. Vous devez être bouleversée. »

Abby prend place sur le canapé et Nick dans un fauteuil lui faisant face, de manière à bien voir son visage.

« J'ai du mal à digérer depuis quelques semaines, commence-t-elle. Et c'est tellement atroce ce qui vient de se passer. Je n'arrive pas à croire que c'est vrai. J'ai l'impression d'être dans un film, vous savez ? Ou dans un rêve. Merritt est morte. Elle est *morte.* »

Elle se verse un verre d'eau mais sans l'approcher de ses lèvres.

« Est-ce qu'on sait si... Le mariage est-il *annulé* ?

— Je crois bien que oui. »

Il a entendu Greer l'annoncer au téléphone, il en est presque sûr. Qu'ils annulaient les noces.

« Je comprends, dit Abby, mais elle a l'air un peu déconfite. Je m'en doutais. Je veux dire, Merritt est la meilleure amie de Celeste, sa seule amie, en fait, et elle est morte. »

Abby secoue la tête comme pour s'éclaircir les idées.

« Évidemment, le mariage est annulé. Je ne sais même pas pourquoi j'ai posé la question. Vous devez croire que je suis un monstre.

— Absolument pas. Je suis sûr que ça vous a causé un choc.

— Oui, un vrai choc. Ce mariage, c'est toute une histoire – ça leur coûte les yeux de la tête, vous savez, à Tag et à Greer. Et comme la mère de Celeste n'est pas en forme, je me demandais juste si... s'ils iraient jusqu'au bout malgré tout. Mais bien sûr que non. *Évidemment* que non. S'il vous plaît, ne dites à personne que j'ai posé la question.

— Promis.

— Alors... qu'est-ce qui s'est *passé ?* Vous êtes inspecteur de police ? Vous pensez que quelqu'un *a tué* Merritt ? Que c'est un *meurtre* ?

— Selon la loi, en cas de mort suspecte, nous sommes dans l'obligation d'écarter la piste de l'acte criminel, explique-t-il. Je vais donc vous poser quelques questions. Des choses simples. Contentez-vous de répondre le plus honnêtement possible.

— Bien sûr, bien sûr. C'est juste que... Je n'arrive pas à y croire. Je n'arrive pas à croire que c'est arrivé. Je veux dire, sur le plan intellectuel, mon cerveau sait que c'est le cas, mais mon cœur s'y refuse. Elle est *morte.*

— Dites-moi ce que vous savez sur Merritt, la relance Nick.

— Je ne suis pas vraiment la meilleure personne à qui poser cette question. Je ne l'ai rencontrée qu'au mois de mai. On a organisé un petit week-end d'enterrement de vie de jeune fille et on était ici toutes les trois – Celeste, Merritt et moi.

— C'est tout ? Personne d'autre ?

— En fait, Tag et Greer étaient là. Greer a plus ou moins organisé ce week-end, comme elle a organisé le reste du mariage. Mes beaux-parents étaient présents, mais sinon... pas d'autres *femmes.* C'est un peu bizarre, non ? Celeste n'a pas beaucoup d'amies. Quand je me suis mariée, j'avais onze demoiselles d'honneur. Certaines venues de St. Stephen's, d'autres de l'Utah. J'étais présidente d'une sororité, les Tri Delta. J'aurais pu avoir trente demoiselles d'honneur. Mais Celeste n'avait que Merritt, une copine rencontrée à New York. Merritt s'occupe des relations publiques pour le zoo où travaille Celeste.

— Merritt travaillait dans les relations publiques. Et Celeste, la mariée, est employée d'un *zoo,* c'est bien ça ?

— Celeste est la directrice adjointe du zoo du Bronx. Elle en connaît un rayon sur les animaux. Le genre, l'espèce, les rituels d'accouplement et les schémas de migration, ce genre de trucs.

— Impressionnant.

— Et elle n'a que 28 ans, ce qui, j'imagine, n'est pas banal dans le monde actuel. C'est Merritt qui l'a découverte, d'une certaine façon. Elle a choisi Celeste comme image publique de la Wildlife Conservation Society. Sa photo est dans la brochure du zoo, et le grand rêve de Merritt, c'était d'afficher son visage en grand sur un panneau publicitaire – mais Celeste a refusé. Elle est assez conformiste. Quand on y pense, elles forment un drôle de duo, Celeste et Merritt – un peu comme dans *The Odd Couple*. Elles *formaient*. Pardon. »

Les yeux d'Abby s'emplissent de larmes et elle agite la main devant son visage.

« Je ne peux pas me mettre sur les nerfs au sujet de cette histoire, à cause du bébé. J'ai déjà fait quatre fausses couches...

— Vous m'en voyez désolé.

— Mais cette *pauvre* Celeste. Elle doit être *complètement* effondrée. »

Nick se penche en avant et rive les yeux d'Abby aux siens.

« Le meilleur moyen d'aider Celeste est de comprendre ce qui est arrivé à son amie. Quand vous dites que Celeste et elle formaient un drôle de duo, que voulez-vous dire par là ?

— Oh, simplement qu'elles étaient très différentes. Complètement à l'opposé l'une de l'autre, vous voyez.

— Pouvez-vous préciser ?

— Sur le plan physique, d'abord. Celeste est blonde et a la peau claire, Merritt a les cheveux bruns et la peau mate. Celeste se couche tôt et Merritt est un oiseau de nuit. Merritt a un second boulot – *avait*, pardon – un autre job en tant qu'influenceuse.

— Influenceuse ?

— Sur les réseaux sociaux. Elle a quelque chose comme quatre-vingt mille followers sur Instagram qui ont tous le même profil qu'elle – de beaux citadins de la génération Y –, si bien qu'elle obtient des avantages en nature pour faire connaître les marques avec ses posts. Elle reçoit des vêtements gratuits, des sacs gratuits, du maquillage gratuit ; elle dîne dans tous les nouveaux restaurants branchés, va dans les clubs select, et fait du sport à l'œil à La Palestra, tout ça parce qu'elle parle d'eux sur son compte Instagram.

— Un bon boulot, quand on parvient à l'obtenir, remarque Nick.

— Oui, n'est-ce pas ? s'exclame Abby. Merritt est... *était* une *papesse des* médias sociaux. Quant à Celeste, elle n'a *même pas* de compte Facebook. Quand j'ai appris ça, je n'en ai pas cru mes oreilles. Je pensais que *tout le monde* avait un compte Facebook. Je croyais qu'on en recevait un à la naissance, vous voyez.

— Je suis dans le même cas que Celeste », réplique Nick.

Un jour, il était sorti avec une femme qui avait tenté de le convaincre de créer un profil Facebook ; mais l'idée d'indiquer ses allées et venues, ses activités et, pis encore, les gens qu'il fréquentait lui déplaisait au plus haut point. Nick est un célibataire invétéré, qui enchaîne les conquêtes. Facebook serait un handicap. En parlant de ça...

« Et les garçons ? Merritt avait-elle un petit ami dont vous auriez entendu parler ? »

Abby lui lance un regard embarrassé. Si Nick a tant de succès avec les femmes, c'est entre autres parce qu'il a appris à écouter non seulement ce qu'elles *disent*, mais aussi ce qu'elles *ne disent pas.* C'est un talent que lui ont enseigné sa mère, sa *yaya* et sa sœur. Abby le regarde suffisamment longtemps pour qu'il suppose qu'elle tente de lui dire quelque chose ; mais elle finit par hocher la tête.

« Je ne suis sûre de rien. Il faudrait demander à Celeste.

— Abby ? Savez-vous quelque chose dont vous ne me parlez pas ? »

Abby boit une petite gorgée d'eau, puis contemple la pièce comme si c'était la première fois qu'elle y mettait les pieds. On sent que le lieu ne sert pas souvent. Les murs et les moulures sont d'un blanc impeccable, tout comme le canapé en demi-lune et les fauteuils modernes en forme d'œuf. Il y a trois tableaux accrochés au mur, des rayures arc-en-ciel aux couleurs vives – un losange, un cercle, un hexagone – ainsi que des sculptures rappelant un jeu de Meccano en acier et boules en bois. Il y a un piano à queue noir ; son couvercle est recouvert de photographies encadrées. Sur une table basse en verre est posé un beau livre sur Nantucket, ce dont Nick ne comprend pas bien l'intérêt. Si vous voulez voir Nantucket, sortez. Vous y êtes.

« Elle est venue seule au mariage, reprend Abby. Ce qui me fait dire qu'elle voulait s'amuser comme bon lui semble, ou alors qu'elle avait jeté son dévolu sur quelqu'un déjà présent au mariage. »

Ah-ah, songe Nick. Ça y est, ça commence à devenir intéressant.

« Qui, par exemple ?

— Sur ce plan-là aussi, elles sont très différentes ! s'exclame Abby. Benji est le premier vrai petit ami de Celeste. Et Merritt... disons qu'elle a connu pas mal de types, j'en mettrais ma main à couper.

— Mais pas de relation sérieuse ? » insiste Nick.

Il sent qu'Abby cherche à changer de sujet.

« Si vous étiez toutes les trois à cet enterrement de vie de jeune fille, vous avez dû partager des petits secrets, non ?

— Il y a autre chose, dit Abby. Leurs parents. Celeste est hyper proche de ses parents. *Trop* proche, vous voyez. C'est peut-être injuste de dire ça, parce que sa mère a un cancer. Je reformule ma pensée : Celeste est très proche de ses parents, alors que Merritt n'a pas parlé aux siens depuis six ou sept ans – je crois que c'est ce qu'elle a dit. »

Ce point attire l'attention de Nick. Il va falloir qu'ils contactent les proches.

« Savez-vous où habitent ses parents ?

— Aucune idée. Elle vient de Long Island, mais pas d'un endroit chic, pas des Hamptons ou équivalent. Elle a parlé d'un frère, je crois. Là encore, il faudrait demander à Celeste.

— Revenons au point précédent. Pensez-vous que Merritt avait une relation avec quelqu'un qui assistait au mariage, et que c'est pour ça qu'elle est venue sans cavalier ?

— Puis-je aller aux toilettes ?

— Pardon ? »

Il est presque sûr qu'elle se sert de ce prétexte pour éviter de devoir répondre – mais soudain, il se souvient d'Helena.

« Oui. Bien sûr. »

Samedi 22 octobre 2016

CELESTE

Blair Parrish, herpétologue en chef du Monde des reptiles au zoo du Bronx, est hypocondriaque. Elle est « malade » plus souvent que de raison. Elle se fait porter pâle un *samedi* – de loin le jour le plus chargé du zoo. Celeste demande à Donner, de la Maison des oiseaux aquatiques, de la remplacer à 10 heures pour sa conférence sur les serpents. Donner rechigne (il est expert des manchots de Magellan et de *rien* d'autre), si bien que Celeste charge Karsang, l'expert des hauts plateaux de l'Himalaya, de faire l'exposé de Blair sur les serpents de 13 heures, tandis qu'elle-même s'occupera de celui de 15 heures, même si manipuler des serpents est la tâche qu'elle apprécie le moins au zoo. Elle a beau être spécialiste des primates, elle est aussi directrice adjointe du zoo – la plus jeune de tout le pays –, et c'est à elle de maintenir la paix au sein de ses employés, de faire en sorte que tout se passe comme prévu, et de montrer l'exemple en ayant l'esprit d'équipe.

Celeste a suffisamment d'expérience pour savoir que la conférence de 15 heures, dans n'importe quelle partie du zoo, peut se passer plus ou moins bien. Celles de 10 heures sont généralement les meilleures : les enfants sont encore en forme, leurs parents ou ceux qui s'en occupent ont les yeux brillants et sont encore persuadés que la journée va bien se passer. Celles de 13 heures sont presque toujours une catastrophe ; c'est le seul mot que trouve Celeste pour les décrire à Merritt via leurs téléphones professionnels sans se montrer grossière. À 13 heures, les enfants ont hâte d'aller déjeuner, ou alors ils viennent de manger, ils sont shootés au sucre, et ils ont souvent les mains et le visage poisseux. Quant aux conférences de 15 heures, tout dépend. Y assistent généralement des enfants plus âgés, car les bambins sont déjà rentrés faire la sieste ; et plus les enfants sont âgés, mieux ils se comportent habituellement. Cela dit, la conférence de 15 heures est souvent peuplée de gens qui ne sont tout simplement pas parvenus à s'organiser assez tôt dans la journée pour se rendre à celle de 10 ou 13 heures.

Celeste pénètre dans le Monde des reptiles à 14 h 50. Elle n'aime pas beaucoup l'odeur des lieux. Cela sent le moisi, le lézard, et elle sait que cette puanteur va coller à ses cheveux et à ses vêtements, et qu'il y a de fortes chances que cela dérange les autres passagers dans le bus qui la ramènera chez elle. En tant que directrice adjointe du zoo, elle porte une tenue de travail standard, non un uniforme ; mais, pour cette conférence-ci, elle boutonne une chemise vert kaki fournie par le zoo sur son col roulé noir et sa jupe crayon en pied-de-poule – et parce qu'elle trouve bizarre de porter ses belles chaussures de travail (de petits talons en daim Nine West que Merritt l'a aidée à choisir) dans le Monde des reptiles, elle les remplace par ses chaussures de course, qu'elle garde dans son casier de travail pour le trajet. Elle a l'air ridicule, elle en a bien conscience ; mais ce sont les serpents que les enfants viennent voir, pas elle.

Un couple attend déjà que la conférence commence. Genre : *Européen,* songe Celeste. Espèce : *Suédois ? Norvégiens ?* Leur habitat naturel comprend des fjords et le soleil de minuit, des saunas, et des buissons d'airelles rouges. Ils sont tous deux grands et robustes, et leurs cheveux touffus sont jaune paille. L'homme a une énorme barbe ; la femme des lunettes à monture invisible. Ils portent tous deux des Birkenstock sur d'épaisses chaussettes en laine. La femme sort un bout de viande séchée d'un sac banane et le tend à l'homme. Celeste songe à leur faire la leçon : il est interdit de manger dans le Monde des reptiles ; nourriture et boissons sont interdites dans l'ensemble du zoo – mais c'est la dernière conférence de la journée, et elle n'a pas envie de se montrer rabat-joie.

Quelques minutes avant 15 heures, un homme et une femme arrivent avec une petite fille. Elle a environ 7 ans, juge Celeste (elle est devenue experte dans l'art de déterminer l'âge des enfants, souvent au mois près). La petite fille a des anglaises à la Shirley Temple – le genre de boucles sur lesquelles on a envie de tirer pour le seul plaisir de les voir rebondir. Il y a de la tension au sein du couple, et Celeste comprend à la mâchoire serrée de la femme et aux chuchotements de colère qui passent au-dessus de la tête de la fillette qu'ils sont en train de se disputer. Quand Celeste plonge dans le premier terrarium pour récupérer Molly, la couleuvre faux-corail, elle écoute discrètement leur conversation. La femme veut que l'homme vienne dîner avec « Laney et Casper » au Root and Bone le soir même ; mais l'homme lui rappelle qu'il a promis de dîner chez ses parents parce qu'ils partent pour la Barbade lundi prochain, et qu'ensuite ils seront à Londres pendant toutes les vacances, si bien qu'il ne peut ni annuler ni reporter.

La femme – dont les cheveux sont très blonds avec des nuances argentées, mais des nuances volontairement créées, pas celles liées à l'âge, ce qui la fait ressembler à un personnage de film de science-fiction – réplique : « Tu te comportes comme un larbin avec tes parents. C'est pathétique à voir. »

La petite fille lève les yeux. « Qui est un larbin, maman ? »

Maman S.-F. répond d'un ton sec : « Je ne m'adressais pas à toi, Miranda. J'essaie d'avoir une conversation d'adulte avec Benji. »

Benji croise le regard de Celeste et sourit d'un air confus. « Cette gentille dame va nous faire découvrir les serpents, Miranda », dit-il.

Les yeux de Miranda deviennent ronds comme des soucoupes. Sa mère pousse un soupir exaspéré et Celeste sourit avec indulgence, comme pour montrer qu'elle sait à quel point les sorties au zoo peuvent être barbantes. Ce que les parents sont contraints de subir pour faire plaisir à leurs enfants ! Le couple fâché est habillé de manière coûteuse, beaucoup de daim et de cachemire, une belle montre au poignet de l'homme, des ballerines aux pieds de la femme, et elle porte une sorte de sac de créateur. (Merritt serait capable d'identifier non seulement la marque mais aussi l'année ; elle a le même amour pour les sacs que la plupart des hommes pour les Corvette.) Genre : *Manhattan,* songe Celeste. Espèce : *Upper East Side.* Leur habitat naturel comprend des portiers et des taxis, des écoles privées et des grands magasins de luxe.

Un spectacle typique du zoo du Bronx.

Alors que Celeste est sur le point de se lancer – elle a relu les notes de Blair pendant sa pause déjeuner –, un groupe de grands ados entrent dans la salle ; se dégage d'eux l'odeur reconnaissable entre toutes de la marijuana. Celeste hausse les sourcils.

« Vous êtes là pour la conférence sur les serpents, les garçons ? » demande-t-elle.

Ils ont l'air d'avoir fumé dans Pelham Bay Park et d'être tombés par erreur sur le Monde des reptiles.

« Yep, répond celui qui porte un bonnet en tricot orange fluo. Vous avez un anaconda ici, non ?

— En effet, mais je ne le manipule pas. Il est beaucoup trop gros.

— Moi aussi, j'ai un gros anaconda, réplique le garçon. Mais vous pouvez le manipuler quand vous voulez. »

Celeste sourit d'un air patient. Pas étonnant que Blair soit tellement sujette aux migraines.

Benji se tourne vers le gamin et lance : « Hé, toi. Un peu de respect pour la dame, je te prie. »

Mon sauveur, songe Celeste. Comme elle ne veut pas que la situation dégénère, elle intervient : « Allons-y. Je m'appelle Celeste Otis, je suis la directrice adjointe de ce zoo, mais aujourd'hui, je porte la casquette du Monde des reptiles. Voici Molly, l'un de nos deux serpents faux-corail. Les serpents faux-corail ne sont pas venimeux, ni dangereux d'aucune façon pour l'homme ; mais ils ressemblent beaucoup aux serpents corail, qui eux sont mortels. Cette similitude, connue sous le nom de mimétisme batésien, est l'un des moyens dont se sert la couleuvre faux-corail pour se protéger à l'état sauvage. »

Elle déroule méthodiquement le petit baratin de Blair. *Les serpents ont tous le sang froid. Est-ce que quelqu'un sait ce que cela signifie ?* Elle sourit à la mère de Miranda, mais celle-ci est en mode boudeur, les yeux vrillant le béton quelque part derrière l'épaule de Celeste, les bras fermement croisés sur la poitrine. Elle ne cesse de jeter de furtifs regards en coin à Benji – comme si elle voulait qu'il remarque à quel point elle est en colère, qu'il comprenne à quel point c'est injuste qu'il refuse de dîner avec Laney et Casper parce qu'il s'est engagé auprès de ses parents. Benji, pendant ce temps, ne quitte pas Celeste des yeux. Il l'écoute comme si chaque mot qu'elle prononce était incroyablement fascinant. *Les serpents perdent leur peau une fois par an et lors de cette mue, leurs yeux deviennent laiteux. Les serpents sentent les odeurs avec leur langue. Les serpents n'ont pas d'oreilles.*

Benji se penche vers Miranda. « C'est dingue, non ? Les serpents n'ont pas d'oreilles. »

Miranda glousse.

« On croit parfois que les serpents sont gluants, poursuit Celeste. Mais en réalité, leur peau est sèche et fraîche. Est-ce que quelqu'un a envie de toucher Molly ? »

Celeste tend Molly à la mère de Miranda, qui recule de deux pas.

« Non, merci, dit-elle.

— Oh, allez, Jules, lance Benji. Sois sympa.

— Je n'ai pas envie de toucher ce serpent.

— Il n'y a aucune raison d'avoir peur, intervient Celeste. Les serpents ont mauvaise réputation depuis les temps bibliques, mais Molly est vraiment adorable.

— Je n'ai *absolument pas* peur, assène Jules. Comment osez-vous insinuer une chose pareille ?

— Eh ben ! », s'exclame le camé au bonnet orange.

Celeste envisage de s'excuser mais elle ne tolère pas l'insolence des gamins pourris-gâtés, et elle ne la tolérera pas davantage de la part de leurs parents. Pour prouver qu'elle a raison, elle tend le serpent à Miranda.

« Montre à maman comme tu es courageuse. »

Miranda tend la main sans hésiter pour caresser Molly.

« Tu vois, dit Celeste. Je crois qu'elle t'aime bien. »

Jules quitte le Monde des reptiles d'un pas furieux.

Celeste soupire. C'est depuis longtemps un sujet de plaisanterie avec Zed, son patron : lancer une collecte de fonds pour construire un bar à cocktails à côté de la cafétéria, destiné aux parents comme Jules. Cela faciliterait grandement leur travail à tous.

Les Suédois doivent s'imaginer que la conférence est finie car ils emboîtent le pas à Jules et s'en vont.

« On peut aller voir un boa, maintenant ? » demande le camé.

Celeste sort Bernie le boa et conclut son discours par une promenade devant les serpents venimeux – la vipère heurtante, le serpent à sonnettes, le crotale du temple et, éternel favori, Carmen le cobra. Celeste tapote la vitre : Carmen se dresse tel un panache de fumée et déploie son capuchon. Tout le monde recule d'un pas.

« Voilà qui achève notre discussion sur les serpents, dit Celeste. Je vous souhaite une bonne fin d'après-midi. »

Les camés tapent sur la vitre du terrarium de Carmen, pour l'inciter à passer à l'attaque, tandis que Celeste se dirige vers le lavabo pour se laver les mains. Elle découvre Benji et Miranda traînant devant le terrarium de Molly et, pour se faire pardonner d'avoir énervé Jules, elle se joint à eux.

« Molly a mué il y a quelques jours, dit-elle. La peau est juste là. » Elle désigne le tube gris, aussi délicat qu'un filigrane, presque intact.

Benji sourit.

« Merci pour tout ce que vous nous avez appris. Navré que Jules soit parti en claquant la porte. Ce n'est pas vous qui l'avez contrariée.

— Ne vous en faites pas. Je ne fais que remplacer la spécialiste habituelle des serpents. Mon travail est surtout administratif, en ce moment. C'est amusant d'être sur le terrain, même si je ne m'attends pas à ce que les problèmes du monde réel se volatilisent dès qu'on entre dans le Monde des reptiles.

— Vous avez une carte de visite ? J'ai un ami qui organise des sorties pour des hommes d'affaires étrangers de passage à New York. J'aimerais bien lui proposer de les emmener au zoo.

— Une sorte de sortie pédagogique pour adultes ?

— Ils aiment surtout les casinos et les clubs de strip-tease. Ce serait nouveau et différent, je crois. Quelque chose d'instructif.

— J'ai bien des cartes de visite. Mais elles sont dans mon bureau. Vous pouvez appeler l'accueil du zoo et demander à me parler. Je m'appelle Celeste Otis. Ou, si vous préférez, vous pouvez entrer tout de suite ma ligne directe dans votre téléphone.

— J'en serais ravi », dit Benji.

Il sort son téléphone.

« Allez-y, je vous écoute. »

Samedi 7 juillet 2018, 7 h 30

Premier interrogatoire, Abigail Freeman Winbury, samedi 7 juillet (suite)

Pendant qu'Abby est aux toilettes, Nick guette les voix en provenance d'autres pièces. Il n'entend rien et ne voit personne à travers les portes vitrées. Cette pièce, isolée de manière presque hermétique du reste de la maison, est idéale pour un interrogatoire. Quelqu'un d'autre que lui serait assis là, avec le soleil qui ruisselle à l'intérieur et les hortensias bien visibles derrière la fenêtre, n'aurait absolument pas conscience que quelque chose ne tourne pas rond.

Abby revient, les bras croisés sur sa poitrine dans ce que Nick considère comme une attitude défensive. Elle sait ou soupçonne quelque chose concernant la vie sentimentale de Merritt. Il faut juste qu'il lui fasse cracher le morceau.

« Où en étions-nous ? demande-t-il.

— Je ne sais plus trop, répond Abby.

— Et si nous parlions de la nuit dernière ?

— Ben, le premier truc qui s'est passé, répond Abby, c'est que la répétition a été annulée.

— Pourquoi ?

— Je crois que le révérend Derby – le pasteur new-yorkais des Winbury – a appelé pour dire que son vol avait été retardé et qu'il n'arriverait à Nantucket que tard dans la soirée. J'ai cru qu'on irait quand même à l'église pour répéter la cérémonie avec Roger, l'organisateur du mariage. Mais Celeste et Benji ont décidé de tout annuler. C'était presque comme si...

— Comme si quoi ?

— Comme s'ils savaient... qu'ils ne se marieraient pas.

— Qu'entendez-vous par là ? »

Abby boit un peu d'eau et pose obstinément les yeux sur le beau-livre concernant Nantucket. La photo de couverture montre les bateaux aux voiles multicolores contournant le phare de Brant Point pendant la régate de l'Opera House Cup.

« Rien, dit-elle.

— Y avait-il quoi que ce soit pouvant laisser penser que ce mariage n'aurait pas lieu ?

— Absolument rien.

— Donc, pas de répétition de la cérémonie. Mais il y a quand même eu un dîner de répétition, n'est-ce pas ?

— C'était un pique-nique sur la plage, explique Abby. Un barbecue de fruits de mer. Avec des clams et des huîtres crues, que je n'ai pas mangées parce que je suis enceinte, et que les fruits de mer non cuits peuvent transmettre la listeria. C'est pareil pour la charcuterie. »

Abby boit encore un peu d'eau et Nick lutte contre son envie instinctive de classer Abby dans la catégorie affreusement égocentrée et parfaitement inutile à l'enquête.

« Il y avait de la soupe de clams, du homard, des saucisses, des pommes de terre, du pain de maïs. Plusieurs sortes de tartes pour le dessert. Oh, et puis des biscuits salés au cheddar. J'en ai mangé une dizaine.

— Ça a l'air délicieux, dit Nick, qui se force à sourire. Le barbecue était servi par un traiteur ?

— Oui. Par les mêmes employés qui étaient censés organiser la réception de mariage de ce soir. Un truc chic, digne de l'île.

— Y avait-il de l'alcool ?

Abby éclate de rire.

« On est chez les Winbury. Ils se brossent tous les dents avec du Dom Pérignon millésimé.

— Les gens buvaient beaucoup ?

— Il y avait un cocktail créé pour l'occasion. Un mojito à la mûre avec de gros fruits bien charnus, de la menthe fraîche de chez Bartlett's Farm, et des litres de rhum. Les gens le trouvaient délicieux. Il était d'une belle couleur violette, et il faisait si chaud hier soir qu'il n'était pas facile d'y résister, à mon avis. À part ça... Greer buvait du champagne. Elle boit toujours du champagne dans les réceptions. Mais tous les autres étaient fans de ce mojito. Oh, et il y avait un fût de bière aussi, de la Cisco, alors au bout d'un moment tout le monde s'est rabattu là-dessus.

— Avez-vous vu Merritt boire de l'alcool ?

— Pas spécialement, répond Abby. Mais je suis sûre que oui. Elle se comporte comme un mec. *Comportait* – désolée. Elle écoutait la même musique que les hommes – je veux dire Tay-K, pas Taylor Swift – et elle arrosait ses plats de sauce piquante. Elle connaissait le nom de tous les joueurs des Yankees. C'était son truc. Se comporter comme un mec, mais avec une dégaine féminine. »

Abby garde le silence quelques secondes.

« Cela me tapait un peu sur les nerfs, pour le dire franchement.

— C'est exactement le genre de détails que j'ai envie de connaître. »

Abby sourit, flattée.

« Racontez-moi le déroulement du pique-nique.

— Après le repas, les gens ont porté des toasts. C'est le père de Celeste qui a commencé. Il n'a parlé que de la mère de Celeste, ce qui était bizarre, mais il a fini par revenir à Benji et elle. Et puis ensuite, Thomas a porté un toast. Thomas, mon mari, le frère du marié.

— C'est lui le témoin, n'est-ce pas ? »

Abby soupire, exaspérée.

« Non, ce n'est pas lui le témoin. Benji a préféré demander à Shooter. Shooter Uxley.

— Shooter. Ah oui, c'est vrai. Parlez-moi de Shooter.

— Vous n'êtes pas pressé ? demande Abby.

— J'ai la journée entière devant moi.

— Vous connaissez des gens si charmants et si envoûtants qu'ils peuvent faire n'importe quoi en toute impunité et toujours s'en sortir ?

— Mon cousin Phil, réplique Nick. Un adonis d'un mètre quatre-vingt-dix. Le préféré de ma *yaya*. Le préféré de tout le monde.

— Eh bien voilà. Shooter est l'équivalent pour ce mariage de votre cousin Phil. »

Nick sourit. Abby remonte un peu dans son estime.

« Reprenons... Après Thomas, votre mari, quelqu'un d'autre a-t-il porté un toast ?

— Non. Je pensais que Tag prendrait la parole mais il ne l'a pas fait, pour une raison que j'ignore. Quant à Merritt... En fait, je ne me souviens pas avoir vu Merritt et Tag pendant les toasts. »

Nick prend note de l'information : *MM pas présente aux toasts.*

« Elle était peut-être aux toilettes ? lance-t-il. Est-elle revenue par la suite ? »

Abby se mordille les lèvres.

« Oui, oui, répond-elle. Je l'ai vue plus tard. Thomas est allé lui taper une cigarette.

— Merritt fumait ? »

Abby hausse les épaules.

« Quand elle buvait, je crois. Comme tout le monde. À part moi en ce moment.

— À quelle heure la fête s'est-elle terminée ?

— Les musiciens ont arrêté de jouer à 22 heures. C'est la loi, ce que vous savez probablement déjà puisque vous êtes de la police. »

Elle lui lance un clin d'œil, et Nick commence à avoir confiance pour la suite. Une relation est en train de se créer entre eux, et d'une seconde à l'autre elle va lui livrer ce dont il a besoin. *Allez Abby, lance-toi !*

« J'étais crevée, mais Thomas a dit qu'il voulait aller en ville avec Benji et ses amis. Alors on s'est disputés.

— Disputés ? »

— Il m'a dit au début de notre mariage que si je voulais le rendre heureux, il fallait lui lâcher la bride. Il sort avec ses amis, il fait des virées entre mecs, et le reste du temps, il bosse. »

Un vrai gentleman, songe Nick.

« Alors je lui ai dit que maintenant que je suis enceinte, il va falloir qu'il change ses habitudes. »

Elle hausse les épaules.

« S'il s'imagine que je vais élever cet enfant toute seule, il se fourre le doigt dans l'œil. »

Nick a l'impression de se retrouver soudain malgré lui dans le rôle de conseiller conjugal.

« Il a rejoint la virée en ville, finalement ?

— Oui, soupire Abby. Mais j'étais fâchée.

— Qui est parti, et qui est resté dans la maison ?

— Moi je suis restée. Comme Mme Otis, la mère de Celeste. Et puis Greer. Tag et M. Otis sont allés boire un verre dans le bureau de Tag – toute une histoire.

— Vraiment ? Pourquoi ? »

Abby souffle sur la frange qui retombe sur ses yeux.

« Personne n'a le droit de mettre les pieds dans le bureau de Tag sans y avoir été convié. Je n'ai jamais été invitée, alors je ne sais pas ce qu'il y a de si *féerique* là-dedans. Il y garde un excellent scotch, ça j'en suis sûre. Bref, quand Tag a invité M. Otis à prendre un verre dans son bureau, cela voulait dire qu'il... l'acceptait dans la famille, je suppose. Et j'ajouterai, même si je m'en fiche, qu'il n'a jamais invité mon propre père à boire un verre dans son bureau.

— Merritt est allée en ville ? demande Nick.

— Je suppose que c'était même la première à partir. Non. *Attendez* ! »

Abby s'est exclamée tellement fort que Nick manque de sursauter.

« Deux secondes s'il vous plaît ! J'ai vu Celeste et Merritt dans la roseraie une fois la fête finie, j'en suis sûre. La fenêtre de notre chambre donne sur le jardin, et je les ai vues quand j'ai fermé le store. Merritt était *en larmes*. Celeste avait les mains posées sur ses épaules. Elles étaient en pleine conversation. Puis elles sont tombées dans les bras l'une de l'autre, et Celeste a rejoint l'allée tandis que Merritt est restée dans le jardin. »

Abby contemple Nick d'un air stupéfait.

« Ça m'était complètement sorti de la tête. Si je m'en étais souvenu, j'aurais commencé par vous parler de ça. »

Merritt et la future mariée dans la roseraie. Merritt en pleurs.

« Dans la scène que vous décrivez, est-ce que Merritt semblait bouleversée et réconfortée par Celeste, ou est-ce qu'elles avaient l'air de se disputer ? demande Nick.

— Elle était bouleversée. Je suis presque sûre que Celeste est partie en ville avec Benji, Thomas et les autres. Mais concernant Merritt, je n'en sais rien. J'ai baissé le store et je suis allée me coucher. »

Vraiment ? se dit Nick. Abby semble ne pas avoir les yeux dans sa poche – et une ex-membre d'une sororité de l'université du Texas ne serait-elle pas naturellement attirée par ce genre de drame ? Elle vient de décrire Merritt comme « un vrai mec ». Voir Merritt *en pleurs* ne la rendrait-elle pas particulièrement curieuse ?

« Vous n'avez pas jeté un nouveau petit coup d'œil ? demande Nick. Pour voir ce qui se passait ? Pour voir si Merritt allait bien ? »

Abby plante ses yeux dans les siens.

« J'étais absolument crevée. Je suis allée me coucher. »

C'est elle, une fois de plus, qui lui rappelle qu'elle est enceinte. Il acquiesce de la tête.

« Étant donné ce qu'on a retrouvé sous la tente, il y a eu une petite fête nocturne. Les gens qui sont allés en ville ont-ils bu du rhum à leur retour ?

— C'est possible, dit Abby.

— Avez-vous une idée de qui cela pouvait être ? »

Le visage de la jeune femme se ferme. Aussi brusquement qu'une porte qui claque.

« Non. »

Elle ment, songe Nick. C'est sans doute à ce moment-là que les choses sont devenues intéressantes.

« Merritt faisait-il partie du groupe qui a bu un dernier verre ?

— Je n'en sais strictement rien », répond Abby.

Elle ne pouvait pas être moins convaincante.

Nick inspire longuement.

« Quand Thomas est revenu dans votre chambre, avez-vous remarqué l'heure qu'il était ? C'est vraiment important. Réfléchissez bien, je vous prie.

— Il était tard.

— Quoi, minuit ? Ou 4 heures du matin ?

— Je n'ai pas regardé l'heure. Je ne savais pas... »

Elle éclate en sanglots.

« Je ne savais pas ce qui se passerait !

— Je vous en prie, ne vous mettez pas dans tous vos états. Je vais vous trouver des mouchoirs.

— Ça ira. »

Puis, presque comme si elle se parlait à elle-même, elle ajoute : « Je n'arrive pas à croire que c'est réel. C'est bien vrai. Merritt est *morte.*

— Abby, je dois vous poser une question : avez-vous entendu quoi que ce soit au milieu de la nuit ? Le bruit de quelqu'un dans l'eau ? Il y avait un kayak pour deux sur la plage, et... »

Abby relève brusquement la tête.

« Un kayak ? Sans doute celui de Tag.

— Vous êtes sûre ?

— Certaine. Tag a deux kayaks, et il les traite comme ses bébés chéris. Ils sont fabriqués à la main par un type en Alaska ou je ne sais où, là où on a inventé le kayak. Il a un kayak pour une personne et un kayak pour deux, et quand il invite quelqu'un sur celui pour deux, c'est vraiment un grand événement, encore plus que lorsqu'il vous invite dans son bureau pour boire son scotch vieux de 1 000 ans.

— Puisque le kayak était sorti, pensez-vous que c'est M. Winbury qui s'en est servi ?

— Tout à fait, oui, dit Abby.

— Aucune chance que quelqu'un l'ait emprunté sans son autorisation ?

— Non, aucune, dit Abby. Tag garde ses kayaks sous clé. Je le sais parce que... eh bien, parce que Thomas et moi avons tenté d'utiliser celui pour deux sans sa permission. On a cherché à deviner le code d'accès – on a passé en revue tous les anniversaires, tous les anniversaires de mariage, et on n'a jamais réussi à déverrouiller la porte. Franchement, je n'arrive pas à croire qu'un kayak ait été abandonné sur la plage. Quelque chose s'est très mal passé la nuit dernière, c'est évident. Tag ne commettrait jamais une étourderie pareille.

— Abby, diriez-vous que M. Winbury a des secrets à protéger ?

— Dans la famille Winbury, *tout le monde* a des secrets ! »

Nick retient son souffle. Surtout, ne pas bouger. *Vas-y, Abby*, songe-t-il. *Donne-moi quelques billes en plus.*

« Je suis sûre que Tag a des secrets, dit-elle. Mais j'aime beaucoup Tag, je l'admire et je le respecte, et j'ai envie que ce soit réciproque. Je suis presque sûre que Greer et lui me considèrent comme une ratée parce que je n'ai pas réussi à leur donner un petit-fils... mais ils ne savent pas ce que j'endure. Thomas est... et puis, la pression... »

Abby se tait, renifle.

« Je pleure, désolée. Ce n'est pas bon pour mon bébé. Puis-je m'en aller, je vous prie ? »

Nick soupire. Il était si près du but. Mais il ne peut pas la pousser à parler, pas dans son état actuel. Il devra trouver ses réponses ailleurs.

« Oui, bien sûr. Merci, Abby. »

Il lui sourit et répond sans y croire : « Vous m'avez beaucoup aidé. »

Vendredi 18 mai – samedi 19 mai 2018

TAG

Il aperçoit brièvement la copine le vendredi soir quand Celeste, Abby et elle arrivent de New York pour le week-end d'enterrement de vie de jeune fille organisé par Greer. Il la voit de dos – de longs cheveux noirs et un joli petit cul mis en valeur par sa minijupe moulante à paillettes. Quand elle se tourne, il découvre son profil. Mignonne. Puis elle pivote sur sa hanche, s'aperçoit que Tag est en train de la mater, le menace du doigt et lui lance un sourire en coin.

« Quel est le nom de la copine ? demande-t-il plus tard à sa femme.

— Merritt Monaco, répond Greer. Une brune. Pas ton genre. »

Tag la prend dans ses bras et, comme d'habitude, elle pose les deux mains à plat sur sa poitrine comme pour le repousser, mais il la garde serrée contre lui. Tag soutient – ce qui est faux – qu'il n'aime pas les brunes.

« C'est toi mon genre, murmure-t-il.

— Tu parles », réplique-t-elle, avec un accent américain auquel elle sait qu'il ne peut résister.

Il l'embrasse dans le cou. Il fera connaissance avec la copine plus tard.

Les présentations ont lieu le lendemain matin. Tag est dans la cuisine à lire le *Journal* du week-end en savourant son café, accompagné d'un pamplemousse et d'un œuf poché sur un toast de pain complet, après avoir couru huit kilomètres et s'être plongé dans le Jacuzzi. Il se sent propre et méritant, presque détendu. Sa femme et sa future belle-fille viennent de partir discuter avec les traiteurs du mariage. Il a complètement oublié la copine jusqu'à ce qu'elle vienne flâner dans la cuisine. Elle est pieds nus, vêtue d'un minuscule short de nuit en coton et d'un T-shirt élimé. Pas de soutif. Tag distingue les deux grains de ses tétons à travers le tissu.

« Bonjour », lance-t-il d'un ton jovial.

Elle sursaute, prise au dépourvu. Ou peut-être fait-elle semblant. Elle est trop belle pour être innocente. Posant la main sur sa poitrine, elle se tourne vers lui. Ses cheveux sont tout ébouriffés.

« Bonjour », dit-elle.

Sa voix est encore enrouée de sommeil. Ou peut-être est-elle naturellement rauque. La jeune femme se ressaisit et lui tend la main.

« Vous devez être Monsieur Winbury. Comment allez-vous ? Je m'appelle Merritt, comme la voie rapide dans le Connecticut.

— Appelez-moi Tag, je vous en prie. Comme dans hashtag. »

Cela lui vaut un sourire. Ah, la génération Y !

« Merci de nous accueillir pour le week-end, dit-elle. Je ne m'attendais pas à un tel luxe. Votre maison est absolument magnifique.

— Content qu'elle vous plaise. Comment s'est passée votre soirée entre filles ?

— On a dîné au CRU. Ils ont de très bonnes huîtres.

— C'est vrai, dit Tag.

— Et puis on est allées à l'Afterhouse manger du caviar.

— Voyez-vous ça. »

Des huîtres et du caviar. Il suppose que la note est pour lui.

« Ensuite on est allées au Proprietors. Et au Boarding House. Et au Chicken Box. Et puis au Steamboat pour une pizza, parce qu'on crevait toutes de faim. Et puis on a pris un Uber pour rentrer. Vers 2 heures, je crois. Tôt, en tout cas. »

Tag s'esclaffe. À New York, elle sort probablement tous les jours jusqu'à 4 heures du matin. Si elle a l'âge de Celeste, elle n'a pas encore 30 ans.

« Il y a du café ? » demande-t-elle.

Tag se lève. Il porte un peignoir en coton gaufré qu'il a récupéré dans le pavillon de la piscine pour l'enfiler sur son maillot de bain mouillé, mais il regrette à présent de ne pas être habillé normalement. Le peignoir fait trop féminin, ressemble à une robe.

« Je vais vous en faire un, dit-il. Je vous en prie, asseyez-vous et mettez-vous à l'aise. Comment l'aimez-vous ?

— Noir. »

Une fille comme il les aime. Il lui sert une tasse de café. Elle choisit le siège à côté du sien et replie ses jambes sous elle. À l'aise. Si Greer voyait ça, elle n'apprécierait guère, même si Merritt est brune et de ce fait, en théorie, pas le genre de Tag. Mais imaginer la réaction de Greer l'excite. Il finira en enfer, c'est certain.

Il s'assoit et pose les yeux sur son petit déjeuner à moitié entamé.

« Puis-je vous préparer quelque chose à manger ? »

Il est surpris par sa propre amabilité. S'il ne s'agissait pas d'une femme désirable, il se replongerait dans son journal.

Elle lève la main.

« Non merci.

— Alors, y a-t-il des anecdotes que vous pouvez me raconter sur la nuit dernière ? »

Merritt incline la tête et lui lance un sourire ironique.

« On a été des anges du début à la fin, dit-elle. C'était assez décevant. »

Il rit.

« Abby a vomi sur le chemin du retour. Notre chauffeur Uber a dû s'arrêter sur Orange Street.

— Elle s'est lâchée ? Tant mieux.

— Si vous voulez mon avis, elle est enceinte, réplique Merritt. C'est l'impression que j'ai eue.

— Eh bien. Ce serait une bonne nouvelle », dit-il.

Et il est sincère. Thomas et Abby tentent d'avoir un bébé depuis qu'ils se sont mariés il y a quatre ans. Ce n'est pas un problème de fertilité. À la connaissance de Tag, Abby a été enceinte quatre fois, mais chacune de ses grossesses s'est soldée par une fausse couche, et l'une d'elles a nécessité une dilatation du col et un curetage au Lenox Hill Hospital. Malgré tout, Tag se sent plus traître de discuter de la possible grossesse d'Abby que de mater les seins de Merritt. Il change de sujet.

« Que faites-vous comme travail, Merritt-comme-pour-la-voie-rapide ? »

Elle prend délibérément le temps de boire une gorgée de café.

« Officiellement, je m'occupe des relations publiques pour la Wildlife Conservation Society, qui gère les quatre zoos de New York et l'aquarium. C'est comme ça que j'ai rencontré Celeste. Le zoo du Bronx récupère la plus grosse part de notre budget, ce qui veut dire que je gère tous leurs communiqués de presse et autres trucs du même genre. Celeste est une étoile montante du zoo, vous savez. Ce n'est pas tous les jours qu'une femme aussi jeune est nommée directrice adjointe d'un zoo.

— C'est vrai », admet Tag.

Il aime beaucoup Celeste et trouve sa carrière admirable. Greer se montre moins enthousiaste. *Pourquoi faut-il qu'elle dirige un zoo ?* s'était-elle écriée. *Pourquoi pas un musée, ou une association caritative ? Un organisme distingué ?* Greer, cependant, préfère de loin Celeste à Jules, l'ancienne petite amie de Benji. Jules Briar habitait Park Avenue, ce qui était un point positif ; mais l'appartement, l'argent et la gamine, Miranda, venaient tous de son premier mari, Andy Briar, directeur chez Goldman Sachs, ce qui n'était pas une bonne nouvelle. Greer souhaitait que Benji trouve quelqu'un dépourvu d'un tel passif – et Celeste est une véritable page blanche. C'est un peu comme si elle avait passé les vingt-six premières années de sa vie dans un couvent. Benji est le seul petit ami sérieux qu'elle ait jamais eu.

« Et officieusement… », poursuit Merritt d'une voix légèrement mutine, ramenant Tag à leur conversation

Officieusement, se dit-il, *elle est strip-teaseuse. Ou escort de luxe.*

« … je suis influenceuse.

— Influenceuse ?

— Je travaille en parallèle pour promouvoir certaines marques et certains événements. Comme ça, j'ai des vêtements, des chaussures et des sacs de créateurs que je n'ai pas les moyens de m'offrir, mais je les obtiens gratuitement, à condition d'en parler sur les réseaux sociaux. Je défends dix-neuf entreprises.

— Impressionnant. »

Il comprend qu'elle puisse réussir dans ce domaine : elle est jeune, belle, cool et sexy. Et culottée. C'est une amie intéressante pour Celeste, qui est tout sauf culottée.

« Et vous, qu'est-ce que vous faites dans la vie ? » demande Merritt.

Tag rit. Il aime sa franchise.

« Je possède un fonds spéculatif.

— Quelle surprise, répond Merritt.

— Cela n'a rien de palpitant, je sais. J'ai commencé ma carrière chez Barclays à Londres, mais quand les garçons ont terminé l'école primaire, on a décidé que ce serait mieux d'emménager à New York. »

Il omet soigneusement de mentionner que l'essentiel de leur fortune vient de la famille de Greer. Les Garrison possédaient les moulins à céréales permettant de produire plus de la moitié du gin britannique. Et les droits d'auteur de Greer n'étaient pas à dédaigner non plus, même si les ventes ne cessaient de décliner et que Tag était tenté de lui suggérer de cesser d'écrire avant de devenir la parodie d'elle-même. Son socle d'admirateurs, désormais, était presque uniquement composé de vieilles filles un peu folles, ferventes lectrices de son œuvre.

Tag se représente la vieille fille typique – vivant en retrait dans son cottage des Cotswolds, elle se prépare une tasse de thé et s'apprête à passer un après-midi pluvieux dans son fauteuil, un chat tigré sur ses genoux tandis qu'elle ouvre le dernier polar se déroulant dans un cadre exotique de Greer Garrison – quand il sent quelque chose lui effleurer la jambe. C'est le pied de Merritt. Elle fait courir ses orteils le long de son tibia tout en sirotant son café et en faisant semblant de contempler le détroit de Nantucket par la fenêtre. Tag se met à bander. Il songe à soulever son fin T-shirt ou, mieux encore, à déchirer ce maudit truc en deux pour lécher les pointes durcies de ses mamelons jusqu'à ce qu'elle gémisse au creux de son oreille. Où peut-il l'entraîner ? Peut-être que s'il ouvre son peignoir et lui montre l'effet qu'elle lui fait, elle se mettra à genoux devant lui. Ici même, dans la cuisine. Auraient-ils cette audace ?

Alors qu'il pose la main sur la ceinture de son peignoir, Abby entre en boitillant dans la cuisine, une main sur le ventre et l'autre sur sa nuque, comme si elle avait peur de se disloquer. Quand elle voit Tag et Merritt, une expression de surprise parcourt son visage, puis quelque chose de plus sombre envahit ses traits. *De quoi on doit avoir l'air ?* se demande Tag.

Abby est une fille bien élevée. Elle sourit.

« Bonjour, dit-elle. Désolée d'avoir dormi si tard. Je ne me sens pas bien du tout.

— Café ? » demande Tag.

Merritt se lève.

« Je vais aller essayer la douche extérieure », dit-elle.

Quand Greer et Celeste reviennent à la maison, les filles vont toutes à la piscine en bikini. Tag aimerait bien se joindre à elles mais il ne peut pas le faire sans passer pour un vieux pervers pitoyable. Mieux vaut faire un tour en kayak. Il leur fait un petit signe de la main quand il passe devant le bassin et jette un long regard admiratif à Merritt, dont le bikini noir est orné d'un lacis sophistiqué de lanières dans le dos. Ce maillot est peut-être censé faire référence au bondage et inciter tout homme qui le regarde à désirer une paire de ciseaux tranchants pour couper ces lanières et accéder au corps pulpeux qu'elles dissimulent. Cette tenue, cependant, avec ses fils entrelacés, lui fait aussi penser à une araignée. Une veuve noire, se dit-il. Merritt est dangereuse. Il ne doit pas s'en approcher.

Il pagaie jusqu'aux Monomoy Creeks, une série de voies navigables qui serpentent entre les roseaux et les zostères, autour de végétaux flottants et de bancs de sable. Les lieux sont paisibles. Le seul bruit qu'il perçoit est celui de sa pagaie au contact de l'eau. Un balbuzard siffle au-dessus de sa tête, et il perçoit des voiliers dans le lointain, ainsi qu'un ferry qui s'approche de l'île et les boutiques du front de mer. Le soleil est anormalement chaud pour un mois de mai. Il est tenté de retirer son T-shirt pour obtenir quelque chose qui ressemble vaguement à du bronzage. On a dû lui jeter un sort, pense-t-il, car il n'a pas songé à bronzer depuis son job de maître-nageur à Blackpool Sands à l'été 1981. Il a 57 ans, probablement plus du double de l'âge de cette fille. Il tente de la chasser de son esprit et de se concentrer sur tout ce qu'il possède déjà – une carrière satisfaisante, quoique pas très glamour ; une femme belle et talentueuse ; et deux fistons en bonne santé, qui commencent enfin à comprendre ce que c'est que la vie d'adulte. Il a un six-pièces sur Park Avenue dans un immeuble ancien, un appartement à Londres, et cette propriété à Nantucket. Greer et lui étaient venus sur l'île pour la première fois à l'été 1997 ; et grâce au fidéicommis dont Greer avait hérité le jour de son trente-cinquième anniversaire, ils avaient acheté le terrain. Même à l'époque, cette île lointaine pleine de pêcheurs et d'anticonformistes était assez onéreuse, mais Greer avait eu un véritable coup de cœur, et Tag avait adoré la rendre heureuse.

Il s'était pris d'affection pour cette île, même si sa vie y est désormais moins insouciante. Il s'y passe *toujours* quelque chose – un festival, un dîner de charité, des invités à la maison, un cocktail, un nouveau restaurant que Greer veut absolument découvrir, et, dans quelques semaines, un mariage pour lequel ils accueilleront cent soixante-dix personnes. À ses yeux, cependant, la meilleure façon de découvrir l'île était celle-ci – sur l'eau, dans son kayak. Le charme de Nantucket est davantage visible au large. Il pagaie jusqu'au Great Harbor Yacht Club, puis rebrousse chemin et rentre chez lui. Il se prépare du mieux possible à être suffisamment fort pour affronter ce qui l'attend là-bas.

*

Il n'a jamais vraiment maîtrisé l'art de sortir du kayak et finit presque toujours trempé. Cela amuse beaucoup Greer, et permet à Tag de se rafraîchir agréablement – si bien qu'il n'est qu'à moitié coupable d'accentuer sa maladresse. Après avoir remonté le kayak sur le rivage, il se sèche avec une serviette et consulte son téléphone. Il a reçu un message vocal de son ami Sergio Ramone.

Tag découvre Greer en train d'arranger un bouquet dans le solarium.

« Sergio a téléphoné, dit-il. Il a deux billets pour le dîner de la fête des grands crus de Dujac ce soir. C'est le chef du Nautilus qui s'occupe du repas, et ça se passe dans une baraque huppée de Quaise Pasture Road. Je lui ai dit qu'on prenait ses billets. Ça coûte les yeux de la tête, mais on mérite bien ça.

— Impossible pour moi, répond Greer.

— Quoi ? Pourquoi ? Tu adores les vins de Dujac. Son terroir est une valeur sûre. Ce n'est ni Sonoma, ni l'Afrique du Sud. Ces vins-là, tu n'en bois qu'une fois dans ta vie. Tu sais comment sont ces viticulteurs français. Si tu montres que tu apprécies leur travail, ils ne peuvent pas s'en empêcher... Ils ouvrent les bouteilles qu'ils ne sont pas censés ouvrir, les très, très bonnes cuvées, les millésimes rares qu'on n'aura plus jamais l'occasion de déguster.

— Je dois rester à la maison et me remettre à mon roman ce soir. La date butoir est dans un mois, et je suis terriblement en retard à cause du mariage. Et puis, une idée m'a traversé l'esprit pendant que Celeste et moi étions chez le traiteur, et je veux la mettre par écrit avant de l'oublier.

— Le dîner n'est pas avant 19 heures. Va écrire maintenant et tu auras fini à 18 heures, à temps pour prendre une douche et boire un verre en te pomponnant.

— Je ne peux pas écrire maintenant. Je suis occupée.

— Je vais gérer ce bouquet. File travailler sur ton roman.

— Tu sais très bien que ce n'est pas comme ça que ça marche, chéri. »

Il a envie de l'étrangler. Il n'aurait jamais dû espérer que sa femme manifeste une soudaine aptitude à la spontanéité. Il sait que ce n'est pas comme ça que ça marche ; il sait qu'on ne peut pas la pousser à écrire, qu'elle doit écouter sa muse intérieure, et que celle-ci préfère la nuit, une maison silencieuse et plongée dans le noir, un verre de vin (du vin quelconque, une bouteille de chardonnay à 15 dollars, par exemple, très différente du vin qui sera servi à ce dîner).

« Et comment je fais, maintenant ? s'exclame-t-il. J'ai promis à Sergio de lui prendre ses billets. »

S'il s'agissait de n'importe qui d'autre, Tag passerait un coup de fil et reviendrait sur sa promesse ; mais Sergio est un avocat de la défense en droit pénal respectable, et c'est aussi l'ami qui a permis à Thomas de faire son droit à l'université de New York quand il n'avait aucune chance d'y parvenir tout seul. Et il avait manœuvré par la suite pour que Thomas obtienne un emploi chez Skadden, le cabinet d'avocats dans lequel son fils travaillait actuellement. Tag est obligé de l'admettre : Thomas est moins doué que le reste de la famille. Il est convaincu que son fils abandonnera le droit avant de devenir associé. Mais quand même, Tag et Greer ont une dette de longue date envers Sergio Ramone. Il ne peut pas faire marche arrière concernant ces billets. Certes, il peut sans doute payer les 3 500 dollars que coûte chacun d'eux et ne pas s'y rendre ; mais quel gâchis ce serait.

« Allez, ma chérie. »

Greer plante violemment une pivoine dans le vase. La fleur, d'un rose sombre, a l'air d'un cœur humain qui s'ouvre en signe de désespoir. Ou peut-être que Tag se fait des films.

« Emmène l'une des filles », dit-elle.

Tag grogne d'un air railleur.

« Je parle sérieusement, ajoute Greer. Pas la peine de jouer au martyr. Je détesterais ça. Demande à l'une des filles.

— Mais ce n'est pas censé être un week-end d'enterrement de vie de jeune fille ?

— Elles ont fait la fête hier soir. Sauf erreur de ma part, elles ont prévu de rester à la maison aujourd'hui. Mais je suis sûre que tu parviendras à convaincre l'une d'entre elles. »

Les filles, comme Greer les appelle, sont dans la salle à manger de tous les jours, à lire des magazines en grignotant des chips à la sauce épicée. Merritt-comme-pour-la-voie-rapide, constate Tag avec soulagement, a revêtu une tenue décente, un jean blanc et un pull en cachemire bleu marine. Abby a la tête posée dans ses bras sur la table.

« Bonjour, mesdames », dit-il.

Il a un poids sur l'estomac – à cause du stress. Il sait comment tout cela va finir. Greer aussi doit savoir comment tout cela va finir. C'est à elle qu'il fera porter le chapeau. Elle a passé toutes leurs années de mariage à le soupçonner de la tromper, il le sait ; et à présent, il a l'impression qu'elle le pousse à le faire.

« J'ai un billet en trop pour une dégustation de vin très chic ce soir, et ma femme juge bon de rester à la maison pour écrire. Est-ce que l'une d'entre vous souhaiterait m'accompagner ? »

Abby pousse un gémissement.

« Bon Dieu, non.

— Non merci, dit Celeste d'une voix douce. Je suis épuisée. »

Merritt relève la tête et rive son regard dans le sien. Le cœur de Tag s'arrête de battre une seconde.

Tag porte une veste mais pas de cravate. Merritt a choisi une robe bleu lavande avec de fines bretelles qui s'entrecroisent dans le dos et des talons aiguilles argentés. Ce sont les talons que Greer choisit de commenter.

« Vous allez vous casser le cou avec ça aux pieds.

— Ça ira, réplique Merritt. Des années d'entraînement. »

Greer embrasse Tag pour lui dire au revoir.

« Eh bien, murmure-t-elle à son oreille, je crois que Quaise Pasture Road va avoir un sacré choc. »

Une fois qu'ils sont dans la Land Rover et s'éloignent de Polpis Road, Tag craint que Merritt ne pose la main sur sa cuisse. Puis il craint qu'elle ne le fasse pas. Il bande rien qu'à sentir son parfum et à l'écouter fouiller dans son sac dans la pénombre. Il ne peut pas arriver sur les lieux dans cet état ; il a besoin de se calmer. Il prend une grande inspiration. Il craint que l'une de ses connaissances ne soit présente à ce dîner. Comment va-t-il expliquer qui est Merritt ? *La meilleure amie de ma future belle-fille.* Ça a l'air sordide, dit comme ça. *C'est* sordide. Que vont penser les gens ? Ils se diront… Cela leur sautera aux yeux.

Mais Tag fait alors appel à l'un de ses adages préférés : *la réalité, c'est la perception qu'on en a.* La situation actuelle peut être interprétée de diverses façons. Ce soir, Tag percevra cette petite virée comme innocente et amusante, et c'est ce qu'elle deviendra. Il se détend un peu.

« C'est la première fois que vous venez à Nantucket ? demande-t-il.

— Absolument pas. Je suis venue plusieurs fois avec des amis quand j'étais à la fac, et puis à l'âge prétendument adulte.

— Quelle fac ?

— Trinity College. À Hartford, trop le pied. »

Il a des amis dont les enfants sont allés à Trinity, mais il n'ose pas lui demander si elle connaît certains d'entre eux – il est déjà suffisamment gêné par son jeune âge. Ou son grand âge à lui.

« Vous avez des frères et sœurs ?

— Un frère. Marié, avec des enfants et un prêt immobilier sur le dos.

— Et où avez-vous grandi ?

— À Commack. Long Island. »

Tag hoche la tête. Greer et lui parviennent à éviter Long Island, même s'il a un client qui vit à Oyster Bay à qui il rend visite de temps à autre, et qu'ils ont passé il y a longtemps un week-end pluvieux à Montauk quand les garçons étaient petits. Il n'a jamais entendu parler de Commack.

« J'ai toujours voulu avoir une fille. Mais pas Greer. Nos deux garçons lui suffisent.

— Greer est adorable.

— C'est vrai. Quoi qu'il en soit, nous avons une belle-fille maintenant. Abby. Et bientôt, Celeste.

— Celeste est une perle rare. Je l'ai rencontrée à un moment difficile de ma vie. Et elle m'a sauvée. »

Cette déclaration semble lui permettre de la questionner pour en savoir plus, mais il est trop tard : ils sont arrivés. La maison est effectivement splendide. Entièrement éclairée de l'intérieur, elle surplombe le détroit, mais offre un point de vue plus spectaculaire sur celui-ci que la demeure de Tag. Il y a deux voitures inconnues dans l'allée.

Tag se gare, puis sourit à Merritt. Ils vont bien s'amuser, en toute innocence.

« On y va ? » dit-il.

La soirée se passe bien. Il y a dix convives, plus le Français du célèbre vignoble Dujac, l'un des sous-chefs du Nautilus, deux commis de cuisine et deux serveurs. Tag ne connaît personne. Les huit autres convives ne forment qu'un seul groupe. Ils expliquent à Tag que c'est la première fois qu'ils viennent à Nantucket. Ils vivent au Texas.

« Où, au Texas ? » demande Merritt.

Tag se prépare à entendre qu'ils sont originaires d'Austin, et à découvrir que ce sont les meilleurs amis ou les associés des Freeman, les parents d'Abby.

« San Antonio, répondent-ils. Souvenez-vous de Fort Alamo. »

*

Il est vite évident que Merritt ne connaît rien au vin, pas même les notions de base. Elle ne sait pas que les cabernets sauvignons viennent de Bordeaux et que les pinots noirs et les chardonnays sont des bourgognes. Elle ignore ce qu'est un terroir. Elle n'a jamais entendu parler du cabernet franc ; elle n'a jamais entendu parler de la vallée de la Loire. Comment peut-elle avoir une influence sur le monde de la culture alors qu'elle ne possède même pas de vagues notions concernant le vin ? Que boit-elle quand elle sort ?

« Des cocktails, dit-elle. Gin, bourbon, vodka, tequila. Mes préférés ? Les margaritas light. »

Elle doit remarquer qu'il grimace parce qu'elle ajoute : « Il y avait un endroit à New York, Pearl and Ash, qui faisait un cocktail nommé Jésus Ado, j'adorais ça. Et puis, il y a le nom. »

Tag ne peut s'imaginer avaler quelque chose nommé Jésus Ado.

« Et quand vous mangez des huîtres ? Ou du caviar ? Vous buvez du champagne, j'imagine.

— Du prosecco. Mais seulement si quelqu'un m'y pousse. Cela me donne mal à la tête. »

Après avoir bu son premier verre, un Chambolle-Musigny 2013, il décide que l'ignorance de Merritt est une chance. Ce n'est pas la femme blasée et mondaine qu'il imaginait. Il était parvenu à se convaincre, au cours des dernières heures, qu'elle avait bien 30 ans – mais il craint désormais qu'elle ne soit plus proche des 25. Plus de trente ans de moins que lui.

Après son deuxième verre, un Morey-Saint-Denis 2009, il décide de se lâcher. Il va apprendre à Merritt ce que c'est que le vin. Il lui apprendra à le faire tourner dans sa bouche. Il lui apprendra à repérer les notes de cerise noire et de tabac dans les pinots, et celles de citron, de menthe et de trèfle dans les sauvignons blancs. Il est enthousiasmé par cette mission, même si le palais de la jeune femme sera exposé ce soir à certains des vins les plus fins du monde, ce qui l'inquiète. Quand on commence par le meilleur, on ne peut qu'être déçue par la suite.

Ils quittent la maison d'un pas chancelant bien après minuit, main dans la main. À un moment de grande ivresse, l'une des Texanes s'était tournée vers Merritt et lui avait lancé : « Alors, ça fait combien de temps que vous êtes mariés ? »

Merritt avait répondu du tac au tac : « Depuis très peu de temps.

— Félicitations ! s'était exclamée la femme. En secondes noces ? »

Merritt lui avait lancé un clin d'œil.

« Comment avez-vous deviné ? »

Ils forment donc un couple quand ils s'en vont, mariés par ce vin incroyable, ces plats divins et la camaraderie de parfaits inconnus. C'est comme s'ils étaient sortis de leur vie pour entrer dans une autre, où tout est nouveau et tout est possible. Quand Tag ouvre la portière passager pour Merritt, elle se tourne et lève les yeux vers lui.

Il l'embrasse une seule fois, chastement, sur les lèvres.

« C'est tout ? » murmure-t-elle.

Dis oui, songe Tag. *Sois fort. Sois fidèle à Greer et aux garçons. Fais preuve d'un peu d'intégrité, bon sang.*

Et pourtant.

Même le simple contact des lèvres de Merritt fait naître une décharge électrique dans son épine dorsale. Tag palpite de désir pour elle. Il ne pourra s'empêcher de l'emmener sur la plage et de lui faire l'amour, plutôt deux fois qu'une.

Il n'est qu'un homme, après tout.

Samedi 7 juillet 2018, 8 h 30

LE CHEF

Après avoir interrogé Roger, le Chef a le choix pour la personne suivante. Il y a le père de la mariée, qui se trouve dans une chambre à l'étage avec la mère de la mariée ; Greer Garrison a exigé qu'on ne les dérange qu'au dernier moment, en raison de l'état de santé de la mère. Quant au marié, Benjamin Winbury, il a demandé qu'on l'autorise à se rendre à l'hôpital voir Celeste. Il a promis d'être de retour dans une heure. Ce qui signifie, concernant les suspects potentiels, qu'il ne reste plus que le frère du marié, Thomas ; le père du marié, Thomas Senior, connu sous le nom de Tag ; et puis ce Shooter, le témoin. Le Chef décide que cette dernière option est la plus prometteuse.

Selon Dickson, le témoin avait disparu quand il était arrivé sur les lieux ; mais il était réapparu à bord d'un taxi une heure plus tard. Il avait pu rejoindre une femme – ou un homme – la veille au soir et dormir ailleurs. Mais il y avait un hic : il était parti avec ses bagages. Comme s'il avait prévu de s'en aller, avant de changer d'avis. Il y avait peut-être une explication plausible à tout cela, mais le Chef ne pouvait pas se creuser la cervelle en vain. Il fallait qu'il demande à Shooter.

Le Chef le trouve campé derrière le ruban de police en bordure de la plage, les yeux rivés sur les flots. Il a retiré son blazer, enlevé ses chaussures et défait sa chemise.

« Ohé ! » lance le Chef.

Shooter se retourne. Son visage exprime de la peur, peut-être, ou de l'inquiétude. Le Chef a l'habitude. En trente ans de carrière, il n'a jamais vu personne véritablement *content* de le voir quand il était en service.

« Êtes-vous disponible pour répondre à quelques questions ?

— À quel sujet ?

— Nous interrogeons tous ceux qui participent au mariage. J'ai cru comprendre que vous étiez le témoin ?

— Si vous voulez savoir ce qui lui est arrivé, je n'en ai pas la moindre idée.

— J'aimerais juste connaître un peu mieux le contexte, dit le Chef. Concernant le déroulement de la nuit dernière. Rien de compliqué. »

Shooter acquiesce en silence.

« Je peux vous éclairer, je suppose.

— Parfait », dit le Chef.

Il entraîne Shooter de l'autre côté de l'allée, jusqu'au même banc en fer forgé blanc sous la tonnelle de roses qui a accueilli sa discussion avec Roger. Il constate que la police a installé un ruban tout autour du cottage situé au nord de la propriété, où la demoiselle d'honneur séjournait seule. Le Chef en est convaincu : s'ils retrouvent le téléphone de la jeune femme, ils auront les réponses qu'ils recherchent. Au cours des dix années précédentes, il a appris que pour connaître la vérité sur quelqu'un, il suffit de fouiller dans son téléphone.

Shooter s'assoit, et le Chef sort son calepin. Il n'a qu'une question à lui poser.

« Bien… Où étiez-vous la nuit dernière ?

— La nuit dernière ? »

Le Chef sait immédiatement qu'un mensonge se profile à l'horizon.

« C'est bien ça, la nuit dernière. Le marié a dit à mon sergent que vous manquiez à l'appel. Jusqu'à votre retour en taxi, on se disait que vous étiez peut-être mort vous aussi. Heureusement, on se trompait. Où étiez-vous ?

— Je suis désolé de vous avoir inquiétés. J'étais au Wauwinet.

— À l'auberge ?

— Au restaurant, en fait. Topper's, vous connaissez ? Je suis ami avec la barmaid.

— Et comment s'appelle cette barmaid ?

— Comment elle s'appelle ? Oh. Gina.

— La barmaid du Topper's s'appelle Gina. Et vous avez passé la nuit dernière avec Gina ?

— Oui.

— Elle vit là-bas ? Au Wauwinet ?

— Oui. Il y a des logements réservés au personnel.

— Vous aviez *prévu* de passer la nuit avec Gina ? Parce que le marié semblait croire que vous aviez passé la nuit dans le cottage.

— Ce n'était pas prévu, non. C'était juste un plan d'un soir. Il était tard, elle m'a envoyé un texto, je suis allé la rejoindre. »

Un plan d'un soir. Le Chef songe à Chloe et a envie de la protéger. Il a l'impression d'avoir 100 ans.

« Quelle heure était-il ?

— J'en sais trop rien.

— Vous pouvez vérifier dans votre téléphone.

Shooter sort sa machine de la poche de son short Nantucket Reds. Il appuie sur quelques boutons.

« J'ai effacé le texto, apparemment.

— Apparemment, vous avez effacé le texto, répète le Chef. Dites-moi pourquoi vous avez pris vos bagages. *L'intégralité* de vos bagages, semble-t-il.

— Ok », dit Shooter d'un ton prudent.

Le Chef le sent sur ses gardes. Il peut presque distinguer l'intérieur confus de son cerveau, là où il cherche à tâtons quelque chose de solide à quoi s'accrocher.

« J'ai pris mes bagages parce que je me suis dit que j'allais peut-être rester au Wauwinet avec Gina.

— Et pourtant, ce matin – assez tôt je dirais –, vous êtes revenu ici. Que s'est-il passé ?

— J'ai changé d'avis.

— Vous avez changé d'avis. »

Le Chef examine Shooter Uxley. Le môme transpire ; mais il fait chaud, même à l'ombre.

« Pourriez-vous me donner le numéro de portable de cette Gina, s'il vous plaît ?

— Son numéro ? Je préfère pas. Je ne veux pas qu'elle soit mêlée à cette affaire, si on peut l'éviter.

— On n'a pas le choix. Parce que Gina est votre alibi.

— Mon *alibi ?* s'écrie Shooter. Pourquoi ai-je besoin d'un alibi ?

— On a une mort suspecte à gérer. Vous avez disparu, et puis vous êtes revenu. Alors peut-être que votre histoire tient la route. Peut-être que vous êtes allé au Wauwinet pour coucher avec Gina la barmaid en emportant tous vos bagages, et peut-être que vous avez décidé par la suite que Gina ne vous plaisait pas tant que ça ou que le logement du personnel n'était pas aussi agréable que le cottage des Winbury destiné aux invités. C'est parfaitement plausible. Mais on a une morte de 29 ans sur le dos, si bien que je vais faire preuve de toute la diligence nécessaire et vérifier votre histoire. Soit vous me donnez le portable de cette fille – et je sais que vous l'avez puisque vous m'avez dit qu'elle vous a envoyé un texto hier en fin de soirée –, soit j'appelle la réception du Wauwinet et je prends contact avec elle par ce biais. »

Shooter se lève.

« Appelez le Wauwinet. Je dois absolument passer aux toilettes. J'ai mal au ventre. Sans doute le bar à fruits de mer d'hier soir.

— Allez-y », soupire le Chef.

Il n'est pas idiot. Il sait que Shooter se rendra au cottage pour les « toilettes », mais qu'en vérité il enverra un texto à Gina la barmaid pour lui demander de confirmer son récit.

Le Chef attend que Shooter disparaisse dans le cottage, puis il sort son téléphone et appelle Bob, le chauffeur de taxi. Bob, qui a déposé Shooter ici-même ce matin, est ami avec le Chef depuis vingt-cinq ans.

« Salut Bob, dit le Chef. C'est moi, Ed Kapenash.

— Ed. Désolé de ne pas être resté papoter ce matin. Tu avais l'air très occupé. Qu'est-ce qui se passe ? Le bruit court qu'il y a eu un meurtre. »

Le bruit court. Déjà ? C'est vrai que l'île est petite.

« Je ne peux pas t'en parler, dit le Chef. Mais tu te souviens du gamin que tu as déposé ? J'ai besoin de savoir où tu l'as récupéré. C'était bien au Wauwinet ?

— Au Wauwinet ? Pas du tout. Tu parles de ce très beau jeune homme avec un short rouge et un blazer ? Je suis allé le chercher à l'embarcadère. Il avait un billet pour le ferry lent de six heures et demie ce matin, mais je suppose qu'il l'a raté. Si bien qu'il m'a demandé de le ramener à Monomoy. Il m'a dit que c'était là qu'il logeait.

— Tu es *sûr* d'être allé le chercher sur le quai du ferry ? Et pas au Wauwinet ?

— Évidemment que je suis sûr, réplique Bob. Je ne suis peut-être plus tout jeune, mais je ne me suis encore jamais trompé de vingt kilomètres de course. J'ai récupéré ce gamin à l'embarcadère. Il m'a dit qu'il avait loupé le 6 h 30.

— Ok, Bob, c'est génial, merci. Je te rappelle. »

Le Chef raccroche et prend une seconde pour réfléchir. Shooter avait un billet pour le premier bateau ? Alors que le mariage était prévu cet après-midi ? Quelque chose clochait. Sans compter qu'il avait menti comme un arracheur de dents au sujet du Wauwinet.

Pourquoi ?

Un texto s'affiche sur son écran. Envoyé par Bostic, l'entrepreneur des pompes funèbres, qui lui annonce être en route pour récupérer le cadavre. Une bonne nouvelle, compte tenu de la chaleur et des nerfs à fleur de peau de tout le monde. Bostic préparera le corps pour qu'il soit transféré à la médecin légiste de Cape Cod. Le Chef vérifie l'heure. Si tout se passe comme prévu, ils auront peut-être un rapport sur la cause du décès en début d'après-midi.

Le Chef attend encore quelques minutes que Shooter réapparaisse. Le jeune homme doit savoir à présent qu'il a été pris en flagrant délit de mensonge. Le Chef traverse à grandes enjambées l'allée de coquillages jusqu'au cottage où Shooter est entré. Il frappe à la porte.

« Pardonnez-moi, dit-il. Monsieur Uxley ? »

Pas de réponse. Il frappe plus fort.

« Monsieur ? »

Le Chef manie la poignée. La porte est verrouillée. Il force la porte, ce qui peut sembler un peu extrême, mais il veut que Shooter Uxley sache qu'il ne peut pas se cacher.

Le cottage est vide. Le Chef vérifie le petit salon, la kitchenette, la chambre, puis la salle de bains – sa fenêtre est grande ouverte.

Shooter Uxley a foutu le camp.

Vendredi 6 juillet 2018, 16 heures

KAREN

Elle se réveille alors que ses draps sont striés par les rayons du soleil, et pendant quelques merveilleuses secondes, elle ne ressent aucune douleur. Elle se redresse dans le lit, sans l'aide de personne. Comme si l'île de Nantucket – la qualité de l'air, l'atmosphère unique du bord de mer – l'avait guérie. Tout va bien se passer.

« B-B-Betty ? »

Karen tourne la tête. Celeste sort de la salle de bains vêtue d'une robe d'été à volants de la couleur d'une mandarine, d'un coucher de soleil, d'un papillon monarque. Cette teinte vive lui va très bien au teint. Celeste a peut-être le cerveau et le tempérament d'une scientifique, mais elle a le corps d'un mannequin lingerie. Elle a hérité des seins de Karen – autrefois son plus bel atout –, ronds et fermes. Si ce n'est qu'en plus de sa poitrine, Celeste a peut-être hérité d'une prédisposition au cancer. Karen lui a fait promettre que dès que Benji et elle seraient mariés et qu'elle bénéficierait d'une assurance maladie solide, elle se rendrait au centre Sloan-Kettering pour faire des tests génétiques. Et, si nécessaire, qu'elle ferait un nouveau dépistage tous les ans. La détection précoce est cruciale.

« Bonjour, ma puce, dit Karen. Qu'est-ce que tu fais là ? Tu as sans doute mieux à faire. C'est toi la star du week-end.

— Je rangeais t-t-tes affaires de toilette, dit Celeste. Et maintenant, je p-p-peux t'aider à te préparer. »

Les larmes piquent les yeux de Karen. Ce devrait être elle qui aide Celeste, elle qui chouchoute sa fille, la future mariée.

Mais elle est bien obligée de l'admettre : si elle veut s'habiller et se rendre présentable, elle va avoir besoin d'aide.

« Où est ton père ? demande-t-elle.

— Parti nager », répond Celeste.

Karen ressent un coup de poignard dans la poitrine. C'est la jalousie. Bruce est en train de nager. Karen meurt d'envie d'être avec lui, de sentir la puissance de ses quatre membres. Elle était si robuste autrefois ; elle se souvient de l'époque où elle nageait le papillon pour son équipe de relais, à s'élancer hors des flots, les bras tendus au-dessus de la tête, les jambes battant l'eau derrière elle. Quand elle songe à sa vie passée, elle s'aperçoit qu'elle considérait beaucoup de choses comme des acquis.

Celeste se tient à ses côtés. Karen prend le temps de scruter son visage. Ses yeux sont tristes, et Karen s'inquiète de son bégaiement, même si elle n'en parle pas parce qu'elle ne veut pas que sa fille se sente mal à l'aise et que cela empire. Elle sait que Benji et Celeste ont réduit le texte de leurs vœux de mariage pour que Celeste n'ait plus qu'à dire « je le veux ».

« Tout va bien ? demande Karen.

— Oui, B-B-Betty, bien sûr », dit Celeste.

Ce surnom réjouit toujours autant Karen, même après tant d'années. Elle est Betty, comme le personnage de Betty Crocker, parce que Karen ne jure que par les livres de cuisine à spirale tout défraîchis qu'elle a hérités de sa propre mère. Bruce, quant à lui, est surnommé Mac, pour MacGyver, parce qu'il a un vrai don pour résoudre les problèmes qui sortent de l'ordinaire. Il est capable de tout réparer, et s'enorgueillit de n'avoir jamais fait appel à un réparateur en trente années de mariage. Celeste leur a donné ces surnoms quand elle avait 11 ans, et qu'elle n'avait plus envie de dire papa et maman.

Karen caresse le bras de Celeste, et cette dernière rectifie son sourire de manière qu'il paraisse presque authentique. Elle joue la comédie. Mais pourquoi ? Est-elle effrayée, angoissée par la maladie de sa mère ? Karen sait qu'elle a considérablement décliné, même au cours des deux semaines qui se sont écoulées depuis la dernière fois qu'elle a vu Celeste. Elle a perdu presque six kilos en une semaine, et peut-être quatre ou cinq de plus depuis lors. Son estomac est fragilisé ; elle ne mange qu'une ou deux bouchées par repas, et s'efforce d'avaler suffisamment de compléments nutritionnels pour garder des forces. Ses cheveux ne sont plus qu'un fin duvet gris, semblable aux chatons d'un saule. Elle a les yeux enfoncés dans leurs orbites et les membres tremblants. Cela a sans doute été un choc pour Celeste.

Mais Karen n'est pas certaine d'être à l'origine de l'attitude pensive et lointaine de Celeste. La raison en est autre – peut-être le stress et la pression de se retrouver au centre de l'attention. C'est un grand mariage, et le cadre est somptueux. Il a exigé une planification complexe et coûteuse, avec Benji et Celeste comme clés de voûte. N'importe qui trouverait cela intimidant. Quand Karen avait épousé Bruce, il y avait six personnes dans l'assistance au palais de justice d'Easton. Ils avaient fêté l'événement tous les deux avec une bouteille d'Asti spumante et une pizza de chez Nicolosi.

Mais peut-être que le problème n'est pas le mariage. Si ça se trouve, c'est Benji lui-même. Karen repense à sa malencontreuse consultation de Kathryn Randall, la voyante.

Le chaos.

« Ma puce », dit Karen.

Celeste tourne les yeux vers sa mère et plonge ses yeux dans les siens. Karen voit la vérité surgir dans les iris bleu pâle de sa fille : elle ne veut pas épouser Benji.

Il faut que Karen la rassure en lui disant qu'elle fait le bon choix. Benji est un type bien. Il *adore* Celeste. Il l'adule autant que Karen et Bruce au moment où elle est venue au monde. C'est vraiment le côté merveilleux de Benji : il aime leur fille comme elle mérite de l'être… et puis, il est riche.

Karen aimerait faire comme si l'argent n'avait pas d'importance. Mais c'est faux. Depuis plus de trente ans, Bruce et elle ont du mal à joindre les deux bouts. La majorité de leurs décisions sont liées à l'argent : devaient-ils acheter des fruits bio pour éviter que Celeste n'ingère des tonnes de pesticides ? (Oui.) Devaient-ils rouler vingt minutes de plus jusqu'à

Phillipsburg, dans le New Jersey, pour obtenir de l'essence moins chère ? (Oui.) Devaient-ils emmener Celeste chez l'orthodontiste qui, selon la rumeur, se livrait à des attouchements sur les enfants mais qui demandait la moitié du prix de l'orthodontiste respectable ? (Non.) Ils avaient eu assez d'argent pour rembourser leur emprunt immobilier et envoyer Celeste à l'université, mais tout imprévu sur le plan financier – une fuite dans le toit, une hausse de la taxe foncière, un cancer diagnostiqué – était suffisant pour les faire couler. Karen refuse que Celeste soit contrainte de vivre ainsi. Elle a un diplôme universitaire et un bon travail au zoo, mais Benji a les moyens de lui offrir tout ce qui est possible et imaginable. Et c'est exactement ce qu'elle mérite.

Alors que Karen s'apprête à dire à sa fille qu'elle fait vraiment le bon choix, Bruce entre dans la pièce, une serviette de plage à rayures blanches et bleu marine entortillée autour de la taille. Karen dévore des yeux son mari – pour elle, il est toujours aussi beau que sur les gradins de la piscine, il y a tant d'années de cela. Les muscles de ses épaules bien dessinées ondulent sous sa peau ; son buste est lisse et puissant. Ils n'ont jamais eu d'argent pour s'abonner à une salle de sport ; Bruce fait de la gymnastique à l'ancienne – abdos, pompes et tractions – dans leur chambre tous les matins avant le travail. Il a profité du soleil moins d'une heure et sa peau a déjà un bel éclat doré. Karen a toujours envié le sang méditerranéen qu'il avait hérité de sa mère. Il sortait tondre la pelouse et revenait en dieu coulé dans le bronze.

« Mes deux petites femmes, s'exclame-t-il. Quelle bonne surprise !

— T-t-tu as récupéré le Reds, Mac ? demande Celeste. Pour d-d-demain ?

— Oui », dit Bruce.

Il sort un pantalon de l'armoire, à la teinte rouge brique défraîchie.

« Je ne vois pas pourquoi on en fait toute une histoire. Ce n'est certainement pas en raison de son style. C'est à cause de sa teinte ? Mme Winbury, Greer, m'a dit qu'il se décolorerait à chaque lavage. Je sens que je vais devoir casquer pour des nettoyages à sec.

— N-n-non, il faut le laver, dit Celeste. C'est l'idée. P-p-plus ils sont décolorés, plus ils sont c-c-cools.

— C'est absurde, ronchonne Bruce. Tu as vu le jean noir que je portais tout à l'heure ? Aussi lisse et racé qu'une panthère.

— Mais les Reds, c'est d-d-différent, dit Celeste.

— C'est la mode à Nantuket, chéri », lance Karen à Bruce.

Elle pense avoir compris ; plus le pantalon est vieux et usé, plus il est authentique. À Nantucket, le look « racé comme une panthère » lustré et tout neuf ne fonctionne pas ; on y préfère une allure décontractée : pantalons délavés, cols effilochés, mocassins abîmés. Bruce ne peut pas comprendre, mais Karen lui jette un regard qui l'implore de se conformer à la norme. La dernière chose qu'ils souhaitent, c'est de faire des histoires et mettre Celeste dans l'embarras.

Bruce croise les yeux de Karen et semble lire dans ses pensées.

« Je suivrai tes conseils, Bestiole. »

Il enfile un T-shirt, puis prend la main de Celeste et celle de Karen de manière à former une chaîne humaine. Mais toute chaîne a un maillon faible, et dans leur cas, c'est Karen. Elle est en train de se détacher d'eux. Ce supplice est exquis. Elle a fini par décider qu'il n'y avait rien de plus atroce que la violence avec laquelle les humains peuvent s'aimer.

« Je suis venue aider B-B-Betty à se préparer, dit Celeste. La f-f-fête commence bientôt.

— Et la répétition ? demande Bruce. On ne va pas tous à l'église ?

— Le révérend D-D-Derby arrive de New York et son vol a été retardé, alors on a décidé d'annuler la répétition », explique Celeste.

Karen est soulagée. Elle n'est pas sûre qu'elle aurait pu tenir le coup à la fois pendant la répétition et la fête. Bruce, quant à lui, semble contrarié.

« Et comment sommes-nous censés nous entraîner, pour notre marche vers l'autel ?

— On n'a pas besoin de s-s-s'entraîner, dit Celeste. On se donne le bras et on marche. Lentement. Tu passes ma main à B-B-Benji. T-t-tu m'embrasses.

— J'avais envie de m'entraîner. De m'entraîner à le faire sans pleurer. Je me suis dit que puisque ce serait la première fois aujourd'hui, je me mettrais à sangloter, mais que demain j'aurais dépassé tout ça et que j'arriverais peut-être à ne pas pleurer. Peut-être. Mais j'avais envie de m'entraîner. »

Celeste hausse les épaules.

« On a d-d-décidé d'a-a-annuler. »

Bruce hoche la tête.

« Ok. Je vais aider ta mère. Va te détendre un peu, Bestiole. Bois un verre de vin.

— Va voir Benji, ajoute Karen. Ce serait sans doute une bonne idée que vous vous voyiez un peu en tête-à-tête avant le début des festivités.

— Mais j'ai envie de rester ici, dit Celeste. Avec vous. »

Bruce aide Karen à entrer et sortir de la douche.

Celeste aide Karen à enfiler un peignoir en coton blanc gaufré finement doublé de tissu éponge – il y en a deux dans chaque chambre d'amis, explique Celeste, lavés après chaque utilisation par Elida, la femme de ménage des Winbury pendant l'été ; puis Celeste frictionne les bras, le dos et les jambes de sa mère avec la lotion préférée de Greer Garrison, la White Caviar crème extraordinaire de La Prairie, également à disposition dans chaque chambre d'amis. Karen n'a jamais utilisé une lotion pareille de sa vie entière ; sa texture est dense, incroyablement riche. La peau de Karen s'en repaît.

Bruce aide Karen à s'habiller. Elle porte un kimono en soie sur un legging noir et une paire de ballerines Tory Burch datant d'il y a deux saisons, que Bruce a dénichée dans les rayons des soldes pour trois francs six sous.

« Classe, dit Bruce. Et confortable. »

Karen se regarde dans le miroir. Elle flotte dans le kimono. Elle resserre la ceinture.

« Le rouge à lèvres, B-B-Betty », dit Celeste.

Elle tapote les lèvres de sa mère avec le fond de son bon vieux tube de rouge, le New York de Maybelline. C'est le seul que Karen ait jamais porté. Et qu'elle portera jamais.

« Je crois bien que tu es prête, dit Bruce. Tu es splendide.

— J'ai juste besoin de passer rapidement aux toilettes », dit Karen.

Ça, au moins, elle est encore capable de le faire seule. Elle ferme la porte de la salle de bains. Elle a besoin d'un oxycodone. Deux, en fait, parce qu'on attend vraiment beaucoup d'elle. On va la présenter à des dizaines de gens qu'elle ne connaît pas et dont elle se ficherait éperdument si ce n'est que certaines d'entre elles resteront dans la vie de Celeste longtemps après sa mort, et elle est bien résolue à ce que chacun d'entre eux se souvienne d'elle, la mère de Celeste, comme d'une « femme charmante ».

Karen ne trouve pas son oxy. Le flacon de pilules était dans sa trousse de maquillage Vera Bradley, avec son rouge à lèvres et un mascara Revlon devenu inutile depuis qu'elle a perdu ses cils. Où est-ce que... Karen s'efforce de ne pas céder à la panique ; mais ces pilules sont la seule chose qui lui permet de tenir le coup. Sans elles, elle se recroquevillera dans son lit en position fœtale et hurlera de douleur.

Elle balaie du regard les surfaces luisantes – marbre, verre et miroir – de la salle de bains des invités. Sa brosse à dents dans un gobelet en argent. La crème extraordinaire pour le corps. Elle ouvre les petits tiroirs, espérant que Celeste y a rangé ses affaires pour qu'elle se sente chez elle.

Oui ! Ses pilules sont rangées dans le troisième. Oh, merci ! C'est un endroit étrange où les cacher, mais peut-être Celeste voulait-elle éviter que la femme de ménage embauchée pour l'été ne tombe dessus et ne cède à la tentation. Karen songe à réprimander Celeste pour avoir tripoté ses affaires. Tout le monde a droit à un minimum d'intimité, à un ou deux secrets. Mais surtout, Karen ressent un immense soulagement, presque aussi intense que celui que procurent les pilules elles-mêmes. Elle tapote le flacon et fait tomber deux oxy au creux de sa main, emplit d'eau le gobelet en argent, et les avale d'un coup.

GREER

Elle consulte son courrier électronique pour vérifier l'emploi du temps que Siobhan, la traiteur, lui a fait parvenir et découvre par malchance un nouveau message d'Enid Collins, son éditrice chez Livingston and Greville, dont l'objet indique URGENT.

Greer se met à rire. Enid a 77 ans. Elle a onze petits-enfants et un arrière-petit-enfant, et elle continue à annoter les manuscrits de Greer au crayon rouge. Depuis vingt-deux ans qu'elle édite ses romans, jamais elle n'a employé le mot *urgent*. Enid est fermement convaincue qu'il faut laisser mariner les idées – pendant des jours, des semaines, des mois si nécessaire. Il n'y a rien qu'Enid méprise davantage que la précipitation.

Greer ouvre le message, même si la définition du mot *urgent* s'incarne juste devant la fenêtre de son salon : les employés de l'entreprise de location sont en train d'installer les chaises, les musiciens gèrent la balance, et il est prévu que soixante personnes débarquent à Summerland pour le dîner de répétition, parmi lesquelles Featherleigh Dale.

Très chère Greer, commence le message (Enid rédige tous ses courriels à la manière de lettres officielles).

Je suis sûre que tu comprendras la peine que j'éprouve à te parler ainsi, car j'ai longtemps défendu ton œuvre, j'ai même été la première à le faire, si tu t'en souviens.

Oui, Greer s'en souvient. Elle était assommée par l'ennui quand elle était enceinte de Thomas – Tag passait sa vie au bureau à l'époque –, si bien qu'elle avait commencé à écrire un roman policier ayant pour cadre le sixième arrondissement de Paris, *La Proie de Saint-Germain-des-Prés.* Elle l'avait envoyé à Livingston and Greville, la maison d'édition publiant ses polars préférés, et voilà qu'elle avait reçu une réponse positive d'une éditrice réputée nommée Enid Collins, qui lui avait dit qu'elle aimerait publier le texte – Greer pourrait-elle venir la voir pour discuter de sa rémunération et des corrections à apporter à son œuvre ? C'était ainsi qu'avait commencé la série de romans policiers centrés sur le personnage de Dolly Hardaway, dont le plus vendu, *L'Assassin de Khao San Road,* avait fait l'objet d'une adaptation au cinéma qui, pour une raison ou pour une autre, avait atteint le statut difficilement définissable de film culte.

Mais depuis que nous avons été rachetés par Turnhaute Publishing Group, j'ai beaucoup moins de liberté d'agir.

Greer se demande si c'est vraiment la faute du mastodonte Turnhaute, affectueusement surnommé le Tourniquet, ou si Enid est poussée vers la sortie en raison de son âge avancé. Le prochain truc qu'on lui retirera, songe-t-elle, c'est son permis de conduire.

Mon directeur éditorial, M. Charles O'Brien, a également lu ton manuscrit et l'a jugé « inacceptable ». Il m'a dit de te faire savoir que tu dois le réécrire de fond en comble sous quinzaine. Il te suggère de t'appuyer sur un autre lieu exotique, un endroit que tu pourrais décrire avec davantage de « détails pittoresques » que la version plutôt « pâlotte » de Santorin, selon ses mots, que tu nous as envoyée. Je suis navrée de me montrer aussi brutale et de t'annoncer cette terrible nouvelle, ma chère Greer. Mais ces deux semaines te laissent comme date butoir le 21 juillet, et je me suis dit qu'il valait mieux être franche, étant donné la brièveté du délai.
Bien amicalement,
Enid Collins

Sapristi, songe Greer. Son vingt et unième manuscrit a été… *refusé,* c'est bien ça ? Qui est donc ce Charles O'Brien, et que connaît-il ? Charlie, ce brave Chuck, un Irlandais. Greer ne se souvient pas d'avoir jamais apprécié un écrivain irlandais. Elle a toujours méprisé Joyce, ce petit con prétentieux qui écrivait de manière cryptée et demandait à ses lecteurs de suivre les méandres de son esprit dément. Elle trouve Wilde prévisible, Swift mélodramatique, Beckett insondable, Stoker surfait et Yeats ennuyeux.

Son téléphone sonne. C'est Benji. Roger a des questions sur le plan de table. Tu es où ?

Dans mon salon. À assister à la fin de ma carrière.

Qu'avait donc dit ce brave Chuck O'Brien au sujet de son livre ? Pâlot. Il avait qualifié de *pâlotte* la description que Greer avait faite de Santorin et lui proposait de choisir un autre lieu exotique.

De fait, cela fait plus de trente ans que Greer n'a pas mis les pieds à Santorin. Elle a choisi ce lieu uniquement parce qu'en août, quand Benji avait demandé Celeste en mariage, il avait lancé en passant qu'il aimerait bien y passer sa lune de miel. Greer en gardait un souvenir magnifique. Elle se souvenait de falaises de calcaire abruptes et d'une plage rouge teintée par les dépôts de fer ; de Grecs robustes aux cheveux touffus qui vendaient du poisson tout juste pêché dans des paniers tressés ; elle se souvenait du bleu-vert intense de la mer Égée, des églises blanchies à la chaux aux dômes bleu cobalt, des rues tortueuses d'Oia, des restaurants de fruits de mer où l'eau venait presque vous lécher les pieds et où tout le monde proposait le même vin, un blanc délicieux, sec et acidulé, produit à l'est de l'île. Greer et Tag avaient loué un catamaran, et Tag leur avait fait découvrir les environs tandis que Greer restait assise sous un auvent avec son chapeau de paille souple et ses lunettes de soleil à la Jackie O. Ils avaient rejoint le rivage à la nage et donné deux drachmes aux garçons de plage pour des chaises et un parasol. Greer était repartie de l'île avec des recettes de tzatziki à l'ail, de poulet grillé au citron et à l'origan frais et, bien sûr, celle de son fameux souvlaki d'agneau.

Elle avait été consternée de découvrir, en faisant des recherches sur Santorin en 2018 sur Internet, qu'Oia accueillait désormais une boutique Jimmy Choo et que la balade à dos d'âne depuis le port jusqu'à Fira avait reçu une note d'une étoile sur TripAdvisor. Greer avait adoré cette promenade en âne.

Si elle veut vraiment être honnête avec elle-même, elle est obligée d'admettre que son texte lui a semblé un peu faible sur le plan de l'intrigue, un peu bâclé, un peu « téléphoné », si l'on peut dire. La clé d'un bon polar, c'est un meurtrier qui se cache mais que tout le monde connaît. Son personnage qui se met soudain à bégayer n'est peut-être pas assez développé. Elle se souvient avoir pensé, quand elle avait remis son texte : *Bon, je ne m'en suis pas trop mal sortie.* Elle avait rendu un manuscrit de soixante-quinze mille mots dans les délais impartis, alors qu'elle devait préparer un mariage digne de celui du prince Harry ; et elle ne s'était pas mis la rate au court-bouillon, pas plus qu'elle n'avait fini dans un asile de fous.

Ce qui semble trop beau pour être vrai l'est dans la plupart des cas.

Est-elle capable de réécrire ce roman sous quinzaine ? (Il n'y a que les Britanniques – pardon, il n'y a qu'*Enid Collins* pour utiliser encore l'expression *sous quinzaine.*)

Rien n'est moins sûr. Il faut attendre de voir comment se passera le week-end.

Elle ferme le message d'Enid, se déconnecte de sa boîte mail. Penser à la fâcheuse réalité de sa vie professionnelle a au moins réussi à la distraire de la réalité encore plus fâcheuse de l'instant présent. Featherleigh Dale sera là dans moins d'une heure. Featherleigh fait partie de ces rares invités à une fête qui jugent bon de débarquer pile à l'heure. Greer la soupçonne d'agir ainsi pour grappiller quelques moments en tête-à-tête avec Tag. Tag est prêt pour chaque événement avec une demi-heure d'avance, quand Greer est toujours en retard d'une demi-heure. Il faut être particulièrement rouée et perspicace pour noter cette habitude et en tirer avantage, et c'est exactement ce que fait Featherleigh.

Greer enfile sa tenue de soirée – une élégante combinaison en soie ivoire de chez Halston, vintage, qui ressemble à ce que

Bianca Jagger aurait pu porter au Studio 54. C'est l'une des plus belles pièces de la garde-robe de Greer. Elle a fait provisoirement raccourcir le pantalon pour pouvoir la porter pieds nus dans le sable, et exhiber ses orteils aux ongles peints en bleu pâle. La robe de la mère du marié qu'elle portera demain est bien comme il faut – à savoir digne d'une matrone –, si bien que ce soir, Greer va mettre l'accent sur le côté juvénile, drôle et insouciant de son caractère. (Tag dirait qu'elle a abandonné cet aspect-là de sa personnalité dans les années 1990, et il aurait sans doute en partie raison ; mais elle va le réaffirmer ce soir.) Pour la première fois depuis l'école primaire, elle se montre en public la chevelure lâchée, totalement lâchée, raide et tombant des deux côtés de son visage. Elle porte toujours ses cheveux relevés sur la tête ou tirés sur la nuque, généralement en chignon, parfois en chignon de ballerine bien serré, et les tresse de temps à autre pour des occasions moins formelles. Quand elle fait du sport, ce qui arrive rarement, elle les arrange en queue de cheval. Elle ne s'autorise jamais à les porter lâchés – à la manière d'une hippie, voire pire.

Mais c'est sexy. Elle a l'air plus jeune.

Quand elle entre dans la cuisine, Tag émet un petit sifflement. « Vous feriez mieux de partir d'ici avant que ma femme vous repère. Elle est un peu terrifiante, avec ses épingles à cheveux et ses diamants. »

Greer lui lance un grand sourire. Elle prend conscience qu'elle ne le fait pas assez souvent. Tag a toujours droit aux pires côtés de sa personnalité : sa capacité à se concentrer sur une seule tâche de manière compulsive, son tempérament inflexible, sa condescendance, son ton acerbe. Autrefois, elle était ravie de pouvoir se montrer devant lui au naturel, mais on dirait bien à présent qu'il ne subit que les aspects négatifs, désagréables et peu flatteurs de Greer Garrison ; sa part douce, gentille et attentionnée, elle la réserve pour les autres – ses fils, bien sûr, mais aussi de quasi-inconnus, comme ses fans, les serveurs dans les restaurants, et les vendeuses dans les boutiques. Greer se montre plus agréable avec Tita au bureau de poste de Nantucket qu'avec son propre conjoint.

Elle se plante devant lui, lève la tête, baisse les paupières et avance les lèvres.

« Ma chérie, dit-il. Tu es superbe. Non, je retire ce que j'ai dit. Tu es *sexy.* »

Il l'embrasse et lui agrippe les fesses.

On sonne. *Ça*, se dit Greer, *ça ne peut être que Featherleigh.*

La question n'est pas de savoir si Tag a couché avec Featherleigh Dale, mais combien de fois, jusqu'à quand, et dans quelle mesure ils étaient engagés sur le plan émotionnel. Featherleigh Dale est la sœur beaucoup plus jeune de feu Hamish Dale, le plus proche ami de Tag à Oxford. À les en croire, Featherleigh avait l'habitude de rendre visite aux garçons à la fac alors qu'elle n'avait que 8 ans et les accompagnait au pub, puis au Nosebag, où ils récompensaient la patience de la gamine avec des scones au cheddar et une crème au citron. Ils se servaient également d'elle pour attirer les jeunes étudiantes qui trouvaient adorable que Hamish et Tag s'occupent de cette petite sœur.

Hamish est mort il y a six ans dans un terrible accident de voiture sur la M1. Greer, Tag, Thomas et Benji s'étaient rendus à Londres pour les funérailles et avaient renoué avec Featherleigh, alors adulte, qui vivait à Sloane Square et travaillait au département « tapis de luxe » de Sotheby's. Pour autant que Greer le sache, il ne s'était rien passé entre Tag et Featherleigh lors de la réception ayant suivi les funérailles de Hamish – même s'ils avaient de toute évidence échangé leurs cartes de visite, car par la suite, Featherleigh Dale avait commencé à pointer le bout de son nez à presque toutes les soirées mondaines auxquelles étaient invités les Winbury. Quand elle avait débarqué à une fête de fin d'études organisée à l'hôtel Carlyle de New York en l'honneur du camarade de chambre de Thomas à la fac de droit, Greer avait commencé à avoir des soupçons. Par quel hasard incroyable Featherleigh Dale avait-elle eu vent de cette soirée ? Featherleigh avait affirmé avoir croisé Thomas dans un club du sud de Manhattan quelques jours plus tôt, et que c'était lui qui l'avait invitée. Ha ha ! C'était grotesque.

La fois suivante, Tag et Greer étaient tombés sur Featherleigh Dale alors qu'ils étaient partis avec Thomas et Abby à Little Dix Bay, sur l'île de Virgin Gorda, pour les vacances de Noël. Featherleigh était apparue sur un gigantesque yacht appartenant à un cheikh saoudien qui était presque à coup sûr gay.

Par ses manœuvres, Featherleigh s'était également immiscée dans la vie de Greer. Quand elle avait quitté Sotheby's, elle avait lancé sa propre affaire en tant qu'acheteuse pour particuliers, et dénichait des objets anciens en accord avec des demeures londoniennes. Featherleigh était trop futée pour aller voir Greer en premier. Elle avait commencé par trouver des pièces pour Antonia, la voisine de Greer à Londres. Quand Antonia avait mentionné qu'elle s'était procuré grâce à Featherleigh Dale un paravent japonais de l'école Kano, une pièce presque introuvable, Greer s'était exclamée : « *Oh ! Mais je la connais.* » Et en un rien de temps, Featherleigh l'appelait pour lui parler de ce fauteuil Morris et de cette commode Biedermeier en noyer.

Aujourd'hui, Featherleigh fait autant partie de la vie de Greer que, sans doute, de celle de Tag. La question de l'inviter ou non au mariage ne se posait pas. C'était une évidence.

Et la réponse de Featherleigh n'avait rien eu de surprenant. Même si Greer avait ardemment souhaité qu'elle décline, elle avait répondu par l'affirmative. Pour une personne. Elle viendrait seule.

Va-t-elle porter la bague ouvragée en argent avec les saphirs ? se demande Greer. Cette bague est faite pour être portée sur le pouce. Quand Jessica Hicks, la créatrice de bijoux, l'avait expliqué à Greer, celle-ci avait cru mal comprendre. Qui porte une bague au pouce ? Les gitans, c'est tout, pour autant qu'elle le sache. Cela avait tout l'air d'une mode passagère – mais bien sûr, personne n'apprécie davantage les nouvelles tendances que Featherleigh. Qui s'était installée à Sloane Square parce que c'était là qu'avait vécu Diana Spencer avant son mariage. Et que dire de son penchant pour les robes ajourées aux épaules, que Donna Karan avait contribué à rendre populaires en 1993 ? Greer n'a absolument aucun mal à imaginer Featherleigh débarquant chez elle d'un pas désinvolte, la bague au pouce. Elle espère pouvoir garder son calme au moment d'admirer ce bijou et de demander à Featherleigh où elle se l'était procuré.

Avant d'observer la réaction de Featherleigh Dale, qui se tortillera d'un air embarrassé.

Une heure après le début du dîner de répétition (un peu mal nommé, la répétition ayant été annulée en raison du retard de l'avion du révérend Derby), Greer s'amuse comme une petite folle. Elle virevolte entre la pelouse et la plage, pieds nus, avec à la main une coupe de champagne que l'une des adorables jeunes femmes employées par le traiteur est chargée de remplir régulièrement.

Greer lui demande son nom.

« Chloe, dit-elle. Chloe MacAvoy.

— Passe à la maison quand tu veux, Chloe ! » s'exclame Greer.

Un flot ininterrompu de champagne est le meilleur moyen de maintenir Greer détendue.

La soirée est d'une beauté à couper le souffle. Une légère brise souffle sur les flots, et le ciel aux dégradés de bleu a l'air d'une écharpe de soie tandis que le soleil se couche, embrasant la ligne d'horizon de Nantucket. Les musiciens jouent des morceaux de James Taylor, de Jimmy Buffett et des Beach Boys. Greer tente de partager son temps entre le cortège d'invités en train d'arriver et les stars de la soirée – Benji, Celeste, les témoins, les garçons et demoiselles d'honneur, ainsi que M. et Mme Otis. Mme Otis – Karen – est ravissante dans son kimono brodé. Appuyée sur sa canne, elle papote depuis quelques minutes avec le collègue de boulot de Tag, incroyablement barbant et qui n'en finit pas de parler ; puis, au moment où Greer se dit qu'elle doit vite rejoindre la pauvre femme et la sortir de ce mauvais pas – il lui reste trop peu de temps à vivre pour le gaspiller avec Peter Walls –, Bruce entraîne Karen vers une chaise en marge de l'agitation. Elle va s'asseoir et accueillir ses visiteurs à la manière d'une reine. Comme il se doit.

Benji papote avec Shooter et les quatre Alexander de Hobart – Alex K., Alex B., Alex W. et Zander. Greer adore les amis que Benji s'est fait à Hobart – tous ont déjà passé de longs week-ends à Summerland –, mais personne n'a autant conquis son cœur que Shooter. Shooter Uxley est le fils d'un hériter dans l'immobilier de Palm Beach et de sa maîtresse. La mère de Shooter était tombée enceinte dans le seul but de se faire épouser, en vain. Son père avait cinq autres enfants de deux femmes différentes, et il était suffisamment gâteux pour avoir laissé l'un de ses fils aînés gérer son testament, ce qui en avait totalement exclu Shooter et sa mère. Shooter avait réussi on ne sait trop comment à trouver l'argent nécessaire pour les frais de scolarité de sa dernière année à St. George's ; mais après avoir obtenu son diplôme, il s'était vu contraint de trouver du travail. Qu'il ait si bien réussi dans la vie ne faisait que prouver son intelligence, son charme, et sa ténacité.

Tout en sirotant son champagne, Greer se dirige d'un pas tranquille vers le bar à fruits de mer, devant lequel Tag est en train d'aspirer une huître après l'autre, laissant leur eau couler sur sa chemise rose sur mesure, taillée pour lui chez Henry Poole. Tag a beau adorer New York, il ne jure que par les tailleurs londoniens de Savile Row ; et il semble pourtant trouver tout naturel de souiller ladite chemise à cause d'un bon mollusque. Il resterait planté là toute la soirée si Greer n'y mettait pas le holà.

« Tu devrais en apporter une assiette aux Otis, lui lance-t-elle. Karen est allée s'asseoir et Bruce est planté à ses côtés tel un garde suisse.

— Ils aiment les huîtres, tu crois ? » demande Tag.

Bonne question. Celeste lui a confié que sa mère se réjouissait à l'idée de manger du homard – le terme *barbecue de fruits de mer* avait quelque peu prêté à confusion – parce qu'elle n'en avait pas goûté depuis sa lune de miel, une trentaine d'années plus tôt. Greer avait tenté de masquer sa surprise.

Tous les étés, quand ils étaient sur le point de quitter l'île, Greer avait du mal à ne pas se sentir lasse du homard, après avoir mangé des sandwichs au homard au CRU, des spaghettis au homard au Boarding House, des tempuras, des tartelettes et des beignets au homard, ainsi que des toasts avocat-homard au moindre cocktail auquel elle était invitée. Mais Karen Otis, bien sûr, mène une vie à mille lieux de la sienne. Greer a indiqué à Siobhan Crispin, la traiteur, que la mère de la mariée devait se voir proposer du homard à volonté, et qu'il fallait décortiquer tous les homards non consommés et conserver leur chair dans le réfrigérateur de la maison principale, au cas où Mme Otis serait prise d'une fringale nocturne.

« Contente-toi de leur proposer, s'il te plaît, répond-elle à Tag. Prends des crevettes avec de la sauce cocktail et des citrons, ça leur plaira.

— Bonne idée. »

Il se penche pour l'embrasser.

« Tu es très attentionnée.

— Et sexy, lui rappelle-t-elle.

— La femme la plus sexy de la soirée. Non pas que j'en aie remarqué une autre.

— Tu sais si Featherleigh est là ? » demande Greer.

Cela ne peut pas avoir l'air d'une question piège : depuis toutes ces années, Greer n'a jamais fait part à Tag de ses soupçons.

« Je l'ai aperçue en coup de vent, dit Tag. Elle n'a vraiment pas bonne mine.

— Vraiment ? » s'exclame Greer, alors qu'elle sait très bien que c'est vrai.

Greer s'était mise à chercher Featherleigh des yeux immédiatement après avoir réglé les derniers problèmes logistiques de la soirée et, bien que ce soit peu élégant de sa part, elle dirait que les dix kilos (au moins) que Featherleigh a pris, sa coupe de cheveux ratée, sa coloration encore plus ratée et son nez rougi constituent jusqu'à présent les éléments les plus réjouissants de ce week-end de mariage.

Greer avait scruté les deux mains de Featherleigh – elle ne portait pas la bague. Cela avait presque *découragé* Greer ; elle s'était préparée à l'affrontement. Au lieu de cela, elle n'avait eu d'autre choix que de se montrer polie.

« Featherleigh Dale, tu es absolument rayonnante. »

Featherleigh avait fait une moue peu gracieuse.

« Merci de m'avoir invitée », avait-elle répondu.

Elle s'était ensuite lancée dans le récit détaillé de son horrible voyage. Pas d'argent pour un billet en première – elle s'était donc retrouvée à l'étroit en classe économique. Le vol New York-Nantucket était surbooké, les gens odieux, il n'y avait rien à manger de correct à l'aéroport, elle avait pris un hot-dog Nathan's et il était aussi flétri qu'une quéquette de momie. L'air est trop humide à Nantucket, il suffit de regarder ses cheveux, la chambre qu'elle a réservée se trouve dans une *auberge*, pas un hôtel, ce qui veut dire qu'il n'y a pas de room service, pas de centre de remise en forme, pas de Jacuzzi, et les taies d'oreiller sont ornées de fleurs en tulle, franchement elle n'a jamais rien vu de plus hideux, comment est-elle censée poser la tête sur un truc pareil, elle n'en sait rien, mais l'auberge était le seul endroit possible parce qu'elle avait attendu la dernière minute pour réserver. Elle avait prévu de ne pas venir du tout parce qu'elle était à court d'argent, mais elle s'était dit que ce voyage l'aiderait peut-être à se secouer et à la sortir de sa dépression.

« Ta dépression ? s'était exclamée Greer, se demandant si cette litanie finirait un jour.

— Ma boîte a fait faillite, avait avoué Featherleigh. Et j'ai vécu une rupture dévastatrice... »

Tiens donc ? avait songé Greer. *Alors comme ça, c'est fini avec Tag ?*

« ... c'est pour ça que mes cheveux sont d'une couleur atroce et que j'ai l'air d'un boudin. Je me suis gavée de vodka, de fish and chips et de currys à emporter. J'ai 45 ans, je ne suis pas mariée, je n'ai pas d'enfants, je n'ai pas de boulot, je fais l'objet d'une enquête de police et...

— Une rupture dévastatrice ? l'avait coupée Greer, revenant à la seule complainte de Featherleigh qui lui importait. Je ne savais pas que tu étais engagée dans une relation sérieuse.

— C'était un secret », avait répondu Featherleigh.

Ses yeux s'étaient emplis de larmes.

« Il est marié. Je savais qu'il était marié, mais je me disais…

— Tu te disais qu'il allait quitter sa femme pour toi ? »

Greer avait pris Featherleigh dans ses bras, surtout pour mettre fin à ses pleurnicheries – rien de tel pour gâcher une soirée que quelqu'un qui se met à pleurer.

« Les hommes ne quittent jamais leurs femmes, Featherleigh, avait-elle murmuré. Tu es assez grande pour le savoir. C'est quelqu'un que je connais ? »

Featherleigh avait reniflé et fait non de la tête contre l'épaule de Greer. Greer s'était doucement éloignée d'elle, soudain soucieuse des taches de mascara sur sa combinaison de soie ivoire. Featherleigh pleurerait-elle devant Greer de sa rupture avec Tag ? Était-elle capable de se montrer aussi traître et trompeuse ?

« Et pourquoi donc, avait repris Greer, fais-tu l'objet d'une enquête de police ?

— Pour fraude », avait avoué Featherleigh d'un air sombre.

Elle était donc manifestement capable de tromper son monde. Ce qui expliquerait l'absence de la bague.

« Quand avez-vous rompu ? avait-elle demandé. C'est récent ? »

La lèvre inférieure de Featherleigh s'était mise à trembler.

« En mai », avait-elle murmuré.

Mai ? Jessica Hicks lui avait dit que Tag avait acheté la bague en juin, Greer en était sûre. Mais elle avait pu se tromper. Elle aurait dû demander à Jessica de lui envoyer le reçu par courriel. Le choc, l'angoisse avaient cependant été tels qu'elle avait couru hors de la boutique sans chercher à en savoir plus.

Après avoir écrit vingt et un romans ayant pour protagoniste Miss Dolly Hardaway, Greer avait la mentalité d'une détective. Quand son cerveau cessera d'être embrumé par tout ce champagne et cette effervescence, elle passera en revue les événements du mois de mai et les examinera au peigne fin. Pour voir quels poux elle pourrait y trouver.

« Va te chercher un verre, avait-elle conclu. Tu en as bien besoin, on dirait. »

Son plan de table est magnifique, pense-t-elle, si ce n'est que le siège d'honneur, celui à côté de Benji, est vide. Où est Celeste ? Assise avec ses parents, évidemment, à faire la nounou pour Karen et Bruce. Celeste casse les pinces du homard de sa mère et en extrait la chair neigeuse à l'aide du fin pic en argent, comme Greer le lui a enseigné. Elle vide la queue et coupe son contenu en petits morceaux, puis étudie les diverses coupelles de beurre fondu. Comme il s'agit d'un barbecue de fruits de mer d'Island Fare, chaque élément traditionnel s'est vu conférer une touche de sophistication. Il y a trois sortes de beurre fondu pour le homard : normal, au citron vert et au piment. Ainsi que deux variétés de pains de maïs, l'un avec des grains de maïs doux entiers et l'autre à la couenne de porc. Il y a aussi des biscuits au babeurre aériens, qu'un ajout de cheddar mature anglais rend encore plus savoureux. Outre l'habituelle linguiça grillée, il y a des saucisses d'agneau faites maison – un autre mets susceptible de plaire aux Britanniques. Au centre de chaque table se trouvent des rouleaux fourrés aux tomates de chez Bartlett's Farm cultivées sous serre, arrosés d'un filet de vinaigrette au bleu forte et épaisse, et parsemés d'oignons verts hachés et de bacon croustillant.

Celeste accomplit le même rituel du homard avec son père. Greer note à quel point elle se montre attentive et douce avec ses parents. C'est remarquable. De quoi rendre jaloux. Greer est convaincue d'avoir géré avec brio l'éducation de ses garçons, mais elle sait très bien qu'ils ne se comporteraient jamais avec elle de manière aussi aimante et attentionnée. Le lien qui unit Celeste à ses parents est spécial ; tout le monde peut s'en rendre compte. Peut-être est-ce parce que sa mère est mourante – mais Greer, sans savoir pourquoi, ne pense pas que ce soit la seule raison. Peut-être est-ce parce que les

Otis ont eu Celeste très jeunes. Peut-être parce qu'elle est fille unique.

Peut-être que Greer devrait arrêter de se poser des questions.

Elle casse un biscuit en deux, et s'autorise à en manger deux bouchées. Elle se tourne vers Tag.

« Les garçons m'aiment, tu crois ?

— Tu me poses sérieusement la question ? » s'exclame Tag.

Chloe surgit près de l'épaule de Greer avec une nouvelle coupe de champagne. Elle devrait arrêter de boire, parce que la question *Est-ce que les garçons m'aiment ?* est suivie d'une foule d'autres interrogations. Tag l'aime-t-il ? Y a-t-il quelqu'un au monde qui l'aime ? Y a-t-il quelqu'un qui se rend compte de la tonne de travail que ce mariage lui a demandé ? Il a fallu de l'argent, certes, mais aussi beaucoup de temps – des centaines d'heures, si Greer en fait le compte – pour établir des listes, passer des coups de fil, gérer l'organisation. Si elle a négligé sa carrière, c'est surtout parce que ce mariage est passé en premier lieu, avant son roman –, et voilà qu'un type nommé Chuck O'Brien venait lui demander des comptes. Est-elle capable de réécrire ce texte, ou d'en rédiger un autre du début à la fin en une quinzaine de jours ? Si ce mariage ne venait pas la distraire de son travail, oui, c'est certain.

Tag avait-il une liaison avec Featherleigh jusqu'au mois de mai ?

Fini le champagne. Greer doit arrêter. Mais la flûte a une si jolie forme, et le liquide est d'une couleur platine irrésistible. Les bulles lui lancent des clins d'œil aguicheurs, et elle sait exactement quel goût cela aura : acide et frais, telle une pomme tout juste cueillie sur la branche.

Celeste s'assoit à côté de Benji et, pendant quelques secondes, Greer se détend. Chacun est à sa place.

« Nous devrions sans doute porter les toasts maintenant, lance-t-elle, avant que les gens ne s'impatientent.

— Je croyais que les toasts étaient prévus après le plat, mais avant le dessert », dit Tag.

Il consulte sa montre.

« Je dois passer un petit coup de fil à Ernie à 21 heures.

— *Quoi ?* dit Greer. Un coup de fil à Ernie *ce soir* ?

— C'est l'histoire de la Libye. Ce sera rapide, mais je ne peux pas reporter. Ernie part à Tripoli demain matin. C'est un gros dossier, ma chérie. Un très, très gros dossier. »

Tag embrasse Greer et se lève, laissant une queue de homard intacte dans son assiette.

« Alors fissa », dit Greer, tentant de conserver son attitude espiègle.

Ses yeux se déplacent jusqu'à l'autre bout de la tente, là où Featherleigh est assise ; Greer l'a placée dans la Sibérie de la soirée avec les collègues de travail de Tag, dont le barbant Peter Walls. Si Featherleigh emboîte le pas à Tag et sort de la tente, elle saura qu'il n'y a pas d'appel à Ernie.

Mais Featherleigh ne bouge pas d'un pouce ; elle ne semble même pas s'apercevoir que Tag quitte la fête. Ou alors si, en fait, elle s'en rend compte. Elle le suit des yeux. Avec une expression de désir, songe Greer – si ce n'est que, à dire la vérité, elle ne peut pas se fier à son propre jugement, après toutes ces coupes de champagne. Mais Featherleigh ne se lève pas. Elle beurre généreusement un bout de pain de maïs et le fourre dans sa bouche. Greer repousse son assiette.

Bruce Otis, se conformant aux souhaits de Greer, à défaut de respecter l'horaire prévu, se lève et fait tinter sa cuillère contre son verre d'eau.

« Mesdames et messieurs, je m'appelle Bruce Otis et je suis le père de la mariée, commence-t-il. J'aimerais porter un toast. »

Un murmure parcourt la foule ; les musiciens cessent de jouer et les conversations se tarissent. Greer est soulagée. Elle ne sait pas si M. Otis a l'habitude de s'adresser à un auditoire aussi nombreux, mais c'est toujours plus facile quand les gens savent se tenir.

« Quand j'ai rencontré Karen, ma femme, je me suis dit que j'étais l'homme le plus chanceux du monde. Enfin, le garçon le plus chanceux du monde, parce que lors de notre rencontre, je n'avais que 17 ans. Mais je savais que je l'aimais.

Je m'imaginais vieillir avec elle. Et puis voilà, c'est exactement ce qui s'est passé. »

De légers rires s'élèvent de la foule.

« Et je sais que je parle aussi au nom de Karen en disant que l'amour qu'on éprouvait l'un pour l'autre était tellement incroyable que pendant des années nous n'avons pas voulu d'enfant. On était si heureux d'être rien que nous deux. Je travaillais toute la semaine, et chaque jour à 17 heures le soleil se levait pour moi parce que je pouvais rentrer à la maison retrouver cette femme magnifique et extraordinaire. Le samedi, on allait faire des courses. On allait à la poste envoyer des colis et vérifier notre boîte aux lettres, et la file d'attente était toujours très longue le samedi, mais vous savez quoi ? Je m'en fichais. J'étais capable de patienter pendant une heure entière. J'étais capable d'attendre toute la journée... parce que Karen était là. »

La voix de Bruce commence à se briser et des larmes brillent dans ses yeux. Greer s'aperçoit qu'il se sert de ce toast pour rendre hommage à sa femme. C'est intelligent de sa part ; Karen mérite bien ça, et plus encore. Elle mérite un *remède* ou un essai clinique de pointe qui lui accorderait une rémission de dix ans, voire de cinq – elle pourrait alors au moins faire connaissance avec ses futurs petits-enfants. Celeste avait confié à Greer qu'elle prélevait 100 dollars par mois sur son salaire pour les envoyer au Fonds de recherche sur le cancer du sein, à l'insu de Karen et de Bruce. Greer avait été tellement touchée par cette confidence qu'elle s'était assise à son bureau le soir même et avait fait un chèque de 25 000 dollars à la fondation, sans le dire à Celeste, ni Benji, ni même Tag. Aux yeux de Greer, les actes de charité qui comptent le plus sont ceux accomplis sans que personne ne le sache. Mais l'envie l'avait démangé d'accompagner ce chèque d'un petit mot disant : « *S'il vous plaît, servez-vous de cet argent pour guérir Karen Otis.* »

Bruce se racle la gorge, rassemble ses idées et poursuit : « Et puis, il y a vingt-huit ans, nous avons eu une petite fille. Et bon sang, rien sur cette Terre – et je dis bien *rien* – ne vous prépare à l'amour inconditionnel que l'on éprouve pour ses enfants. Vous n'êtes pas d'accord ? »

Quelques *Bravos !* s'élèvent de l'auditoire. Greer comprend confusément de quoi il parle. Elle adorait ses enfants. Elle les adore. C'était différent quand ils étaient petits, bien sûr.

« Et puis Karen et moi avons eu la chance d'avoir une petite fille belle, intelligente, et *gentille.* Elle avait vingt sur vingt à tous ses tests d'orthographe. C'était elle qui ramassait les araignées et les emportait à l'extérieur au lieu de les écraser avec sa chaussure. Elle passait son temps à creuser dans le jardin pour trouver des serpents et des salamandres, et elle les mettait dans une boîte à chaussures avec de l'herbe et de petits récipients remplis d'eau. Elle n'a jamais été honteuse ni gênée par l'endroit où elle avait grandi ni par ceux qui l'avaient fait naître, même si elle est partie vers d'autres horizons que le nôtre et celui du canton de Forks, il y a bien longtemps de cela. »

Bruce lève son verre.

« Benjamin Winbury, je te le dis du fond du cœur : prends soin de notre petite fille. C'est le trésor, l'espoir, la lumière et la chaleur de notre vie. Elle est ce que nous laisserons au monde derrière nous. À vous deux, et à votre vie commune. »

Greer essuie la larme qui perle au coin de son œil avec une serviette. Elle n'est pas sentimentale, mais n'importe qui aurait trouvé ce toast émouvant.

C'est au tour de Thomas de se lever et de faire tinter son verre. Peut-être est-il vrai que rien au monde ne vous prépare à l'amour inconditionnel que vous portez à vos enfants, mais Greer a toujours été réaliste concernant ses fils. Elle connaît parfaitement leurs forces et leurs faiblesses. Thomas est le plus beau ; Benji a hérité du nez crochu du père de Greer, et aucun coiffeur n'a jamais pu dompter son épi. Mais Benji est plus futé et possède une gravité innée, que ce soit une chance ou non, qui fait qu'il a toujours semblé l'aîné.

Pour son toast, Thomas fait le récit du jour où Benji et lui, âgés respectivement de 6 et 8 ans, s'étaient perdus à Piccadilly Circus et comment Benji avait empêché qu'ils ne soient kidnappés – ou pire. À en croire ce récit, Benji, malgré les sévères mises en garde de son frère, avait abordé un groupe de musiciens de punk rock et demandé à une fille à la crête rose vif de les aider à retrouver leur maman.

« Il a dit que les cheveux de la fille étaient jolis, raconte Thomas. Il était persuadé que quelqu'un qui avait de si beaux cheveux ne pouvait qu'être extrêmement intelligent et sage. »

Greer éclate de rire comme le reste de l'assistance, même si cette anecdote la hérisse pour deux raisons. Pour commencer, c'était elle qui avait emmené les gosses à Piccadilly, où elle était tombée sur une certaine Susan Haynes, qui faisait partie du comité de bienfaisance du Portland Hospital, une association que Greer souhaitait vivement rejoindre. Elle avait été tellement absorbée par sa conversation avec Susan qu'elle avait perdu les garçons de vue. Ses propres enfants. Quand la discussion avait pris fin, elle avait regardé autour d'elle et s'était rendu compte qu'ils avaient tous les deux *disparu*.

Mais si Greer est consternée, c'est aussi parce que c'est *exactement la même histoire* que Benji avait racontée quand il avait porté un toast au mariage de *Thomas* il y a quatre ans de cela. Greer trouve que c'est affreusement peu inventif de la part de Thomas de recycler le même récit. Elle aimerait jeter discrètement un coup d'œil à Tag pour voir s'il est d'accord avec elle, mais… où se trouve-t-il ? Toujours au téléphone avec Ernie ? Greer lorgne Featherleigh. Elle est posée sur son siège et regarde Thomas d'un air vide.

Elle est bourrée, se dit Greer. Trois verres vides de mojito à la mûre s'alignent devant elle.

Dès que les applaudissements pour le toast à la noix de Thomas se sont calmés, elle s'esquive discrètement et se rend dans la maison, en quête de son mari.

Elle évite la cuisine, où les employés du traiteur sont en train de placer les desserts sur leurs plateaux, un assortiment de tartes maison : myrtilles, pêches, citron vert, crème de banane et chocolat aux noix de pécan. Elle traverse le salon en direction de l'escalier de service, mais s'immobilise en entendant une voix en provenance de la buanderie.

La buanderie ? Elle passe la tête dans l'embrasure.

Il y a une fille adossée au bloc lave-linge/sèche-linge, le visage dans les mains, en train de sangloter. C'est... c'est la *copine,* l'amie de Celeste, la demoiselle d'honneur. Greer a oublié son nom. Merrill... ou Madison ? Non, ce n'est pas ça mais ça y ressemble. *Merritt,* songe-t-elle. Merritt Monaco.

« Merritt, s'exclame-t-elle. Qu'est-ce qui vous arrive ? »

Merritt se retourne et pousse un petit cri de surprise en voyant Greer. Puis elle s'empresse d'essuyer ses larmes.

« Rien, dit-elle. C'est juste... l'émotion.

— On est tous bouleversés, je crois », répond Greer.

Elle éprouve soudain un sentiment d'inquiétude maternelle envers cette fille qui n'est ni une future mariée, comme Celeste, ni enceinte comme Abby. Mais tout de même, elle est libre ! Greer a envie de l'encourager à profiter de sa liberté parce que bientôt, à coup sûr, ce sera fini pour elle.

« Venez, allons vous chercher un verre », ajoute-t-elle.

Elle fait signe à Merritt de la suivre, pensant la reconduire à la fête et trouver Chloe-au-champagne. La tristesse de Merritt est probablement soluble dans le Veuve Clicquot.

« Tout va bien, dit Merritt en reniflant et en tentant de se ressaisir. Je vous rejoins bientôt. Il faut que j'aille aux toilettes. Me refaire une beauté. Mais merci. »

Greer lui sourit.

« D'accord. De toute façon, j'essaie de retrouver mon mari. Il semble s'être volatilisé. »

Au moment où elle se retourne pour partir, elle perçoit l'éclat d'une bague en argent sur le pouce de Merritt.

C'est donc vrai, se dit-elle. *Toutes les filles à la mode portent ça maintenant.*

Lundi 24 octobre 2016

CELESTE

Deux jours après qu'elle a donné à Benji sa ligne directe au zoo, il l'appelle – non pour la mettre en contact avec son ami potentiellement désireux de faire venir au zoo des groupes d'hommes d'affaires étrangers mais pour l'inviter à dîner. Il souhaite l'emmener au Russian Tea Room vendredi soir.

« Il a été complètement rénové depuis les années 1980, ajoute-t-il. C'est censé être éblouissant aujourd'hui. Vous aimez le caviar ?

— Euh... » bredouille Celeste.

Elle n'a jamais mangé de caviar, non seulement parce que c'est cher, mais aussi parce qu'elle déjà a vu des poches d'œufs de poisson flotter dans l'eau d'un aquarium et... sans façon pour elle.

« Ou alors, on pourrait aller dans l'East Village et dîner chez Madame Vo ? C'est un resto vietnamien. Vous préférez la cuisine vietnamienne ? »

Celeste manque lui raccrocher au nez. Elle s'en veut d'avoir donné son numéro à ce type. C'est un Martien – ou, plus vraisemblablement, c'est elle la Martienne. Il est habitué aux femmes belles et raffinées comme Jules, qui mangeait sans doute du caviar à la cantine de son école. Le loyer de Celeste dans la 100e Rue Est est un peu élevé, alors elle va rarement au restaurant. De temps à autre, elle retrouve Merritt pour un brunch ou un petit dîner. À bien des occasions, si Merritt est photographiée en train de manger dans ce restaurant ou si elle poste des photos de son assiette sur #eatingfortheinsta, le repas est à l'œil. Mais de manière générale, le dîner de Celeste provient du buffet de crudités du petit traiteur du coin de la rue ou de la liste de plats à emporter de la cafétéria du zoo – et, oui, elle sait à quel point c'est pitoyable, mais seulement parce que Merritt le lui a signalé.

« Vietnamien, quelle bonne idée ! s'exclame-t-elle, mimant autant d'enthousiasme que possible pour une cuisine dont elle ignore tout.

— Ok, va pour Madame Vo, dans ce cas, répond Benji. Je passe vous chercher ?

— Me chercher ? » s'exclame Celeste.

Sa rue – qui est trop au nord pour relever de l'Upper East Side à proprement parler, mais trop au sud pour appartenir à Harlem – ne connaît guère de problèmes d'insécurité, mais elle n'a aucun charme. On y trouve une laverie automatique, le fameux petit traiteur, et un toiletteur pour animaux.

« Ou alors on se retrouve là-bas ? dit Benji. C'est dans la 10e Rue Est.

— Je vous y rejoins, répond Celeste, soulagée.

— Vingt heures ? ajoute Benji.

— Parfait », dit Celeste, avant de raccrocher pour appeler Merritt.

Merritt se met d'abord à piailler : « Tu as un *date* ! »

Le visage de Celeste se tord en une expression à mi-chemin entre le sourire et la grimace. Oui, elle a un rendez-vous, et ça fait du bien, parce que d'habitude, quand Celeste et Merritt discutent, la seule qui a des nouvelles excitantes à annoncer, voire des nouvelles de quelque nature que ce soit à partager, c'est Merritt. La vie sentimentale de Merritt est si mouvementée que Celeste a du mal à ne pas confondre ses petits amis. En ce moment, Merritt sort avec Robbie, le barman de jour du Breslin, sur la 29e Rue. Il est grand, il a la peau claire, des biceps saillants et l'accent irlandais. *Qu'est-ce qui cloche chez Robbie ?* s'était demandé Celeste quand Merritt l'avait traînée au Breslin un samedi à l'heure du déjeuner pour qu'elle puisse le rencontrer. Pourquoi Merritt ne restait-elle pas avec lui ?

Tout d'abord, avait expliqué Merritt, Robbie voulait devenir acteur. Il enchaînait les auditions, et Merritt était sûre qu'il ne tarderait pas être pris pour le pilote d'une série télé, et qu'il déménagerait alors sur la côte ouest. C'était une mauvaise idée de s'attacher à quelqu'un qui n'était pas fermement enraciné à New York, avait-elle ajouté. Celeste, cependant, savait que Merritt avait peur de s'engager parce qu'elle s'était retrouvée dans une situation vraiment abominable juste avant que toutes les deux ne se rencontrent.

L'homme s'appelait Travis Darling. Travis et sa femme, Cordelia, possédaient une société de relations publiques nommée Brightstreet où Merritt avait travaillé dès sa sortie de la fac. Elle avait été choisie comme responsable de la publicité parmi un millier de candidats, et Travis comme Cordelia voyaient en elle une étoile montante des relations publiques, la prochaine Lynn Goldsmith. La vie de Merritt s'était retrouvée complètement mêlée à celle des Darling. Elle sortait dîner avec eux au moins une fois par semaine ; elle passait les voir dans leur jolie maison de la 83e Rue Est ; elle partait skier avec eux à Stowe et les rejoignait pour des week-ends à la plage à Bridgehampton.

Travis avait toujours soutenu Merritt. Il lui posait des questions sur sa vie personnelle, encourageait son intérêt pour la mode ; il se souvenait des noms de ses camarades de chambre à la fac. Il lui demandait son avis parce qu'elle était jeune et avait un point de vue original. Il lui posait parfois la main sur l'épaule quand il se tenait derrière son bureau, et lui faisait suivre des blagues scabreuses depuis son adresse électronique personnelle. Quand Merritt sortait dîner avec Travis et Cordelia, il tirait sa chaise pour qu'elle puisse s'asseoir. S'ils attendaient au bar d'obtenir une table, il la guidait en posant une main sur son dos. Merritt voyait bien tout cela, mais ne protestait pas. Après tout, Cordelia était *là*.

Mais il y avait eu la suite.

C'était l'été et Merritt passait le week-end dans les Hamptons avec les Darling. Le samedi après-midi, ils étaient tous les trois allongés sur la plage quand ils avaient reçu un appel d'une cliente, un top model qui venait de se quereller avec une hôtesse de l'air. Des noms d'oiseaux avaient été échangés et un autre passager avait fait fuiter l'histoire – qui présentait le mannequin sous un jour vraiment peu flatteur – dans les médias. C'était un problème de communication qui pouvait rapidement virer au cauchemar. Cordelia devait retourner à New York gérer la suite.

Je t'accompagne, avait dit Merritt. *On ne sera pas trop de deux.*

Sage m'aidera, avait répondu Cordelia. Sage Kennedy était une toute nouvelle recrue. Merritt avait immédiatement perçu son ambition et sa jalousie professionnelle : Sage voulait être la prochaine Merritt. Elle était trop jeune et trop fauchée pour passer les week-ends d'été en dehors de New York, mais cela allait jouer en sa faveur à présent. Quand Merritt avait insisté, expliquant qu'elle serait ravie de retourner à New York, Cordelia avait répliqué : *Reste ici et profites-en. On se voit lundi.*

Merritt avait-elle éprouvé de la gêne à l'idée de rester seule dans la maison avec Travis ? Pas vraiment. À ce moment-là, cela faisait trois ans qu'elle travaillait pour Brightstreet. Si Travis avait eu l'intention de la séduire, il l'aurait déjà fait.

Mais en fin d'après-midi, alors que Merritt retirait le sable de ses pieds à l'aide du tuyau d'arrosage avant d'entrer dans la maison, Travis était arrivé derrière elle et, sans dire un mot, avait défait le nœud de son haut de bikini. Merritt s'était figée. Elle était tétanisée, avait-elle expliqué à Celeste, mais elle avait décidé d'en rire comme s'il s'agissait d'une plaisanterie. Elle avait attrapé les ficelles et entrepris de les renouer, mais Travis l'en avait empêchée. Il lui avait pris les deux mains, l'avait attirée vers lui et avait commencé à l'embrasser dans la nuque. « *Ça fait si longtemps que j'attends ce moment* », avait-il chuchoté à son oreille.

« J'étais prise au piège, avait expliqué Merritt à Celeste. J'aurais pu le repousser, mais j'avais peur de perdre mon poste. J'avais peur qu'il dise à Cordelia que c'était moi qui avais retiré mon haut. Alors je l'ai laissé faire. Je l'ai laissé faire. »

Leur liaison avait duré sept longs mois éprouvants. Merritt vivait dans la terreur que Cordelia ne découvre tout, mais Travis lui avait assuré qu'elle n'avait aucune raison de s'inquiéter. Selon lui, sa femme était frigide, peut-être même lesbienne, et elle n'en aurait rien eu à faire même si elle les avait démasqués.

Au fond d'elle, elle avait envie que ça arrive, avait dit Travis. *Si elle a voulu t'embaucher, c'est aussi parce qu'elle savait que je te trouvais sexy.*

Travis, en vérité, se trompait lourdement sur ce que voulait Cordelia. Celle-ci avait engagé un détective privé, qui avait suivi Merritt et Travis, accédé à leurs relevés téléphoniques et à leurs textos, puis livré à Cordelia toutes les preuves dont elle avait besoin – y compris, obtenues on ne sait comment, des photos sur papier glacé en format 20 × 25 d'eux deux en train de prendre une douche dans l'appartement de Merritt.

Cordelia avait rapidement arraché l'entreprise des mains de Travis, ainsi que leurs placements et leur jolie maison new-yorkaise. Elle avait viré Merritt et entrepris de détruire sa réputation, sur le plan professionnel comme personnel – or, à cette époque, les amis de Cordelia étaient aussi ceux de Merritt. Travis avait lui aussi lâché Merritt. Elle l'avait appelé et supplié de dire la vérité à Cordelia : qu'il était à l'initiative de leur liaison et qu'il ne lui avait pas laissé d'autre choix que de se rendre complice. Travis avait réagi à ses coups de fil et à ses textos en demandant une mesure d'éloignement contre elle.

Après cela, Merritt avait songé au suicide, avait-elle avoué à Celeste. Les mauvais jours, elle gardait les yeux rivés sur un flacon de pilules mises de côté – Valium, Zolpidem, Xanax. Les bons jours, elle cherchait du travail dans d'autres villes ; mais elle avait fini par s'apercevoir que les tentacules de Cordelia se déployaient jusqu'à Chicago, Washington et Atlanta. Les boîtes ne daignaient même pas la rappeler. De temps à autre, Cordelia lui envoyait un texto, et chaque fois que Merritt voyait son nom apparaître sur l'écran, elle se disait que peut-être, sait-on jamais, Travis avait craché le morceau et avoué à Cordelia qu'il était seul responsable de cette liaison et qu'il avait forcé Merritt, avant de se livrer tout simplement au chantage. Mais les textos de Cordelia étaient toujours l'exact contraire d'un message d'excuse. L'un d'eux disait : Si j'étais sûre de ne pas avoir d'emmerdes, je te tuerais.

Mais un jour, miracle : Merritt avait reçu un message de Sage Kennedy, qui, elle le savait, avait repris son poste en urgence au sein de l'entreprise. Le texto disait : Cordelia a vendu la maison de la 83e Rue et relocalise Brightstreet à Los Angeles. Je me suis dit que tu voudrais le savoir.

Au début, Merritt n'en avait pas cru un mot. Elle se méfiait de Sage Kennedy. Mais en consultant *Business Insider*, elle avait vu que c'était vrai. Elle s'était demandé si Travis n'avait pas jeté son dévolu sur Sage Kennedy, après son licenciement. Elle n'avait pas osé demander, mais elle avait envoyé un petit message à Sage pour la remercier de l'avoir tenue au courant. Elle retrouvait sa liberté, en quelque sorte.

Peu de temps après, Merritt avait trouvé un poste dans les relations publiques à la Wildlife Conservation Society, et malgré le salaire modeste, elle avait été contente de pouvoir repartir de zéro. Au cours de ses premières semaines de travail, elle avait interpellé Celeste par ces mots : « De tous les employés de nos zoos, c'est vous la plus jolie et la moins bizarre. Accepteriez-vous que j'utilise des photos de vous pour nos brochures ? »

Celeste avait été sidérée par la franchise de Merritt.

« Merci, avait-elle répondu. Enfin, je crois. »

Elles avaient déjeuné ensemble à la cafétéria du zoo, et une amitié était née au-dessus de leurs sandwichs au thon. Merritt estimait que c'était Celeste qui l'avait « sauvée », quand Celeste pensait le contraire. Elle avait quitté le comté de Forks bien résolue à se débrouiller seule à New York ; mais même elle avait été déconcertée de voir à quel point elle était seule. La ville comptait dix millions d'habitants, et pourtant elle avait du mal à rencontrer du monde en dehors de son travail. Elle était plus ou moins amie avec deux personnes de son quartier : Rocky, qui travaillait chez le petit traiteur de sa rue, et Judy Quigley, qui gérait la boutique de toilettage pour animaux.

Rocky avait invité Celeste à dîner dans un restaurant péruvien spécialisé dans le poulet de la 91e Rue, mais il avait fini par lui avouer que même s'il l'aimait bien et qu'il la trouvait vraiment très jolie, il n'avait ni temps ni argent à consacrer à une petite amie. Mme Quigley était une femme charmante, et Celeste partageait son amour des animaux ; mais ce n'était pas comme si elles allaient partir un jour en virée boire des cocktails.

Merritt était l'amie new-yorkaise dont Celeste rêvait. Elle était amusante, sophistiquée et branchée ; elle était au courant de *tous* les événements destinés aux millennials dans la ville. Elle avait annoncé à Celeste que son expérience avec Travis Darling l'avait rendue dure et insensible, mais Celeste ne voyait que sa gentillesse. Merritt était incroyablement patiente, attentionnée et maternelle dès qu'il s'agissait de Celeste ; et elle savait que Celeste ne supportait qu'à petites doses son monde vibrant et déchaîné.

« Je ne sais pas quoi faire, lui avoue Celeste à présent. Benji est venu au zoo avec sa petite amie et la *fille* de celle-ci. Il se disputait avec sa copine, et puis j'ai vu qu'il me regardait fixement. Ensuite, il m'a demandé ma carte de visite. Il m'a dit que *c'était pour l'un de ses amis*, et je l'ai cru. Je lui ai filé ma ligne directe. Selon toi, il a déjà quitté sa copine ? Il veut m'emmener chez Madame Vo, en plein centre, dans la 10e Rue. Un truc vietnamien.

— Madame Vo, tout le monde veut y aller, parce que Sarah Jessica Parker est une habituée. Mais je n'aime pas la disposition de leurs tables de deux. Tu as l'impression de dîner avec tes voisins.

— Est-ce que je dois annuler ? demande Celeste. Je ferais sans doute mieux d'annuler.

— Non ! s'exclame Merritt. Ne fais pas ça, je te préviens ! Je vais t'aider. Je vais te métamorphoser. On va se débrouiller pour que ce Benji tombe amoureux de toi dès le premier rendez-vous. Et qu'il te demande en mariage.

— En mariage ? » balbutie Celeste.

Plus tard, Merritt fait un saut à l'appartement de Celeste et se sert de l'ordinateur portable de cette dernière pour chercher Benji sur Google – Benjamin Garrison Winbury, vivant à New York. En quelques secondes, elles découvrent ce qui suit : Benji a été élève à la Westminster School à Londres, puis au lycée St. George's de Newport, Rhode Island, ainsi qu'à l'université Hobart. Il travaille actuellement pour Nomura Securities, qui, après d'autres révélations de Google, s'avère être une banque japonaise dont le siège se trouve à New York. Il est membre du conseil d'administration du Whitney Museum et de la Robin Hood Foundation, qui lutte contre la pauvreté dans la ville.

« Il n'a que 27 ans, murmure Merritt. Et il siège déjà à deux conseils d'administration. Impressionnant. »

Celeste est de plus en plus angoissée. Elle a rencontré plusieurs membres du conseil d'administration de son ONG : ce sont tous des gens riches et importants.

Merritt fait défiler les photos de Benji.

« Sa mère a vraiment l'air d'une garce. Le père est plutôt pas mal, par contre.

— Arrête, Merritt », supplie Celeste.

Elle jette pourtant un coup d'œil à l'écran par-dessus l'épaule de son amie. Elle s'attend à voir des photos de Benji avec Jules et Miranda ; mais si ces images ont jamais existé, elles ont toutes été effacées. Il y en a une de Benji avec des amis dans un restaurant, en train de lever un verre à cocktail, et une autre où il pose à la proue d'un bateau. Il y en a une où il est avec un type qui doit être son frère à un match des Yankees, et sur la photo à laquelle Merritt fait allusion, on le voit avec un couple âgé et raffiné, la mère d'une blondeur glaciale, le père grisonnant et souriant jusqu'aux oreilles. Il y a aussi une photo de Benji avec une boisson tropicale à la main sous un parasol de plage et une de lui coiffé d'un casque, assis sur un VTT.

« La petite amie a disparu du paysage, on dirait bien, lance Merritt. Complètement effacée de son fil d'actualité. Allons voir sur Instagram...

— Je n'ai pas envie qu'on aille vérifier son compte Instagram, dit Celeste. Aide-moi plutôt à trouver quoi porter. »

Celeste retrouve Benji devant Madame Vo à 20 heures précises le vendredi. Merritt lui a conseillé d'arriver avec dix minutes de retard, mais Celeste est toujours ponctuelle – c'est plus fort qu'elle –, et Benji est déjà là à l'attendre, ce qui, décide-t-elle, est bon signe. Elle a emprunté une robe à Merritt ; une tenue ultra-moulante signée Hervé Leger de couleur rose doré, dont Celeste sait qu'elle coûte plus de 1 000 dollars. On l'avait offerte à Merritt pour qu'elle la porte lors de l'inauguration du Nuclear Winter, le nouveau club d'Alphabet City ; et quand Merritt est mitraillée par les photographes comme elle l'avait été ce soir-là, elle ne peut plus jamais porter la tenue. Celeste lui a également emprunté des chaussures – des talons aiguilles Jimmy Choo – et une pochette dorée. Ne lui manquent que l'esprit, le charme et l'assurance de son amie. Celeste se remémore le conseil que lui prodiguent ses parents depuis qu'elle est en âge de comprendre : *Sois toi-même.* C'est incroyablement vieillot, et peut-être même malavisé. Celeste a toujours été elle-même, mais cela ne lui a jamais permis de devenir populaire. Genre : *Scientifique.* Espèce : *Inapte sur le plan social.*

« Bonsoir, dit-elle à Benji en sortant de son Uber.

— Ouaouh, dit Benji. J'ai failli ne pas vous reconnaître. Vous avez l'air... épatante. Vraiment épatante. »

Celeste rougit. Benji est étonné, impressionné, même, et il ne semble pas jouer la comédie. Celeste ne sait pas si elle doit lui faire la bise ou se contenter d'une accolade, alors elle lui lance un sourire qu'il lui rend, les yeux rivés aux siens. Puis il ouvre la porte du restaurant et l'invite à y entrer.

« Vous avez faim ? » demande-t-il.

Benji est gentil. Celeste ne pensait pas qu'il y avait des types bien à New York. Les hommes qu'elle croise dans le métro et dans la rue ont tous l'air de reluquer ses seins ou de jurer dans leur barbe si elle met trop de temps à sortir sa carte de transport. Les hommes du zoo ne sont pas en reste. Darius, qui a repris le poste de Celeste à la section primates quand elle a été promue, a avoué claquer presque la moitié de son salaire en porno sur Internet. Mawabe, qui travaille avec les grands félins, est accro à Manhunt, un jeu vidéo violent ; il lui propose de lui apprendre à y jouer chaque fois qu'ils discutent un peu. Le problème avec les gens du zoo en général, c'est qu'ils s'entendent mieux avec les animaux qu'avec les humains – et cela vaut aussi pour Celeste.

Quand Benji lui annonce qu'il travaille pour la banque japonaise Nomura, elle fait comme si elle n'était pas au courant.

« Vous voulez dire que vous êtes comme tous ces types sans âme qui bossent pour les fonds d'investissement ? » dit-elle, espérant lui faire croire qu'elle doit endurer tous les week-ends des rendez-vous avec ce profil d'homme.

Il rit.

« Non, ça, ce serait plutôt mon père. »

Il lui explique ensuite qu'il dirige le département de philanthropie stratégique de Nomura : c'est à lui de donner de l'argent à des causes importantes.

« À terme, j'aimerais diriger une grande organisation à but non lucratif. Comme la Croix-Rouge ou l'Association américaine de lutte contre le cancer.

— Ma mère a un cancer du sein », laisse échapper Celeste.

Puis elle baisse les yeux sur ses rouleaux de printemps croustillants. Elle n'arrive pas à croire qu'elle vient de dire ça, non seulement parce que c'est le sujet le plus déprimant au monde, mais aussi parce qu'elle n'a jamais parlé à personne du cancer de sa mère.

Benji murmure : « Est-ce qu'elle va s'en sortir ? »

C'est bien ça, la question. Karen Otis, la mère de Celeste, est atteinte d'un carcinome canalaire infiltrant de stade 2 qui a atteint ses ganglions lymphatiques, nécessitant dix-huit séances de chimiothérapie et trente de radiothérapie *après* sa double mastectomie. Elle était allée à St. Luke pour son dernier traitement au mois de juillet, et aucun rendez-vous de suivi n'avait été prévu avant six mois. Mais comme elle ressentait à nouveau des douleurs, elle était allée voir son médecin dans le courant de la semaine. Il lui avait prescrit une IRM, que Karen avait failli refuser en raison de son coût exorbitant et parce que Bruce et elle croulaient déjà sous les factures de soins médicaux pour des traitements non couverts par la modeste assurance maladie de Bruce. Bruce avait cependant insisté pour qu'elle fasse cet examen. Quand il en avait parlé à Celeste au téléphone, il avait cité une chanson du Zac Brown Band. « "Le symbole du dollar n'est pas écrit sur la tranquillité d'esprit", avait-il dit. "J'ai appris à le savoir." »

Celeste suppose qu'ils doivent passer cette chanson au Neiman Marcus, parce qu'elle n'a jamais vu ses parents apprécier un seul titre enregistré après 1985.

Les résultats de l'IRM devraient tomber lundi.

Celeste lève les yeux vers ceux de Benji, qui sont aussi bruns que les siens sont bleus. Le brun est un gène dominant. L'ADN de Benji, elle en est sûre, n'est fait que de gènes dominants. Elle ne sait pas trop quoi dire. Le cancer de sa mère est une affaire privée et, de manière plus générale, la relation que Celeste entretient avec ses parents est trop intense pour pouvoir être comprise par la majorité des gens.

« Qui sait ? » répond Celeste.

Elle hausse la voix à la fin de la phrase pour avoir l'air plus optimiste que larmoyante. Elle ne veut pas que Benji la plaigne. C'est l'une des raisons pour lesquelles Celeste n'aime pas parler de la maladie de Karen. Et puis, elle n'a pas envie qu'on lui raconte l'histoire enthousiasmante d'une belle-sœur qui a vécu *exactement la même chose* et qui court à présent des ultra-marathons. Celeste ne veut pas se montrer mesquine, mais elle est parvenue à l'effroyable conclusion que nous sommes tous seuls dans notre corps. De manière irréfutable, immuable. Ce qui signifie que les récits des autres ne sont jamais porteurs d'espoir. Soit Karen survivra au cancer, soit elle développera des métastases et en mourra. Les seules personnes avec qui Celeste accepte de discuter du traitement de Karen sont ses médecins. Elle croit dans la science, dans la médecine. Elle donne 100 dollars par mois au Fonds de recherche sur le cancer du sein sans le dire à personne.

« Elle va bien maintenant. Pour le moment. »

Celeste est trop superstitieuse pour dire que sa mère a vaincu la maladie, et elle refuse de la considérer une survivante. Et pourtant.

« Merci de m'en avoir parlé », répond Benji.

Celeste hoche la tête. Peut-être qu'il la comprend ? Qu'il sent l'angoisse tapie derrière ses réponses calibrées ? Il a l'air perspicace, beaucoup plus que la plupart des hommes – que la plupart des *gens.* Celeste prend un rouleau de printemps et le trempe dans la sauce vinaigrée.

« C'est délicieux.

— Attendez de goûter le *pho.* »

Il boit une gorgée de bière.

« Parlez-moi un peu du zoo », ajoute-t-il, et Celeste se détend.

Benji insiste pour raccompagner Celeste en taxi, ce qui dégage un charme suranné à ses yeux. Il demande au chauffeur de l'attendre tandis qu'il la raccompagne à la porte de son immeuble. Au grand soulagement de Celeste, il n'y aura pas de dilemme pour savoir si elle doit l'inviter à entrer et si oui, jusqu'où aller. Merritt est convaincue qu'il vaut mieux coucher avec un homme dès le premier soir, mais Celeste pense tout le contraire. Elle ne ferait jamais une chose pareille.

Jamais.

Benji lui dit qu'il aimerait la revoir. Le lendemain soir, si elle est libre. Il a des places pour *Hamilton.*

Celeste pousse un cri de surprise. Tout le monde à New York a envie de voir *Hamilton.*

Benji rit. « C'est un oui ? »

Avant qu'elle puisse répondre, il l'embrasse. Celeste est d'abord gênée par le chauffeur de taxi qui attend, puis capitule. *Rien au monde n'est plus enivrant qu'un baiser,* pense-t-elle. Elle s'abandonne aux lèvres de Benji, à sa langue. Il a un goût délicieux ; sa bouche est à la fois douce et pressante. Ses mains se posent sur son visage, puis sur son cou, puis l'une d'elles se dirige vers sa hanche. Avant qu'elle puisse réfléchir à la suite, il recule.

« On se voit demain soir, dit-il. Je vous appelle dans la matinée pour vous donner les détails. »

Sur ce, il descend l'escalier et, le temps que Celeste retrouve ses esprits, son taxi a démarré et s'éloigne.

Ils vont voir *Hamilton*. Il s'avère que le père de Benji est l'un des premiers à avoir investi dans le projet et qu'il a des places réservées aux invités, au centre de la première rangée du premier balcon. Benji a déjà vu la comédie musicale cinq fois mais il ne le lui dit qu'après coup, quand ils sont assis au Hudson Malone, à tremper des gambas dans de la sauce cocktail. Celeste est obligée d'admettre qu'elle ne l'aurait jamais deviné. Il semblait aussi fasciné qu'elle.

Benji lui dit qu'il aimerait la voir le dimanche suivant, et Celeste propose une promenade à Central Park. C'est un endroit où elle se sent à l'aise, dont elle a presque l'impression qu'il lui appartient. Elle court autour du grand plan d'eau dès qu'elle en a l'occasion, et en été s'allonge dans l'herbe sur une serviette. Elle aime beaucoup la promenade du poète et l'étang, mais son endroit préféré est un lieu où Benji n'a sans doute jamais mis les pieds. Elle le retrouve au sud de la fontaine de Bethesda, où un groupe de patineurs à roulettes se réunit le week-end. C'est une petite troupe hétéroclite – Celeste a fini par connaître la plupart des habitués – qui patine en rond autour d'une grosse radio diffusant de vieux tubes de rock.

Quand Benji arrive, ils sont en train de patiner sur « Gimme Three Steps » de Lynyrd Skynyrd.

« Je ne pensais pas qu'il y avait des gens qui faisaient encore du patin à roulettes, s'exclame-t-il. On se croirait en 1979.

— Je viens ici tout le temps, dit Celeste. J'adore cet endroit, sans doute parce que c'est la musique qu'écoutent mes parents.

— Ah oui ? dit Benji. Ils sont fans de Skynyrd ?

— De tout le rock des années 1960 et 1970, dit Celeste. Surtout Meat Loaf. »

Tout en regardant les patineurs, elle se souvient d'elle petite fille, assise sur la banquette arrière de leur Toyota Corolla tandis que ses parents montaient le volume de leur cassette de *Bat Out of Hell*. Ils aimaient toutes les chansons, mais leur préférée était « Paradise by the Dashboard Light ». Au milieu du morceau, pendant le duo de Meat Loaf et de Mrs. Loud, Karen chantait la partie féminine et Bruce la masculine, et à la fin de la chanson ils beuglaient les paroles à l'unisson avec un tel enthousiasme que Celeste était emportée par la musique. Ses parents, dans ces moments-là, formaient à ses yeux le couple le plus glamour du monde. Elle croyait fermement que s'ils avaient partagé leurs chants en voiture avec le reste de la planète, ils seraient devenus célèbres.

Les patineurs tournoient désormais sur « Stumblin' In » de Suzi Quatro et Chris Norman, et Celeste est prise de vertige. C'est *dingue* ; cette chanson est l'une des préférées de ses parents, et elle ne passe plus jamais à la radio. Celeste est sous le choc. Elle se tourne vers Benji, bouleversée. Comment lui expliquer que cette chanson lui rappelle tellement ses parents qu'elle a l'impression que Betty et Mac se tiennent à leurs côtés ? Benji a un léger mouvement indiquant qu'il souhaite s'en aller, mais Celeste ne peut quitter les patineurs avant la fin de ce morceau. Elle chantonne doucement à voix basse, et Benji semble comprendre. Il attend patiemment à ses côtés. La suivante, « Late in the Evening » de Paul Simon, figure aussi sur la liste de chansons de Bruce et de Karen, mais Celeste s'aperçoit qu'il est temps de s'en aller. Elle prend la main de Benji et ils se dirigent à pas lents vers la fontaine de Bethesda.

Après le parc, ils s'installent au Penrose pour boire une bière et regarder le foot. À la fin du match, Celeste demande à Benji s'il a envie qu'ils passent chercher une pizza et aillent dîner dans son appartement, mais Benji lui répond qu'il aime se coucher tôt le dimanche, de manière à être frais et dispos pour la semaine à venir. Celeste répond qu'elle comprend, et une partie d'elle-même est soulagée parce que cela repousse une fois de plus la question de savoir ce que Benji et elle feront, une fois qu'ils seront seuls tous les deux. Mais elle ne peut s'empêcher d'être déçue. Elle apprécie beaucoup la compagnie de Benji : il est facile à vivre, il est drôle, il lui raconte des histoires sur son enfance à Londres et le déménagement de sa famille à New York, mais il n'a jamais l'air de se vanter, même s'il est évident qu'il fait partie de l'élite. Et puis, il sait écouter les autres. Il encourage Celeste à parler en lui posant les bonnes questions, puis en lui laissant tout le temps nécessaire pour y répondre.

Mais elle l'a sans doute ennuyé à mourir. Et effrayé, en l'emmenant écouter de la musique de vieux dans le parc.

« J'ai une question à te poser avant qu'on s'en aille », dit-elle.

Benji pose la main sur la sienne.

Elle n'arrive pas à croire à sa propre audace. Cela ne la regarde pas, mais si Benji l'envoie balader et qu'elle ne le revoie plus jamais, autant poser la question tout de suite.

« Vas-y, dit-il.

— Qu'est-ce qui s'est passé avec ta copine ? demande-t-elle. Et sa fille ? »

Benji soupire.

« Jules ? On a rompu. Évidemment. Mais ce n'était pas ta faute. Ça se passait mal entre nous depuis un moment...

— Combien de temps êtes-vous restés ensemble ?

— Un peu plus d'un an. »

Celeste respire. Pas aussi longtemps qu'elle l'avait redouté.

« Je crois que je m'inquiète surtout pour sa fille, dit-elle. Elle semblait si attachée à toi.

— C'est une gamine géniale. Mais elle a un père et deux oncles très impliqués qui vivent seulement à quelques rues de chez elle. Et quand j'ai rompu avec Jules, je lui ai dit que je serais toujours là si Miranda avait besoin de moi. »

Il rive ses yeux dans ceux de Celeste.

« Cela en dit long sur toi, le fait que tu t'inquiètes pour Miranda. »

Il la regarde de manière si intense que Celeste baisse la tête vers le bar couvert d'éraflures.

« Et Jules ? dit-elle. Elle l'a bien pris ?

— Pas du tout, répond Benji. Elle m'a jeté ses chaussures au visage. Elle a crié. Elle a explosé son téléphone, et ça l'a fait pleurer. Elle ne peut pas vivre sans son téléphone.

— Comme beaucoup de gens.

— C'était une partie du problème. Elle n'était jamais avec nous. Elle était égocentrique. Elle n'était ni gentille ni attentionnée. Elle se disait mère au foyer mais elle ne passait jamais de temps avec Miranda. Elle allait à son cours de Pilates, elle se faisait faire les ongles, et elle retrouvait ses copines pour le déjeuner, où elles se regardaient toutes jalousement pour savoir qui mangerait le moins. Si on est allés au zoo ce jour-là, c'est seulement parce que j'ai insisté. Jules avait la gueule de bois à cause de la soirée de la veille et tout ce qu'elle voulait, c'était faire la sieste et prendre un bain moussant avant de rejoindre ses amis Laney et Casper pour dîner dans un restaurant surfait où elle commanderait une salade et mangerait deux bouts de laitue et la moitié d'une figue. Cette excursion au zoo a tout remis en perspective.

— Je me posais simplement la question, dit Celeste. Je ne cherchais pas à te détourner d'elle, ni à te faire rompre. »

Benji rit et fait claquer quelques billets de banque sur le bar.

« Je te raccompagne », dit-il.

Il embrasse Celeste devant son immeuble pour lui dire au revoir, et leur baiser est si passionné que Celeste a envie de lui demander de monter chez elle. Mais il recule d'un pas et dit : « Merci pour ce week-end génial. Je t'appelle bientôt. »

Il descend les marches deux par deux, la salue de la main, puis disparaît dans la rue sombre.

En arrivant chez elle, elle envoie un message à Merritt : J'ai tout gâché.

Comment ça ? répond Merritt. Qu'est-ce qui s'est passé ?

Merritt envoie une série de points d'interrogation. Quelques secondes plus tard, son téléphone sonne. C'est Merritt, mais Celeste laisse sonner dans le vide car elle est soudain trop triste pour discuter. Elle aurait dû annuler le rendez-vous de vendredi. Parce que ce qu'elle a appris au cours de ce week-end, c'est qu'elle est bel et bien seule, et que la vie est plus belle quand on peut parler à quelqu'un. L'embrasser. Lui frôler le genou et lui tenir la main. Celeste était presque sûre jusqu'alors d'être une Martienne, mais c'est démoralisant d'en avoir la preuve.

Il doit l'appeler bientôt. Ben voyons.

Le lundi, alors qu'elle est dans son bureau à relire la programmation de l'été suivant – ils vont recevoir du Vietnam un langur de Douc à pattes grises, ce qui lui rappelle la table de Madame Vo et Benji assis face à elle –, on frappe à la porte. Il est 14 h 15 et Celeste soupçonne qu'il s'agit de Blair, du Monde des reptiles, venue lui dire qu'elle doit rentrer chez elle parce qu'elle commence à avoir la migraine et que Celeste va devoir assurer sa conférence de 15 heures sur les serpents – ce qui la fait également penser à Benji.

« Entrez », dit Celeste d'un ton morne

C'est Bethany, son assistante, tenant un vase de roses couleur saumon à longue tige.

« C'est pour toi », dit Bethany.

Le lendemain, le père de Celeste l'appelle pour lui dire que l'IRM de Karen n'a rien décelé.

« C'est vrai ? » s'exclame Celeste.

Ses parents seraient capables de lui mentir sur ce sujet.

« Oui, dit-il. Betty se porte comme un charme. »

Le jeudi soir, Benji emmène Celeste au Paris Theater. Le film est en français sous-titré. Celeste s'endort dès qu'il commence et se réveille au générique de fin, blottie contre Benji.

Le vendredi, il l'emmène dîner au Bernardin, dont le menu se compose de neuf plats de fruits de mer. Arrivée à la moitié du menu, Celeste n'en peut déjà plus. Crème d'oursins ? Sashimi de kampachi ? Elle s'imagine en train de raconter à ses parents que Benji a dépensé 900 dollars pour un dîner comprenant de l'oursin, du kampachi et du concombre de mer – qui n'est pas un légume mais un animal. Chaque plat s'accompagne d'un verre de vin, et Celeste est pompette. Ce soir-là, elle l'invite à monter chez elle.

Elle est nerveuse. Avant Benji, elle n'a connu que deux hommes, dont l'un était assistant à la fac de son cours sur le fonctionnement du comportement animal.

Le lendemain, texto de Merritt : Alors ??????

Celeste supprime le message.

Merritt lui en envoie un autre : Allez, Celeste. Comment notre Benji se démerde au pieu ?

Bien, écrit Celeste.

Aussi nul que ça ? demande Merritt.

Super, répond Celeste.

Ce qui est vrai. Benji s'était montré très attentionné, très attentif aux désirs de Celeste – à ce qui lui faisait du bien, à ce qu'elle aimait. Peut-être trop attentif. Mais difficile de s'en plaindre.

Aïe aïe, répond Merritt.

S'ensuivent des dîners à SoHo, dans le Village et dans le Meatpacking District. Des plats indiens à emporter, des sushis et de la nourriture vietnamienne, désormais l'une de leurs préférées, qu'ils dégustent dans l'appartement de Celeste en regardant *The Americans*. Un brunch au Saxon and Parole, où Benji initie Celeste à la mode du bloody Mary avec crudités. Elle remplit son verre d'un peu de tout : céleri, carottes, poivrons, cornichons maison et oignons marinés, bacon, fines herbes, bœuf séché, olives et zestes de citron et de citron vert. Puis, quand son verre est accessoirisé à la manière d'une octogénaire arborant tous ses bijoux, elle prend une photo et l'envoie à Merritt, qui répond dix secondes plus tard : *Tu es au Saxon and Parole ?*

S'ensuit une conférence au 92nd Street Y par une autrice nommée Wonder Calloway, qui lit l'histoire d'une femme de l'âge de Celeste se lançant dans un trek jusqu'au camp de base de l'Everest avec un homme qu'elle aime mais qui ne l'aime pas en retour. L'homme souffre du mal des montagnes et doit rebrousser chemin. La femme doit décider si elle arrête ou si elle continue. Celeste est émue par ce récit et par l'idée plus générale que la littérature peut avoir un lien avec sa propre vie et ses propres sentiments. Elle n'a jamais ressenti ça en lisant quoi que ce soit au lycée. À la fin de la conférence, Benji achète à Celeste un exemplaire des nouvelles de Wonder Calloway, et Wonder le lui dédicace. Elle sourit à Celeste et lui demande son nom, puis écrit *Pour Celeste* dans l'ouvrage. Celeste est ravie, mais aussi un peu dépitée. Les expériences que lui fait vivre Benji, aussi extraordinaires soient-elles, la laissent désorientée. Elle sait qu'elle est très bien comme elle est – elle a fait des études et elle a un bon travail –, mais chacun de leurs rendez-vous lui montre tout le chemin qu'elle a encore à accomplir pour s'épanouir.

Elle lit le recueil de nouvelles dans les transports en commun en se rendant au travail ; à la fin de la semaine, elle a fini le livre et en demande un autre à Benji. Il lui offre *Le Cirque des rêves* d'Erin Morgenstern. Elle l'apprécie tellement qu'elle se plonge dedans dès qu'elle a une seconde à elle. Elle lit *Mille petits riens* de Jodi Picoult et *Le Chant du rossignol* de Kristin Hannah. Benji lui donne une liste de livres qu'il a aimés, et ils se rendent ensemble chez Shakespeare and Company.

Il y a un nouveau restaurant birman dans Broome Street que Benji veut essayer, et Celeste s'exclame : « Birman ? » Elle n'avait même pas conscience que la cuisine birmane méritait un restaurant qui lui fût consacré, mais elle devrait le savoir à présent : Benji est en quête de cuisines lointaines – Afrique de l'Est, Pérou, Pays basque. Il compare cela à l'amour que porte Celeste aux animaux exotiques. Elle peut passer la journée à parler du bouquetin de Nubie et lui des raviolis tibétains.

Le restaurant birman n'a que dix places assises, toutes occupées ; ils choisissent donc des plats à emporter.

« Comme on est tout près, on pourrait tout aussi bien aller chez moi, lance Benji.

— Tu habites dans le coin ? » demande Celeste.

Jusqu'alors, Benji lui a seulement dit qu'il vivait dans le centre – mais tout le monde vit dans le centre, comparé à

Celeste. Elle s'est déjà demandé pourquoi il ne lui a jamais proposé de venir chez lui. Après avoir lu *Jane Eyre,* elle lui a lancé en plaisantant qu'il devait cacher une épouse folle dans son appartement. Il lui avait répondu d'un ton agacé. « Il n'a rien de spécial. Tu n'aimeras pas. »

Si c'est le tien, je l'aimerai, avait songé Celeste – mais elle n'avait pas voulu insister. Il avait manifestement ses raisons.

Benji entraîne à présent Celeste vers un luxueux gratte-ciel de Tribeca, juste à côté du lycée Stuyvesant. Après avoir salué le portier et le responsable de l'accueil, ils pénètrent dans l'ascenseur et Benji appuie sur le bouton 61B.

Le 61ᵉ étage, pense Celeste. Son immeuble à elle fait six étages, et elle vit au cinquième sur cour.

Elle sent la pression dans ses oreilles pendant l'ascension, et Benji se montre inhabituellement silencieux. La cabine s'emplit de l'odeur des plats birmans, mais la nervosité soudaine de Celeste lui coupe l'appétit.

Les portes de l'ascenseur s'ouvrent et Celeste pose le pied *dans* l'appartement. Pendant quelques secondes, elle demeure perplexe.

« Euh, attends une seconde », dit-elle.

Elle se retourne. C'est bien ça. L'ascenseur donne directement sur l'appartement de Benji.

Benji lui prend la main. Elle est obnubilée par l'ascenseur. Un ascenseur qui mène à son appartement. Savait-elle que ce genre d'endroit existait ? Oui, elle l'a déjà vu dans des films. Si elle vivait ici, elle serait tentée d'appuyer sur le bouton de l'ascenseur juste pour le voir monter *pour elle et elle seule,* même si elle n'avait pas besoin de sortir.

L'appartement a été décoré par un professionnel et est d'une propreté irréprochable. Il y a des canapés en cuir noir, des fauteuils club d'une teinte bleu roi intense, un tapis en forme de kaléidoscope coloré, une gigantesque télévision à écran plat et, de chaque côté de la télé, des étagères formant une sorte de damier incliné. Celeste a rarement vu une décoration aussi classe. Elle ne savait même pas que les étagères en diagonale existaient, mais à présent, tout ce qu'elle veut au monde – à part un ascenseur donnant sur son appartement –, ce sont des étagères en damier incliné et des livres à mettre dessus.

La cuisine, reluisante et aux lignes pures, est digne d'un professionnel, à l'exception d'un grand compotier en bois brut empli de fruits : ananas, mangues, papayes, citrons verts et kiwis. Ces fruits coûtent sans doute aussi cher que tout ce qui se trouve dans l'appartement de Celeste. Ses joues rougissent de honte quand elle songe au futon qui lui sert de lit, recouvert d'un édredon que sa mère a acheté dans un marché amish de Lancaster ; à ses petites tables Ikea et aux lampes qu'elle a récupérées dans la maison de ses parents et dont les pieds sont faits de bocaux à conserve emplis de haricots. Elle grimace en songeant aux affiches du zoo vintage qu'elle a fait encadrer à grands frais (elles coûtaient 90 dollars pièce, et elle avait blêmi en apprenant la somme), ainsi qu'aux bougies multicolores que sa mère avait fabriquées en faisant fondre des craies grasses.

Elle entend vaguement Benji lui proposer de lui faire visiter les lieux, et elle le suit en silence dans la chambre, où une fenêtre qui va du sol au plafond donne sur les beaux quartiers. Tout Manhattan se déploie sous leurs yeux, empli de couleurs et de scintillements. Et l'une de ces lumières – une simple ampoule n'éclairant que faiblement, à un kilomètre de là plus à l'est – se trouve juste derrière la fenêtre de l'appartement de Celeste.

Elle pose ses mains sur la fenêtre, puis les retire ; elle ne veut pas laisser d'empreintes.

« Tu détestes cet endroit, dit Benji.

— Comment peux-tu dire ça ? s'exclame-t-elle. C'est... c'est... Je n'ai pas de mot pour le définir.

— Ce sont mes parents qui paient, avoue Benji. Ils me l'ont proposé et je n'ai pas pu dire non. Enfin, je suppose que j'aurais pu dire non, mais il faudrait être fou pour refuser un endroit pareil. »

Une partie de Celeste est d'accord, bien sûr ; mais sur le plan moral, elle n'est pas du tout d'accord. Elle songe à Rocky, qui loue un studio dans le Queens ; il prend la ligne N/R pour se rendre en ville à 5 heures du matin et tenir sa petite boutique de traiteur. Le soir, il suit des cours au Queens College. Il étudie pour devenir enseignant. Celeste y voit de la grandeur – de la grandeur et une éthique qui font défaut quand on vit dans un appartement payé par ses parents qui doit coûter au bas mot 7 000 ou 8 000 dollars par mois.

« Il y a une salle de sport dans l'immeuble, ajoute Benji. Et une piscine. Tu pourras y aller cet été. Tu pourras dire adieu à la pelouse de Central Park. »

Je ne veux *pas dire adieu à Central Park !* songe Celeste. Mais elle sait que c'est idiot de se braquer ainsi.

« On devrait profiter de cet endroit tant que c'est possible, ajoute Benji. Mes parents menacent de m'acheter une maison mitoyenne dans les beaux quartiers. »

Une maison mitoyenne dans les beaux quartiers, songe Celeste de manière sardonique. Bien sûr. C'est la suite logique.

« La 78e Rue Est », murmure-t-elle malgré elle.

Quand elle s'était installée à Manhattan, avant de rencontrer Merritt, elle passait ses week-ends à flâner dans l'Upper East Side – à regarder par les fenêtres, admirer les impostes aux vitraux sertis de plomb et les pièces de ferronnerie chantournées. Le pâté de maisons de la 78e Rue situé entre Park et Lexington Avenue était de loin son préféré. Elle regardait les façades des maisons en se demandant qui étaient les chanceux vivant dans des endroits pareils.

Des gens comme Benji.

« Je leur dirai de chercher uniquement dans la 78e Rue, dit Benji. Allez, à table. »

Celeste passe toute la semaine à se sentir gênée par les privilèges dont jouit Benji. Elle ne peut pas vraiment dire qu'elle est prise en traître, elle connaissait leur existence ; mais maintenant qu'elle a pleinement pu voir l'étendue de sa richesse et de ses avantages, le regard qu'elle porte sur lui se teinte, de manière presque imperceptible, de dégoût.

C'est alors qu'il l'informe que le dernier dimanche du mois, il fait du bénévolat dans un refuge pour sans-abri situé dans le sous-sol de l'église de ses parents, dans l'Upper East Side. Il lui demande si elle aimerait l'accompagner. Il s'agit de servir un dîner chaud aux gens accueillis, puis de préparer les lits de camp et d'y passer la nuit. Benji dormirait avec les hommes et Celeste dans la pièce réservée aux femmes.

« Ce n'est pas du goût de tout le monde, précise-t-il.

— Je viens », répond Celeste.

À la suggestion de Benji, elle s'habille de manière décontractée – pantalon de jogging et T-shirt. Elle aide à couper les légumes pour la soupe et, pendant le repas, sert le café. Tout le monde veut du sucre dans son café, énormément de sucre ; les poches du pantalon de Celeste sont pleines de sachets. L'un des hommes la hèle en lui disant : « Mon p'tit sucre d'orge ! » Benji l'entend et lui lance : « Hé, Malcolm, on se calme. C'est mon p'tit sucre d'orge à moi. » Cela fait rire tout le monde. Benji s'entend bien avec les sans-abri et connaît la plupart par leur nom – Malcolm, Slick, Henrietta, Anya, Linus. Celeste tente de leur manifester du respect, de faire comme si elle travaillait dans un restaurant pour de vrais clients ; mais elle ne peut s'empêcher de se demander dans quelles conditions de vie se sont retrouvés ces gens pour qu'ils échouent ici. Il suffirait d'un coup du sort pour que ce soit elle. Ou ses parents.

Après le dîner, Celeste équipe quatorze lits de camp de draps et de couvertures. Elle distribue un oreiller plat par personne. Benji l'a prévenue que les gens se couchaient tôt – même si la télévision était autorisée jusqu'à 22 heures –, parce qu'on a froid et qu'on est épuisé quand on vit dans la rue. La plupart des femmes vont se coucher dès le repas fini. Celeste, qui a apporté ses affaires de toilette dans un sac en plastique, va dans la salle de bains se brosser les dents et se nettoyer le visage. C'est un peu comme la vie dans les dortoirs de la fac. Elle soupçonne cependant Benji d'avoir raison : faire du bénévolat dans ce lieu, ce n'est pas pour tout le monde. Celeste n'arrive pas à imaginer Merritt ici – et Jules, l'ex-copine de Benji, encore moins. Elle se sent fière d'être quelqu'un de bien, avant de songer que cette fierté veut dire qu'elle n'est pas si bonne que ça.

Elle donne un petit baiser à Benji dans le couloir entre le dortoir des hommes et celui des femmes.

« Ça va aller ? lui demande-t-il.

— Oui, bien sûr.

— J'aimerais pouvoir rester près de toi », dit-il.

Il l'embrasse à son tour.

Celeste se glisse entre les draps de son lit de camp. Ils sentent la Javel surpuissante, et l'oreiller est aussi confortable qu'une serviette de cocktail. Elle tasse son gros manteau sous sa tête.

Elle s'endort au son des ronflements des femmes. Sa mère lui manque.

Quelques jours plus tard, Merritt lui envoie un texto : Comment ça se passe avec ton mec ?

Ton mec. Ce terme fait réfléchir Celeste, mais elle est obligée de l'accepter. Celeste et Benji s'apprécient. Ils forment un couple, ils font des choses en couple. Ils sont ensemble. Ils sont heureux.

Et c'est alors que Celeste fait la connaissance de Shooter.

Samedi 7 juillet 2018, 9 h 30

NANTUCKET

Marty Szczerba (Skouh-*zer*-ba) est le chef de la sécurité de l'aéroport Nantucket Memorial. Employé de la ville, il bénéficie de tous les avantages sociaux, ce qui compense presque le stress et le côté casse-couilles de son boulot pendant l'été.

Juin et juillet sont des mois brumeux. Au début de l'été, à Nantucket, l'air chaud et humide circule au-dessus de l'eau plus fraîche. L'air humide se refroidit jusqu'à atteindre son point de rosée, et un nuage se forme à la surface des flots. Et c'est la purée de pois. Marty aimerait bien que la ville débloque un budget pour un programme de sensibilisation au brouillard – parce que manifestement, les T-shirts et les tasses tout mignons arborant le slogan RISQUE DE BROUILLARD ne semblent pas suffire à faire passer le message. Il y a bien *risque* de brouillard. Et c'est *vous* qui en serez victime, Monsieur le millionnaire de Greenwich, Connecticut ; et puis *vous,* Madame la milliardaire de la Silicon Valley. Votre vol sera retardé ou annulé si le plafond descend en dessous de deux cents pieds. Vous louperez votre correspondance, et tous vos projets de la journée – votre conseil d'administration, la remise de diplôme de votre fille à Duke, le rencart avec votre amant à l'hôtel Meurice à Paris – devront être annulés.

Le samedi 7 juillet, Marty s'assoit à son bureau pour déguster le petit déjeuner tout chaud qu'il a récupéré au Crosswinds, l'excellent restaurant de l'aéroport – un avantage de son travail qu'il apprécie beaucoup depuis la mort de Nancy, son épouse pendant trente et un ans –, et jeter un coup d'œil sur les femmes qu'il a sélectionnées sur Match.com. En trouver une de son âge prête à vivre toute l'année à Nantucket était un véritable casse-tête. Marty a eu trois rendez-vous au cours des six derniers mois ; mais aucune de ses rencontres ne ressemblait de près ou de loin à la photo du profil en ligne, et Marty a commencé à douter de la probité de ce site web. Bonita, son assistante – une célibataire de 33 ans –, ne cesse de lui dire d'aller sur Tinder.

« Swipe à droite, répète-t-elle. Et il y aura de l'action dans ta vie. »

C'est devenu une blague entre eux. Marty ne cherche pas de « l'action ». Ce qu'il aimerait, c'est une relation sérieuse – un premier rôle féminin pour le second acte de son existence. Juste au moment où, pour la première fois, il envisage réellement d'aller sur Tinder – serait-il *capable* de swiper à droite, juste pour voir ? –, il reçoit un appel du chef de la police. Ils ont trouvé un corps flottant à Monomoy et il y a un suspect potentiel. Un certain Shooter Uxley, selon le Chef, a pris la fuite.

Marty note le nom et la description de l'homme : approchant la trentaine, cheveux bruns, vêtu d'un short Nantucket Reds, d'une chemise oxford bleue, d'un blazer bleu marine et de mocassins. Un beau gars, ajoute le Chef. Marty s'esclaffe : cette description est valable pour n'importe lequel des hommes présents par dizaines à l'aéroport à tout moment de l'été. Il enfourne une bouchée d'œufs brouillés et de frites maison, se déconnecte de son site de rencontres, et quitte son bureau de l'étage pour aller parler à la police d'État.

Lola Budd a sidéré tous les adultes de son entourage en excellant dans son travail à la billetterie de Hy-Line Cruises. La tante de Lola, Kendra – qui est aussi sa tutrice légale depuis que sa mère a fait une overdose et que son père est parti en prison – lui avait dit qu'elle était trop jeune et *trop immature* pour gérer un tel poste. Lola Budd fait preuve d'un comportement imprévisible à la maison comme au lycée ; mais elle a convaincu sa tante que si elle trouvait un job avec beaucoup de responsabilités, elle se montrerait à la hauteur.

Elle souhaite intégrer un jour l'école hôtelière de l'université du Massachusetts ; un petit boulot impliquant de nombreux contacts avec les clients serait donc un plus.

Cela fait maintenant trois semaines qu'elle occupe ce poste et elle adore ce qu'elle fait. Contrairement au lycée, qu'elle considère comme une perte de temps, ce travail la fait se sentir adulte, impliquée. Elle fait quelque chose qui a du sens en facilitant les déplacements entre Nantucket et Hyannis – à savoir, entre un univers estival onirique et le monde réel.

Lola apprécie tout particulièrement son travail lors des journées de surchauffe comme aujourd'hui, le samedi suivant la fête nationale, quand 1 117 personnes font la queue. Ce bateau-ci, celui de 9 h 15, est plein à craquer. Tous les navires prévus aujourd'hui et demain affichent complets. Si vous souhaitiez des billets pour vous permettre, ainsi qu'à votre femme et à vos trois enfants, de regagner le continent aujourd'hui même, il fallait en faire votre bonne résolution de Nouvel An et la mettre en œuvre dès le 2 janvier.

Mary Ellen Cahill, une sexagénaire originaire de Nantucket qui travaille au poste voisin de celui de Lola, a placé un panneau devant son terminal d'ordinateur qui dit ceci : CE N'EST PAS PARCE QUE VOUS AVEZ MAL GÉRÉ VOTRE VOYAGE QUE CELA CONSTITUE UNE URGENCE À MES YEUX. Lola est d'accord avec elle ; mais elle trouve que les moments les plus satisfaisants de son travail sont ceux où elle peut jouer les héroïnes, où elle peut sortir de son chapeau un billet de dernière minute, où elle parvient à gérer la pagaille générale. Monsieur et madame Diegnan souhaitaient prendre le dernier bateau en partance le vendredi, non le jeudi, même si le billet présenté par Susan Diegnan indiquait clairement le jeudi, à savoir le jour précédent. *Pas de problème !* Lola avait fait passer les Diegnan sur le bateau du vendredi, sans frais supplémentaires. Lola adore appeler un nom sur la liste d'attente et voir soudain la joie et le soulagement naître sur un visage.

Aujourd'hui, cependant, elle ne verra pas de visages soulagés, et elle n'a rien de plus à offrir qu'une feinte expression de compassion. « Je suis navrée, monsieur. Je n'ai aucun billet disponible avant lundi à 4 h 05. Vous devriez peut-être vous renseigner auprès de la Steamship Authority. Leurs ferries accueillent beaucoup plus de passagers. » Aujourd'hui, il y aura des gens qui proféreront des injures, devant Lola *et* contre elle. Aujourd'hui, il y aura des gens qui qualifieront la Hy-Line de « boîte d'amateurs » et de « marloupinerie ».

Une marloupinerie ? songe Lola. Elle ne sait même pas ce que ça veut dire.

Lors de sa formation à ce poste, elle a appris à accepter toutes les remarques avec réserve et sang-froid. La pire chose qu'elle puisse faire est de se mettre en colère ou de s'indigner, et de faire sortir de ses gonds le client mécontent.

« J'ai un problème », dit une femme enceinte au visage bouffi.

Elle transpire et porte un bambin dans ses bras. Un autre enfant, âgé de 5 ans peut-être, est agrippé à sa jambe.

« J'avais dans les mains mes billets de ferry pour deux adultes et deux enfants, je les ai posés une seconde, et quand je les ai repris je n'avais plus qu'un adulte et deux enfants, ce qui veut dire que quelqu'un a volé l'un de mes billets. »

Lola hoche la tête. C'est la première fois qu'elle est confrontée à une accusation de vol de billets – mais évidemment, cela devait arriver aujourd'hui. De l'autre côté de son comptoir se dresse une foule hostile de gens au désespoir.

« Avez-vous demandé à votre mari ? demande-t-elle. Peut-être a-t-il pris son billet sans que vous vous en rendiez compte ?

— Évidemment que j'ai demandé à mon mari ! s'écrie la femme. Il ne l'a pas. Je devais m'occuper des billets et lui des bagages, ce qui veut dire, en vrai, filer au pub s'envoyer une dernière bière parce qu'il a flashé sur la barmaid. Celle avec les... »

Elle livre à Lola une belle approximation de l'émoji yeux-levés-vers-le-ciel.

« Vous savez comment sont les hommes. »

Si Lola a appris quelque chose dans le cadre de ce travail, c'est bien *comment sont les hommes.* Avant, elle savait seulement comment pouvaient être les garçons. Elle a un petit ami depuis neuf mois, deux semaines et cinq jours. Il s'appelle Finn MacAvoy et Lola l'aime à la folie, c'est le grand amour pour toujours et tout le tralala, et elle suppose qu'ils finiront par se marier. Finn a perdu ses deux parents dans un accident de bateau, ce qui veut dire que Lola et lui sont dans la même situation : de quasi-orphelins.

Elle doit l'avouer cependant : elle reste stupéfaite du pouvoir qu'elle semble exercer sur certains hommes. Plusieurs lui ont fait des avances, d'autres l'ont reluquée sans se cacher. Il n'est pas rare qu'un type marié au teint blême, grassouillet et chauve, vienne lui chercher des noises et qu'elle lui cloue le bec. Que voulait-il lui demander, déjà ? Il a oublié.

C'est bien ainsi que peuvent être les hommes.

Lola a de la peine pour la femme enceinte (tante Kendra redoute qu'elle ne tombe enceinte elle aussi, mais ce job est un excellent moyen de contraception). Il n'y a cependant rien qu'elle puisse faire pour elle.

« Je suis navrée, dit-elle. Je n'ai pas un seul siège en plus sur ce bateau. La prochaine place disponible est sur celui de 4 h 05 lundi.

— Mais j'avais un billet, s'égosille la femme. Je l'ai payé ! Et quelqu'un l'a volé !

— Nous n'avons aucun moyen de le prouver, malheureusement. Il se peut que vous l'ayez fait tomber accidentellement et que quelqu'un l'ait ramassé. Vous avez fort à faire, il faut bien le dire.

— Mais ma mère est malade ! s'entête la femme. Elle est à l'hôpital pour un zona. Il faut absolument qu'on parte aujourd'hui. C'est une urgence médicale. »

Lola se souvient qu'elle doit inspirer à fond. Il est étonnant de voir les mensonges que les gens sont capables d'inventer quand ils sont au désespoir. Elle a envie de dire discrètement à cette femme que sa meilleure chance de quitter l'île est de faire semblant d'accoucher. On la rapatriera sur le continent en hélicoptère médicalisé, et son mari pourra utiliser le seul billet de ferry pour adulte qui lui reste.

« Je suis navrée, dit-elle. Et je vais devoir vous demander de laisser place au client suivant. »

La cliente suivante jure qu'elle a une réservation au nom de Iuffredo, mais Lola ne la voit pas sur son ordinateur.

« Est-il possible que ce soit à un autre nom ? demande-t-elle.

— J'ai le numéro de réservation quelque part », marmonne Mme Iuffredo.

Elle commence à fouiller dans son sac.

Le téléphone sonne. Lola jette un coup d'œil à sa console. C'est la ligne d'urgence, celle qu'on ne peut se permettre d'ignorer. Elle décroche.

« Vous êtes bien chez Hy-Line Cruises. Lola Budd à l'appareil. Que puis-je faire pour vous ? »

Il y a une pause d'une fraction de seconde, puis une voix masculine lui répond.

« Lola Budd ? Oh, c'est vrai. J'avais oublié que tu travaillais là. Lola, c'est le Chef Kapenash. Je peux parler à ta responsable, s'il te plaît ?

— Oh, bonjour, Chef ! » s'exclame Lola.

C'est l'oncle de Finn et son tuteur légal. Quelqu'un qui compte beaucoup à Nantucket. Le Chef-de-la-Police, s'il vous plaît. Lola a la nette impression qu'il ne l'aime pas, ne *l'accepte* pas. Il souhaiterait sans doute que Finn sorte avec une fille comme Meg Lyon, une athlète multisport qui a de bonnes notes au lycée et un comportement irréprochable. Mais à présent le Chef va voir Lola Budd dans son nouveau rôle d'employée responsable et compétente de Hy-Line Cruises.

« Ma supérieure n'est pas là pour l'instant. Il n'y a que moi, Mary Ellen et Kalik, et on a un bateau qui part dans huit minutes alors tout le monde est débordé. Mais Gracie ne devrait pas tarder à revenir. Voulez-vous que je lui laisse un...

— Huit minutes ? s'exclame le Chef. Passe-moi Mary Ellen, s'il te plaît.

— Elle est avec un client, répond Lola.

— Passe-la moi, Lola, réplique le Chef. C'est une urgence. »

Marty Szczerba discute avec Brenner, l'agent de la police d'État en poste à l'aéroport, et obtient davantage de détails sur ce possible meurtre. Le corps retrouvé est celui d'une New-Yorkaise de 29 ans, venue à Nantucket pour être demoiselle d'honneur au mariage de sa meilleure amie.

La nouvelle est un choc pour Marty. Sa propre fille, Laura Rae, se marie en septembre, et la demoiselle d'honneur, Adi Conover, est comme une seconde fille pour lui. Nancy, sa femme, n'étant plus de ce monde, c'est lui qui a planifié le mariage avec sa fille. Ils ont engagé Roger Pelton pour les aider. Marty et Roger se connaissent depuis des lustres : la fille de Roger, Heather, jouait avec Laura Rae au softball au lycée. Par curiosité, mais aussi poussé par une sorte d'intuition, Marty demande à l'agent Brenner si c'est Roger Pelton qui s'occupe du mariage.

« Roger Pelton ? s'exclame Brenner. C'est lui qui a appelé les secours. Mais je suis presque sûr qu'on n'a rien à lui reprocher. »

Rien à lui reprocher ? songe Marty. Évidemment qu'on n'a *rien à lui reprocher*. Ce n'est pas un meurtrier !

Marty dit à Brenner de prévenir au plus vite Blade, le service d'hélicoptères privés, ainsi que le hangar à avions privés. Il est impossible qu'un suspect potentiel s'échappe de Nantucket par un vol commercial. La TSA, l'agence nationale chargée de la sécurité dans les transports, est bien trop scrupuleuse – de vrais bulldogs. Ils ne laissent pas passer un pot de beurre de cacahuète, alors un suspect, n'en parlons pas.

Brenner répond qu'il se charge des organismes privés. Marty prévient la TSA et le policier de garde dans l'aéroport, puis il regagne son bureau pour appeler Roger Pelton.

« J'ai appris pour le corps, dit Marty. Je suis vraiment désolé, Roger.

— Je ne peux pas... Je ne crois pas que... »

Roger a la gorge nouée.

« Je suis incapable de te dire ce que j'ai ressenti en ramenant cette pauvre fille sur la plage. C'est la mariée qui a trouvé son corps en train de flotter sur l'eau. Sa meilleure amie, sa demoiselle d'honneur. La mariée était… elle était dans tous ses états, et c'est une gamine vraiment, vraiment adorable. Le plus beau jour de sa vie a pris fin avant même d'avoir commencé, et dans une tragédie absolue.

— Oh, bon sang, Roger », murmure Marty.

Il lorgne sur son petit déjeuner, désormais froid. Il repousse l'assiette.

« Qui est ce suspect en fuite ? Ce Shooter Uxley ?

— *En fuite* ? dit Roger. Shooter ?

— Le Chef a appelé tout à l'heure. Ils recherchent un certain Shooter Uxley.

— C'est le témoin, explique Roger. Un garçon très sociable, à la poignée de main ferme. Il s'est donné un mal de chien pour ce mariage, pour que tout soit parfait. Lui-même travaille dans l'organisation d'événements, je crois. J'ai vingt mariages rien que ce mois-ci et j'ai oublié le nom des gens – mais ce type-là, je l'aimais bien.

— Et pourtant il a foutu le camp, dit Marty. Il était sur le point d'être interrogé par la police quand il s'est enfui par la fenêtre des toilettes.

— Ça n'augure rien de bon, soupire Roger. On se trompe parfois sur les gens.

— Comme tu dis », répond Marty.

Puis il le salue, raccroche, et retourne à son poste.

Quand Mary Ellen Cahill a fini de discuter avec le Chef et repose le combiné, elle tend à Lola un bout de papier sur lequel est écrit *Shooter Uxley*.

« Il n'est pas dans l'ordinateur, chuchote Mary Ellen. C'était donc un client sans réservation. Il fait un peu plus d'un mètre quatre-vingts, il est brun, et il porte un blazer bleu marine.

— Voilà qui réduit le champ des recherches, dit Lola.

— À mon avis, il est passé par la Steamship, dit Mary Ellen. J'espère qu'il est passé par la Steamship. On est trop occupées pour gérer un suspect de meurtre aujourd'hui. »

Lola relit le nom. Shooter Uxley. Elle sort son téléphone – ce qui lui est expressément interdit quand elle est à son poste – et le trouve immédiatement sur Facebook. Il est aussi beau que Tom Brady. C'est alors qu'elle comprend.

« Retenez le bateau ! » crie-t-elle.

Elle quitte rapidement son comptoir et s'élance hors du bureau pour rejoindre le quai en courant. George, le steward, s'apprête à replier la passerelle.

« Lola. »

George lui lance un clin d'œil. Il a le béguin pour elle, elle le sait. Cela va jouer en sa faveur.

« Il faut que je monte sur ce bateau, dit-elle. Et dès que je suis à bord, j'ai besoin que tu trouves un policier et qu'il me rejoigne au plus vite.

— Eh ben dis-moi ! s'exclame George. Tu pètes les plombs ou quoi ?

— Fais-moi confiance, Georgie. C'est urgent. Une question de vie ou de mort. Laisse-moi monter sur ce bateau, et va chercher un flic.

— Tu es sérieuse ?

— Oui. »

*

Elle a envie d'entrer dans la cabine en trombe mais elle garde son calme. Le billet volé. Ce Shooter Uxley, beau comme une star de cinéma, a volé un billet à la femme enceinte et est monté sur ce bateau sans se presser. Lola scrute les passagers. Il y a des gens âgés, des touristes avec des coups de soleil, des hommes en short Nantucket Reds ; des labradors au pelage jaune, des bébés qui pleurent, des Boston Terriers, des femmes qui ont abusé de la chirurgie esthétique. Un gosse en costume de Spider-Man. Un type torse nu dans un maillot de bain aux couleurs du drapeau américain, ivre mort et qui ronfle.

Lola Budd sent une main se poser sur son bras. Elle se retourne et voit un policier aux côtés de Fred Stiftel, l'un des capitaines.

« Qu'est-ce qui vous arrive, jeune fille ? » dit le flic.

Lola passe en revue la cabine. Ses yeux se posent sur le visage d'un homme qui fait la queue devant le bar. Il porte des lunettes de soleil mais elle reconnaît la forme de sa mâchoire et la mèche brune qui lui tombe sur le front. Chemise bleue, blazer bleu marine.

« Le voilà », dit-elle au policier.

Elle parle d'un ton mesuré et garde les yeux braqués sur le suspect potentiel.

« Shooter Uxley. Il est juste là. »

Le policier s'approche de l'homme, qui lâche sa bière. Dans l'agitation qui s'ensuit, il tente de s'enfuir mais il y a trop de monde, il n'a nulle part où aller, et le flic lui plaque sans difficulté les bras dans le dos pour le menotter. Il informe Shooter Uxley que la police souhaite l'interroger dans le cadre d'une enquête en cours et qu'il sera retenu sur l'île jusqu'à ce que la police décide de le libérer. Tout le monde sur le bateau contemple la scène. Le silence général laisse place à des murmures.

C'est comme à la télé ! pense Lola. Et pour le coup, c'est elle l'héroïne ! Lola Budd !

Elle a hâte d'envoyer un texto à Finn pour tout lui raconter. Le Chef sera *obligé* de l'aimer désormais.

Vendredi 6 juillet 2018, 20 h 30

KAREN

Bruce lui apporte un gobelet rempli d'un liquide pâle et pétillant, garni de deux mûres.

« Qu'est-ce que c'est ? demande-t-elle. Le cocktail ? Je ne pense pas pouvoir supporter le cocktail.

— Non, c'est autre chose, dit Bruce. Un soda alcoolisé, concocté par mes soins. Il y a plus de jus de fruit que de vin, mais je l'ai goûté et je pense que tu aimeras. »

Karen en boit une gorgée et replonge dans sa jeunesse. Son mari est l'homme le plus attentionné du monde.

« Merci, mon cœur », dit-elle.

Il l'embrasse de manière passionnée et, même après tant d'années, elle sent son corps réagir à ce baiser.

« Je ferais tout pour te faire plaisir, dit-il. Absolument tout. »

À table, Karen mange la moitié d'une queue de homard. Chaque bouchée arrosée de beurre la fait gémir de plaisir. Jamais de sa vie elle n'avait dégusté un mets aussi divin.

Bruce tente de la convaincre de prendre une bouchée de son biscuit. Il l'ouvre pour qu'elle puisse voir les couches de pâte aérienne, mais elle refuse. Elle a assez mangé avec le homard, bien assez.

Bruce brandit son verre et le tapote de sa cuillère. La tente devient silencieuse. Karen espère que tout se passera bien. Bruce a bu au moins trois cocktails. Il se lance.

« Mesdames et messieurs, je suis Bruce Otis, le père de la mariée. »

Son visage rayonne de fierté. Il aime s'en prévaloir, et Karen doit avouer qu'elle aussi est fière d'être sa mère. La dernière fois que l'un de nous deux est sorti du lot, songe-t-elle, c'était au lycée. Elle nageait le papillon dans l'équipe de relais de quatre cents mètres – et celui que cela laisse froid n'a jamais tenté de nager cent mètres en papillon, encore moins à toute vitesse. Quant à Bruce, bien sûr, il était champion de lutte de l'État.

Karen baisse les yeux puis les ferme pour écouter. *On allait à la poste envoyer des colis et vérifier notre boîte aux lettres, et la file d'attente était toujours très longue le samedi, mais vous savez quoi ? Je m'en fichais. J'étais capable de patienter pendant une heure entière. J'étais capable d'attendre toute la journée... parce que Karen était là.* Karen ancre ces mots au plus profond d'elle-même. Elle a été aimée, véritablement aimée. Quelqu'un a su qui elle était et l'a comprise. Que pourrait-elle désirer de plus ?

Mais à la gratitude succède... la culpabilité. Elle n'a pas parlé à Bruce des trois pilules en forme de petits œufs nacrés qu'elle a mélangées à ses cachets d'oxy. Il s'agit d'un composé au nom imprononçable qu'elle a acheté de manière illégale sur Internet, en cherchant *euthanasie* sur Google. Elle avait envoyé un mail à un certain Dr Tang, un ancien anesthésiste agréé de l'Utah qui fournissait désormais des médicaments à des patients en phase terminale – moyennant une somme conséquente – pour que des gens comme Karen puissent mettre fin à leurs jours dans la dignité.

Les trois pilules coûtent 1 200 dollars, dont 1 100 retirés par Karen sur son compte personnel – de l'argent qu'elle avait mis de côté quand elle travaillait à la boutique de cadeaux de l'usine Crayola. Sa « réserve de secours », comme disait sa mère. Elle avait volé les 100 dollars restants dans le portefeuille de Bruce, de manière progressive, en coupures de 5 et 10 dollars. Elle justifie son geste en se disant que, contrairement à Bruce, elle n'a aucun penchant pour les vêtements coûteux. Elle n'a jamais dépensé un dollar de sa vie en babiole inutile – et ce n'est certainement pas le cas à présent. Ces pilules la tueront instantanément, épargnant à Bruce et Celeste l'angoisse, le désordre et les frais d'une mort naturelle.

Elle pourrait le dire à Bruce, il comprendrait. En trente-deux ans de mariage, ils avaient toujours vu le monde de la même façon. Mais si jamais il ne comprenait pas ? L'euthanasie est un sujet profondément personnel, lié à la question de la dignité, de la peur, mais surtout, de la spiritualité. C'est vrai, Karen a peur de la douleur ; elle a peur du cancer qui la ronge de l'intérieur. Quant à Bruce, il a peur de rester seul, mais il pourrait tout aussi bien avoir peur pour l'âme de son épouse. Elle n'en sait strictement rien. Ils n'ont jamais été très pratiquants, même s'ils se considèrent comme vaguement catholiques et respectent toutes les fêtes. Ils avaient fait baptiser Celeste à l'église St. Jane's de Palmer, à l'époque où la mère de Karen et les parents de Bruce étaient encore en vie. Mais Karen n'a pas mis les pieds à St. Jane's depuis des lustres. Bruce a toujours semblé sur la même longueur d'onde. Elle ne sait pas en quoi elle croit ; elle tente simplement d'être quelqu'un de bien, et espère que tout ira pour le mieux. Mais si jamais Bruce estimait en son for intérieur que la doctrine de l'Église catholique est indépassable, et que le suicide condamnait inéluctablement Karen à l'enfer ?

Karen n'a jamais parlé avec Bruce de la vie qu'il mènerait une fois qu'elle serait partie, parce qu'il refuse d'admettre l'inéluctable. Ce qui vaut mieux que s'il l'acceptait trop facilement, sans doute. Tandis que les invités trinquent à Celeste et Benji, Bruce se tourne vers elle avec tant de tendresse, d'amour et d'admiration dans les yeux que Karen a du mal à croiser son regard. Elle est aussi éperdument amoureuse que lui, mais elle est réaliste. Le cancer l'a rendue réaliste.

Par exemple, elle a accepté l'idée qu'il puisse se remarier. Elle le souhaite. Ce ne sera pas la même chose, elle le sait. Il l'aimera toujours par-dessus tout, jusqu'à la fin, et davantage que quiconque. Sa nouvelle femme sera plus jeune – pas aussi jeune que Celeste, espère-t-elle –, et elle donnera un nouveau souffle à sa vie. Peut-être que cette nouvelle épouse aura un poste qui leur permettra de voyager, de faire de vrais voyages

– des parcs nationaux, des croisières, des tours d'Europe à bicyclette. Peut-être que Bruce se mettra au yoga ou à l'aquarelle ; peut-être qu'il apprendra à parler italien. Karen peut envisager toutes ces hypothèses sans jalousie ni colère. C'est pour ça qu'elle sait qu'il est temps pour elle de partir.

Après le dessert, Bruce et elle dansent sur un seul titre, « Little Surfer Girl ». Karen a toujours aimé cette chanson, même si elle n'a jamais approché une planche de surf. Elle avait entendu son père la chanter dans la voiture un jour, quand elle était petite, et cela avait suffi. La joie de son père et sa voix de fausset qui n'en a cure s'étaient avérées contagieuses. Bruce s'en souvient lui aussi ; il fredonne à l'oreille de Karen. Ils dansent – ils se traînent, plutôt – parmi les autres invités. Elle espère que personne ne les regarde, ne prend de photos, ou ne s'émerveille qu'une femme aussi malade qu'elle soit encore capable de danser.

Tout le monde applaudit quand la chanson s'achève. C'était apparemment la dernière de la soirée. La fête touche à sa fin.

Celeste surgit comme par enchantement.

« T-t-tu t'es bien amusée, B-B-Betty ?

— Oui, beaucoup, répond Karen. Mais je suis épuisée. »

Elle sent la main de Bruce dans son dos ; même cette légère pression est insoutenable. Les effets de l'oxy s'estompent, laissant ses terminaisons nerveuses aussi luisantes que des bris de verre. Elle a besoin d'une autre dose avant de s'endormir.

« On a une grosse journée demain, dit Bruce.

— T-T-Tag a vraiment très envie de prendre un verre avec toi dans son b-b-bureau, répond Celeste. Un verre avec un cigare cubain. Ça fait une semaine qu'il en parle.

— Vraiment ? Je l'ignorais.

— Je vais aider B-B-Betty à se mettre au lit, dit Celeste.

— Non, non, ma chérie, dit Karen. Va t'amuser. C'est la veille de ton mariage. Tu devrais aller faire un tour avec tes amis. »

Le regard de Celeste se perd à travers la pelouse avant de se poser sur Benji et Shooter, remplissant leur gobelet au fût de bière. Shooter lève les yeux, puis les rejoint d'un pas pressé. Karen est gênée de le trouver si beau. Il est aussi séduisant que les idoles de son adolescence – Leif Garrett, David Cassidy, Robby Benson.

« Madame Otis, dit-il. Vous avez besoin de quelque chose ? Je sais où les traiteurs ont stocké les queues de homard en trop. »

Karen se met à rire, malgré les poignards qui lui vrillent les reins. C'est vraiment gentil de sa part de se souvenir qu'elle aime le homard. L'époque où elle aurait apprécié un petit casse-croûte nocturne est cependant bien révolue.

« On va se coucher, dit Karen. Mais merci. S'il vous plaît, emmenez ma fille faire un tour en ville.

— Il faut que je dorme pour avoir l'air f-f-fraîche demain, dit Celeste.

— Tu es déjà assez fraîche comme ça, réplique Shooter. Tu ne pourrais pas être plus belle. »

Karen se tourne vers Shooter et lit de la tendresse sur son visage. C'est probablement le sentiment que Celeste fait naître chez les gens.

« Entièrement d'accord, dit-elle.

— La défense n'a plus rien à dire, dans ce cas », ajoute Bruce.

Il embrasse Celeste sur le front, puis la pousse doucement vers Shooter.

« Va t'amuser, ma puce.

— Mais Mac, T-T-Tag veut que tu...

— Ton père va rejoindre Tag pour boire un verre, l'interrompt Karen. Et je suis parfaitement capable de me mettre au lit toute seule. »

Shooter prend le bras de Celeste, mais elle le repousse pour serrer encore une fois Karen dans ses bras et l'embrasser sur les deux joues. Comme un écho à la façon dont Karen lui souhaitait bonne nuit dans son enfance. Celeste en a-t-elle conscience ? Oui, de toute évidence. Karen aimerait que Celeste monte avec elle dans sa chambre, la borde dans son lit, lui lise quelque chose – même si ce n'est qu'un article du magazine de mode et de potins mondains qui traîne sur la table de chevet –, puis s'allonge à côté d'elle jusqu'à ce qu'elle s'endorme, tout comme Karen avait l'habitude de le faire autrefois. Mais elle refuse d'être un fardeau. Elle va laisser Celeste profiter de sa vie nouvelle – et l'encouragera même à le faire.

Bruce se tourne vers elle.

« Laisse-moi t'accompagner à l'étage.

— Ne t'inquiète pas pour moi, dit Karen. Rejoins Tag dès maintenant, comme ça tu reviendras me voir plus tôt. Je préfère. »

Bruce l'embrasse sur la bouche.

« D'accord. Mais juste un verre, alors. »

Karen prend son temps pour rejoindre sa chambre. Elle veut découvrir la maison à son rythme. Caresser les tissus, s'asseoir dans les fauteuils pour juger de leur confort ; humer les compositions florales, lire les titres des ouvrages. Elle n'a jamais été dans une demeure pareille, où chaque meuble a été choisi et disposé par des professionnels, où les horloges font tic-tac à l'unisson, où les tableaux et les photographies sont éclairés de manière à les mettre en valeur. Les maisons que Karen a visitées au cours de son existence étaient toutes des variantes de la sienne : des meubles d'angle vitrés pour exposer la porcelaine de mariage, des canapés modulables, des couvertures crochetées par des tantes restées vieilles filles.

Karen entre à pas lents dans le grand salon et s'immobilise devant un piano à queue noir. Son couvercle rabattu est couvert de photos sous cadre. Ce sont d'abord les cadres qui frappent Karen – la plupart ont l'air d'être en argent véritable, d'autres en bois de ronce ; puis elle scrute les clichés. Tous semblent avoir été pris à Nantucket au fil des ans. Sur celui que Karen étudie en premier, Benji et Thomas sont encore des ados. Ils se tiennent sur la plage devant la maison, Tag et Greer derrière eux. Tag ressemble à Benji sur cette photo : jeune et robuste, avec un grand sourire. L'expression de Greer est impénétrable derrière ses lunettes de soleil. Elle porte un corsaire blanc avec des pompons rouges pendillant aux ourlets. *Une touche d'espièglerie,* se dit Karen. Dans sa prochaine vie, elle portera un pantalon pareil.

Alors qu'elle s'apprête à saisir le cliché suivant, quelqu'un se met à tousser. Karen est tellement surprise qu'elle manque jeter la photo par-dessus son épaule. Elle se retourne et découvre une femme recroquevillée dans la courbe de l'un des fauteuils contemporains, à la manière d'un œuf dans un coquetier. Elle est tellement figée que Karen la croirait endormie, s'il n'y avait ses yeux grands ouverts. Elle est là depuis le début, à observer Karen.

« Excusez-moi, dit Karen. Vous m'avez fait peur. Je ne vous avais pas vue. »

La femme cligne des yeux.

« Qui êtes-vous ? demande-t-elle.

— Karen Otis. La mère de Celeste. La mère de la mariée.

— La mère de la mariée. Oui, c'est vrai. Je vous ai vue tout à l'heure. C'est votre mari qui a porté ce toast si mignon.

— Merci », dit Karen.

Elle se sent soudain très faible. Cette femme a un accent britannique ; ce doit être une amie de Tag et de Greer – comme presque tout le monde ici. Karen se souvient qu'elle a fait le vœu de se montrer sous son meilleur jour.

« Et vous, comment vous appelez-vous ?

— Featherleigh, dit la femme. Featherleigh Dale. Je vis à Londres.

— Comme c'est charmant », dit Karen.

Elle devrait s'excuser et se retirer pour aller dormir, mais elle ne veut pas paraître impolie aux yeux de cette Featherleigh. Pourquoi les Britanniques donnent-ils à leurs enfants des noms de famille en guise de prénoms ? Winston. Neville. Et Greer. La première fois que Karen a entendu Celeste prononcer le nom de Greer, elle a cru qu'il s'agissait d'un homme. Et cette pratique se répand en Amérique, elle l'a bien remarqué. Les enfants qui passaient par la boutique de souvenirs de l'usine Crayola n'avaient cessé de l'étonner. Des petites filles prénommées Sloane, Sterling, Brearley. Des Millhouse, Dearborne,

Acton côté garçons. Et que dire de Merritt, la demoiselle d'honneur de Celeste ? Karen l'a entendue expliquer : « *comme la voie rapide* » ; mais elle n'a aucune idée de ce que cela signifie.

« Je fais juste un petit tour avant d'aller me coucher. Mais toutes mes excuses, vraiment. J'ai été ravie de vous rencontrer, Featherleigh. Je suppose qu'on se verra demain.

— Attendez ! s'exclame Featherleigh. Pouvez-vous rester quelques minutes, s'il vous plaît ? Je suis trop ivre pour retourner à mon auberge maintenant.

— Voulez-vous que j'aille chercher Greer ? » demande Karen.

Elle pose la question par pure politesse. La simple perspective de devoir trouver Greer l'épuise.

« Non ! s'écrie Featherleigh. Pas Greer. »

Quelque chose dans sa voix fait tiquer Karen.

Featherleigh baisse ses pieds nus vers le sol et se penche en avant.

« Pouvez-vous garder un secret ? »

Karen acquiesce sans réfléchir. Oui, elle est capable de garder un secret. En cet instant même, elle cache la vérité à son mari et sa fille – le secret des trois pilules en forme de petits œufs nacrés, le secret de ce qu'elle a choisi de faire ; et c'est sans doute un plus grand secret que ce que Featherleigh souhaite lui révéler.

« J'ai eu une liaison avec un homme marié, annonce-t-elle. Mais il a rompu avec moi en mai et je n'arrive pas à m'en remettre.

— Comme c'est triste », dit Karen.

Alors qu'elle pense : *Bien fait pour toi !* Karen ne supporte pas les époux adultères. Elle n'aime pas juger les gens ; mais si une femme avait poursuivi Bruce et réussi à l'attirer dans ses filets, elle aurait broyé la vie de Karen, c'est évident. Bruce et elle ont de la chance, elle en a bien conscience : ils sont tous les deux fidèles de nature. Cela ne veut pas dire que Karen n'a jamais été jalouse. Bruce parlait parfois des femmes au foyer qui venaient dans son rayon acheter un costume pour leur mari ; et Karen se demandait de quoi elles avaient l'air et si elles flirtaient avec lui plus qu'il n'osait le dire. Pendant toute une période – juste après le départ de Celeste pour la fac –, Bruce était rentré du travail en chantant des airs de musique country inconnus et en se montrant étrangement distant. Karen s'était alors dit que peut-être... peut-être qu'il avait rencontré quelqu'un d'autre. Elle avait fini par lui poser la question. Il lui avait répondu sans détour qu'il était simplement contrarié par l'absence de Celeste. C'était plus dur à vivre qu'il ne l'aurait cru. Karen avait avoué qu'elle aussi le prenait plus mal qu'elle ne s'y attendait, et ils avaient fini par éclater en sanglots et par faire l'amour dans la cuisine, ce qui n'était pas arrivé depuis la naissance de Celeste.

« Je crois que la vérité pourrait vous intéresser, dit Featherleigh. Peut-être, ou peut-être pas. »

Karen en a assez de l'entendre.

« Taisez-vous, dit-elle. S'il vous plaît, taisez-vous. »

Karen lève le bras, comme si elle pouvait chasser les mots de la main. Puis elle bat en retraite.

Les mots vrombissent autour d'elle tandis qu'elle monte l'escalier. *Je crois que la vérité pourrait vous intéresser. J'ai eu une liaison avec un homme marié.* Karen a absolument besoin d'un oxy et de son lit. Pourquoi, oh pourquoi, cette femme a-t-elle choisi Karen pour se confesser ? Comment la relation adultère de Featherleigh pourrait-elle intéresser *Karen* ? Elle ne connaît personne, ici ! Featherleigh avait manifestement beaucoup trop bu, et les gens ivres, de ce qu'avait pu voir Karen, n'aiment rien tant que de tout déballer. Featherleigh l'aurait raconté à n'importe qui passant par là. Karen aurait mieux fait de ne pas fouiner partout.

Une fois en haut des marches, elle reste perplexe. Sa chambre est-elle à gauche ou à droite ? Elle prend appui sur sa canne. *À droite.* À droite, et dernière porte à gauche. Mais quand elle arrive au bout du couloir, la porte qu'elle croyait être la sienne s'entrouvre et Merritt, « comme la voie rapide » en sort. À son arrivée sur l'île, Karen l'avait surnommée la Lettre écarlate avant de s'apercevoir qu'il s'agissait de la demoiselle d'honneur de Celeste. Sa fille adore Merritt et la place sur un piédestal ; et si Karen est ravie que Celeste ait trouvé une véritable amie, elle ne peut s'empêcher de penser que Merritt est une fille facile.

Une fille facile. Voilà que Karen parle comme sa propre mère, voire sa grand-mère. Qui utilise encore l'expression *fille facile* pour décrire une femme ? Personne. Du moins, plus depuis quarante ans. Merritt est sans doute une très gentille fille pour que Celeste l'apprécie autant. Ce soir, la jeune femme est vêtue de noir.

« Je... » balbutie Karen.

Elle est encore plus perplexe qu'avant. Cette maison a plus de chambres qu'un hôtel.

« Je crois bien que je me suis perdue. Je pensais que c'était ma chambre.

— Oh, c'est bien votre chambre, Madame Otis. Je cherchais Celeste. Vous ne savez pas où elle se trouve ?

— Celeste ? Eh bien, elle était dehors la dernière fois que je l'ai vue. Elle envisageait d'aller faire un tour en ville avec Benji.

— Ok », dit Merritt.

Elle semble incroyablement pressée. Contournant Karen, elle se dirige vers l'escalier.

« Merci, Madame Otis. Bonne nuit.

— Bonne nuit », dit Karen.

Elle reste figée, les yeux rivés sur la porte de la chambre. Elle cherchait Celeste ? Dans la chambre de Bruce et Karen ? Pourquoi diable ? Pourquoi ne pas chercher Celeste dans la chambre de *Celeste,* à l'autre bout du couloir ? De toute évidence, les propos répugnants de cette Featherleigh sont restés gravés dans le cerveau de Karen, car elle n'a qu'une seule pensée en tête : quand elle entrera dans cette chambre et qu'elle trouvera Bruce à l'intérieur, elle sera bien contrainte de lui demander pourquoi il s'y trouvait seul avec Merritt.

Merritt n'avait-elle pas flirté avec Bruce plus tôt dans la journée ? *Vous semblez avoir chaud.*

Karen tourne la poignée et ouvre la porte en grand. La pièce est vide et plongée dans le noir.

Poussant un long soupir, elle pose sa canne contre la table de chevet et s'assied sur le lit. Elle attend que son cœur cesse de battre la chamade.

Samedi 7 juillet 2018, 10 h 20

Premier interrogatoire, Greer Garrison Winbury, samedi 7 juillet

Une fois que Nick a fini de consigner ce que lui a dit Abby, il enfile une paire de gants en latex et pénètre dans le cottage où logeait Merritt Monaco. Il entre dans les lieux avant la police scientifique, et il adore ça.

« Raconte-moi une histoire, murmure-t-il. Qu'est-ce qui s'est passé ? »

Le cottage, dans des tons pastel et orné de motifs floraux, a été décoré avec une sensibilité toute féminine, sans doute pour rappeler un jardin anglais. Nick trouve cela mièvre et surchargé. Il a un peu l'impression d'entrer dans une boutique de cosmétiques pour mémés.

La salle de séjour semble intacte ; Nick ne voit rien d'anormal. Il passe dans la chambre, où la climatisation est si forte qu'on se croirait dans une chambre froide. Nick doit admettre que c'est agréable – presque exquis après la chaleur oppressante de l'extérieur. Le lit est fait ; la valise de Merritt est ouverte sur le porte-bagages, et ses chaussures rangées en dessous. Sa robe de demoiselle d'honneur – en soie ivoire avec des broderies noires – est la seule suspendue dans le placard. Il entre dans la salle de bains. Les produits de beauté de Merritt sont alignés sur l'étagère inférieure en verre – de toute évidence une fan de Bobbi Brown. Sa brosse à cheveux et son fer à lisser se trouvent sur l'étagère du haut. Et sa brosse à dents dans le gobelet.

Elle était propre et soigneuse, songe-t-il.

Un rapide coup d'œil dans la trousse à maquillage révèle la présence d'eye-liners, de mascaras, de rouges à lèvres et de poudres. Rien d'autre.

Pfff, pense Nick. Il cherche quelque chose, mais quoi ? Il le saura quand il tombera dessus.

Sur la commode, il trouve une pochette ouverte contenant un permis de conduire, une carte Gold American Express, 77 dollars en liquide et un iPhone X. Il scrute le permis : *Merritt Alison Monaco, 116 Perry Street, New York, État de New York.* C'était une belle femme, et jeune ; elle venait d'avoir 29 ans. Quel gâchis.

« Je vais faire le maximum pour toi, dit Nick. Découvrons ce qui s'est passé. »

Il prend l'iPhone X et balaie l'écran du doigt. À sa grande surprise, il se déverrouille. *Ouahh...* Il ne pensait pas qu'il puisse exister un seul millennial sur terre laissant son téléphone accessible à tous. Il se sent presque escroqué. Cette femme n'a-t-elle vraiment *rien* à cacher ?

Il fait d'abord défiler ses textos. Aucun ne date du jour même, et il n'y en a qu'un seul la veille – un Robbie qui lui souhaite en retard une « belle fête nationale » ; il espère qu'elle va bien. L'avant-veille, Merritt a envoyé un message à une certaine Jada V., la remerciant pour la soirée. En pièce jointe, une photo de feux d'artifice au-dessus de la statue de la Liberté.

La liste des derniers appels date elle aussi un peu – par *dater,* Nick veut dire qu'il n'y en a eu aucun dans les dernières vingt-quatre heures. Il y a bien un coup de fil passé à un numéro ayant l'indicatif de Manhattan vendredi matin ; mais quand Nick appelle ce numéro depuis son propre téléphone, il tombe sur le standard de la Wildlife Conservation Society. Sans doute Merritt avait-elle vérifié que tout se passait bien au boulot.

Le peu d'informations que lui offre ce téléphone ramène Nick à la remarque d'Abby : il n'est pas impossible que Merritt ait jeté son dévolu sur quelqu'un déjà présent au mariage. Inutile de l'appeler ou de lui envoyer des textos si elle pouvait lui parler directement.

Nick repose la pochette à l'endroit où il l'a trouvée et furète encore un peu. Un journal intime qui traîne dans un coin, c'est trop demander, il le sait ; mais pourquoi pas un joint, une capote, un gribouillis sur un bout de papier avec le nom de l'homme qu'elle fréquentait ? Elle était trop séduisante pour qu'il n'y ait pas eu *quelqu'un*.

Il ne trouve rien.

La mère de la mariée est toujours dans sa chambre, et la mariée à l'hôpital. Nick découvre Greer Garrison, la mère du marié, en train de téléphoner dans la cuisine. Elle vient manifestement d'annoncer la terrible nouvelle à quelqu'un et écoute ses condoléances.

« Celeste est bouleversée, dit-elle. Je ne peux imaginer le supplice qu'elle endure. »

Elle se tait quelques secondes.

« Ne nous emballons pas… Nous sommes encore tous sous le choc et… »

Greer lève les yeux vers Nick.

« … la police tente de comprendre ce qui s'est passé. Je suis la prochaine qu'elle doit interroger je crois, il faut donc vraiment que je raccroche, j'en ai bien peur. Embrasse Thebaud pour moi. »

Greer repose le combiné d'un air rageur.

« Vous désirez ? » lance-t-elle à Nick.

Elle a plutôt belle allure, étant donné les circonstances, songe Nick. Greer porte un pantalon blanc et un débardeur beige ; une croix en or montée sur une fine chaîne en or orne son cou. Ses cheveux sont lisses et soyeux ; et elle a mis du rouge à lèvres. Elle semble sur la réserve. La tâche qu'elle se doit d'accomplir est sur le point d'être interrompue, et cela lui déplaît.

« Madame Garrison, je suis l'inspecteur Nick Diamantopoulos, de la police d'État du Massachusetts. J'ai besoin que vous cessiez de téléphoner un moment.

— Vous êtes *grec* ? » dit-elle en penchant la tête de côté.

Elle tente probablement de faire le lien entre ce nom et sa peau sombre.

Il sourit.

« Ma mère est cap-verdienne et mon père grec. Mes grands-parents paternels viennent de Thessalonique.

— Je tente d'écrire un roman qui se passe en Grèce, dit-elle. Le problème, c'est que je n'y suis pas allée depuis des lustres, on dirait bien que j'ai oublié ce qui fait le charme des lieux. »

Nick aimerait beaucoup parler mer Égée, ouzo et calamars grillés, mais il n'a pas que ça à faire.

« J'ai quelques questions à vous poser, madame.

— Je ne suis pas sûre que vous compreniez dans quelle situation délicate je me trouve, inspecteur, dit-elle. C'est *mon* mariage.

— *Votre* mariage ?

— J'ai tout organisé. J'ai des coups de fil à passer. À tous les invités ! Les gens doivent savoir ce qui s'est passé.

— Je comprends, dit Nick. Mais pour qu'on sache exactement ce qui s'est passé, j'ai besoin de votre coopération. Ce qui veut dire que vous allez devoir me consacrer toute votre attention.

— Vous vous rendez compte que j'ai sur le dos une maison remplie d'invités ? s'exclame Greer. Vous avez conscience que la mère de Celeste est atteinte d'un cancer du sein en phase *terminale* ? Et que Celeste a été emmenée à l'hôpital ? J'attends des nouvelles de Benji pour savoir comment elle va.

— Je ferai aussi vite que possible. »

Nick tente d'ignorer le téléphone de Greer, même s'il aimerait le lui arracher des mains.

« Voulez-vous bien me suivre dans le salon ? »

Greer lui lance un regard réprobateur.

« Comment osez-vous me donner des ordres dans *ma* maison ?

— J'en suis vraiment navré, madame. Allons-y, je vous prie. »

Il gagne le bout du couloir, espérant qu'elle le suive. Un froissement de tissu dans son dos – il s'arrête à l'entrée du salon et la laisse passer en premier. Il referme soigneusement la porte derrière eux.

Greer se pose sur le bord du canapé et se penche en avant, comme si elle pouvait se lever et s'enfuir à tout moment. Son téléphone, calé sur ses genoux, ne cesse de vibrer.

« Pouvez-vous me dire ce dont vous vous souvenez *après* la fin du dîner de répétition ? demande Nick. Qui a fait quoi ?

— Les jeunes sont allés en ville, dit Greer. Les gens plus âgés sont restés ici. Abigail, ma belle-fille, a fait exception à la règle. Elle est enceinte. Elle n'est pas sortie.

— Mais les futurs mariés sont tous les deux partis faire un tour ? Qui d'autre ? »

Nick sort son calepin.

« Merritt. Elle était avec eux ?

— Savez-vous ce que je fais dans la vie, inspecteur ? J'écris des romans policiers. Je connais donc la procédure sur le bout des doigts, et je comprends que vous ayez à poser ce genre de questions. Mais je peux vous dire précisément ce qui est arrivé à Merritt.

— Vraiment ? Et de manière précise ?

— Bon, pas dans les détails, concède Greer. Mais l'idée générale saute aux yeux, non ? Cette jeune fille a trop bu, ou alors elle a pris des cachets et elle a décidé d'aller se baigner tout habillée et puis elle s'est noyée.

— Vous conviendrez qu'aussi plausible que puisse être cette explication, elle contient des zones d'ombre.

— À savoir ?

— L'une des témoins que j'ai interrogée est presque certaine que Merritt n'a pas quitté la propriété. Si elle est restée ici, où buvait-elle, et quoi ? Est-ce que quelqu'un l'a vue ? Est-ce que quelqu'un lui a parlé ? Je viens d'examiner le cottage où logeait Merritt Monaco. Il ne contenait pas d'alcool – pas de bouteilles pleines, pas de bouteilles vides, rien. Et aucun cachet, aucun flacon sur ordonnance. En tant qu'autrice de fiction, vous devez savoir qu'il est difficile, quand on boit et qu'on prend des cachets, de se débarrasser de toutes les preuves compromettantes. Par ailleurs, cette jeune femme avait une vilaine coupure au pied. Comment cela s'est-il produit ? Quand est-ce arrivé ?

— Ne cherchez pas du mélo là où il n'y en a pas, réplique Greer. Il existe un terme pour cela en littérature. C'est ce qu'on appelle une fausse piste – un *hareng rouge* en anglais. Le terme a été inventé au début du XIXe siècle par des chasseurs qui jetaient un hareng fumé derrière eux pour distraire les loups. »

Nick est sur le point de sourire. Il a envie de la détester, mais il y a quelque chose chez elle qu'il admire. C'est la première fois qu'il rencontre un écrivain publié. Et puis, elle n'a pas tort – si elle est une autrice de polars chevronnée, elle est peut-être en mesure de l'aider.

« C'est bon à savoir, dit-il. Merci.

— Je suis tombée sur Merritt à la fin du dîner de répétition, reprend Greer. Elle se cachait dans la buanderie. Elle était en larmes.

— En larmes ? » s'exclame Nick.

Abby, elle aussi, lui avait dit que Merritt pleurait dans la roseraie.

« Vous a-t-elle raconté quel était son problème ?

— Absolument pas. Et je n'ai pas insisté – ce n'était pas mon rôle. Mais il était clair selon moi qu'elle se sentait exclue. Sa meilleure amie était sur le point de se marier. Celeste était au centre de l'attention, et Merritt est venue seule au mariage. Peut-être qu'elle était déprimée. Je n'en sais fichtre rien. Mais je suis sûre qu'elle n'était pas dans son état normal, ce qui ne fait que renforcer l'idée qu'elle avait trop bu, peut-être pris des cachets, et qu'elle est allée se baigner. Soit elle s'est noyée de manière accidentelle, soit c'était volontaire.

— Un suicide ?

— Et pourquoi pas ? Ce n'est guère plaisant à imaginer, bien sûr. Et cependant...

— Revenons-en à vous. Qu'avez-vous fait quand la fête s'est finie ? M. Winbury et vous n'êtes pas sortis d'ici, c'est bien ça ?

— Je ne vois pas en quoi ce que Tag et moi avons fait peut avoir une quelconque importance.

— Vous écrivez des romans policiers. Le mot *alibi* vous dit quelque chose, sans doute. »

Greer hausse un sourcil.

« Vous marquez un point. En effet. Mon mari et M. Otis, le père de la mariée, ont bu un verre dans le bureau de Tag, et puis ils sont probablement sortis fumer un cigare, car lorsque Tag est venu se coucher, il sentait la fumée.

— Nous avons trouvé un reste de cigare sous la tente, posé sur l'une des tables. Un seul cigare. Selon vous, était-ce celui de votre mari ?

— Je suppose que oui, mais je ne peux l'affirmer avec certitude.

— Quel genre de cigares fume votre mari, Madame Garrison ?

— Des cubains, mais de plusieurs marques différentes. Des Cohiba. Des Romeo y Julieta. Des Montecristo. J'ai du mal à comprendre le rapport entre ce cigare et ce qui est arrivé à cette jeune femme.

— On ignore s'il y a un lien. Pour l'instant, on tente de savoir qui était où après la fête. Il semble que plusieurs personnes se trouvaient sous la tente à fumer et à boire, et on cherche à identifier de qui il s'agit exactement. M. Winbury vous a-t-il dit d'où il venait quand il est venu se coucher ?

— Je ne lui ai pas demandé d'où il venait parce que je savais très bien d'où il venait. Du jardin, juste là.

— À quelle heure M. Winbury vous a-t-il rejointe ?

— Je n'en ai pas la moindre idée. Je dormais.

— Vous dormiez, mais vous avez remarqué que M. Winbury sentait la fumée de cigare ?

— C'est exact. Je me suis réveillée suffisamment longtemps pour savoir que Tag était revenu et qu'il sentait la fumée de cigare, mais pas assez pour prendre la peine de regarder l'heure.

— Et ensuite, vous avez dormi d'une traite ?

— Tout à fait. Je me suis réveillée naturellement à cinq heures et demie du matin.

— Madame Garrison, à quelle heure vous êtes-vous retirée dans votre chambre ? Êtes-vous allée vous coucher dès la fin de la soirée ?

— Absolument pas.

— Qu'avez-vous fait après la fête ? Pendant que M. Winbury et M. Otis étaient dans le bureau ?

— Je me suis assise devant mon ordinateur. J'ai écrit. J'ai une date butoir à respecter.

— Je vois. Et où avez-vous écrit ?

— Je travaillais sur mon ordinateur portable. Dans le petit salon.

— Et votre bureau fait-il face à une fenêtre ?

— Oui, tout à fait.

— Avez-vous remarqué quelque chose de l'autre côté de la vitre ?

— Non. »

Nick garde le silence quelques secondes. Est-il possible qu'elle n'ait *rien* vu par la fenêtre ? Aucune lumière ? Aucune ombre ?

« À quelle heure avez-vous fini d'écrire ?

— À 23 h 15.

— Vous en êtes sûre ?

— Oui. Je me suis forcée à arrêter parce que je ne voulais pas être fatiguée aujourd'hui.

— Si je comprends bien, vous avez cessé d'écrire, puis vous êtes allée vous coucher. Vers 23 h 30, disons ?

— Dans ces eaux-là, oui. »

Quelque chose dans les réponses de Greer Garrison le dérange. Elles sont trop nettes, trop précises. Comme si elle les avait travaillées à l'avance. Nick tente le coup.

« Pouvez-vous me montrer votre ordinateur je vous prie, Madame Garrison ?

— Je ne vois pas en quoi c'est nécessaire.

— J'aimerais y jeter un coup d'œil.

— Dans ce cas, je vais le chercher.

— Vous m'avez mal compris. Je voudrais que vous m'emmeniez dans la pièce où se trouve l'ordinateur.

— Votre demande est parfaitement absurde », s'exclame Greer.

Je la tiens, se dit-il.

« C'est absurde de m'emmener dans la pièce qui contient l'ordinateur, mais pas de m'apporter cet ordinateur ? Parce qu'il y a quelque chose que vous voulez effacer ou cacher, dans cet ordinateur ?

— Absolument pas.

— Très bien, alors amenez-moi dans la pièce où se trouve cet ordinateur. S'il vous plaît, Madame Garrison. »

Elle le foudroie du regard un instant, puis se lève.

Nick la suit dans le couloir. Ils franchissent une porte voûtée et pénètrent dans un vestibule – une niche dans le mur contient un énorme bouquet d'hortensias et de lys. Greer ouvre une porte. Celle-ci donne sur une petite pièce équipée d'un canapé, d'une causeuse, de tables anciennes et d'un bureau faisant face à l'une des fenêtres. Depuis celle-ci, on voit le jardin latéral – une palissade et le haut du pavillon de la piscine. Par une porte communicante, Nick distingue la chambre principale. Il y a un grand lit double équipé de draps blancs, d'un édredon et de toute une gamme d'oreillers soigneusement disposés. Une couverture en cachemire brodée du mot *Summerland* drape le coin du lit de manière oblique. Nick cligne des yeux. Greer a trouvé le temps de faire son lit avec tellement d'habileté, alors qu'elle venait d'apprendre la mort de Merritt... ou était-ce avant ? C'est à ce moment qu'une femme surgit de la salle de bains avec un seau et un rouleau d'essuie-tout. La femme de ménage.

« Pouvez-vous nous excuser, Elida, je vous prie ? » dit Greer.

Elida acquiesce sans mot dire et quitte la pièce d'un pas pressé.

« Est-ce qu'Elida vit avec vous ? demande Nick.

— Non, répond Greer. Elle travaille ici de 7 heures à 17 heures. Aujourd'hui, elle est venue un peu plus tôt à cause du mariage. »

Nick suit Greer jusqu'à un bureau en acajou tout simple, luisant comme s'il venait d'être poli. Sur celui-ci se trouvent un ordinateur portable, un grand bloc-notes, trois stylos, un dictionnaire et un dictionnaire des synonymes. Il y a une chaise Windsor devant le bureau ; Nick s'y installe et scrute l'ordinateur.

« Ce fichier-là, *Un assassin à Santorin,* c'est le texte sur lequel vous travailliez hier soir ?

— Oui.

— Il est indiqué que vous l'avez fermé à minuit vingt-deux. Or vous m'avez dit 23 h 15.

— J'ai cessé d'écrire à 23 h 15. Mais j'ai fermé le fichier à minuit vingt-deux, apparemment.

— Vous m'avez pourtant dit que vous êtes allée directement au lit. Vous m'avez dit que vous vous êtes couchée vers 23 h 30.

— Je suis bien allée me coucher. Mais j'avais du mal à m'endormir, alors j'ai bu un verre.

— De l'eau ?

— Non, un vrai verre. Une coupe de champagne.

— Si je récapitule, entre 23 h 15 et minuit vingt-deux, vous êtes allée dans la cuisine boire une coupe de champagne ?

— Oui.

— Avez-vous remarqué quoi que ce soit à ce moment-là ? »

Greer met quelques secondes à répondre.

« Rien.

— Vous n'avez vu personne ? insiste Nick.

— En retournant dans ma chambre, j'ai vu ma belle-fille, Abby. Elle allait chercher de l'eau à la cuisine.

— Vraiment ?

— Oui.

— Pourquoi n'a-t-elle pas pris de l'eau dans la salle de bains ?

— Elle voulait de la glace, à mon avis. Elle est enceinte. Et il faisait chaud.

— Avez-vous discuté avec elle ?

— Quelques secondes.

— Qu'est-ce qu'elle vous a dit ?

— Elle a dit qu'elle attendait le retour de Thomas. Il était parti en ville avec Benji et les autres. »

Ah, oui. Nick se souvient qu'Abby était contrariée que Thomas ait décidé de sortir.

« Autre chose ?

— Pas vraiment, non.

— Avez-vous vu quelqu'un d'autre ?

— Non.

— Et après avoir bu ce verre de champagne, vous êtes retournée dans votre chambre pour dormir ?

— Tout à fait. »

Nick s'arrête pour prendre des notes. Elle lui a menti il y a dix minutes ; il n'y a aucune raison de croire un mot de plus de ce qu'elle lui raconte.

« Passons à un autre sujet. Nous avons trouvé un kayak à deux places posé à l'envers sur votre plage. Possédez-vous un tel kayak ?

— Il est à mon mari », répond Greer.

Elle penche la tête de côté.

« Il était abandonné à l'envers sur la plage, dites-vous ?

— Oui. Ça vous semble bizarre ? »

Elle hoche lentement la tête.

« Un peu, oui.

— Et pourquoi ?

— Tag est complètement dingue de ses kayaks. Il ne les laisse jamais traîner comme ça n'importe comment.

— Est-il possible que quelqu'un d'autre ait utilisé ce kayak ?

— Non, il les garde sous clé. Si le kayak à deux places était dehors, c'est qu'il a emmené quelqu'un sur l'eau. S'il était sorti seul, il aurait pris celui pour une personne.

— Une idée de qui il aurait pu emmener en balade ? »

Greer fait non de la tête. Elle a l'air beaucoup moins assurée qu'il y a quelques minutes. Nick sent que l'explication qu'elle avait si bien construite dans sa tête est en train de lui échapper.

« Il va falloir que vous demandiez à mon mari, je crois », murmure-t-elle.

Mercredi 30 mai – mardi 19 juin 2018

TAG

Il prend le numéro de Merritt mais ne prévoit absolument pas de la revoir. C'est un coup d'un soir, une histoire d'un week-end, comme toutes ses autres aventures. Il en a eu cinq ou six au cours de son mariage – des passades d'une nuit ou deux, des femmes qu'il ne revoit jamais et auxquelles il ne pense plus jamais. Ses agissements n'ont rien à voir avec ce qu'il ressent pour Greer. Ou peut-être que si. Peut-être cela relève-t-il d'une affirmation de pouvoir, d'un défi. Au moment de leur mariage, Greer était plus riche que lui et d'une classe sociale plus élevée que la sienne. Tag s'est toujours senti un peu inférieur. C'est en courant les filles qu'il équilibre la balance.

Quand il rentre à New York, deux événements ont lieu. Premièrement, Sergio Ramone lui téléphone. Tag songe à laisser son appel basculer vers la boîte vocale. Il craint que Sergio ait appris qu'il avait emmené Merritt à cette dégustation de vin, et qu'il veuille lui faire part de son mécontentement. Mais il se souvient alors que c'est avec la bénédiction de Greer qu'il a emmené Merritt à ce dîner.

« Salut, Sergio, dit-il. Comment ça va ? »

En vérité, Sergio appelle pour une tout autre raison. Son contact au cabinet Skadden Arps l'a informé que Thomas Winbury suscitait la grogne au sein du service contentieux. Il ne s'investit pas beaucoup, semble-t-il. Il fait de longues pauses déjeuner et prend des congés sans prévenir. Il quitte souvent son poste à 17 heures, quand d'autres associés restent au bureau jusqu'à 21 heures ou 22 heures. Il a reçu un avertissement lors de sa dernière évaluation, mais n'a pas redressé la barre depuis lors. Il est question de se séparer de lui.

Tag soupire. Thomas a toujours travaillé juste ce qu'il faut pour s'en sortir. La famille d'Abby est si riche qu'il soupçonne Thomas de *vouloir* se faire virer. Il travaillera pour M. Freeman dans l'industrie pétrolière. Il partira vivre au Texas, ce qui brisera le cœur de Greer.

« Merci de m'avoir prévenu, Sergio. Je vais lui parler. »

Il raccroche avant que Sergio ne puisse lui demander comment s'était passé le dîner, et se met à jurer en levant les yeux au ciel.

Quelques jours plus tard, Thomas et Abby viennent dîner chez Tag et Greer. Greer a préparé un gigot d'agneau, et une odeur de viande rôtie, d'ail et de romarin embaume tout l'appartement – mais dès qu'Abby franchit la porte, elle plaque sa main sur sa bouche et se rue vers les toilettes.

Thomas hoche la tête.

« L'effet de surprise est gâché, on dirait bien. On attend de nouveau un enfant. »

Greer tend la main vers lui, mais ils savent tous que leur réaction doit se limiter à un optimisme prudent.

Tag serre la main de son fils, puis le prend dans ses bras.

« Tu seras un père génial. »

À peine a-t-il prononcé ces mots qu'il doute qu'ils soient vrais. Thomas un père génial, *vraiment* ? Il faut qu'il se mette sérieusement au travail, qu'il commence à montrer l'exemple. Tag hésite à l'emmener dans son bureau pour le lui dire ; mais il décide finalement de laisser la soirée se dérouler de manière agréable – tout du moins dans la mesure où elle peut l'être, avec une Abby secouée par les vomissements. Il parlera à Thomas une autre fois.

Cette nuit-là, Tag n'arrive pas à trouver le sommeil. Il se glisse hors du lit et se rend dans son bureau. Ses trois pièces de travail à domicile – celle de New York, celle de Londres et celle de Nantucket – sont des sanctuaires dédiés à sa vie privée. À part les femmes de ménage, personne n'y entre sans son autorisation.

Il sort son téléphone et cherche le numéro de Merritt.

Elle répond à la troisième sonnerie.

« Salut, Tag. »

Tout lui revient en mémoire quand il entend sa voix. Il y a du bruit en arrière-plan, des voix, de la musique – elle n'est pas chez elle. Il est 2 heures du matin, un mercredi soir. Il ferait mieux de raccrocher.

« Hello, dit-il. Je ne te réveille pas, j'espère. »

Elle rit.

« Je suis au sud de Manhattan, dans une espèce de bar clandestin. On dirait une laverie automatique, mais il y a une porte dérobée, un mot de passe, et hop, tu pénètres en enfer. Tu veux me rejoindre ? Je te dirai comment entrer.

— Non, merci. Je t'appelle juste pour te dire que ton instinct était le bon. Abby est enceinte. Thomas et elle nous l'ont annoncé ce soir au dîner.

— Qui ça ?

— Abby. Abby, ma belle-fille. Tu as passé le week-end avec elle pour l'enterrement de vie de jeune fille de Celeste. Tu m'avais dit que...

— Ah oui, c'est vrai. Abby. Ouais, ça ne m'étonne pas. »

Tag se sent stupide. Il devrait couper court à cette conversation. Il la reverra dans quelques semaines au moment du mariage, et mieux vaudrait que leurs batifolages appartiennent au passé. Mais cette fille a quelque chose de spécial. Il ne peut pas laisser tomber.

« Tu habites où, rappelle-moi ? demande-t-il. Je crois bien que j'ai oublié. »

Tag voit Merritt le lendemain après le travail, ainsi que le surlendemain, et le samedi il annonce à Greer qu'il va courir dans Central Park mais se rend à l'appartement de Merritt. Après leur partie de jambes en l'air, ils vont dans un petit bistro voisin qui fait de très bons sandwichs, commandent un déjeuner, s'assoient l'un à côté de l'autre, discutent et rient

– et au beau milieu de leur conversation, Tag s'aperçoit qu'il perd le contrôle de la situation. Qu'est-ce qu'il fabrique ? N'importe qui pourrait le voir ici avec cette fille.

Il raccompagne Merritt, et elle l'attire vers elle en lui agrippant sa chemise. Elle veut qu'il vienne chez elle. Et lui aussi en a envie, oh, pas de doute là-dessus. Il accepte. Mais juste une minute, dit-il.

Elle fait revivre l'adolescent en lui. Le désir qu'il éprouve est si intense, si implacable, que cela lui fait peur. Il ne se souvient pas d'avoir désiré quelqu'un ou quelque chose autant qu'il désire cette fille. Ses sentiments pour Greer lui semblent presque étranges en comparaison.

Merritt a 28 ans, presque 29. Elle ne s'entend pas très bien avec son frère et ne parle plus du tout à ses parents. Ce que Tag ne parvient absolument pas à comprendre.

« Tu fais comment à Thanksgiving ? demande-t-il. Et à Noël ? »

Elle hausse les épaules.

« L'année dernière, pour Thanksgiving, j'ai mangé chinois et maté un film. Pour Noël, je suis partie à Tulum faire une retraite de yoga. »

Tag sent un vide au fond de Merritt, un vide affectif, ce qui est très, très dangereux, il le sait. Il doit mettre fin à ça tout de suite, pendant qu'il est encore temps pour lui de retrouver ses esprits avant le mariage. Mais son attirance est de plus en plus forte. Bientôt, il ne pense plus qu'à Merritt – quand il travaille, quand il fait du sport, quand Greer et lui dînent au Rosa Mexicano. Greer est accaparée par la fin de son roman et l'organisation du mariage de Benji. Elle est tellement concentrée sur ces deux projets qu'elle ne remarque pas qu'il a changé. Elle ne le voit pas, ne l'entend pas, et les rendez-vous sous la couette ce sera pour plus tard. Elle dit en plaisantant qu'ils vivront une seconde lune de miel quand Benji et Celeste connaîtront leur première. Mais Tag le sait : une fois le mariage passé, Greer va s'effondrer, épuisée, ou alors elle aura le cafard parce qu'elle n'aura plus rien en perspective.

Il programme une réunion avec des clients au bar de l'hôtel Whitby et demande à Merritt de s'asseoir au comptoir sans montrer qu'elle le connaît. Elle fait exactement ce qu'il lui demande, vêtue d'une robe noire moulante et chaussée de talons aiguilles de douze centimètres. Tag s'excuse auprès de ses clients de devoir les abandonner quelques minutes. Il suit Merritt dans les toilettes pour femmes, verrouille la porte, et ils font l'amour de manière incroyablement torride. Quand Tag en ressort, il est tellement grisé qu'il se fiche de qui peut bien le voir.

Plus tard, il se reproche d'avoir été imprudent. Il s'interroge sur son comportement.

Elle a reçu des billets pour aller voir Billy Joel au Madison Square Garden. Est-ce qu'il veut l'accompagner ?

« Impossible. Trop risqué.

— S'il te plaît. Ce sont des sièges au deuxième rang.

— C'est bien là le problème. Si c'était des places dans le poulailler, je n'aurais pas peur de tomber sur quelqu'un que je connais.

— Ok, j'ai compris. J'irai avec Robbie.

— Qui est Robbie ?

— Mon petit ami occasionnel, répond Merritt. Il est barman de jour au Breslin. »

Tag est perturbé de découvrir l'existence de Robbie. Mais qu'espérait-il ? Évidemment, il y a un Robbie. Il ne serait pas surpris qu'il y ait une demi-douzaine de Robbie. Cette simple idée le démoralise tellement qu'il débarque au Breslin le lendemain à l'heure du déjeuner et commande la terrine de lapin et une boulette panée œuf-saucisse – on y mange bien, c'est toujours ça – à un beau gosse irlandais aux épaules larges. Robbie. Il a quinze centimètres et vingt kilos de plus que Tag, et vingt-cinq ans de moins. C'est avec lui que Merritt devrait être. Non seulement Robbie est barman, mais il ambitionne de devenir acteur – et Tag découvre en papotant avec lui qu'il vient juste d'être choisi pour jouer dans un pilote. Tag lui voue une haine farouche et sanguinaire. Il lui laisse un pourboire ridiculement élevé.

Le soir du concert, Tag tourne en rond. Il imagine Robbie posant ses mains larges comme des battoirs sur la taille de Merritt et se trémoussant derrière elle au son de la musique. Il est tellement troublé par cette vision qu'il annonce à Greer qu'il n'a pas envie de dîner ; il mangera peut-être un sandwich dans son bureau plus tard.

Il envoie un texto à Merritt : Préviens-moi quand le concert est terminé. Je te rejoins chez toi.

Vingt minutes d'angoisse plus tard, elle lui envoie ce texto : K.

K. Y a-t-il jamais eu réponse plus frustrante dans la courte histoire des textos ? Sans doute que non.

23 heures passe, 23 h 30. Tag succombe à la faim et se dirige vers la cuisine pour un sandwich au jambon. Il y a de la lumière dans leur chambre. Il ouvre la porte et découvre Greer vêtue de son pyjama bleu taillé sur mesure. Un crayon retient son chignon, et ses lunettes de lecture sont posées au bout de son nez. Il y a un verre de chardonnay à la droite de son ordinateur. Elle est au beau milieu d'une scène, il le voit bien ; mais elle relève la tête et sourit.

« On va se coucher ? » demande-t-elle.

Oui, pense Tag. *Dis oui.* Voyez comme sa femme est élégante, active, astucieuse. Elle est absolument tout ce qu'il peut désirer chez une femme.

« Je n'ai pas encore fini, répond-il. Ernie et moi, on est en train de ficeler cet accord avec la Lybie. Ça va être un gros truc. Il sera au bureau à la première heure demain matin, et je dois lui préparer tous les chiffres d'ici là. »

Greer éteint son ordinateur.

« Eh bien moi, je crois que j'en ai fini pour ce soir. »

Elle lève la tête pour qu'il l'embrasse.

« Ne te couche pas trop tard.

— Tu sais que ce n'est pas mon genre. Je t'aime, ma chérie. »

Il patiente jusqu'à minuit et demi et comme il n'a toujours pas reçu de texto de Merritt, il sort discrètement de l'appartement et hèle un taxi direction Perry Street. Il se plante devant l'immeuble de Merritt et sonne chez elle, en vain.

Puis il l'entend rire. Il tourne les yeux vers la rue et repère Merritt et Robbie qui approchent. Ils sont très près l'un de l'autre mais marchent sans se toucher. Tag tente de descendre fissa les marches de l'immeuble avant qu'elle le voie... Trop tard.

« Tag ? » s'exclame-t-elle.

Il est piégé. Il est presque une heure du matin – impossible de la jouer décontracté. Le voilà dans la peau de l'homme riche et mondain qui poireaute devant l'immeuble d'une jeune fille tel le niaiseux d'une comédie romantique. Si Greer le voyait, elle le trouverait tellement ridicule qu'elle serait même capable d'en rire. Mais la vue de Merritt suscite chez lui une brusque poussée d'adrénaline. Il se sent suffisamment exalté pour filer un coup de pied à Robbie le lèche-cul et l'envoyer sur le trottoir malgré sa carrure de déménageur, puis pour prendre Merritt sur son épaule et la mener au sommet des marches. Elle porte une robe d'été blanche faite au crochet, de longues boucles d'oreilles, et ses cheveux sont relevés sur sa nuque. C'est la femme la plus séduisante qu'il ait jamais vue.

« Il faut que je te parle, dit-il.

— Ok », dit Merritt.

Elle lève les yeux vers Robbie.

« Robbie, je te présente Tag. Tag, Robbie. »

Tag lui tend la main sans réfléchir.

« Vous n'étiez pas là pour déjeuner l'autre jour ? Au Breslin ? » lance Robbie.

Tag n'aurait jamais dû laisser un si gros pourboire. Impossible d'oublier un geste pareil.

« C'est vrai ? » s'écrie Merritt.

Elle a l'air amusée. Elle sait maintenant quel pouvoir elle a sur lui. Il a tout foiré, pense-t-il. Il aurait mieux fait d'aller à ce concert.

L'anniversaire de Merritt est le 18 juin. Elle a envie de faire quelque chose de spécial. Elle a envie de partir en voyage avec Tag. Il réfléchit à sa demande. Où peuvent-ils bien aller ? Paris ? Rome ? Istanbul ? Los Angeles ? Rio de Janeiro ? Il fait quelques recherches concernant Istanbul mais décide qu'il est pénible de prendre l'avion pour l'étranger, et puis risqué, même s'ils le font séparément. Il réserve donc une chambre d'hôtel à New York, au Four Seasons de Barclay Street. Cela l'inquiète un peu car avant que Greer et lui ne s'installent à New York, ils avaient l'habitude de prendre une chambre au Four Seasons de la 57e Rue, et ils aiment séjourner dans un Four Seasons quand ils voyagent. Mais c'est une chaîne en laquelle il a confiance, ce n'est que pour une nuit, et l'hôtel se trouve non loin de la Freedom Tower – un quartier que personne de sa connaissance ne fréquente après 17 heures.

Tag et Greer passent le week-end précédant l'anniversaire de Merritt à Nantucket. Greer a un rendez-vous de trois heures avec Roger Pelton, l'organisateur du mariage. Tag part faire un tour en kayak, puis se rend en ville chercher de quoi déjeuner – il adore le sandwich au crabe mou du Straight Wharf Fish – et pendant qu'il y est, il décide d'acheter un cadeau à Merritt. Greer lui a appris que le seul cadeau acceptable pour un anniversaire ou un anniversaire de mariage était un bijou. Il entre dans la boutique de Jessica Hicks en pensant acheter des boucles d'oreilles ou un collier ras-de-cou ; mais quand il décrit la jeune femme à qui ce présent est destiné – il prétend que c'est pour sa belle-fille, Abby, enceinte de leur premier petit-enfant –, Jessica lui désigne une bague en argent au motif ouvragé, incrustée de saphirs multicolores.

« Ça se porte sur le pouce, précise Jessica.

— Le pouce ?

— Faites-moi confiance, dit Jessica. C'est vraiment tendance en ce moment. »

Tag achète la bague de pouce et quitte le magasin avec un vertigineux sentiment d'impatience. La bague est magnifique ; Merritt va adorer, il en est sûr.

Le bonheur de Tag est tendance.

Le 18, il arrive en avance à l'hôtel. Il a fait monter dans la chambre un bouquet de roses hors de prix, ainsi que du champagne. Il place le coffret de Jessica Hicks entre les fleurs et le seau à glace. Tout est à sa place, mais il n'arrive pas à se détendre. Quelque chose dans ce scénario lui donne l'impression d'être un mari infidèle tout ce qu'il y a de plus banal. Il n'est qu'un cliché – un homme d'âge mûr qui couche avec l'une des amies de sa belle-fille parce que sa femme est débordée et distraite et qu'il a besoin de renforcer son amour-propre.

Il attend dans la chambre l'arrivée de Merritt, mais elle envoie un texto pour lui dire qu'elle est au salon de beauté pour se faire épiler le maillot et qu'elle arrivera en retard. Il est légèrement écœuré par sa franchise. Est-il bien nécessaire de lui dire qu'elle se fait *épiler* ? Il trouve cela un peu vulgaire.

Il décide de descendre au bar boire un verre. Une boisson d'homme.

Dès qu'il entre dans le bar, il croise le regard d'un type, et s'aperçoit avec horreur qu'il s'agit de Thomas, son fils. Sans réfléchir, il se cache derrière un pilier. Retenant son souffle, il laisse passer quelques secondes. Les battements de son cœur ralentissent peu à peu, tandis qu'il attend que Thomas vienne lui demander ce qu'il fait là. Que répondre ? Qu'il a rendez-vous avec un client pour boire un verre, bien sûr ; et une fois que ce client lui aura posé un lapin, il pourra faire semblant d'être agacé et s'éclipser pour passer un coup de fil.

Il attend. Rien. Tag a bien vu Thomas ; mais est-il possible que Thomas ne l'ait pas vu, ou qu'il l'ait vu mais n'ait pas compris qu'il s'agissait de son père ?

Il s'écoule suffisamment de temps pour que Tag se décide à agir. Toujours caché derrière le pilier, il jette un petit coup d'œil. Thomas a les yeux rivés sur son verre. Il semble malheureux comme tout. Tag sait qu'il doit quitter le bar aussi vite que possible tant qu'il le peut ; mais l'attitude de son aîné l'en empêche. Il repense au coup de fil de Sergio. Thomas quitte le travail en avance ; Thomas prend des vacances de manière impromptue. Et voilà qu'il boit un verre dans un bar d'hôtel à l'extrémité de Manhattan, loin de son bureau. Tag a envie de s'asseoir à ses côtés et de lui demander ce qui ne va pas.

Peut-être qu'il a été viré ?

Peut-être qu'Abby a perdu le bébé ?

Que ce soit l'un ou l'autre, Tag le saura bien assez tôt. Il doit sortir de ce bar sans se faire repérer. Il pivote sur ses talons et se hâte de partir, espérant que Thomas ne le reconnaîtra pas de dos. Il remonte dans la chambre prendre son sac et envoie un texto à Merritt.

Il s'est passé un truc. La chambre 1011 est à toi pour la nuit. Il y a du champagne et un petit cadeau pour toi. Mais je dois remettre ça à une autre fois. Désolé. Bon anniversaire, Voie Rapide.

Il prend un taxi pour regagner le nord de Manhattan et découvre en entrant chez lui Greer en tenue de yoga, recroquevillée dans la posture de l'enfant sur le tapis du salon. Elle relève la tête et son visage s'illumine.

« Tu es rentré ! » dit-elle.

Le charme est rompu d'un seul coup. Tag cesse de faire le con. Il redevient un mari prévenant, un père sur qui compter et un futur grand-père. Merritt l'appelle en pleurant ; elle laisse des messages vocaux, envoie des textos. Elle le traite de salaud, lui dit d'aller se faire foutre une fourchette dans l'œil, même si ce n'est pas comme ça qu'elle le formule.

Elle appelle le bureau de Tag et parle à Mlle Hillery, la secrétaire très comme il faut, très britannique de Tag, qui lui est tellement dévouée qu'elle l'a suivi depuis Londres.

« Une certaine Mme Voie Rapide a appelé, lui lance Mlle Hillery en lui tendant un bout de papier. Elle a dit que c'était urgent. »

« Merci, Mlle Hillery », répond Tag avec ce qu'il espère être un sourire insouciant.

Il ferme la porte de son bureau et s'effondre sur son siège. Si Merritt l'appelle au bureau, elle ne tardera pas à appeler chez lui ; ou – et Tag sait que Celeste pourrait naïvement lui donner le numéro – sur le portable de Greer.

« *Bon, tu l'auras cherché.* »

Il rappelle Merritt.

« Tag ? dit-elle.

— Qu'est-ce que tu fous, bordel ? Tu ne peux pas m'appeler ici.

— Je suis enceinte. »

Samedi 7 juillet 2018, midi

NANTUCKET

Dès le milieu de la matinée, l'île entière ne parle plus que de la Demoiselle d'honneur assassinée. Marty Szczerba avait appelé sa fille, Laura Rae, pour entendre le son de sa voix et être sûr qu'elle allait bien ; mais il en avait profité pour lui demander des nouvelles d'Adi Conover – et elle, comment elle va ?

« Elle va très bien, papa. Qu'est-ce qui t'arrive ? » avait répondu Laura Rae.

Marty avait fini par lui raconter toute l'histoire, du moins ce qu'il en savait. Laura Rae en avait parlé à son fiancé, Ty, qui travaille pour Toscana Excavating et sait rester muet comme une tombe. Mais Ty était passé chez sa mère avant le déjeuner et lui avait raconté toute l'histoire. Carla, la mère de Ty, était bénévole au magasin caritatif de l'hôpital tous les samedis midi, et elle s'était chargée d'en parler à tous ceux qui avaient franchi la porte du magasin.

Finn MacAvoy reçoit un texto de Lola Budd, sa petite amie : J'ai attrapé le suspect d'un meurtre ! Finn se trouve à Cisco Beach, en train de donner des cours de surf à un groupe de gamins de 8 ans ultra-privilégiés qui veulent tous être John John Florence. Il évoque nonchalamment le contenu du message de Lola.

« Ma petite amie a attrapé un type suspecté de meurtre », dit-il.

L'instant suivant, il est cerné par les mères des petits surfeurs. Elles parlent toutes d'une certaine Demoiselle d'honneur assassinée et demandent à Finn si la police a attrapé le type et de qui il s'agit – et Finn regrette d'avoir ouvert la bouche.

Chloe MacAvoy, la sœur jumelle de Finn, s'est réfugiée au fond de son lit, même si ce samedi d'été est chaud et ensoleillé et que son boulot du jour a été annulé. Annulé parce que Merritt Monaco, la demoiselle d'honneur du mariage Otis-Winbury, est morte. Roger Pelton a trouvé son corps flottant dans l'eau non loin de la plage en début de matinée.

Siobhan l'avait appelée pour lui annoncer ce décès au lieu de déléguer cette tâche à Donna, la responsable du personnel de salle, parce que c'est comme ça qu'elle fonctionne en tant que patronne. Elle prend soin de ses employés.

« Chloe, avait-elle dit. Le mariage a été annulé. Merritt Monaco, la demoiselle d'honneur, nous a quittés cette nuit.

— Nous a quittés ?

— Elle est morte, Chloe. Morte. Elle s'est noyée devant la maison la nuit dernière.

— Mais... avait bredouillé Chloe.

— Nous n'en savons pas plus pour l'instant, avait ajouté Siobhan. La police est sur le coup. »

La police ? s'était dit Chloe. Elle avait vu l'oncle Ed en train de téléphoner sur la terrasse un peu plus tôt ; mais l'oncle Ed était toujours au téléphone.

Chloe avait raccroché et fermé les yeux. Elle avait été préservée de la mort depuis l'âge de 7 ans, quand l'oncle Ed et sa tante étaient venus leur annoncer, à Finn et à elle, que leurs parents étaient décédés. Tous les deux d'un seul coup, dans un accident de bateau. Chloe n'avait pas vraiment compris à l'époque ; elle était trop jeune. Que savait-elle de la mort quand elle avait 7 ans ? Rien du tout. La disparition de ses parents était devenue bien plus terrible pour elle à mesure qu'elle grandissait. Elle sait à présent ce qui lui manque. Elle n'a pas de père qui la considère comme une princesse ; elle n'a pas de mère contre laquelle se rebeller. Elle a bien l'oncle Ed et sa tante, et ce sont des gens robustes, fiables, et parfaitement capables de s'occuper d'elle... mais ce ne sont pas ses parents. Chaque fois que Chloe pense à son père jouant « Please Come to Boston » sur sa guitare ou à sa mère peignant une rose sur sa joue d'enfant, elle se sent horriblement triste.

Elle avait envoyé un texto à Blake, une fille qui travaillait avec elle : Merritt est morte. La demoiselle d'honneur.

Blake avait répondu : Je sais. On m'a dit qu'il y avait du sang partout.

Chloe s'était précipitée dans la salle de bains pour vomir. Après le dîner de répétition de la veille, elle avait bu quelques bières avec Blake et Geraldo. Geraldo a 24 ans, il est originaire du Salvador, et il a toujours de l'alcool à filer à Chloe et Blake après le boulot.

Oncle Ed avait frappé à la porte.

« Ça va, là-dedans ?

— Oui, oui », avait dit Chloe.

Elle avait envie de demander à l'oncle Ed ce qui était arrivé à Merritt, mais elle était incapable de parler à cet instant.

Elle avait maudit Geraldo.

À présent, de retour dans son lit, Chloe se remémore le déroulement de la soirée. La plupart de ses boulots se passent de la même façon. Chloe et ses collègues se pointent en avance dans leurs pantalons noirs impeccables et leurs chemises blanches amidonnées – propres, le teint frais, prêts à prendre leur service. Comme elle n'a que 16 ans, Chloe n'a pas le droit de servir de l'alcool, mais cette règle est contournée en permanence. L'un des premiers événements dont elle se souvient, lors de ce dîner de répétition, c'est que Greer Garrison, la mère du marié, lui a demandé de lui resservir du champagne. Chloe a expliqué à Ian, le barman, que c'était à *lui* de servir Mme Garrison ; mais Ian avait trois rangées de gens impatients devant son comptoir, et il avait dit à Chloe d'aller voir Geraldo. Or Geraldo était introuvable, et Greer Garrison lui avait de nouveau claironné de la resservir en lui jetant un regard acerbe ; alors Chloe avait attrapé la bouteille de Veuve Clicquot dans la glacière et discrètement rempli sa coupe.

Chloe n'avait pas remarqué grand-chose d'autre lors de cette fête, si ce n'est que les invités étaient de plus en plus bourrés. Il y avait un mojito à la mûre et les gens enchaînaient les verres. Chloe avait débarrassé des gobelets à moitié pleins, avec des feuilles de menthe et de grosses mûres entières coincées dans la glace en train de fondre ; elle les avait remportés dans la cuisine, où Geraldo gérait les restes. Il avait pris celui qui contenait le plus d'alcool et l'avait vidé d'une traite.

« Beurk, avait dit Chloe. Tu poses tes lèvres sur le gobelet de quelqu'un d'autre. Et puis, si Siobhan te chope à faire ça, tu seras viré.

— Siobhan vient de partir, avait répondu Geraldo. Elle a quatre autres événements ce soir. Elle ne reviendra pas.

— Donna, dans ce cas », avait répliqué Chloe.

Mais ils savaient tous deux que Donna était tout sauf stricte. Si elle surprenait Geraldo en train de boire, elle se contenterait de lever les yeux au ciel.

« Vas-y, avait dit Geraldo.

— Non, avait répondu Chloe.

— Juste pour goûter. »

Chloe n'avait jamais su résister à la pression de ses collègues. Qui plus est, la boisson était d'une teinte violette particulièrement tentante. Chloe avait bu la moitié d'un gobelet sans poser ses lèvres dessus. La boisson était tellement fruitée et mentholée qu'on sentait à peine l'alcool ; mais son corps était devenu presque immédiatement plus léger, plus détendu.

Elle s'était mise à boire quelques gorgées de cocktail à chaque fois qu'elle débarrassait des gobelets. Elle n'était pas ivre, elle ne le pensait pas ; au contraire, cela la rendait plus lucide. Chloe voulait être écrivain, comme Greer Garrison. Mais elle ne voulait pas écrire des romans policiers ; elle voulait rédiger un blog sur la mode et le style de vie, sur ce qui était nouveau, sur ce qui était *incontournable.* Ce qu'il y avait de bien avec ce mariage, c'était que tout le monde était beau et élégant. Chloe avait pris au moins quatre tenues en photo dans sa tête, dont l'incroyable combinaison de Greer Garrison. Elle était *superbe* et elle avait *50 ans* passés !

Alors qu'elle regagnait la cuisine – une Anglaise à la table 4 réclamait davantage de biscuits –, elle avait senti une odeur de fumée ; et comme Greer avait décrété qu'il était *absolument interdit de fumer* dans la propriété, Chloe s'était dit que les biscuits pouvaient attendre, et elle était partie en quête de la source de cette fumée. Elle avait trouvé la demoiselle d'honneur sur la terrasse latérale, en train de fumer une cigarette et de jeter ses cendres dans le buisson d'hortensia en contrebas.

Chloe était sur le point de lui dire que de la fumée se faisait sentir dans la maison quand un homme avait monté l'escalier extérieur de la terrasse. Le père du marié. Il avait tiré une bouffée de sa cigarette et posé les coudes sur la balustrade à côté d'elle.

Chloe aurait dû retourner bosser. Si le père du marié, le propriétaire de la maison, avait autorisé l'usage du tabac, c'était qu'il n'y avait pas de problème. Mais elle était restée plantée là. La demoiselle d'honneur était ultra-cool. Elle portait une robe débardeur noire en stretch avec des lanières entrecroisées et un dos largement dénudé, ainsi qu'un collier ras-de-cou en cuir et cristaux qui, aux yeux de Chloe, aurait aussi bien pu provenir de chez Van Cleef and Arpels que du marché aux puces de Mumbai. C'était impossible à dire, et c'était ça qui le rendait cool.

« Il faut que tu t'en débarrasses, avait dit le père du marié.

— Je ne peux pas, avait dit la demoiselle d'honneur.

— Si, tu peux.

— Je ne le ferai pas.

— Merritt, tu n'as pas envie d'avoir un bébé. »

Chloe presse ses lèvres l'une contre l'autre.

« Je ne veux pas de *bébé*, avait dit Merritt. Mais je te veux toi. C'est *toi* que je veux, Tag, et c'est ton enfant. C'est lui qui me relie à toi.

— Je pourrais te demander de prouver tes dires. Comment je peux être sûr que ce môme est le mien ? Ça pourrait tout aussi bien être Robbie le père.

— Je ne couche plus avec Robbie depuis l'année dernière. Et il ne s'est rien passé l'autre fois. Tu as bien fait en sorte que ce soit impossible.

— Et comment je peux être sûr que tu es bien enceinte ? Comment je peux savoir que tu ne t'en es pas déjà débarrassée ? Tu es en train de *fumer*. Si tu tiens tant à avoir cet enfant, tu devrais commencer à prendre soin de lui, tu ne crois pas ?

— Ce que je fais ne te regarde pas.

— Soit ça me regarde, soit ça ne me regarde pas du tout.

D'une pichenette, il avait envoyé la cigarette au milieu de l'hortensia.

« Décide-toi.

— Tag…

— On va gérer ce mariage du mieux possible. Et quand tu partiras dimanche, je te ferai un chèque. Et puis point barre, Merrit. C'est fini entre nous. »

L'homme avait disparu du champ de vision de Chloe – sans doute avait-il redescendu l'escalier pour rejoindre la fête.

« Je le dirai à Greer ! » avait crié Merritt alors qu'il s'en allait.

Il n'y avait pas eu de réponse, et Merritt avait fondu en larmes. Le premier mouvement de Chloe était d'aller la consoler ; mais en même temps elle se disait : *Ça, c'est un sacré scandale.* La demoiselle d'honneur était enceinte du père du marié ! Il voulait qu'elle s'en débarrasse ; elle voulait être avec lui. Il voulait lui filer de l'argent pour être tranquille ; elle l'avait menacé de chantage.

« *Chica !* »

Geraldo faisait de grands gestes depuis le fond du couloir, et Chloe s'était dépêchée de le rejoindre. Il fallait qu'elle regagne son poste.

Malgré ce qu'elle avait vu, ou peut-être à cause de cela, Chloe avait continué à boire en cachette. Cela n'avait pas semblé affecter ses capacités de travail. Elle avait servi le barbecue de fruits de mer, débarrassé le barbecue de fruits de mer ; elle avait écouté les toasts d'une oreille distraite. Elle avait servi le dessert, puis débarrassé le dessert. Les gens s'étaient mis à danser. Chloe avait cherché des yeux Merritt, la demoiselle d'honneur, sans la trouver. Tag, pendant ce temps, dansait avec Greer.

La fête touchait à sa fin. Le groupe avait joué son dernier morceau et Chloe était passée en mode « turbonettoyage », comme elle l'appelait. Tout ce qui pouvait être déplacé retournait dans la cuisine. Les toasts avaient été portés au champagne ; il y avait plein de flûtes toutes fines, plus difficiles à transporter que les verres à cocktail. Chloe s'était efforcée de faire attention. Il faisait sombre, le terrain était irrégulier, et elle-même avait bu pas mal de cocktails à la mûre. Elle portait un plateau couvert de flûtes encore à moitié pleines. Elle s'était demandé si elle n'allait pas passer au champagne : le Veuve Clicquot valait une fortune, elle le savait ; et elle avait songé à un instrument de musique qu'elle avait vu un jour – une collection de verres plus ou moins remplis d'eau, sur lesquels un type jouait avec son doigt mouillé – quand le bout de sa chaussure avait heurté la zone saillante marquant la frontière entre la pelouse et la plage. Le plateau avait volé ; les verres s'étaient brisés en mille morceaux. Un son que les serveurs du monde entier revivent régulièrement dans leurs cauchemars. Elle n'avait pas su où se mettre. Elle avait souhaité de toutes ses forces que le plateau revienne se poser entre ses mains, comme dans un film à l'envers, et que les éclats de verre se recollent comme par magie. Elle s'était dit avec soulagement que la fête touchait à sa fin, et que personne ne semblait avoir remarqué son incroyable maladresse.

Mais une voix avait alors surgi de l'obscurité.

« Je vais vous aider. »

Chloe avait cessé de contempler le verre brisé et relevé la tête. C'était Merritt, la demoiselle d'honneur, dans sa magnifique robe noire.

« Ne vous dérangez pas, avait dit Chloe. C'est ma faute.

— Cela aurait pu arriver à n'importe qui, avait répondu Merritt. Et ça me serait arrivé à moi, c'est sûr, si j'avais eu le courage de faire votre boulot quand j'avais votre âge. »

Chloe avait scruté Merritt pendant quelques secondes. Elle était intriguée et un peu mal à l'aise, maintenant que la jeune femme lui faisait face. Elle connaissait le secret de Merritt : elle était enceinte du père du marié. Si Merritt en avait eu conscience, comment aurait-elle réagi ? Aurait-elle été furieuse que Chloe les ait écoutés en douce ? Mortifiée par l'exemple qu'elle donnait ? Chloe était restée tête baissée pour ne rien laisser paraître de ses sentiments. Elle avait ramassé les plus gros éclats dans l'herbe. Ils avaient tinté sur le plateau.

« Comment t'appelles-tu ? avait demandé Merritt.

— Chloe MacAvoy.

— Et tu habites où, Chloe ?

— Ici, à Nantucket. Toute l'année. »

Merritt avait soupiré.

« Tu es la fille la plus chanceuse du monde, dans ce cas.

— Et vous ?

— Je vis à New York. Je travaille dans les relations publiques et je suis influenceuse sur Instagram.

— Oh. »

Chloe avait avalé sa salive.

« Vous vous appelez comment ? Je vais vous suivre.

— At Merritt – deux *r*, deux *t* – Monaco, comme le pays. Tu t'en souviendras ? Je serais très contente que tu me suives, Chloe. Je surveillerai mon compte et je te suivrai moi aussi.

— Vraiment ? »

Chloe s'était sentie incroyablement flattée – Merritt était une *influenceuse !* –, même si elle savait qu'elle ne devait surtout pas la mettre sur un piédestal. Si jamais elle se retrouvait un jour à la même place que Merritt, sa tante et oncle Ed seraient *extrêmement déçus.* Elle ne peut cependant s'empêcher d'être un peu impressionnée, comme si elle avait rencontré une star.

« J'adore votre robe. Vous pouvez me dire de qui elle est ? »

Merritt avait baissé les yeux comme si elle avait oublié ce qu'elle portait.

« Young Fabulous & Broke, avait-elle répondu. Jeune, fantastique et fauchée. C'est tout moi. »

Son sourire avait disparu.

« Enfin, pour deux adjectifs sur trois. »

Une fois les éclats de verre ramassés, et alors que Merritt était partie en hâte chercher Celeste, Chloe avait voulu finir de nettoyer avant de partir. Elle avait montré le plateau de verre brisé à Donna. Celle-ci avait froncé les sourcils mais lui avait lancé : « Ça arrive aux meilleurs d'entre nous, ma petite. »

« On se casse d'ici, *chica* », avait dit Geraldo.

Chloe avait besoin d'aller aux toilettes. Vraiment besoin. Siobhan n'aimait pas que les employés se servent des toilettes, à moins qu'il ne s'agisse d'une urgence absolue – et pour le coup c'était bien le cas. Il y avait des W.C. réservés aux invités, et maintenant que la plupart d'entre eux étaient partis, ils étaient libres.

Quand Chloe en était sortie quelques minutes plus tard, elle avait tourné à gauche dans le couloir vers ce qu'elle pensait être la porte d'entrée et la liberté. Mais le couloir l'avait menée vers un salon.

« Hé ! » avait fait une voix.

Chloe avait jeté un coup d'œil dans la pièce sans voir personne. Et puis, dans un fauteuil qui ressemblait à une boule de glace à la vanille, elle avait remarqué une femme. Celle qui s'était montrée si grossière à propos des biscuits au cheddar et qui avait envoyé Chloe en chercher d'autres. *Et ils ont intérêt à être chauds !*

« Bonsoir, avait dit Chloe.

— Tu peux m'apporter une bouteille de quelque chose, ma jolie ? Du whisky ? De la vodka ? Un peu du champagne de Greer ?

— Euh... La fête est finie, en fait.

— La fête *officielle* est terminée », avait répliqué la femme. Ses cheveux étaient mal teints, certaines mèches blondes viraient au rouille.

— L'after, c'est maintenant, et comme je suis à sec, j'ai besoin que tu m'aides.

— Je n'ai que 16 ans. Je n'ai pas le droit de servir de l'alcool. C'est contraire à la loi. »

La femme s'était esclaffée.

« Et si je te filais 100 livres ? Non, attends, 100… c'est quoi déjà, chez vous les Ricains ? Dollars ? »

Cent dollars ? C'était tentant. Chloe savait qu'elle n'aurait aucun mal à piquer une bouteille dans les cartons qui attendaient de retourner dans le camion du traiteur. Mais elle avait pensé à Merritt, et cela lui avait fait peur. Une seule décision un peu folle pouvait en entraîner une autre.

« Je suis navrée, avait-elle répondu. Je dois rentrer chez moi.

— Ma belle, *s'il te plaît,* avait imploré la femme. Je suis au désespoir. J'aurais parié mon dernier shilling que Tag Winbury gardait du scotch dans toutes les pièces de cette maison, mais je n'en ai trouvé nulle part. Et puis, tu bosses pour le traiteur, non ? C'est ton job de m'apporter ce dont j'ai envie.

— Navrée, avait répété Chloe. J'ai fini ma journée. Je dois vous laisser. »

Elle avait lancé à la femme ce qu'elle espérait être un sourire professionnel et avait tourné les talons. Rebroussant chemin, elle avait filé par la porte latérale de la maison. Parce que, franchement, elle en avait eu assez pour la soirée.

Samedi 7 juillet 2018, midi et demi

LE CHEF

Il doit quitter Monomoy pour se rendre au commissariat, où Shooter Uxley est détenu. Deux agents de la police d'État sont de retour sur les lieux pour s'assurer que l'on ne touche à rien et que personne d'autre ne s'enfuie. À dire vrai, deux hommes de plus ne seraient pas de trop. Nantucket n'est tout simplement pas équipée pour la gestion d'un meurtre lors d'un gros week-end estival. C'est la dure réalité.

Le Chef inspire par le nez et expire par la bouche. C'est tout ce qu'il a retenu du cours de gestion du stress qu'on l'oblige à suivre tous les trois ans. Il interrogera Shooter lui-même, et cela lui permettra sans doute d'éclaircir certains points. Il saura bientôt de la bouche de la médecin légiste quelle est la cause exacte du décès. Et s'il n'a toujours pas compris à ce moment-là ce qui s'est passé, il lui reste le père, le frère et le marié lui-même à mettre sur le gril.

Mais pour le dire franchement, c'est le témoin qu'il a en ligne de mire. Pourquoi, sinon, se serait-il *enfui* ? Et après avoir disparu la nuit dernière, être *revenu ?* Qu'est-ce que c'est que cette histoire ?

Il s'est brièvement entretenu avec Nick avant de quitter la propriété. Celui-ci lui a dit que la mère du marié, Greer Garrison, l'autrice de polars, l'avait induit en erreur concernant son emploi du temps. Volontairement, selon lui.

Je n'ai pas aimé la façon dont s'est passé notre entretien, avait ajouté Nick. *Ça sentait pas bon.*

Le Chef passe un coup de fil chez lui. C'est Andrea qui décroche.

« Tout se passe bien ?

— Oui, très bien », répond-il.

Andrea n'aura aucun mal à comprendre qu'il veut dire exactement l'inverse. Il a envie de lui confier que c'est Lola Budd, la petite amie de Finn, qui a fini par trouver leur principal suspect. C'est une bonne histoire, et Andrea serait contente de savoir que Lola a eu l'occasion de briller un peu ; mais il n'a pas le temps de se lancer là-dedans.

« Comment va Chloe ? demande-t-il. Toujours la nausée ?

— Je n'en sais trop rien, soupire Andrea. Elle s'est enfermée dans sa chambre.

— Interdiction de fermer à clé », dit Ed.

C'est une règle qui remonte à l'époque où ses propres enfants, Kacy et Eric, étaient encore ados.

« Tu le lui rappelleras en rentrant, répond Andrea. Parce que j'ai essayé, et elle n'a rien voulu savoir. Elle est bouleversée par cette fille. La Demoiselle d'honneur assassinée, comme tout le monde l'appelle maintenant.

— *Tout le monde ?* s'exclame Ed. On en est déjà là ? Les gens parlent ? Donnent un nom à cette histoire ? Ce n'est même pas sûr qu'elle ait été assassinée. Pas sûr du tout.

— C'est une petite île, Ed. »

Andrea marque une pause, et il s'aperçoit qu'elle vient juste de lui renvoyer sa réplique préférée.

« Est-ce un drame si pendant que tu résous ce meurtre, je vais à la plage ? »

Il *enquête* sur un meurtre, il ne résout rien du tout.

« Vas-y, dit-il. Mais sois prudente s'il te plaît.

— Tu es adorable, dit Andrea. Je t'aime. »

Il raccroche juste au moment où il reçoit un appel de l'hôpital de Cape Cod.

« Ed Kapenash, dit-il.

— Chef, c'est Linda. »

Linda Ferretti, la médecin légiste.

« Les premiers éléments indiquent que notre jeune femme est morte par noyade vers 3 heures du matin. Les analyses sanguines montrent que quelqu'un a mis de la drogue dans son verre, ou qu'elle en a ingéré volontairement. Un barbiturique, je dirais. Le sang venait de la coupure sur son pied, mais ce n'était qu'une blessure superficielle. Elle a une ecchymose de la taille d'une empreinte digitale sur le poignet ; à mon avis, quelqu'un l'a agrippée ou lui a tiré le bras. Aucun signe n'indique qu'elle ait pu être étranglée ou étouffée avant d'être abandonnée là. Elle a pris des cachets, ou on lui a filé un truc. Elle est sortie se baigner, elle est tombée dans les pommes et elle s'est noyée. Ça aurait pu lui arriver dans une baignoire.

— Compris, dit le Chef. Et son alcoolémie ?

— Le taux était bas. 0,25 gramme.

— Vraiment ? Tu en es sûre ?

— Moi aussi cela m'a étonnée au début. Elle n'avait quasiment rien dans l'estomac. Soit elle n'a presque rien mangé hier soir, soit, ce qui me semble plus probable, elle a vomi tout ce qu'elle a avalé.

— Qu'est-ce qui te fait penser ça ?

— Elle était enceinte.

— C'est une *blague*.

— J'aimerais bien, réplique Linda. Elle était au tout début de sa grossesse. Six ou sept semaines, peut-être. Si ça se trouve, elle ne s'en était même pas encore rendu compte.

— Eh bien dis-moi…

— L'histoire se corse », conclut Linda.

À peine le Chef a-t-il raccroché que son téléphone sonne à nouveau. C'est l'hôpital de Nantucket, cette fois.

« Ed Kapenash, dit-il.

— Chef, c'est Margaret, des urgences.

— Salut, Margaret. Qu'est-ce qui se passe ?

— La mariée de cette fameuse soirée est dans notre service. C'est un peu bizarre. Elle dit qu'elle veut parler à la police ici, à l'hôpital, et non chez elle. Son fiancé est venu voir comment elle allait. Ils se sont disputés, et puis il est parti en claquant la porte.

— Garde-la au chaud, Margaret. Je vous envoie le Grec dès qu'il est libre.

— Le Grec ? s'exclame Margaret. Ce seront mes infirmières qui seront contentes. »

Le Chef sourit pour la première fois de la journée.

« Merci, Margaret », dit-il avant de se garer devant le commissariat.

Shooter Uxley est détenu dans la première salle d'interrogatoire. Quand le Chef entre dans la pièce, le jeune homme est profondément endormi, la tête posée sur la table. Le Chef l'observe pendant quelques secondes et l'écoute ronfler. Quelle que soit l'angoisse que ce jeune homme ressent, il est terrassé par l'épuisement.

Tu n'as pas beaucoup dormi la nuit dernière, mon petit gars ? se dit le Chef.

M. Uxley a retiré son blazer et dégrafé sa chemise. Le Chef consulte ses papiers : Michael Oscar Uxley. Permis de conduire new-yorkais, adresse à Manhattan, 39e Rue Ouest. Originaire de New York, comme la défunte. Et si c'était lui, le père du bébé de Merritt Monaco ?

Le Chef lui secoue le bras.

« Hé, on se réveille. Monsieur Uxley ? »

Shooter grogne et relève la tête. Il semble désorienté quelques instants, puis redresse le dos.

« Au cas où vous l'auriez oublié, je suis le Chef Kapenash, de la police de Nantucket. Vous avez semé une sacrée pagaille dans le coin. »

Shooter cligne des yeux.

« Je veux un avocat », dit-il.

Jeudi 22 juin – vendredi 23 juin 2017

CELESTE

Elle ne rencontre Shooter que neuf mois après le début de sa relation avec Benji. C'est le meilleur ami de Benji – alors pourquoi un tel délai ? Parce que Shooter est très occupé. Il possède et dirige une société nommée A-List, qui propose des séjours aux États-Unis à des hommes d'affaires étrangers. Cela veut surtout dire que Shooter a construit sa carrière – lucrative, à en croire Benji – en faisant la fête. Il récupère des cadres venus d'Asie et de pays émergents d'Europe de l'Est et permet à ces messieurs (car sa clientèle est à 100 % masculine) de passer du bon temps à l'ancienne, à la sauce américaine. L'essentiel de son « travail » se déroule à Manhattan. Les cadres apprécient les vieux *steak houses* – Smith & Wollensky, Gallaghers, Peter Luger ; ils apprécient le musée sur l'histoire militaire et Times Square ; ils aiment les clubs, en particulier les clubs pour hommes de la 12e Avenue. Shooter passe aussi beaucoup de temps à Las Vegas. Comme le dit Benji d'un ton sérieux, c'est sa seconde maison. Il partage son temps entre l'Aria Sky Suites et le Mandarin Oriental. Shooter lui-même ne joue qu'au craps. Au lycée privé de St. George's, il organisait des parties nocturnes, d'où son surnom – shooter, celui qui lance les dés au craps.

« Vous étiez tous joueurs, au lycée ? » lui demande Celeste.

Elle-même n'est jamais allée dans un casino, mais si elle y mettait les pieds un jour, elle éviterait la table de craps. Rien que le nom – un jeu qui veut dire « merde » en anglais ?

« C'était impossible de dire non à Shooter, explique Benji. Je perdais à chaque fois, mais on s'amusait bien. »

Quand Shooter n'est pas en train de « travailler » à Manhattan ou Vegas, il est au Kentucky Derby, au Masters, au Super Bowl, aux 500 miles d'Indianapolis, à Coachella ou au carnaval de La Nouvelle-Orléans. Il prend un bain de soleil à South Beach ou fait du ski à Aspen. Quel que soit l'endroit où vous souhaiteriez passer le week-end à tel ou tel moment de l'année, Shooter s'y trouve avec un groupe d'hommes d'affaires.

Le week-end du 23 juin, cependant, Shooter doit le passer à Nantucket avec Benji et Celeste. Elle est ravie de le rencontrer enfin. Et puis, elle est contente qu'il vienne parce que c'est la première fois qu'elle va à Nantucket, la première fois qu'elle se rend dans une station balnéaire – et la première fois qu'elle passe le week-end avec Tag et Greer, les parents de Benji. Elle les a déjà rencontrés à trois reprises. D'abord lors d'un dîner au Buvette, puis, quelques semaines plus tard, lors d'une messe dominicale à St. James, suivie d'un dim sum à Chinatown. La troisième fois, c'était un dîner dans l'appartement des Winbury, à l'angle de Park Avenue et de la 70e Rue, pour fêter le vingt-huitième anniversaire de Benji.

Les Winbury sont moins intimidants que ne le redoutait Celeste. Tag est sociable et charismatique ; Greer est irascible et un peu autoritaire, mais après deux coupes de champagne, elle se détend et devient plutôt drôle et chaleureuse. Leur richesse dépasse l'entendement de Celeste, mais tandis qu'elle s'efforçait de paraître cultivée et bien élevée, ils s'évertuaient à paraître terre-à-terre, et ils s'étaient tous retrouvés dans cet entre-deux. Ni l'un ni l'autre n'avait bronché quand Celeste avait annoncé que son père vendait des costumes pour hommes dans un centre commercial et que sa mère travaillait dans la boutique de cadeaux d'une usine de crayons de couleur. Greer avait posé plusieurs questions sur la santé de Karen, manifestant son inquiétude sans que cela sonne hypocrite ou dominateur. Ils avaient mis Celeste à l'aise. Les Winbury lui avaient donné l'impression d'être *fréquentables,* ce qui l'avait agréablement surprise.

Malgré tout, passer un week-end prolongé à Nantucket avec eux est une perspective intimidante, et Celeste est contente que Shooter vienne, ce qui diminuera quelque peu la pression pesant sur elle.

Ils doivent partir jeudi en fin d'après-midi et revenir dimanche soir. Celeste a pris son vendredi – ses premiers congés depuis un an et demi. La dernière fois, elle avait pris une semaine pour s'occuper de Karen après sa double mastectomie. Ils s'envoleront de JFK avec la compagnie JetBlue. Le vol ne dure que quarante minutes, mais c'est une nouvelle source d'angoisse pour Celeste. Elle n'a jamais pris l'avion. Benji n'en était pas revenu quand elle le lui avait avoué.

« Tu n'as jamais pris l'*avion* ? »

Elle avait tenté de lui expliquer qu'on l'avait *couvée* dans sa jeunesse, davantage que quiconque du milieu de Benji. Elle sait qu'en choisissant ce mot, elle donne l'impression que Bruce et Karen tentaient de la tenir éloignée des malheurs et des dangers du monde ; mais la vérité est que Bruce et Karen n'avaient pas l'argent nécessaire pour explorer le globe au-delà de la petite zone dans laquelle ils vivaient. Ils n'avaient pas de parents à aller voir à Duluth ou Saint-Louis ; et quand Celeste, alors en sixième, était revenue de l'école en demandant à aller à Disney World, Bruce avait organisé une excursion le samedi suivant au parc à thème Six Flags, dans le New Jersey. À la fac, au moment des vacances de printemps, quand tous les étudiants de Miami of Ohio partaient à Daytona ou aux Bahamas, Celeste prenait le bus pour rentrer à Easton. Elle n'avait pas passé sa troisième année d'études à l'étranger. Après l'université, sa vie s'était résumée à New York et son travail au zoo, jusqu'à sa rencontre avec Benji. Quand aurait-elle pris l'avion ?

Celeste est tellement soucieuse d'arriver à l'aéroport à temps qu'elle renonce aux transports en commun et prend un Uber depuis le zoo. Cela lui coûte 102 dollars. Elle fait semblant de ne pas sentir la boule de terreur au creux de son ventre quand elle ajoute cette dépense à toutes celles que ce week-end sur l'île lui a déjà imposées. Elle avait dû refaire sa garde-robe estivale – deux bikinis, un paréo, trois robes d'été à porter le soir, un short et des tongs, et puis un sac en paille. Elle avait dû se payer une pédicure et une séance chez le coiffeur. Elle avait dû acheter de la crème solaire et un cadeau pour remercier Greer de son accueil.

« Qu'est-ce qu'on offre à une femme qui a littéralement tout ? avait-elle demandé à Merritt.

— Apporte-lui de l'huile d'olive de très bonne qualité. C'est plus intéressant qu'une bouteille de vin. »

Celeste avait acheté une bouteille d'huile d'olive à 42 dollars (gloups) chez Dean & DeLuca. Le transport de cette huile jusqu'à Nantucket lui coûte 25 dollars supplémentaires en frais de bagages en soute.

Celeste passe le contrôle de sécurité de l'aéroport – une expérience éprouvante, au cours de laquelle elle doit se tenir pieds nus au milieu d'étrangers et exposer ses produits de toilette achetés en pharmacie dans un sachet en plastique transparent, au risque de susciter des commentaires. La femme derrière elle pointe le doigt vers la crème Noxzema de Celeste et s'écrie :

« Je croyais que ça n'existait plus depuis les années 1980 ! »

Alors que Celeste se dirige vers la porte d'embarquement, elle reçoit un texto de Benji. Accident dans la 55e Rue, coincé dans Manhattan, je risque de rater le vol. Vas-y, je te retrouve là-bas demain.

Celeste se fige et relit le texto. Je vais attendre et y aller avec toi demain, répond-elle. Mais elle s'imagine en train de renoncer à toutes les étapes qu'elle vient de franchir juste pour devoir les repasser demain. Récupérer son bagage déjà enregistré, reprendre un Uber pour Manhattan, réserver un autre billet pour le lendemain.

Vas-y, écrit Benji. S'il te plaît. Tout ira bien. Shooter prendra soin de toi.

Quand Celeste atteint la porte d'embarquement, un homme en jeans et chemise blanche en lin se fend d'un immense sourire en la voyant.

« Tu es aussi jolie qu'il me l'a dit. »

L'homme lui tend la main. Shooter Uxley.

« Celeste, dit-elle. Otis. »

Elle serre la main de Shooter et tente de gérer les émotions qui se bousculent en elle. Il y a dix secondes, elle était démoralisée à l'idée de devoir se rendre à Nantucket et endurer une nuit entière et la moitié de la journée suivante sans Benji à ses côtés. Sauf qu'à présent, elle a l'impression d'avoir des papillons dans le ventre. Shooter est... le premier mot qui lui vient à l'esprit est *sexy*, mais elle n'a jamais décrit quelqu'un de cette façon, et opte donc pour *beau*. Objectivement beau ; sa beauté est un fait, pas un point de vue. Il a des cheveux châtains, avec une mèche qui retombe sur l'un de ses yeux bleus. Les yeux de Celeste sont bleus également, mais les yeux bleus vont mieux à Shooter, avec ses cheveux foncés. Ce n'est cependant pas que l'apparence de Shooter qui suscite cette réaction chez Celeste. C'est son regard, son sourire, son énergie. Elle se sent harponnée. Y a-t-il une meilleure façon de le dire ? Elle est fascinée. C'est ça, le coup de foudre, pense-t-elle.

Mais non ! C'est impossible ! Elle est amoureuse de Benji. Ils viennent juste de commencer à se le dire. La première fois, c'était cinq jours plus tôt, un dimanche soir, alors qu'ils rentraient à New York en voiture après être allés voir les parents de Celeste à Easton. Benji avait rencontré Bruce et Karen et vu la modeste maison de Derhammer Street où Celeste avait grandi. Celeste lui avait montré son école primaire, son lycée, la piscine Palmer, le centre-ville d'Easton, la haute structure de la Peace Candle, le pont de la Liberté et l'usine Crayola. Ils avaient dîné avec Karen et Bruce au Diner 248. Celeste avait songé à réserver dans un endroit plus raffiné – Easton comptait toute une série de nouveaux restaurants : Masa pour les plats mexicains, Third and Ferry pour les fruits de mer ; mais ses parents et elle avaient toujours fêté les événements familiaux dans ce petit restau sans façon, et aller ailleurs leur aurait semblé artificiel. Ils avaient tous choisi la soupe d'orge aux légumes et des clubs sandwichs à la dinde, et Karen, Bruce et Celeste s'étaient partagé le fondant au caramel en guise de dessert, comme d'habitude, tandis que Benji tentait vaillamment d'en avaler une bouchée. Après le dîner, ils avaient regagné la maison en voiture et s'étaient fait leurs adieux sur le trottoir. Bruce et Karen les avaient salués de la main jusqu'à ce qu'ils tournent le coin de la rue, et Celeste avait versé quelques larmes comme à chaque fois qu'elle quittait ses parents.

« Eh bien, maintenant je connais Easton. Merci à toi », avait dit Benji.

Celeste avait ri et essuyé les larmes au coin de ses yeux.

« Il n'y a vraiment pas de quoi me remercier. Ce n'est pas Park Avenue ni Londres, bien sûr…

— C'est une jolie petite ville. Ça devait être sympa de grandir ici. »

Ses propos avaient fait tiquer Celeste ; il y avait de la condescendance dans son ton.

« En effet », avait-elle répondu, sur la défensive.

Benji lui avait doucement pressé le genou.

« Excuse-moi. Je me suis mal exprimé. J'ai bien aimé Easton, et tes parents sont vraiment des perles rares. Le vrai sel de la terre. »

Ce sont des gens, avait pensé Celeste. Des gens bons, honnêtes et travailleurs. Elle n'avait jamais compris l'expression *le sel de la terre,* mais elle avait l'impression que cela permettait de parler de quelqu'un que l'on sait inférieur à soi. Histoire de rendre la situation encore plus humiliante, Celeste s'était remise à sangloter, et Benji avait dit : « Oh la la, je ne fais qu'empirer les choses. Ne pleure pas, Celeste. Je t'aime. »

Celeste avait fait non de la tête.

« Tu dis ça comme ça.

— Je le pense vraiment, avait dit Benji. Ça fait des semaines que j'ai envie de te le dire, des mois, même, mais j'avais peur parce que je n'étais pas sûr que tu ressentes la même chose. Mais crois-moi, s'il te plaît, quand je te dis que je t'aime. Je t'aime, Celeste Otis. »

Elle s'était sentie revigorée sur le plan affectif. Il l'*aimait.* Il l'aimait *elle.* Celeste ne savait pas quoi dire, et pourtant il était clair que Benji attendait une réponse.

« Moi aussi je t'aime, avait-elle murmuré.

— Vraiment ? »

Est-ce qu'elle l'aimait ? Elle avait repensé à sa rencontre avec Benji, à son comportement génial avec Miranda, à son exaspération envers cette Jules tellement chic. Elle avait pensé aux fleurs, aux livres, aux restaurants, à l'appartement époustouflant de Benji et au refuge pour sans-abri. Elle avait pensé à quel point elle se sentait à l'aise en sa compagnie, comme si le monde n'avait que de bonnes choses à offrir. Elle avait pensé à quel point l'opinion de Benji comptait pour elle. Elle avait envie d'être assez bien pour lui.

« Oui, avait-elle dit. Vraiment. »

Si Celeste aime Benji, qu'est-ce qui se passe en cet instant avec Shooter ? Elle connaît par cœur l'histoire de ses parents : Karen avait monté les marches des gradins de la piscine et s'était présentée à Bruce, qui perdait du poids en suant après son entraînement et regardait fixement son orange. Karen avait tendu la main et dit : *J'admire les hommes qui ont de la volonté.* Et c'était apparemment la formule magique à prononcer, car tous deux avaient immédiatement su qu'ils se marieraient et passeraient leur vie ensemble

Je n'avais même plus faim après ça, avait ajouté Bruce. *J'ai jeté mon orange, j'ai atteint le poids qu'il fallait pour ma catégorie, j'ai gagné la compétition, mais ça n'avait presque aucune importance. Tout ce que je voulais, c'était un rendez-vous avec ta mère.*

C'est ça, l'amour, avait conclu Karen.

Était-ce toujours comme ça, l'amour ? se demande Celeste. Elle a passé les neuf derniers mois à apprendre prudemment, précautionneusement, à connaître Benjamin Winbury et vient juste de décider de considérer cette expérience comme de l'amour. Et voilà qu'à peine cinq jours plus tard, elle est sûre d'avoir fait une erreur. Parce qu'à l'instant même de sa rencontre avec Shooter, le monde l'a avalée tout entière. *Je suis foutue,* pense-t-elle. *Complètement foutue.*

Non. Celeste est une scientifique. Elle croit en la raison. Ce qu'elle ressent en ce moment disparaîtra aussi vite qu'une étoile filante. Cela ne tardera pas à s'estomper.

« Mon pote va louper le vol, dit Shooter. Il m'a dit d'un ton très sérieux de prendre soin de toi.

— Ce ne sera pas nécessaire. Je suis parfaitement capable de prendre soin de moi.

— Vraiment ? »

Ses yeux bleus lancent des étincelles. Celeste ne parvient pas à le regarder en face, puis elle se dit qu'elle est idiote – évidemment qu'elle est capable de le regarder, et d'ailleurs c'est ce qu'elle fait. Le sol se dérobe sous ses pieds, *pfft !* Il est horriblement attirant. Peut-être qu'elle a juste besoin de s'y habituer. Même les plus beaux hommes du monde – George Clooney, Jon Hamm – peuvent sembler quelconques si on les regarde assez longtemps.

« Ta place, c'est quel numéro ?

— 1-D, répond-elle.

— J'ai la 12-A. Je vais leur demander de me filer le siège de Benji.

— Je ne suis pas un vieux vice-président venu de Prague, inutile de jouer à la nourrice.

— Tu sors avec mon meilleur ami depuis neuf mois, réplique Shooter. J'ai envie de mieux te connaître. Difficile de le faire à onze rangées de distance, tu ne crois pas ?

— En effet », concède-t-elle.

Ils s'assoient côte à côte dans la première rangée de l'avion. Shooter hisse le bagage à main de Celeste dans le compartiment supérieur, puis lui demande si elle préfère côté hublot ou couloir. Elle répond « couloir ». Elle sait que la plupart des gens qui n'ont jamais pris l'avion veulent s'asseoir près du hublot, mais cela la terrifie. Shooter se comporte comme un vrai gentleman – mais Benji aussi. Benji est le gentleman par excellence. Il se lève chaque fois que Celeste quitte la table pour aller aux toilettes, et se lève quand elle revient. Il lui tient la porte, il a toujours un mouchoir sur lui, il ne lui coupe jamais la parole.

Shooter sort une flasque de sa poche arrière et la tend à Celeste. Elle la mesure du regard. De l'alcool, sans doute, mais lequel ? Elle est bien trop prudente pour boire sans savoir de quoi il s'agit. Mais en cet instant, elle n'a pas envie d'être prudente. Elle a envie d'oser. Elle saisit la flasque et prend une bonne gorgée : c'est de la tequila. Elle n'en boit que lorsqu'elle est en compagnie de Merritt – même si, à titre personnel, elle trouve que cela a un goût terreux. Cette tequila est plus douce que la plupart des autres, mais elle lui brûle malgré tout la gorge. Deux secondes plus tard, cependant, la tension dans son cou disparaît et sa mâchoire se desserre. Elle boit une autre lampée.

« J'ai ça sur moi ça parce que je déteste prendre l'avion, explique Shooter.

— Vraiment ? Mais tu ne passes pas ta vie à prendre l'avion ?

— Si, presque toutes les semaines. La première fois, j'avais 8 ans. Mes parents m'envoyaient en colonie de vacances dans le Vermont. »

Il pose sa tête sur son siège et regarde fixement devant lui.

« Chaque fois que je prends l'avion, le souvenir de ce jour-là me revient et provoque toujours la même réaction en moi. Le souvenir du jour où j'ai compris que mes parents voulaient que je débarrasse le plancher.

— Tu devais vraiment être un vilain petit garçon », lance-t-elle.

Elle s'aperçoit qu'elle parle comme Merritt.

« Oui, sans doute », dit Shooter.

Celeste lui rend la flasque. Il sourit tristement et boit une bonne rasade.

Plus tard, Celeste se souviendra des vingt heures passées à Nantucket seule en compagnie de Shooter comme d'une sorte de montage cinématographique. Un plan de l'avion pris de secousses et de tremblements dans des turbulences et Shooter qui lève le store du hublot à temps pour que Celeste voie les éclairs à l'horizon. Shooter prenant la main de Celeste, et Celeste imaginant la réaction de ses parents quand ils apprendraient qu'elle était morte dans un accident d'avion. L'atterrissage sans encombre à Nantucket, les passagers qui applaudissent, Shooter et Celeste exécutant un high-five parfait. Shooter et Celeste montant dans une Jeep gris métallisé louée par Shooter. Le ciel soudain dégagé, le toit de la Jeep baissé, et Shooter qui s'élance sur la route tandis que les cheveux blonds de Celeste ondulent dans son dos au gré du vent. Elida, la femme de ménage pour l'été, qui vient accueillir Shooter et Celeste au portail de la propriété des Winbury, connue sous le nom de Summerland, et qui les informe que M. et Mme Winbury ont également été retenus à New York, mais qu'ils doivent faire comme chez eux ; quant à elle, elle reviendra le lendemain matin.

Sur ce plan-ci, Celeste pénètre dans la maison d'un pas faussement nonchalant. C'est un palais, un palais d'été, comme en avaient les monarques russes ou autrichiens. Les plafonds montent jusqu'au ciel, les pièces sont vastes, lumineuses, aérées. Le blanc règne en maître – murs blancs, lambris blancs, parquets en chêne blanchis à la chaux, cuisine carrelée de blanc avec des plans de travail en marbre de Carrare d'un blanc pur – agrémenté de superbes touches de couleur ici et là : des tableaux, des coussins, des fleurs fraîchement coupées, un grand compotier en bois empli de citrons et de Granny Smith. Celeste ne parvient pas à croire à la splendeur de cette demeure, avec ses six chambres à l'étage et sa suite parentale au rez-de-chaussée ; avec ses vues imprenables sur le port ; avec sa cave à vin vitrée jouxtant la salle à manger d'appoint « destinée aux amis » ; avec son bassin rectangulaire au carrelage noir et son pavillon de piscine de style balinais ; avec ses deux cottages pour les invités, minuscules et parfaits, comme tout droit sortis d'un conte de fées ; avec sa roseraie formant un cercle au milieu d'un étang de carpes koï, un jardin uniquement accessible par le biais d'une petite passerelle. Shooter lui fait visiter les lieux – il vient à Summerland depuis l'âge de 14 ans, soit plus de la moitié de son existence –, et se comporte de manière charmante comme s'il en était le propriétaire. Il raconte à Celeste qu'il avait complètement craqué pour Greer, et faisait des rêves presque œdipiens dans lesquels il tuait Tag pour l'épouser.

« En gros, je devenais le beau-père de mon meilleur ami », conclut-il.

Celeste pousse un petit cri.

« Greer ? »

Celeste aime bien Greer, mais il est difficile de l'imaginer convoitée par un adolescent.

« Elle était tellement belle. Et puis elle m'adorait. Elle était davantage ma mère que ma propre mère. Je crois qu'elle rayerait ses deux fils de son testament et me laisserait ce domaine si je le lui demandais gentiment. »

Celeste rit, mais elle commence à croire Shooter tout à fait capable de perturber des filiations et de renverser des dynasties.

Sur cet autre plan, Shooter sert à Celeste un verre du vin de Greer et décapsule pour lui l'une des bières de Tag. Celeste a l'impression qu'ils sont deux ados faisant la fête quand leurs parents ne sont pas là. Shooter ouvre une boîte de cacahuètes, puis feuillette l'annuaire de Nantucket et passe un coup de fil dans une autre pièce. Là, on voit Celeste et Shooter qui trinquent avec leur verre de vin et leur canette de bière, assis dans de confortables fauteuils de jardin en bois, en contemplant le crépuscule. Sur ce plan-ci, Shooter marche jusqu'au portail, paie le livreur, et rapporte un véritable festin dans la cuisine. Il a commandé deux dîners complets avec homard, maïs, pommes de terre, et des coupelles de beurre fondu.

« Je croyais que c'était une pizza », dit Celeste.

« On est à Nantucket, Sunshine, mon rayon de soleil. »

Et voici Celeste et Shooter après le dîner et plusieurs shots de la tequila incroyablement bonne de Tag. Ils prennent un taxi pour aller faire un tour au Chicken Box, qui n'est pas un fast-food mais un petit bar vintage avec de la musique live. Sur ce plan-ci, Celeste et Shooter dansent au premier rang au son d'un groupe de reprises appelé Maxxtone, qui joue « Wagon Wheel » suivi de « Sweet Caroline ». Sur celui-là, Celeste et

Shooter lèvent le poing en scandant « Bah-bah-bah! » et « So good! So good! So good! » Celeste et Shooter qui sortent en titubant du Chicken Box, qui montent dans un autre taxi les ramenant au palais d'été. Il est une heure et demie du matin, et Celeste ne s'est pas couchée aussi tard depuis ses nuits blanches de révision à la fac ; mais au lieu d'aller dormir, Shooter et elle vont sur la plage, se mettent en sous-vêtements et vont se baigner.

Sur ce plan-ci, on voit Celeste qui dit : « Je suis tellement bourrée que je vais sans doute me noyer.

— Non, dit Shooter. Je ne te laisserais jamais te noyer. »

Et voici Shooter qui fait la planche et crache de l'eau comme une baleine. Voici Celeste qui fait la planche en regardant les étoiles, et qui se dit que le cosmos est bien mystérieux, mais pas autant que le monde des émotions humaines.

Celeste et Shooter regagnent la maison, enveloppés dans des serviettes à rayures bleues et blanches que Shooter a piquées dans le pavillon de la piscine. Ils s'attardent dans la cuisine. Shooter ouvre le réfrigérateur. Elida a manifestement fait des provisions pour le week-end : le contenu du réfrigérateur des Winbury est digne d'une photo de magazine. Il y a une demi-douzaine de fromages différents, dont aucun que Celeste ne connaisse, si bien qu'elle les prend en main pour les examiner : taleggio, chechil, emmental. Il y a des bâtonnets de saucisse fumée et de pepperoni. Un petit pot de beurre à la truffe, du houmous artisanal, quatre barquettes d'olives empilées formant un dégradé de couleurs, du violet clair au noir. De grosses tranches de pâté et des bocaux de chutney qui semblent arrivés tout droit de l'Inde. Celeste vérifie les étiquettes : Harrods. La porte à côté.

« Bon, je peux te dire un truc ? »

Celeste pose une main sur le dos nu de Shooter et il se retourne pour la regarder. Tous deux sont éclairés par la lueur fluorescente du réfrigérateur, et l'espace d'une seconde Celeste a l'impression qu'ils ne sont que des enfants curieux scrutant un monde inconnu, comme les jeunes protagonistes d'un roman de C. S. Lewis.

« Quoi ?

— Chez moi, quand j'étais petite, quand j'avais envie de grignoter, il y avait un pot de fromage frais Philadelphia. Que je tartinais sur des crackers. Si ma mère était passée au marché des fermiers amish, il y avait parfois de la gelée de poivron à mettre dessus. »

Celeste sait qu'elle doit être complètement ivre parce qu'elle ne livre jamais, absolument jamais de détails sur son enfance. Elle se sent idiote.

« Tu es tellement rafraîchissante », dit Shooter.

Celeste est encore plus mal à l'aise. Elle ne veut pas être rafraîchissante. Elle veut être bouleversante, séduisante, irrésistible.

Une minute – et Benji dans tout ça ?

Il est temps d'aller dormir, pense-t-elle. C'est exactement ce qu'elle a toujours redouté quand les gens se couchent trop tard : les réputations mises en miettes, les espoirs et les rêves anéantis. Que lui ont répété Mac et Betty ? *Rien de bon n'arrive après minuit.*

« Et tu sais quoi ? ajoute-t-elle. Si j'avais tenu la porte du frigo ouverte aussi longtemps, je me serais fait gronder pour avoir gaspillé de l'énergie.

— Grondée ? dit Shooter.

— Exactement. »

Elle tente de lui jeter un regard noir.

« Je vais me coucher.

— Certainement pas », réplique Shooter.

Il étudie le contenu du réfrigérateur, puis en sort le beurre à la truffe. Quelques recherches dans le placard sur la gauche – *il sait exactement où chaque chose est rangée,* songe Celeste, *comme si c'était lui le maître des lieux* – et surgit soudain une longue boîte de... gressins. Des gressins au romarin.

« Viens t'asseoir. »

Celeste le suit dans la salle à manger d'appoint qui jouxte la cuisine, où le cube vitré de la cave à vin luit tel un vaisseau spatial. Shooter ouvre la boîte de gressins et le pot de beurre.

« Prépare-toi, dit-il. Ça va être un grand moment. Tu as déjà mangé du beurre à la truffe ?

— Non », dit Celeste.

Elle sait que les truffes sont des champignons – les cochons les déterrent du sol en France et en Italie –, mais manger du beurre aux champignons ne l'enthousiasme pas plus que ça. Rien de très appétissant a priori. Elle a assez faim cependant pour avaler n'importe quoi – le homard du dîner semble bien loin ; elle accepte donc un gressin fin comme un roseau dont l'extrémité s'agrémente d'une belle cuillerée de beurre.

Elle croque dans le gressin et la saveur explose dans sa bouche. Elle gémit d'un air extatique.

« Pas mal, hein ? » dit Shooter.

Celeste ferme les yeux, se délectant du goût, qui ne ressemble à rien de ce qu'elle a déjà mangé. C'est fort, complexe, terreux, sexy. Elle avale sa bouchée.

« Je n'arrive pas à croire que ça puisse être aussi… *bon.* »

Et voilà Shooter et Celeste en train de manger des gressins au romarin avec du beurre à la truffe jusqu'à ce que le beurre ait disparu et qu'il ne reste plus que quelques bouts de gressins qui s'entrechoquent dans la boîte dans un bruit de crécelle. C'était un en-cas étonnamment simple, mais Celeste ne l'oubliera jamais, de sa vie entière.

Nouveau plan sur Celeste et Shooter qui gagnent l'étage à pas lents. Celeste dort dans la « chambre de Benji », peinte en blanc, beige et taupe, et Shooter tout au bout du couloir dans la « chambre d'amis n° 3 », peinte en blanc, bleu marine et taupe. Celeste passe en revue les autres chambres d'amis ; elles sont presque identiques. Elle se dit que les nouveaux venus dans la maison comme elle doivent souvent se tromper de chambre sans le vouloir. D'un air peu convaincu, elle dit au revoir de la main à Shooter.

« Je crois qu'il est grand temps que je dorme.

— Tu en es sûre ? »

Celeste réfléchit un instant. Est-ce qu'elle en est *sûre* ? Ils ont exploré tout le champ d'une relation platonique ; il n'y a plus rien qu'ils puissent faire de manière innocente, si ce n'est peut-être jouer au Scrabble dans la salle de jeux.

« Oui, dit-elle.

— Sunshine », murmure Shooter.

Elle le regarde. Ses yeux la prennent en otage ; elle ne peut pas détourner la tête. Il lui demande sans rien dire. Ils sont seuls ici. Personne ne le saura jamais.

Au milieu du combat intérieur qui l'anime – son violent désir luttant contre sa conception du bien et du mal –, une vieille question philosophique lui traverse l'esprit : quand un arbre tombe dans la forêt et que personne n'est là pour l'entendre, est-ce que cela fait tout de même du bruit ? Celeste se rend compte que cette question n'a rien à voir avec l'arbre. Il s'agit de ce qui se passe ici et maintenant. Si elle couche avec Shooter et que personne ne découvre jamais ce qui s'est passé, est-ce que ce sera vraiment arrivé ?

Oui, conclut-elle. Elle ne serait plus jamais la même. Et elle espère que Shooter ne serait plus le même non plus.

« Bonne nuit », dit-elle.

Elle l'embrasse sur la joue et s'éloigne dans le couloir.

Et voici Shooter et Celeste le lendemain matin, qui enfourchent deux vélos de l'armada de Schwinn que possèdent les Winbury pour se rendre à la boulangerie Petticoat Row, où ils achètent de grands cafés glacés et deux croissants jambon-gruyère, qui dégoulinent de beurre et de fromage fondu au goût de noisette quand ils les effeuillent sur un banc de Centre Street. Gros plan sur Shooter qui achète à Celeste un bouquet de fleurs sauvages à un camion agricole de Main Street – un geste vain et excessif car la demeure de Tag et Greer est bordée de jardins luxuriants et la maison pleine de fleurs fraîches. Celeste le lui rappelle et il répond : « Oui, mais aucune de ces fleurs ne vient de *moi.* Je veux qu'en regardant ce bouquet tu saches à quel point je suis entiché de toi. »

Entiché. C'est un mot étrange, démodé et à consonance britannique. Mais c'est Benji l'Anglais, pas Shooter. Au milieu des confidences de la nuit dernière, Celeste a appris qu'il est de Palm Beach, en Floride. Il a été expédié dans une lointaine colonie de vacances à l'âge de 8 ans puis envoyé en pensionnat quelques années plus tard. Le père de Shooter est mort quand il était en première à St. George's.

« C'est à ce moment-là que tout a basculé, lui avait dit Shooter. Mon père avait déjà été marié deux fois et avait d'autres enfants. Ces Uxley ont débarqué et réclamé tout le fric. Mon seul frère, Mitch, a accepté de payer ma dernière année d'études à St. George's, mais je n'avais aucune source de revenus, alors j'ai commencé à organiser des partis de dés au lycée. Comme il n'y avait plus d'argent pour me payer la fac, je suis allé vivre à Washington, où j'ai travaillé comme barman. J'ai fini par trouver une table de poker où ça jouait gros, fréquentée par des diplomates, des lobbyistes, et un tas d'hommes d'affaires étrangers. Ce qui m'a mené à mon entreprise actuelle.

— Et ta mère, qu'est-ce qu'elle est devenue ? avait demandé Celeste.

— Elle est morte. »

Puis il avait hoché la tête, et Celeste avait compris qu'il ne fallait pas aller plus loin.

Entiché. Que veut-il dire exactement ? Elle n'a pas le temps d'y réfléchir car il l'entraîne vers le camion de Bartlett's Farm. Il achète trois tomates mûries sous serre et une miche de pain portugais.

« Des tomates, de la mayonnaise, du bon pain blanc, dit-il. Mon sandwich préféré en été. »

Celeste lève un sourcil sceptique. Elle a grandi en mangeant de la viande froide – dinde, jambon, salami, rôti de bœuf. Ses parents avaient beau avoir des problèmes d'argent, il y avait toujours de la viande en abondance dans ses sandwichs.

Mais elle change de refrain quand elle se retrouve assise au bord de la piscine dans l'un de ses nouveaux bikinis et que Shooter lui apporte son sandwich préféré. Le pain, qui a été grillé, a une belle teinte mordorée ; les rondelles de tomates sont épaisses et juteuses, assaisonnées de sel de mer et de poivre fraîchement moulu ; et il y a exactement la bonne quantité de mayonnaise pour renforcer le goût de ce sandwich et le rendre succulent.

« T'en penses quoi ? demande-t-il. Pas mal, hein ? »

Elle hausse les épaules et reprend une bouchée.

Ils sont allongés côte à côte sur des chaises longues au soleil de l'après-midi, devant la piscine fraîche et carrelée de noir. Le bassin est doté d'une délicate cascade à l'une de ses extrémités, qui produit ce que Celeste nomme de la musique aquatique – une berceuse qui menace de l'endormir au beau milieu d'une conversation cruciale. Shooter et elle sont en train de décider quel est le meilleur titre de tous les chanteurs de rock des années 1960 à 1990 qui leur passent par la tête.

« Les Rolling Stones, dit Shooter. "Ruby Tuesday".

— "Beast of Burden", réplique Celeste.

— Ooooooh. Bien vu.

— David Bowie, dit Celeste. "Changes".

— Je suis plutôt "Modern Love" », dit Shooter.

Celeste hoche la tête.

« Je ne la supporte pas.

— Dire Straits, dit Shooter. "Romeo and Juliet". »

Il tend le pied pour lui donner un petit coup sur la jambe. « Réveille-toi. Dire Straits ? »

Elle aime la chanson sur la fille en patins à roulettes. *She's making movies on location, she don't know what it means.* Derrière ses paupières closes, Celeste est en train de sombrer. Elle s'enfonce. Comment s'appelle cette chanson ? Elle n'arrive pas à... s'en souvenir.

*

Elle se réveille en entendant quelqu'un crier son nom.

Celeste ! Allô, ici la Terre !

Elle ouvre les yeux et tourne la tête vers la chaise longue à côté de la sienne. Personne. Elle plisse les paupières. De l'autre côté de la piscine, elle distingue un homme en costume

– pantalon, chemise, cravate, pas de veste. C'est Benji. Benji est ici. Elle se redresse. Elle remet bien en place son haut de bikini.

« Salut », dit-elle, mais le ton de sa voix a changé. Le cœur n'y est plus.

« Salut. »

Il écarte la serviette de Shooter et s'assoit sur sa chaise longue.

« Ça va ? Tout s'est bien passé ?

— Oui, dit Celeste. C'était... sympa. »

Celeste se creuse la cervelle pour trouver des détails qu'elle pourrait évoquer : le homard du dîner, « Sweet Caroline », la baignade en culotte et soutien-gorge sous les étoiles à une heure indue, le beurre à la truffe, la chute d'un arbre dans la forêt ?

Non.

Une balade à vélo avec le soleil du matin inondant son visage, un bouquet de mufliers, de cosmos et de zinnias, des sandwichs à la tomate ?

Le nom de la chanson lui traverse l'esprit.

« "Skateaway", murmure-t-elle.

— Pardon ? » dit Benji.

Celeste cligne rapidement des yeux. Son champ de vision est envahi de taches de couleurs vives, comme si elle regardait le soleil en face.

Vendredi 6 juillet 2018, 23 h 15

KAREN

Elle avale un oxy, se brosse les dents, et enfile une chemise de nuit qu'elle retire juste avant de se glisser dans le lit. Celeste lui a dit que les draps sont de fabrication belge et en coton sept cents fils, le nec plus ultra. Le lit est recouvert d'un édredon en duvet blanc, d'une couverture en cachemire ivoire, de ces fameux draps en coton blanc au bord festonné et d'une montagne d'oreillers, tous aussi doux qu'une cuillerée de crème fouettée. Karen les dispose autour d'elle et s'y enfonce. C'est comme dormir sur un nuage. La vie au paradis ressemblera-t-elle à une bonne nuit de sommeil dans une chambre d'amis de Summerland ? Elle ne peut que l'espérer.

Sa souffrance a disparu, elle s'assoupit.

Elle se réveille en sursaut – *Celeste ! Celeste !* Elle tâtonne pour trouver Bruce, mais son côté du lit est froid et vide. L'horloge de chevet indique 23 h 46. Il est presque minuit, et Bruce n'est toujours pas couché ? Karen se sent d'abord agacée, puis blessée. Elle sait que son corps nu n'a plus rien d'attirant, mais elle s'était dit qu'il se passerait peut-être quelque chose ce soir. Elle veut se sentir proche de Bruce une dernière fois.

Elle a du mal à reprendre son souffle. Elle était plongée dans un rêve, un cauchemar, au sujet de Celeste. Celeste était… dans un lieu inconnu… un hôtel aux étages non numérotés, avec des niveaux différents, dont certains menaient à des impasses ; une sorte de labyrinthe très déroutant. Celeste n'arrêtait pas de l'appeler, mais Karen ne parvenait pas à la rejoindre. Sa fille avait quelque chose à lui dire, quelque chose dont elle devait lui parler.

Celeste ne veut pas épouser Benji, songe Karen. C'est la triste vérité.

Le mot de la voyante lui revient soudain à l'esprit : *le chaos.*

Une partie d'elle estime que Celeste devrait quand même l'épouser. Ok, elle n'est pas follement amoureuse de Benji. Peut-être ne ressent-elle qu'une fraction de ce que Karen ressent pour Bruce, ou qu'il s'agit d'un tout autre sentiment. Karen a envie de lui dire de tirer le meilleur parti possible de la situation – sachant que n'importe quelle jeune femme tuerait pour être à sa place. Celeste et Benji n'ont pas besoin de former un couple parfait. Ça n'existe pas, les couples parfaits.

Mais elle refuse de penser ça. Seule la plus égoïste des mères encouragerait sa fille à épouser quelqu'un qu'elle n'aime pas. Karen sait exactement ce qu'elle doit faire – et tout de suite, en fait, *tout de suite* : donner à Celeste la permission de faire marche arrière. Il y a cent soixante-dix personnes qui débarquent demain à Summerland pour ce mariage hors-normes. Plus de 100 000 dollars ont été dépensés pour ces noces, peut-être même 200 000. Mais aucune somme d'argent, aucun majestueux décorum ne peut compenser une vie entière de résignation. Il faut qu'elle trouve Celeste.

Une mission qui lui semble soudain particulièrement difficile à accomplir. Un coup de fil suffira-t-il ? Elle prend son portable et compose le numéro de Celeste. Messagerie vocale.

C'est l'univers qui veut lui dire qu'un coup de fil ne suffira pas. Celeste éteint son téléphone quand elle se couche ; elle doit être en train de dormir.

Avec précaution, Karen pose ses pieds sur le sol et se redresse. Elle prend sa canne et se lève. L'oxy fait encore effet ; elle se sent robuste et déterminée. Elle s'enveloppe dans son peignoir et s'aventure dans le couloir.

Si Karen se souvient bien, la chambre de Benji, où Celeste dort seule ce soir, est la deuxième sur la gauche. Le couloir est pourvu d'un éclairage discret le long de la plinthe ; elle voit où planter sa canne et progresse à pas lents. Une fois devant la porte, elle frappe légèrement. Elle ne veut pas réveiller toute la maisonnée, pas plus qu'elle ne souhaite interrompre quoi que ce soit.

Pas de réponse. Karen colle son oreille au battant. Dans leur maison de Derhammer Street, les portes sont creuses. Celle-ci est en bois massif, impossible d'entendre à travers. Karen l'ouvre doucement.

« Celeste ? murmure-t-elle. Ma puce ? »

La chambre est plongée dans le silence. Karen cherche à tâtons l'interrupteur et fait la lumière dans la pièce. Le lit est arrangé exactement comme celui de Karen – édredon, couverture en cachemire, une multitude d'oreillers. Celeste n'est donc pas encore rentrée. Ou peut-être a-t-elle décidé de rejoindre Merritt au cottage, pour passer une partie de la nuit à papoter et à glousser de la dernière nuit de Celeste en tant que célibataire. Mais Karen en doute, sans trop savoir pourquoi. Celeste n'a jamais été une commère, ni l'une de ces filles qui gloussent pour un rien. Elle n'avait pas d'amies proches quand elle était petite, ce qui inquiétait Karen, même si elle était ravie d'être la confidente de sa fille.

Son regard se pose sur la robe fourreau en soie blanche suspendue au dos de la porte du placard. Une tenue de mariage de rêve, parfaitement adaptée aux goûts simples de Celeste et à sa beauté classique.

Si ce n'est que… elle ne la portera pas demain. Karen soupire, éteint la lumière, et referme la porte.

*

Tandis qu'elle rebrousse chemin dans la pénombre du couloir, elle sent l'agacement l'envahir. Où sont donc tous les autres ? Karen a été abandonnée à son sort dans cette maison. Elle se demande si c'est ce qu'on ressent quand on est mort.

Pas facile de descendre un escalier avec une canne. Karen décide qu'elle se sent assez forte pour abandonner celle-ci. Elle descend les marches lentement, agrippée à la rampe, et songe aux queues de homard empilées dans le réfrigérateur.

L'idée est séduisante, mais elle ne peut pas se forcer à avoir faim. La seule chose dont elle a envie en ce moment, c'est d'une conversation sérieuse avec sa fille et du corps de son mari à côté d'elle dans leur lit.

Karen perçoit des voix dans le lointain et sent une odeur de fumée. Elle avance sur la pointe des pieds, posant la main sur le mur quand elle a besoin de retrouver son équilibre. Elle reconnaît la voix de Bruce. Quand elle tourne à l'angle de la pièce, elle voit deux silhouettes sur une terrasse – pas la terrasse principale, mais un espace en fer à cheval sur la droite, que Karen n'avait pas remarqué auparavant. Elle se cale derrière un canapé et jette un coup d'œil derrière les rideaux. Bruce et Tag sont assis au bord de la terrasse, à fumer des cigares et boire ce qu'elle suppose être du scotch. Elle perçoit leurs voix, mais pas ce qu'ils racontent.

Elle devrait retourner se coucher, ou trouver sa fille. Mais elle tourne discrètement la poignée de la fenêtre. Dans une belle maison comme celle-ci, le mouvement est fluide. La fenêtre s'ouvre sans bruit.

Tag dit : « Il n'y a jamais eu personne de sérieux avant ça. Juste des histoires occasionnelles, quand je voyageais. Une femme à Stockholm, une autre à Dublin. Mais cette fille, c'était différent. Et maintenant me voilà coincé. Elle est en cloque et elle garde le bébé. C'est ce qu'elle m'a dit. »

Bruce hoche la tête, siffle une gorgée de scotch. Il doit être complètement ivre. Il a passé la soirée à boire des mojitos, du champagne, et à présent du scotch. Chez eux, il ne boit que de la bière – de la Bud Light ou de la Yuengling. Quand il prend la parole, sa voix est pâteuse.

« Alors quesse tu vas faire, mon pote ?

— J'en sais trop rien. J'ai besoin de lui faire entendre raison. Mais elle est têtue. »

Tag scrute le bout rougi de son cigare, puis regarde Bruce.

« Bref, j'en ai fini avec mes aventures palpitantes. Et toi ? T'as déjà trompé Mme Otis ?

— Nan, mec. Pas de cette façon. »

Karen inspire un grand coup. Elle ne devrait *vraiment pas* écouter aux portes. C'est une conversation entre hommes. Et voilà qu'elle vient d'apprendre que Tag a mis une femme enceinte – sans doute cette Featherleigh ! Quelle pagaille cela va être. Karen culpabilise un peu moins de l'annulation in extremis de ce mariage. La famille Winbury n'est pas du tout comme elle l'imaginait.

« Mais j'ai eu le béguin pour une nana un jour, reprend Bruce. Un vrai coup de foudre. »

Karen est tellement choquée qu'elle doit se retenir de ne pas crier. La douleur est immédiate et brutale. Un béguin ? Un *vrai coup de foudre* ?

« Ah ouais ? dit Tag.

— Ouais, carrément », confirme Bruce.

Il est ivre, se redit Karen. Il n'a peut-être jamais autant bu de sa vie. Il est sans doute en train d'inventer une histoire pour impressionner Tag Winbury.

« Elle travaillait avec moi chez Neiman Marcus, raconte Bruce. Au début, on était juste collègues. En fait, je ne l'aimais pas tellement. Elle était prétentieuse. Elle avait bossé pour Bergdorf Goodman à New York, au rayon chaussures. »

Bergdorf's. Le rayon chaussures. Oui, Karen se souvient vaguement de quelqu'un... mais qui était-ce ?

« Ah ouais ? répète Tag.

— Et puis on est devenus amis. On passait notre pause déjeuner ensemble. Elle avait un point de vue différent sur le monde, et c'était... Je ne sais pas... c'était une bouffée d'air frais, je suppose, de parler à quelqu'un qui avait voyagé et fait des choses dans la vie. Celeste venait de partir à la fac, et je ne vais pas te mentir, c'était comme une crise de la quarantaine pour moi *et* pour Karen. Karen déteste faire les boutiques, elle *déteste* dépenser de l'argent pour des trucs frivoles. Mais elle a commencé à aller à toutes ces journées malles ouvertes, ces réunions Tupperware, à un atelier qui s'appelait Pampered Chef. Et moi j'ai pris plus d'heures le soir pour pouvoir être avec cette femme. »

Karen sent son cœur qui éclate, comme un pneu tranché par un trottoir en granit, comme un ballon qui retombe dans un rosier plein d'épines. Une violente secousse lui traverse la poitrine. Elle n'arrive pas à croire ce qu'elle vient d'entendre. Aujourd'hui, alors qu'elle vit les derniers jours de son existence, elle apprend que l'homme qu'elle a aimé toute sa vie a eu des sentiments pour une autre femme.

Karen tente de se calmer. Cela ne veut rien dire, un béguin. C'est sans conséquence. Karen n'a-t-elle pas eu des béguins elle aussi – le jeune homme qui travaillait au rayon fruits et légumes de Wegman's, par exemple ? Elle lui faisait toujours un petit signe de la main et s'il lui renvoyait son salut ou lui souriait, elle arpentait le magasin en état d'apesanteur, parfois tellement grisée qu'elle achetait des sucreries trop chères pour eux – des glaces Magnum au chocolat blanc, par exemple.

« Est-ce que vous avez... demande Tag.

— Non. Mais j'y ai pensé. C'était une période confuse de mon existence. Tu n'imagines pas à quel point ça a chamboulé mon univers. J'avais passé ma vie à être l'homme que j'étais et soudain, je me sentais quelqu'un d'autre.

— Racontez-moi un peu, dit Tag. Comment elle s'appelait ?

— Robin. Robin Swain. »

Karen pousse un petit cri de surprise – peu discret – mais ni Tag ni Bruce ne l'entendent. Ils se contentent de tirer sur leurs cigares. Karen a l'impression de s'être muée en flaque d'eau. Il faut qu'elle s'assoie. Elle tente fébrilement de remettre les rideaux en place et s'éloigne du canapé. Elle ferait mieux de retourner dans sa chambre. Il ne faut pas que Bruce la trouve ici. S'il savait qu'elle avait écouté aux portes, il se... désintégrerait.

Robin Swain. Non. Mon Dieu, non, pitié.

Elle ne parviendra jamais à remonter l'escalier. Elle s'assoit sur le canapé mais se sent trop exposée. Elle se laisserait bien glisser sur le sol, mais elle ne parviendrait jamais à se relever. Elle parcourt la pièce des yeux, complètement paniquée. Soudain, elle déteste cette maison, son mobilier de luxe, et la prétendue gentillesse des Winbury, qui lui apparaît maintenant comme de la cruauté déguisée. Pourquoi diable Tag a-t-il posé à Bruce *une question aussi odieuse ?*

Et pourquoi Bruce lui a-t-il répondu ainsi ?

Robin Swain.

Qu'est-ce que Bruce *voulait dire* par là ?

Karen, cependant, sait très bien ce qu'il voulait dire. Et c'est pour ça qu'elle réagit de cette façon. Elle savait qu'il y avait quelque chose d'étrange dans son amitié avec Robin. Mais ça, c'était inconcevable, inimaginable. C'était absurde.

Karen retrouve ses esprits. *Bruce est ivre,* pense-t-elle. Il a inventé une histoire pour Tag, par pur machisme. Il s'est servi du nom de Robin Swain parce que c'est le premier qui lui est venu à l'esprit. Karen ne devrait pas accorder du crédit à ce qu'elle vient d'entendre. Elle devrait aller se coucher. Elle parvient à regagner le hall d'entrée et gravit les marches.

Une fois dans sa chambre, elle prend un oxy. Non, deux. Puis elle grimpe dans son lit, toujours en robe de chambre. Elle frissonne.

Un coup de foudre pour Robin Swain. Ils mangeaient ensemble ; Bruce travaillait le soir pour qu'ils puissent se voir. Une période confuse de sa vie. La crise de la quarantaine.

En effet, pense Karen. Tout cela est bien confus.

Robin Swain est un homme.

*

C'était en septembre, juste après le départ de Celeste pour l'université. Karen et Bruce avaient loué un camion de déménagement pour traverser la Pennsylvanie et presque tout l'Ohio jusqu'à Oxford, à huit kilomètres seulement de la frontière de l'Indiana. Ils l'avaient aidée à s'installer dans sa chambre d'étudiante de Hahne Hall, ils avaient rencontré sa colocataire, Julia, ainsi que les parents de Julia. Ils avaient assisté au discours de rentrée du président de la fac, puis ils avaient regagné la chambre de Celeste avec elle, ne sachant trop comment lui faire leurs adieux. Celeste avait fini par décider de dîner au Kona Bistro avec Julia et ses parents ;

elle avait laissé Karen et Bruce seuls dans sa chambre. Karen s'était dit qu'il leur suffisait d'emménager dans le coin ou de louer un appartement au bout de la rue – et elle est sûre que Bruce y avait songé aussi.

Ni l'un ni l'autre n'avait beaucoup parlé sur le chemin du retour.

Une semaine ou deux plus tard, au retour du travail, Bruce lui avait parlé de son nouveau collègue, Robin Swain. Il avait à peu près son âge et avait travaillé au rayon chaussures de Bergdorf's avant d'être muté à Easton. Robin avait grandi à Opelika, en Alabama, et avait commencé des études à Auburn, avant d'y renoncer. Ayant toujours voulu aller à New York, il avait fait des économies et acheté un billet de bus. Il avait commencé chez Bergdorf's comme employé dans le local de stockage.

Au début, Bruce s'était plaint de Robin. Il venait peut-être d'une petite ville, mais travailler à Manhattan lui avait donné la grosse tête. Il critiquait le Neiman Marcus du King of Prussia, le centre commercial en entier, et toute la vallée du Delaware. C'était loin d'être aussi raffiné que New York, disait-il. La région était restée figée en 1984, quand les équipes sportives de Philadelphie étaient valables, que les permanentes étaient à la mode et que tout le monde écoutait Springsteen. Robin, quant à lui, écoutait de la country.

Mais au fil des semaines, Karen avait noté un changement. Bruce avait commencé à dire moins de mal de Robin. L'une des chemises dans laquelle il avait paradé devant elle était une pièce que Robin avait choisie pour lui. Maintenant que Karen y repense, c'était à ce moment-là que l'obsession de Bruce pour les chaussettes avait commencé. Robin adorait les chaussettes tape-à-l'œil, et bientôt, Bruce avait adopté ce style maniéré. Il portait des chaussettes arc-en-ciel, des chaussettes à rayures zèbre, des chaussettes imprimées à l'effigie d'Elvis. Il avait acheté un CD de Kenny Chesney intitulé *When the Sun Goes Down* et s'était mis à chanter sans arrêt cette rengaine. *Everything gets hotter when the sun goes down – Tout devient plus chaud quand le soleil se couche.*

Un soir, Bruce avait invité Robin à dîner. Karen avait trouvé cela un peu étrange. Bruce et elle recevaient rarement à dîner, et Collegeville, où Robin louait un appartement, était à plus d'une heure de route. Ce n'était pas pratique. Si Bruce voulait dîner avec Robin, il n'avait qu'à le faire au centre commercial.

Mais Bruce avait insisté. Il avait indiqué à Karen ce qu'elle devait cuisiner – son rôti braisé façon Betty Crocker accompagné de pommes de terre et de carottes, une salade verte (pas de laitue iceberg ! avait-il précisé), et des petites brioches. Il passerait prendre du vin sur le chemin du retour, avait-il ajouté.

Du vin ? avait pensé Karen. Ils ne buvaient jamais, absolument jamais de vin au dîner. Ils buvaient de l'eau avec des glaçons et Bruce une bière, de temps à autre.

Bruce et Robin étaient entrés dans la maison en riant au sujet de quelque chose, mais ils s'étaient calmés en voyant Karen. Robin était grand, il portait un blazer bleu qui semblait coûteux, une chemise blanche, un pantalon bleu marine, et une ceinture en cuir marron avec une boucle argentée en forme de H. Ses chaussettes bleu clair étaient ornées d'un motif de nuages blancs – ce que Bruce montra fièrement à Karen, en soulevant le pantalon de Robin jusqu'aux genoux. Robin avait les tempes dégarnies, des yeux bruns et un léger accent traînant du Sud. Karen avait-elle songé *il est homo* en le voyant ? Elle ne sait plus. Elle avait passé tout le dîner rongée par la jalousie. Bruce et Robin discutaient entre eux – de la marchandise, de la clientèle, de leurs collègues. À chaque changement de sujet, Robin tentait d'inclure Karen dans la conversation ; mais ses réponses étaient sans doute si glaciales qu'il avait fini par jeter l'éponge. Elle n'avait pas voulu être désagréable avec Robin, mais elle s'était sentie prise de court par sa présence. Elle ne cessait de repenser à Bruce en train de soulever son pantalon. Le geste lui avait semblé si familier – presque intime.

Elle avait mis ses émotions contradictoires sur le compte du départ de Celeste, de leur solitude soudaine, à Bruce et à elle, et du fait que Bruce s'était trouvé un copain au travail. Ce qui était une bonne chose. Après tout, Karen avait elle aussi des amis, à la boutique de cadeaux de l'usine Crayola. Elle était amie avec presque tout le monde ! Mais personne ne sortait particulièrement du lot – personne qu'elle inviterait à dîner chez elle, personne avec qui elle pourrait papoter et rire – et, ce faisant, faire sentir à Bruce qu'il comptait pour du beurre.

Après le dîner, Bruce avait proposé à Robin de l'aider à faire la vaisselle pour que Karen puisse aller se reposer. Quand diable dans sa vie avait-elle pris un moment pour *se reposer* ? Jamais. Mais elle avait compris le message. Elle avait dit au revoir à Robin et bonne nuit à Bruce, et gagné l'étage en fulminant avant de se laisser tomber rageusement sur le lit pour écouter les deux hommes laver et essuyer la vaisselle, finir la bouteille de vin, puis s'installer à l'extérieur pour parler de Dieu sait quoi.

Karen sent l'oxy l'agripper par les épaules. Un grand soulagement l'envahit quand la douleur s'estompe.

Bruce avait eu un véritable coup de foudre pour Robin. Un homme. *C'était une période confuse de ma vie,* avait-il dit. *Soudain, j'ai eu l'impression d'être quelqu'un d'autre.*

Pour Karen, cette confession était une bombe atomique. Son époux, son lutteur qui avait été champion de l'État, son animal en rut, avait des sentiments pour un autre homme – sentiments qu'il était manifestement gêné de reconnaître puisque, devant Tag, il en avait fait une femme.

Robin n'avait travaillé chez Neiman Marcus que pendant la période des vacances. Quand Celeste était retournée à Oxford après la pause de Noël, il avait été muté au siège social de Neiman Marcus à Dallas. Bruce avait-il eu du chagrin ? Le cœur brisé, qui sait ? Si oui, il l'avait bien caché.

Bruce avait un secret, un véritable coup de foudre. Il n'était jamais passé à l'acte ; et ça, Karen le croit.

Karen elle aussi a un secret : les trois pilules dans le flacon, au milieu de l'oxy.

Karen demande pardon à Bruce en son for intérieur – c'était *en effet* une période bien confuse. Et puis, comme elle avait eu envie de le dire à Celeste : le couple parfait *n'existe pas.*

Karen le dira à sa fille demain dans la matinée. Elle ferme les yeux.

Samedi 7 juillet 2018, 12 h 45

NANTUCKET

Nick Diamantopoulos, dit « le Grec », quitte le 333 Monomoy Road pour se rendre au Nantucket Cottage Hospital, où il va enfin pouvoir parler à la mariée. Elle souhaite être interrogée *à l'hôpital.* Cela veut dire qu'elle a des informations valables à lui fournir, espère-t-il. Il est impatient de le savoir, mais lorsqu'il fait le tour du rond-point, le délicieux fumet émanant de Lola Burger lui assaille les narines par la fenêtre ouverte, et il est incapable d'y résister. Il doit le reconnaître : à Nantucket, on mange vraiment très bien. Même dans les gargotes qui vendent des burgers. Il se gare sur le parking des plats à emporter et se précipite à l'intérieur pour faire son petit numéro de charme à Marva, la maîtresse des lieux, qui lui compte un Lolaburger « saignant plus » (cheddar mature, confit d'oignons, sauce au foie gras) et une portion de frites. Nick laisse un gros pourboire à Marva, qui s'exclame : « Fais pas ton timide, le Grec, repasse me voir un de ces jours ! »

Nick regagne sa voiture, saute dans l'habitacle et commence à enfourner ses frites.

À l'hôpital, il est accueilli par une triade d'infirmières : Margaret, Suzanne et Patty. Il a déjà eu des rencards avec Suzanne et Patty – rien de sérieux, juste pour le plaisir. Il leur sourit à toutes les trois et leur lance : « Où dois-je aller et que dois-je savoir ? »

Patty passe son bras sous le sien et l'entraîne dans le couloir jusqu'à une salle d'examen.

« Elle est arrivée tôt ce matin et on l'a soignée pour une crise de nerfs ou de panique, à savoir qu'on a vérifié ses constantes et qu'on lui a administré du Valium pour la calmer. Elle a dormi un petit moment. Dommage qu'on ne puisse pas l'aider davantage. Sa meilleure amie s'est noyée devant la maison ? Et c'est elle qui l'a trouvée ? Le jour de son mariage ?

— Le mariage est annulé, dit Nick. Cela va sans dire.

— Bien sûr.

— La défunte était la demoiselle d'honneur, précise-t-il.

— C'est ce que Celeste m'a dit. »

Patty rit de manière goguenarde.

« Peut-être qu'elle n'aimait pas sa robe. »

Nick désapprouve de la tête. Il est incapable de rire aux dépens de Merritt. Il ne peut pas, c'est tout.

« Comment ça s'est passé, quand le marié s'est pointé à l'hôpital ? demande-t-il.

— C'était il y a une heure environ. Il avait l'air d'un bon gars. Il était inquiet pour Celeste, et il espérait pouvoir la ramener à la maison. Il est resté dans sa chambre une dizaine de minutes, et puis il est parti. Et c'est là qu'elle a demandé à vous parler.

— Ok, Patty. Je te remercie. Ça te va si je l'interroge ici ?

— Aucun problème. Dis-moi, Celeste est arrivée avec des bagages. Je ne sais pas trop quoi en faire. Quand je lui ai posé la question, elle s'est mise à pleurer, alors j'ai laissé tomber.

— C'est noté. Je trouve cela bizarre, mais il y a sans doute une explication.

— Mon service se termine à 15 heures, ajoute-t-elle. Passe-moi un coup de fil si tu veux qu'on se voie ce soir. »

C'est tentant, mais il sait qu'il n'aura pas l'esprit tranquille tant qu'il n'aura pas résolu cette affaire. Avec un peu de chance, la mariée lui donnera la réponse.

« Je t'appelle », dit-il.

Il trouve Celeste en chemise d'hôpital, allongée sur la table d'examen. Elle se redresse en le voyant.

« Vous êtes de la police ?

— Nick Diamantopoulos, inspecteur de la police d'État. Je suis vraiment navré pour votre amie. »

Celeste hoche la tête.

« Vous êtes ici pour prendre ma déposition.

— En effet. Ce qui est arrivé à Merritt est une véritable tragédie.

— Elle est morte ? Est-ce qu'elle est... Je veux dire, elle est vraiment morte, n'est-ce pas ? »

Nick prend place sur la chaise placée au pied de la table d'examen. Il a l'estomac barbouillé – la faute aux frites.

« Je suis navré, mais oui. Elle est morte. »

Celeste baisse la tête et se met à pleurer doucement.

« Tout ça, c'est ma faute.

— Pardon ?

— C'est ma faute. Je savais qu'il se passerait quelque chose de grave. Je pensais que ce serait ma mère, mais non – c'est Merritt. Elle est morte !

— Je suis vraiment désolé, répète Nick. Je sais que la situation est très difficile pour vous en ce moment.

— Non, vous ne savez pas ! s'écrie Celeste. Vous n'en avez aucune idée ! »

Nick sort son calepin.

« La meilleure façon d'aider Merritt, c'est de m'aider à comprendre ce qui lui est arrivé. C'était votre meilleure amie, votre demoiselle d'honneur. Elle se confiait à vous, n'est-ce pas ? »

Celeste acquiesce en silence.

« Et c'est ce qu'il y a d'amusant avec les mariages, poursuit Nick. Ils réunissent des gens qui ne se sont jamais vus. J'ai déjà interrogé deux personnes, mais ni l'une ni l'autre ne connaissait vraiment Merritt. Vous êtes donc un élément clé de cette enquête. »

Celeste prend une profonde inspiration.

« Je ne suis pas sûre de vouloir rompre la confiance que m'accordait Merritt. D'autres gens sont impliqués. D'autres gens auxquels je tiens.

— Je comprends », dit Nick.

Sa compassion est bien réelle ; mais il doit se comporter comme un soldat du génie en quête de mines terrestres.

« Pourquoi ne pas me raconter ce que vous savez, tout simplement ? Nous verrons si c'est en lien avec cette histoire. »

Celeste le regarde fixement.

« Quelqu'un vous a vue avec Mme Monaco dans la roseraie des Winbury, une fois la fête finie, ajoute Nick. Cette personne a dit que Mme Monaco pleurait et que vous étiez en train de la consoler. Voulez-vous me dire de quoi il s'agissait ? »

Celeste bat des paupières.

« Quelqu'un nous a vues dans la *roseraie* ? Qui ?

— Je ne peux pas vous le dire. Tout ce que vous me raconterez aujourd'hui est confidentiel. C'est vrai pour tout le monde.

— Vous dites ça, mais...

— Mais quoi ? »

Elle a peur de lui dire ce qu'elle sait... Mais pourquoi ?

« Voici comment je vois les choses : Mme Monaco est brouillée avec ses parents, et elle a un frère quelque part mais personne ne sait où il est. Ce qui veut dire qu'elle n'a aucune famille ici pour la défendre. Il n'y a donc plus que moi – et vous – pour découvrir ce qui s'est passé. Vous comprenez la responsabilité que cela représente, Celeste ?

— Elle faisait face à... une rupture difficile. Avec un homme marié. Cela la chamboulait complètement. »

Nick hoche la tête. Et attend la suite.

« Je lui avais dit de rompre. Quand j'ai découvert toute l'histoire, il y a quelques semaines, je lui ai dit de rompre – et elle a dit qu'elle le ferait, mais ça n'a pas été le cas. Et puis c'est lui qui a rompu.

— L'homme marié ?

— Oui. C'était pour ça qu'elle pleurait. »

Nick écrit sur son calepin : *Homme marié.* Puis il parcourt ses notes et repense au téléphone portable de Merritt. Elle venait de vivre une rupture mais il n'y avait aucun appel ni texto – ni reçus, ni envoyés. À part celui de Robbie, lui souhaitant en retard une « belle fête nationale » et espérant qu'elle allait bien.

« À tout hasard : l'homme marié s'appelle-t-il Robbie ? »

Les yeux de Celeste deviennent ronds comme des billes.

« Comment savez-vous, pour Robbie ?

— Je suis inspecteur de police. C'est lui, l'homme marié ?

— Non. Robbie est son... était... Je ne sais pas, son ami. Un ami masculin. Un ancien petit ami, mais ils n'étaient plus ensemble.

— Celeste, l'homme marié que fréquentait Merritt était-il présent à la fête hier soir ? »

Un imperceptible mouvement de la tête vers l'avant. Presque involontaire.

« Vous confirmez ?

— C'est Tag, murmure Celeste. Tag Winbury, mon beau-père. »

Et boum, pense Nick.

Une fois le nom lancé, le reste sort plus facilement, comme si l'on avait retiré le bouchon.

Merritt et Tag avaient commencé à coucher ensemble il y a deux mois, pendant le week-end d'enterrement de vie de jeune fille de Celeste. Ils s'étaient revus à New York, Celeste ne sait pas exactement quand ni où. Le jour de la fête nationale, Merritt lui avait dit que leur relation était terminée. Ce qui n'était pas très grave, selon elle.

« Mais je lui ai parlé après le dîner de répétition. Elle était bouleversée. Je l'ai poussée à aller faire un tour en ville avec nous, mais elle a dit qu'elle n'avait pas le cœur à s'amuser. Elle voulait rester à la maison à broyer du noir. Se sortir tout ça de la tête pour être en forme aujourd'hui. »

Celeste garde le silence quelques secondes.

« Pour le mariage.

— La dernière fois que vous avez vu Merritt en vie, c'était dans la roseraie ?

— Non. Je l'ai vue quand on est rentrés de notre virée en ville.

— Vraiment ? Où était-elle ?

— Sous la tente, assise à une table avec Tag. Et Thomas, le frère de Benji. Thomas était parti en ville avec nous. On était allés faire un tour au bar du Ventuno, mais quand on a enchaîné avec le Boarding House, Abby, sa femme, l'a appelé et lui a dit de rappliquer. À notre retour, il était assis sous la tente avec Tag et Merritt… et une connaissance des Winbury nommée Featherleigh Dale. »

Nick note les noms : *Merritt, Tag, Thomas le frère, et une personne – une femme ? – nommée Featherleigh Dale.*

« Vous êtes amie avec Featherleigh Dale ?

— Pas vraiment. Je l'ai rencontrée hier soir. Elle vient de Londres.

— Et elle était elle aussi hébergée par les Winbury ?

— Non.

— Mais elle était là hier soir ?

— Oui.

— Quelle heure était-il quand vous avez vu Merritt sous la tente avec Tag ?

— On a quitté la ville quand les bars ont fermé, à une heure du matin. Une heure et demie, je dirais.

— Et quand vous l'avez vue avec Tag, vous êtes-vous inquiétée ?

— J'étais perdue dans mes pensées…

— Ça tombe sous le sens, dit Nick. Après tout, vous étiez censés vous marier aujourd'hui.

— Ce n'est pas une excuse. »

Celeste baisse la tête.

« J'étais perdue dans mes pensées et je ne suis pas allée convaincre Merritt d'aller se coucher. Si je l'avais fait, elle serait encore en vie. C'est ma faute. »

Nick doit se débrouiller pour que sa mariée reste concentrée.

« Celeste, que faisaient Tag, Merritt, Thomas et… Featherleigh sous la tente ? Ils buvaient ? Fumaient ?

— Ils buvaient de l'alcool fort, dit Celeste. Un rhum spécial que Tag déniche à la Barbade. Tag avait un cigare. Ils avaient l'air joyeux. Merritt avait l'air joyeuse – enfin, plus joyeuse, qu'avant. Ils ont tenté de me convaincre de les rejoindre, mais Benji et Shooter étaient allés se coucher et moi je voulais dormir un peu…

— C'est bien normal. Vous alliez vous marier le lendemain. »

Celeste hoche à nouveau la tête. C'est la mention du mariage qui semble la bloquer, et Nick décide de ne plus l'évoquer.

« Alors que je souhaitais bonne nuit à tout le monde, Abby a appelé depuis une fenêtre de l'étage, ajoute-t-elle. Elle voulait que Thomas vienne se coucher. Et j'ai un peu hésité. Je me suis dit que ce ne serait pas bon pour Tag et Merritt de se retrouver seuls tous les deux. Pour être franche, je me suis dit que cela risquait de raviver la... »

Elle s'interrompt, rougit un peu.

« Je me suis dit qu'ils risquaient de coucher ensemble. »

Nick hoche la tête.

« Je comprends.

— Mais Featherleigh était là, et elle n'avait pas l'air de vouloir s'en aller. Elle a dit que c'était le matin à Londres, et qu'elle venait de retrouver toute son énergie. »

Celeste déglutit avec difficulté.

« J'ai embrassé Merritt pour lui dire bonne nuit. Je lui ai pris la main et je l'ai regardée dans les yeux, et puis je lui ai dit : *Ça va, ma belle ?* Et elle m'a répondu : *Hé, mais tu ne bégaies plus.* Parce que ça fait quelques mois que je bégaie. Bref, je me suis dit que si elle était suffisamment sobre pour le remarquer, elle ne risquait rien. Alors je suis allée me coucher.

— Avez-vous entendu quoi que ce soit venant de l'extérieur, plus tard dans la nuit ? Avez-vous entendu quelqu'un nageant ou naviguant sur l'eau ? Un kayak à deux places a été abandonné sur la plage. Il y avait du sang dans le sable, et Merritt avait une coupure au pied. Savez-vous quelque chose à ce sujet ?

— Un kayak ? »

Celeste se redresse, pose ses pieds sur le sol et commence à faire les cent pas.

« Tag a-t-il emmené Merritt faire un tour en kayak ? Vous avez des informations là-dessus ?

— Aucune. Mais je mène l'enquête avec la police de Nantucket. Le Chef interrogera M. Winbury au sujet de ce kayak. L'essentiel, c'est que vous me disiez si vous avez *entendu* quelque chose.

— Non, rien. Mais la maison a la clim, et la chambre de Benji – celle où je dormais – donne sur l'allée, pas sur la mer.

— Et ce matin… c'est vous qui avez trouvé Mme Monaco, n'est-ce pas ?

— Oui.

— Vous vous êtes levée très tôt. Pourquoi ? »

Celeste baisse la tête et se met à trembler.

Nick se retourne et voit un sac en toile jaune à motif cachemire dans le coin de la pièce. Il se souvient de ce que Patty lui a dit.

« Et vous aviez préparé un sac ? Voyez-vous, j'ai du mal à comprendre ce que vous faisiez sur la plage à cinq heures et demie du matin avec vos bagages. »

Même s'il comprend, ou pense comprendre.

Quand Celeste relève la tête, des larmes coulent sur son visage.

« Serait-il possible qu'on reprenne plus tard ? »

Nick parcourt son calepin. Ce mariage n'était pas banal : la demoiselle d'honneur couchait avec le père du marié. Il va appeler le Chef pour lui demander d'interroger le père ; lui risquerait sans doute de perdre son sang-froid avec ce type. Il commence à se sentir engagé sur le plan émotionnel dans cette affaire, ce qui n'est jamais bon signe.

Mais c'est alors qu'il pense à Greer Garrison. Lesquelles de ses réponses lui ont-elles paru suspectes ? Toutes, à bien y réfléchir. Il l'avait trouvée sans cœur, sans âme, sans émotion et… absolument pas surprise de la situation. Et elle avait volontairement caché à Nick qu'elle était allée dans la cuisine boire un dernier verre. Greer écrit des romans policiers. *Si quelqu'un est capable de commettre un meurtre sans laisser de traces,* pense-t-il, *c'est bien elle.*

Voilà qui tombe sous le sens.

Si elle était au courant de cette liaison, elle deviendrait la principale suspecte.

Mais Nick ne doit négliger aucun détail. Featherleigh Dale était restée assise à la table après le départ de Celeste et de

Thomas. Elle sera peut-être capable de lui dire avec certitude si Tag avait emmené Merritt faire un tour en kayak.

Nick écrit sur son calepin : *Trouver Featherleigh Dale !*

Les pleurs de Celeste le ramènent à l'instant présent.

« On peut s'arrêter là, dit-il. Pour le moment. »

Il se lève. Pauvre gosse. De toute évidence, elle traverse bien d'autres épreuves que la mort de sa meilleure amie.

« Je vais demander à Patty de passer vous voir. »

Samedi 7 juillet 2018, 14 heures

LE CHEF

Shooter Uxley veut un avocat, ce qui est son droit, même si n'importe quel flic des États-Unis vous dira la même chose : ça ne fait pas bon effet. Pourquoi prendre un avocat si vous n'avez rien à cacher ? Le Chef tente de le faire comprendre à Shooter en douceur, sans dévoiler ce qui le motive vraiment pour lui parler ainsi – à savoir qu'ils ont besoin de réponses, et vite.

Keira, l'adjointe du Chef, l'informe qu'avant de quitter son service, le sergent Dickson était parvenu à localiser le frère de Mme Monaco, Douglas Monaco, à Garden City, dans l'État de New York, et que M. Monaco lui avait dit qu'il contacterait ses parents et, le moment venu, prendrait toutes les dispositions nécessaires pour le corps.

« Comment a-t-il réagi ? demande le Chef. A-t-il posé des questions ?

— Il était sous le choc. Mais il ne lui avait pas parlé depuis Noël dernier, et il m'a dit que ses parents n'étaient plus en contact avec leur fille depuis des années. Ils étaient brouillés.

— Il t'a demandé ce qui s'était passé ? dit le Chef.

— Non. Il m'a juste remerciée de l'avoir mis au courant et m'a donné ses coordonnées.

— Tant mieux », dit le Chef.

La dernière chose dont il a besoin en ce moment, c'est de voir des proches agressifs et bouleversés exiger que la police mette les bouchées doubles. Et cependant, la réaction du frère le désole, même si cela lui facilite la tâche.

« Tu peux lâcher à la presse le nom de la victime, son âge, et la ville d'origine – indique New York –, et leur dire que l'affaire fait l'objet d'une enquête. Pas d'autre commentaire.

— Autre chose, dit Keira. Sue Moran, de la Chambre de commerce, a appelé. Elle est inquiète.

— Pourquoi ?

— Elle m'a dit que les mariages à Nantucket génèrent plus de 50 millions de dollars. Une demoiselle d'honneur assassinée, c'est catastrophique pour les affaires, selon elle. Elle aimerait qu'on essaye de ne pas trop évoquer le sujet sous l'angle du mariage.

— C'est noté, dit le Chef. On fera de notre mieux. Mais je te suggère de lui rappeler que c'est une petite île. »

Uxley choisit une avocate de Nantucket, Valerie Gluckstern. Le Chef connaît bien Val ; et si ce n'est pas son avocate préférée de l'île, ce n'est pas non plus celle qu'il apprécie le moins. Elle avait commencé comme avocate spécialisée dans les fiducies et les successions et s'était orientée vers la défense pénale six ou sept ans plus tôt, quand les criminels riches et influents étaient devenus suffisamment nombreux pour lui permettre de gagner sa vie. Val ne rechigne pas à se montrer souple concernant certaines règles, parce qu'ils vivent à cinquante kilomètres du continent et que les procédures mises en œuvre dans les grandes villes ne sont pas toujours pertinentes.

Par exemple, au lieu de porter un tailleur et des talons, Val se présente au poste avec un paréo, un chapeau de paille et des tongs.

« J'arrive tout droit de la plage, dit-elle, les mollets effectivement couverts de sable. Mon frère est de passage avec ses quatre gosses et sa femme enceinte. Je n'étais pas franchement mécontente d'être obligée de m'absenter. »

Elle regarde le Chef en haussant un sourcil.

« Ça vous arrive d'avoir des gens qui passent des vacances chez vous, Ed ?

— Pas si je peux éviter, répond-il.

— Vous êtes un homme sage », dit Val.

Elle regarde autour d'elle.

« Où est le Grec ? Je croyais qu'il enquêtait sur cette affaire. »

Voilà qui explique, davantage que la présence de sa famille, l'arrivée éclair de Val, songe le Chef. Les femmes de l'île sont prêtes à se plier en quatre, voire en huit, pour le Grec.

« Il interroge un témoin à l'hôpital. »

Val hoche la tête.

« Je voudrais parler à mon client.

— Il a tenté de s'enfuir, dit le Chef. Ça fait mauvais effet, Val. Tu devrais le lui dire.

— Je voudrais parler à mon client », répète Val.

Pendant que Val est avec Shooter, Ed consulte son téléphone. Il y a un texto de Nick : Il faut qu'on retrouve une invitée au mariage nommée Featherleigh Dale. Le Chef jure à voix basse. Le profil de Shooter Uxley lui convient parfaitement, et voilà qu'il y a un nouveau suspect potentiel ? Il appelle la propriété des Winbury pour parler à Greer.

« On cherche quelqu'un du nom de Featherleigh Dale, dit-il.

— D'accord », dit Greer.

Elle ne semble pas surprise.

« Vous avez une idée de l'endroit où on pourrait la trouver ?

— Elle a pris une chambre dans une auberge. Laissez-moi vérifier laquelle. Je l'ai noté quelque part. »

Elle reprend le combiné quelques secondes plus tard.

« Le Sand Dollar Guest House, dans Water Street.

— Merci. »

Le Chef raccroche et envoie l'un de ses agents au Sand Dollar chercher cette Featherleigh Dale et la ramener au poste pour être interrogée.

Nick appelle sur le chemin entre l'hôpital et la propriété des Winbury.

« J'ai parlé à la mariée, dit-il. Une vraie mine d'or.

— Qu'est-ce qu'elle t'a filé, comme info ?

— Notre demoiselle d'honneur n'était pas si honorable que ça. Elle couchait avec le père du marié, Tag Winbury. »

Le Chef ferme les yeux. Il a tellement faim qu'il a la tête qui tourne – puis il se souvient qu'Andrea lui a préparé un déjeuner : un sandwich à la dinde avec du bacon, de la salade et des tomates, deux prunes bien mûres à la peau fraîche, un Thermos de soupe glacée concombre-lait de coco. Il aime sa femme. Dès qu'il aura raccroché, il attaquera son repas.

« J'ai parlé à Linda Ferretti, la médecin légiste, dit-il. La victime était enceinte de sept semaines. »

Nick inspire un grand coup, et le Chef sent la motivation lui revenir. La mort de cette femme n'était pas un accident. Ils ont une vraie situation de crise à gérer.

« Elle portait l'enfant de Winbury, dit Nick. Je me demande qui était au courant. Celeste ne me l'a pas dit. Je... Je ne pense pas qu'elle le savait. Mais je me demande si Greer Garrison n'était pas au courant.

— J'ai envoyé Luklo à l'hôtel de Mme Dale pour qu'il la ramène au poste. Qu'a-t-elle à voir avec tout ça ?

— Elle était assise sous la tente tard hier soir avec Merritt, Tag, et puis Thomas, le frère du marié. Thomas est allé se coucher, laissant Merritt et Tag Winbury en compagnie de Featherleigh Dale. Elle devrait avoir des choses à nous dire.

— Oui, on a besoin de cette femme, dit le Chef. Maintenant qu'on sait tout ça. Alors pourquoi est-ce que je me retrouve en train d'interroger Shooter Uxley ? Pourquoi s'est-il enfui ? A-t-il joué un rôle dans cette histoire ? Pourquoi, comme par hasard, a-t-il demandé un avocat ?

— Je suppose qu'on finira par le savoir, dit Nick. C'est qui, son avocat ?

— Valerie Gluckstern.

— J'aime bien Val. Elle aussi, elle m'aime bien.

— Espérons que ça jouera en notre faveur et qu'on arrivera à faire parler ce gamin, réplique le Chef. Quand j'en aurai fini avec Uxley, j'irai interroger le père.

— Et moi cette Dale, dit Nick. Quand on l'aura trouvée. Et si tu as besoin d'aide pour infléchir Val Gluckstern, n'hésite pas à me le dire.

— Merci, le prince charmant. »

Samedi 12 août – lundi 21 août 2017

CELESTE

Elle prend une semaine de vacances en août, en même temps que Benji, et tous deux partent à Nantucket.

Merritt dit : « Tu sais que tu as une veine incroyable ? D'avoir un petit ami riche avec une gigantesque maison en front de mer à Nantucket ?

— C'est vrai », reconnaît Celeste, mal à l'aise.

Elle ne veut pas que les gens – même Merritt – s'imaginent qu'elle court après Benji à cause de sa fortune. L'argent rend les choses plus agréables et plus faciles. Ils peuvent aller dîner où et quand ils veulent, ils vont à des concerts et s'assoient au premier rang, Benji lui paye toujours son taxi et lui envoie de magnifiques bouquets de fleurs exotiques, et de temps à autre, quand elle rentre chez elle, elle découvre sur le pas de sa porte une boîte de macarons qu'il a fait livrer de la boutique Pierre Hermé (elle n'avait jamais mangé de macaron avant de le rencontrer ; à présent, c'est devenu l'une de ses nouvelles marottes hors de prix). Celeste apprécie cet aspect de leur relation – elle mentirait en disant le contraire ; mais ce qu'elle préfère chez Benji, c'est qu'il est gentil, prévenant, fiable, raisonnable et équilibré.

Malgré toutes ces qualités, elle avait envisagé de rompre juste avant qu'ils planifient leurs vacances. Elle l'aime bien, mais elle passe son temps à travestir ses sentiments parce qu'elle n'est pas amoureuse de lui.

Elle est amoureuse de Shooter Uxley.

Elle a tenté de se persuader du contraire. Comment peut-elle aimer Shooter alors qu'elle n'a passé qu'une seule journée avec lui ?

Après l'arrivée tardive de Benji lors de ce week-end de juin, Shooter avait quitté l'île, prétextant une urgence professionnelle. Le dimanche après-midi, alors que Celeste était de retour dans son appartement new-yorkais, Shooter lui avait envoyé ce texto : Je ne pouvais pas rester et vous voir ensemble.

Shooter avait donc ressenti quelque chose lui aussi. Il avait ressenti ce *je-ne-sais-quoi* puissant, évident, cette attraction animale. Celeste se sert à dessein de cette expression parce que c'est une scientifique, et qu'elle comprend peut-être mieux que la plupart des gens à quel point les êtres humains dépendent de la biologie. Elle songe au lion faisant régner sa loi au sein de la meute ; au fou à pieds bleus qui exhibe ses petons devant la femelle en se livrant à une danse. Le monde naturel regorge de tels rituels. On peut les décrire et les répertorier, mais au bout du compte, ils demeurent inexplicables. Celeste ne peut pas mieux contrôler ses pulsions et ses sentiments que les hyènes ou les oryctéropes du Cap ; mais elle *peut* contrôler son comportement. Elle n'a aucunement l'intention de quitter Benji pour son meilleur ami. Mais elle sait que c'est injuste de rester avec lui alors qu'elle ne l'aime pas.

Elle doit mettre fin à leur relation.

Elle le fera, décide-t-elle, à leur retour de Nantucket.

Samedi, dimanche, lundi : Celeste et Benji s'allongent au bord de la piscine, nagent dans le port, mangent les petits sandwichs et les cubes de melon qu'Elida leur apporte sur un plateau à l'heure du déjeuner. En fin d'après-midi, ils vont au 167 Raw acheter du thon frais et des steaks d'espadon, puis chez Bartlett's Farm chercher du maïs, des courges d'été, des légumes verts pour la salade, une tarte aux pêches maison. Le matin, ils flânent dans les boutiques de la ville. Chez Milly and Grace, Celeste essaie quatre robes, et Benji, incapable de choisir celle qui lui va le mieux, lui offre les quatre. Ce soir-là, il l'emmène à Sconset pour dîner aux chandelles dans le jardin du Chanticleer. Un cheval de manège a été disposé au centre de la pelouse, et Celeste se surprend à le fixer pendant toute la durée du repas.

Cette semaine, Shooter est à Saratoga Springs, dans l'État de New York, en compagnie d'un groupe de cadres biélorusses travaillant dans les nouvelles technologies ; ils sont allés voir les courses à l'hippodrome. Celeste le sait parce que Benji la tient continuellement informée des allées et venues de Shooter. Il lui montre toutes les photos que celui-ci lui envoie, à la manière d'un oncle fier de son neveu. Il lance parfois à Celeste, sur le ton de la plaisanterie : « Moi je suis rasoir, mais j'ai un ami à la vie passionnante. » Elle sourit faiblement ; elle jette un coup d'œil aux photos, en évitant de regarder le visage de Shooter. À quoi bon ? Elle n'a jamais répondu à son texto. Elle ne peut pas commencer à communiquer en secret avec lui ; elle sait où cela les mènerait.

Celeste cesse de regarder le cheval de manège et de penser à Saratoga. Elle s'efforce d'être heureuse. Elle aime bien Benji. Elle a de l'affection pour lui.

Tout en le regardant siroter son vin, elle imagine Shooter au guichet des paris, un crayon derrière l'oreille. Elle l'imagine dans la tribune ou l'espace VIP, où seuls les grands de ce monde sont autorisés à s'asseoir. On leur offre des amuse-bouches raffinés, et des hôtesses court vêtues servent des cocktails. Elle imagine le cheval de Shooter prenant une longueur d'avance sur le peloton. Une fois de plus, il a choisi le vainqueur. Il tape dans les mains des Biélorusses.

« Tu veux un dessert ? demande Benji. Celeste, tu m'entends ? »

*

Mardi et mercredi : Celeste est bronzée. Celeste est détendue. Celeste se sent de plus en plus à l'aise avec les parents de Benji. Un matin, elle fait huit kilomètres de course à pied avec Tag. Et dans l'après-midi, elle accompagne Greer à une expo photo dans Old South Wharf, après quoi elle lui propose d'aller manger une glace italienne dans la petite boutique à côté de la galerie.

« C'est pour moi », dit Celeste.

Les glaces ne coûtent que 10 dollars mais Celeste laisse un pourboire de 5 dollars à la jolie adolescente aux cheveux roux qui se trouve derrière le comptoir. Tag et Greer se montrent si généreux que Celeste a envie de l'être aussi, dans la mesure de ses moyens.

Elles s'assoient sur un banc du quai pour déguster leurs glaces au soleil et Greer lui lance : « Alors, comment ça va entre Benji et toi ? »

Celeste n'est pas sûre de bien comprendre ce que Greer veut savoir.

« Bien, dit-elle.

— Tag et moi, on retourne à New York demain. Le fils de mon amie Elizabeth Calabash se marie au Plaza.

— Oh. »

Celeste savoure l'arôme de sa glace au fruit de la passion et se souvient qu'avant de rencontrer Benji, elle s'en serait tenue à quelque chose de moins risqué, comme citron ou framboise.

« C'est chouette.

— Je crois que Benji aimerait passer un peu de temps en tête-à-tête avec toi, ajoute Greer. Avoir ses parents qui traînent dans les parages, il n'y a rien de tel pour briser le romantisme.

— Je suis contente que vous soyez là », dit Celeste.

Et c'est vrai. Grâce au couple Winbury, il règne dans la maison une atmosphère familiale. Parfois, c'est comme si Benji et elle étaient frère et sœur. Celeste aimerait par-dessus tout que ses parents puissent voir Nantucket un jour. Elle tente de leur décrire l'île quand elle les appelle, mais c'est beaucoup plus beau en vrai ; et il y a des choses qu'ils ne comprendraient pas, elle le sait bien – dîner aux chandelles à 21 heures dans un jardin orné d'un cheval de manège, payer 1 700 dollars pour une photo, voire manger une glace italienne au fruit de la passion.

Jeudi et vendredi : Tag et Greer partent jeudi en fin de journée. Benji s'excuse auprès de Celeste, mais il a promis de participer au tournoi de golf entre membres et invités du Nantucket Golf Club, ce qui l'occupera l'essentiel du vendredi.

« Pas de problème », répond Celeste.

Elle a un nouveau livre – *Mrs Fletcher*, de Tom Perrotta –, et elle a hâte d'être seule. Ce qui ne devrait pas être le cas, elle le sait.

« J'ai une surprise », ajoute Benji.

Il l'embrasse.

« Shooter vient nous voir. »

Celeste cligne des yeux et recule d'un pas.

« Quoi ? s'exclame-t-elle. Je croyais qu'il était à Saratoga.

— Oui, mais il a quelques jours de libre, alors je lui ai dit de passer. »

Celeste n'a aucune idée de ce que laisse transparaître son visage. Un éclair d'inquiétude ? De peur ? De panique ?

« Je croyais que tu l'aimais bien, dit Benji.

— Oui, bien sûr. Je l'aime bien. »

Le vendredi matin à 7 heures, Benji quitte la propriété dans la Land Rover de Tag avec ses clubs de golf rangés dans le coffre. Celeste se tient sur le perron et lui dit au revoir de la main jusqu'à ce qu'il soit parti. Puis elle retourne dans le hall et se regarde attentivement dans l'un des miroirs anciens de Greer. Elle est blonde et elle a les yeux bleus, elle est jolie mais pas belle, ou peut-être belle mais pas époustouflante non plus. Y a-t-il quelque chose qu'elle ne voit pas ? Quelque chose au fond d'elle ? Elle aime les animaux, l'environnement, la nature. Cela l'a toujours démarquée des autres – la rendant moins désirable, et non davantage. Quand elle était petite, elle passait son temps à lire l'encyclopédie ou le *National Geographic* ; et quand elle ne lisait pas, elle ramassait des serpents et des salamandres, les plaçait dans des boîtes à chaussures et s'efforçait de recréer leur habitat naturel. Elle ne s'intéressait pas aux boys bands, n'avait pas envie de porter des bracelets d'amitié, de faire du roller ou d'aller acheter des CD et des barrettes pour les cheveux au centre commercial – tout comme aujourd'hui elle se fiche des questions de genre et des réseaux sociaux, n'a pas envie de binger des séries sur Netflix, de prendre des cours de barre au sol ni de savoir qui a porté quoi au Met Ball. Elle est atypique. Elle est bizarre.

Shooter sera là bientôt. Elle ne sait pas trop quoi faire. Comme si de rien n'était ? Elle enfile son maillot de bain, attrape son nouveau livre et se dirige vers la piscine.

Quand elle se réveille, le livre ouvert sur sa poitrine, elle découvre Shooter assis sur la chaise longue à côté de la sienne, le coude posé sur le genou, le menton dans la main, en train de la regarder fixement.

Non, elle rêve. Elle ferme les yeux.

« Sunshine. »

Et rouvre les yeux.

« Salut », dit-il.

Il sourit jusqu'aux oreilles.

« Benji m'a appelé pour me dire que tu avais besoin de quelqu'un pour veiller sur toi.

— Absolument pas », répond-elle d'un ton sec.

Elle refuse de flirter avec lui. Elle refuse de se rendre *complice.* C'est comme si Benji *faisait tout* pour la perdre, en la confiant une fois de plus à Shooter.

« Tu aurais dû rester à Saratoga.

— Tu es sexy quand tu as ce regard sévère. Et j'étais content de venir. J'avais envie de venir. Depuis que je suis parti d'ici la dernière fois, je ne souhaite qu'une chose. Te revoir.

— Shooter, murmure-t-elle.

— Tu dois penser que je suis un vrai salaud. À courir après la copine de mon meilleur ami. Il y a des chansons qui parlent exactement de ça, Celeste – celles de Rick Springfield, des Cars. Et tu sais pourquoi ? Parce que ça arrive. Ça arrive tout le temps.

— Mais pourquoi *moi* ? »

Elle est déjà surprise que Benjamin Winbury soit à ses pieds ; mais avoir de surcroît l'attention de Shooter lui paraît tellement inconcevable qu'elle se demande si c'est une ruse ou une plaisanterie. Les hommes comme Benji et Shooter devraient courtiser des femmes comme Merritt. Merritt est influenceuse ; elle a du pouvoir, de l'ascendant, et elle connaît tout le gratin. Elle est mondaine, futée, drôle, et c'est une championne des réseaux sociaux. Celeste, quant à elle, envoie des mails aux administrateurs du zoo pour améliorer l'habitat des orangs-outans.

« Parce que tu es dans la réalité, dit Shooter. Tu es si normale et pragmatique que ça te rend exotique. Il n'y a pas de chiqué avec toi, Celeste. Tu sais à quel point c'est rare de nos jours ? Et j'ai passé un si bon moment avec toi ici. Je n'avais jamais autant apprécié la compagnie d'une femme. C'est comme si tu m'avais jeté un sort. Quand Benji m'a demandé de venir, j'ai accepté sans hésiter.

— Benji est mon petit ami, dit Celeste. Il ne se passera rien entre nous deux. »

Shooter la darde de son regard bleu saphir.

« Je t'apprécie encore plus d'avoir prononcé ces mots. On ne peut pas trouver mieux que Benji. »

On ne peut pas trouver *mieux* que *Benji* ! pense Celeste. Elle se demande s'il parle ainsi sous le coup de la jalousie. Il aimerait avoir ce que Benji possède – ses parents, son ascendance prestigieuse, et maintenant sa petite amie. C'est probablement ça. Celeste se replonge dans son livre, espérant que Mrs Fletcher pourra la sauver.

« Mets ton short et tes tongs, lui intime Shooter. Je t'emmène quelque part.

— Où ?

— Je te retrouve dans l'allée », dit-il.

*

Shooter a loué une Jeep gris metallisé. Il annonce à Celeste qu'il a demandé exactement la même que celle qu'ils avaient la dernière fois, et quand Celeste s'installe sur le siège passager, elle ressent en effet un intense sentiment de familiarité – comme si c'était leur voiture, comme s'ils y avaient leur place.

Shooter roule jusqu'au Surfside Beach Shack.

« Je me suis trompé pour le sandwich à la tomate », dit-il.

Il descend de la Jeep et revient quelques minutes plus tard avec une boîte en carton contenant deux sandwichs enveloppés dans du papier d'aluminium et deux boissons.

« Ce sont les meilleurs sandwichs de l'île, peut-être même du monde. »

Ils poursuivent jusqu'à l'extrémité de Madaket Road, franchissent un petit pont en bois, et pénètrent dans ce qui ressemble à un village balnéaire d'une autre époque. Les maisons sont de minuscules cabanes de plage aux détails architecturaux surprenants : une terrasse suspendue reliant deux sous-toitures, une tour au toit incliné, une rangée de hublots. Rien à voir avec les élégants palais de Monomoy. On dirait des cabanons de plage pour elfes, et ils ont tous un nom amusant : Auberge du Canard, Sam Suffit, L'Échappée Belle.

« Elles sont tellement petites, dit Celeste. Comment font les gens pour vivre là-dedans ?

— Les meilleurs moments se passent à l'extérieur, dit Shooter. Et vise un peu l'emplacement – elles donnent directement sur l'eau. »

Celeste manque lui rappeler que la maison des Winbury donne sur le front de mer elle aussi, mais elle perçoit bien le charme propre à ces maisons. Il y a des serviettes aux rayures de couleurs vives sur les balustrades et des barbecues hibachi sur les terrasses ; les « jardins » sont faits de sable et d'un enchevêtrement buissonneux de *Rosa rugosa.* Comme la vie serait belle ici. À passer la journée à la plage, se rincer sous la douche extérieure, faire griller un bar pêché à la ligne depuis les rochers. Le soir, les voisins passent boire une bière bien fraîche ou un gin tonic, et vous contemplez les étoiles en écoutant le bruit du ressac. Les jours de pluie se passent à jouer aux cartes, à des jeux de société, ou à lire un bon polar en édition de poche dans un vieux fauteuil confortable.

Shooter se baisse pour vérifier la pression des pneus. Celeste l'observe, juchée sur le siège passager. Elle étudie sa nuque, la forme de ses oreilles. Quand il passe aux pneus arrière, elle le scrute dans le rétroviseur. Il lève la tête, la surprend en train de le regarder, et lui envoie un baiser. Elle voudrait le fusiller des yeux, mais elle sourit.

Ils franchissent les dunes en voiture. La rude beauté de Smith's Point est stupéfiante. Devant eux se déploie une longue bande de sable vierge, avec l'océan sur la gauche et des dunes couvertes de zostères sur la droite. Au-delà de ces dunes s'étend la surface plane et bleutée du détroit de Nantucket.

Shooter ralentit – il roule à huit kilomètres/heure – pour pouvoir atteindre plus facilement la boîte à gants, frôlant au passage le genou de Celeste du revers de la main. Il en sort un guide sur les oiseaux du littoral de la côte est.

« Pour ma zoologiste », dit-il.

Celeste veut le corriger – elle n'est pas *à lui* – mais elle est immédiatement captivée par l'ouvrage. Elle a toujours aimé l'ornithologie, même si elle n'était pas assez patiente pour en faire sa spécialité. Elle adore faire un tour au Monde des oiseaux pour papoter avec Vern, leur ornithologue attitré. Vern a observé plus de sept mille des dix mille espèces de volatiles vivant sur Terre – une liste qui le place dans l'élite des observateurs d'oiseaux. Souvent, les meilleures anecdotes de Vern ne concernent pas les oiseaux eux-mêmes mais les voyages qu'il a entrepris pour les observer. Alors qu'il n'avait que 18 ans, il avait fait du stop depuis Oxford, dans le Mississippi, jusqu'à la forêt de nuages de Monteverde, au Costa Rica, pour admirer le somptueux quetzal. Il était allé en Gambie pour observer le calao gris d'Afrique et en Antarctique pour voir le manchot Adélie.

Celeste repère immédiatement le bécasseau et l'huîtrier d'Amérique, avec son bec orange caractéristique. Shooter rit et dit : « Tu m'enchantes. » Il roule jusqu'à l'extrémité de Smith's Point – Celeste distingue la toute petite île de Tuckernuck, de l'autre côté d'un chenal étroit – puis oblique pour gagner l'autre côté du cap. Il y installe un campement de fortune : une chaise pour chacun, une ombrelle, des serviettes, ainsi qu'une petite table sur laquelle il pose leur déjeuner. Il se débarrasse de son polo. Celeste essaie de ne pas remarquer les muscles qui ondulent dans son dos.

« Je vais te montrer un truc », dit-il.

Il s'avance dans l'eau de quelques mètres, puis tombe sans doute d'une saillie rocheuse car il se retrouve soudain avec de l'eau jusqu'au torse. Il lève les bras, et l'eau le pousse de manière latérale.

« Yee-haw ! » crie-t-il.

Parvenu une quarantaine de mètres plus loin, il sort de l'eau et rejoint Celeste à petites foulées.

« C'est un toboggan naturel, dit-il. Il faut absolument que tu essaies. »

Celeste est incapable de résister. Tous les étés quand elle était petite, ses parents l'emmenaient au parc aquatique ; elle adore tout ce qui ressemble à un toboggan dans l'eau. Elle commence à patauger, en quête du bord de la saillie. Puis elle saute et le courant l'emporte le long de la côte.

C'est grisant ! Et c'est drôle ! Celeste n'a pas autant ri et ne s'est pas autant amusée depuis sa descente du Coyote Canyon avec son père quand elle était petite.

« Comment tu connaissais l'existence de ce toboggan ? demande-t-elle à Shooter, essoufflée.

— C'est mon métier de connaître les secrets de chaque endroit.

— J'ai envie d'y retourner.

*

Le montage cinématographique recommence : plan sur Celeste et Shooter descendant le courant un nombre incalculable de fois, en poussant des cris tels des cow-boys de rodéo. Celeste ne s'en lasse pas ; l'eau est rapide, puissante, vivante. Shooter renonce le premier, et Celeste finit enfin par annoncer qu'elle y retourne encore une fois mais que ce sera la dernière. Dans le plan suivant, Shooter et Celeste mangent leurs sandwichs – un « burger » au crabe, aux crevettes et aux saint-jacques, agrémenté d'avocat, de bacon, de salade, de tomate, et d'un aïoli onctueux à l'aneth et au poivre fumé. Avec pour boisson des limonades à la pastèque maison. C'est le déjeuner le plus délicieux que Celeste ait jamais mangé. Est-ce qu'elle exagère en disant cela ? Non, même si elle a conscience que tout le charme ne réside pas que dans le sandwich et la boisson. Il y a aussi la baignade, le sable, le paysage… et Shooter. Une fois qu'elle a fini de manger, Celeste est si fatiguée qu'elle pose une serviette sur le sable et s'allonge à plat ventre. Shooter fait de même et quand Celeste se réveille, sa jambe touche la sienne. Celeste n'a pas envie de bouger, mais elle doit s'éloigner de lui, il le faut.

À 17 heures, quand ils repartent de la plage, la peau de son visage la tiraille à cause du soleil et sa chevelure blonde est raidie par le sel. Elle se dit qu'elle doit avoir l'air effrayante, mais quand elle se regarde dans le rétroviseur, elle ne voit qu'une jeune femme heureuse. Elle n'a jamais été *aussi* heureuse de sa vie.

« Tu sais quoi, Sunshine ? commence Shooter.

— S'il te plaît ne dis rien. »

Elle ne veut pas qu'il dise quoi que ce soit qui puisse tout gâcher. Elle ne veut pas qu'il lui fasse une déclaration. Elle ne veut pas qu'il cherche à définir ce qui est en train de se passer. Ils savent tous les deux ce qui est en train de se passer.

Shooter rit.

« J'allais te demander si tu voulais qu'on s'arrête chez Millie avant de rentrer ? Une margarita, ça te dit ?

— Oui. »

À peine Shooter s'est-il garé sur le parking de Millie's que son téléphone lui indique qu'il a de nouveaux messages, et c'est pareil pour celui de Celeste. Shooter la regarde, le sourcil relevé.

« On consulte nos portables ? demande-t-il. Ou on les ignore ? »

On les ignore, pense Celeste. Mais par pur réflexe, elle jette un coup d'œil à son écran. Elle a reçu trois messages de Benji.

Je suis de retour.
Vous êtes où ?
Ohé ?

Celeste a l'impression d'être suspendue dans les airs. Comment doit-elle réagir ? Elle a envie d'aller au Millie's avec Shooter, de commander une margarita, peut-être de frôler son genou sous le bar.

Mais ce genre d'écart de conduite, c'est fini pour elle.

« Il faut qu'on rentre », dit-elle.

De retour à Summerland, ils trouvent Benji sur la terrasse, en manteau et cravate. Une bouteille de Veuve Clicquot millésimée est au frais dans un seau à glace. Il regarde Shooter avec insistance.

« Vous êtes en retard, dit-il.

— En retard ? s'exclame Celeste. Tu nous attendais plus tôt ? Je croyais que tu jouais au golf.

Shooter dit : « Navré, mon vieux, j'ai perdu la notion du temps. »

Il se passe quelque chose entre Benji et Shooter. Celeste n'ose pas demander ce qui cloche.

« Dois-je prendre une douche ? dit Celeste.

— Oui », dit Benji.

Il l'embrasse.

« Mets ta nouvelle robe rose. On sort, ce soir. »

Celeste monte se laver et se changer. Elle enfile une robe verte au lieu de la rose – un geste de défi qui n'a l'air de rien, et pourtant. Elle déteste quand Benji cherche à la diriger ; elle sait qu'il se voit en professeur Henry Higgins pour son Eliza Doolittle. Mais ce n'est pas le cas. Elle est adulte et intelligente ; elle est capable de choisir sa robe elle-même.

Elle est soudain d'une humeur massacrante. Elle n'a même pas envie d'aller dîner.

Elle jette un coup d'œil à la terrasse depuis la fenêtre de sa chambre. Le champagne est toujours dans le seau à glace – mais Benji et Shooter ont disparu.

Elle perçoit un léger bruit derrière elle et quand elle se retourne, elle voit un bout de papier glissé sous sa porte. Elle se fige. Elle entend des pas qui s'éloignent. Elle attend quelques secondes, puis se dirige sur la pointe des pieds vers le mot pour le ramasser. Il est écrit : *Au cas où tu aurais des doutes, je suis amoureux de toi.* L'écriture ne lui est pas familière. Ce n'est pas celle de Benji.

Celeste serre la note contre sa poitrine et s'assied sur le lit. C'est soit la chose la plus merveilleuse, soit la plus terrible qui soit jamais arrivée dans sa vie.

« Celeste ! »

Benji l'appelle depuis l'escalier. Elle froisse le petit mot. Que doit-elle en faire ? Elle le lit une dernière fois, puis le jette dans les toilettes et tire la chasse.

« J'arrive ! » crie-t-elle.

Shooter s'est changé : pantalon Nantucket Reds, chemise blanche, blazer croisé bleu, et une casquette de marin que Celeste a déjà vu pendue à un crochet dans la pièce où les Winbury rangent les bottes et vêtements d'extérieur, mais qu'elle supposait n'être qu'une sorte d'élément décoratif.

« Jolie casquette ! » lance-t-elle.

Shooter demeure impassible.

Benji mène Celeste jusqu'au bout du quai des Winbury, où un bateau les attend. Il s'agit d'*Ella*, le jet Hinckley qui permet à la famille de faire un petit tour en mer. Celeste rechigne à monter à bord tellement il est beau, avec ses lignes pures, son bois luisant, et ses bancs aux impeccables coussins à rayures blanches et bleu marine. Shooter grimpe le premier et tend la main à Celeste. Elle veut la lui serrer fort pour lui faire savoir qu'elle a bien lu son mot et qu'elle ressent la même chose – mais elle a peur que Benji s'en aperçoive.

Benji et elle s'installent en poupe tandis que Shooter s'empare du gouvernail. Benji ouvre une bouteille de champagne, en remplit deux flûtes et en tend une à Celeste.

« À la tienne, dit-il.

— À la tienne. »

Elle trinque avec lui en veillant à bien le regarder dans les yeux. Elle doit lutter chaque seconde pour ne pas laisser son regard dériver vers Shooter, assis dans le fauteuil du capitaine.

« Et Shooter, il ne boit rien ?

— Non, il ne boit rien. C'est lui qui est aux manettes ce soir.

— Où est-ce qu'on va ?

— Surprise », dit Benji.

Celeste s'adosse à son siège mais ne parvient pas à se détendre. Shooter qui manœuvre le bateau, coiffé de cette casquette ridicule ; c'est un peu comme si Benji avait décidé de l'humilier. Mais peut-être qu'elle dramatise. Peut-être que c'est Shooter qui a proposé de s'occuper du bateau ; peut-être qu'il aime bien ça. La soirée est sublime, l'air est doux, l'eau du port un miroir reflétant la lumière chaude et intense du soleil derrière eux. D'autres plaisanciers le croisent et les saluent de la main. L'un d'eux crie « Magnifique ! » et Benji répond « Je sais » avant d'embrasser Celeste.

« Je suis sûre qu'il parlait du bateau, dit Celeste

— Du bateau, de toi, de moi, de cette incroyable soirée. »

Pas faux, se dit Celeste. De loin, ils doivent avoir l'air du couple le plus heureux et le plus privilégié du monde. Personne ne devinerait jamais les tourments qui agitent Celeste.

Elle boit une gorgée de champagne. Benji passe son bras sur ses épaules et l'attire à lui.

« Tu m'as manquée, dit-il.

— Ça s'est bien passé, ta compétition de golf ? »

Il ne répond pas et c'est tant mieux.

Ils accostent devant le Wauwinet Inn. Shooter est étonnamment habile avec les cordages et les nœuds ; Celeste finit par se demander quels sont ses autres talents cachés. L'harmonica ? Le tir à l'arc ? Le ski de bosses ? Il amarre le bateau puis aide Celeste à en descendre. Benji saute à terre et consulte sa montre.

« On sera de retour à 21 heures, lance-t-il à Shooter.

— Eh, deux secondes ! » dit Celeste.

Son cœur se serre. Elle se tourne vers Shooter.

« Tu ne viens pas dîner avec nous ? »

Shooter sourit, mais ses yeux bleus sont aussi froids que ceux d'une statue.

« Je serai là quand vous aurez fini », dit-il.

Celeste vacille sur ses talons compensés. Elle est déjà peu à l'aise en talons quand tout va bien, alors sur un débarcadère, et dans ce contexte... Benji lui prend le bras et l'entraîne vers le restaurant.

Quand ils sont loin des oreilles de Shooter, Celeste dit : « Je ne comprends pas. Pourquoi ne vient-il pas avec nous ?

— Parce que j'ai envie de passer un dîner romantique avec ma petite amie », rétorque Benji.

Pour la première fois depuis qu'elle le connaît, il a l'air irrité, comme l'un de ces enfants grincheux qui viennent au zoo après l'heure de la sieste. Cette manifestation inattendue d'arrogance met Celeste hors d'elle.

« Alors tu l'as *embauché* pour manœuvrer le bateau, c'est ça ? C'est notre *ami,* Benji. Ce n'est pas ton domestique.

— J'aurais dû savoir que tu trouverais ça injuste. Mais quand j'ai annoncé à Shooter que j'avais l'intention de t'amener ici, c'est lui qui s'est proposé pour gérer le bateau. Il a l'intention de dîner au comptoir du bar.

— Tout seul ?

— Tu connais Shooter. Je suis sûr qu'il va se faire des copines. »

Le dîner au Topper's est une expérience incroyable : le moindre détail est maîtrisé à la perfection. Les boissons sont apportées sur un présentoir à étages ; le gin tonic de Benji est concocté devant eux à l'aide d'un bâton mélangeur en verre. La corbeille à pain contient une focaccia au romarin chaude et parfumée, des petits pains au bacon et à la sauge faits maison, et des gressins torsadés au cheddar et à l'ail qui ressemblent aux branches d'un arbre dans une forêt enchantée. En d'autres circonstances, Celeste serait en train de mémoriser ces détails pour pouvoir en parler à ses parents plus tard ; mais tout ce qui l'intéresse, c'est la phrase qu'elle a lue sur le petit mot glissé sous sa porte. *Au cas où tu aurais des doutes, je suis amoureux de toi.*

Les entrées arrivent sous des cloches en argent. Le serveur soulève les deux de manière simultanée dans un grand geste théâtral. Les plats sont de véritables œuvres d'art : les légumes sont taillés telles des pierres précieuses ; les sauces sont peintes sur les assiettes. Benji a commandé un vin apparemment si rare et si époustouflant que le sommelier a répondu en bégayant.

Celeste s'en fiche. Elle ressent plus fortement l'absence de Shooter que la présence de Benji. Elle mange sans conviction son entrée – stracciatella di bufala et légumes de saison – puis s'excuse pour aller aux toilettes.

Elle passe devant une fenêtre donnant sur une enclave à l'ambiance intimiste faite d'un bar en acajou avec cinq places assises, d'une télévision diffusant le match des Red Sox, et de quelques tables avec des chaises à haut dossier en rotin. Ce bar a quelque chose de britannique, de colonial, et lui fait penser à un club, plus chaleureux et décontracté que la salle à manger.

Shooter est assis seul au comptoir, à boire un martini.

Celeste, les yeux fixés sur son dos, fait son examen de conscience. Lui parler ou le laisser tranquille ? *Lui parler* ! Elle lui dira qu'elle ressent la même chose que lui, et ils trouveront plus tard comment être ensemble sans faire de mal à Benji. Mais avant que Celeste n'entre dans le bar, une femme apparaît. Elle porte un pantalon noir, un tablier noir, et une chemise blanche au col déboutonné. *Ok, c'est la barmaid,* se dit Celeste, soulagée. Elle est plutôt pas mal, avec ses cheveux bruns coupés au carré, ses lunettes œil-de-chat et son rouge à lèvres sombre. Elle s'approche de Shooter ; il la serre dans ses bras puis l'attire sur ses genoux et commence à la chatouiller. Elle éclate de rire – à travers la porte close, Celeste ne l'entend qu'à peine ; et juste au moment où les émotions de Celeste se muent en souffrance et en rage, la barmaid se lève, lisse son tablier et se remet au travail.

Celeste déboule dans les toilettes en claquant la porte, faisant sursauter une femme qui se met du rouge à lèvres devant le lavabo.

Quand Celeste regagne la table, Benji se lève. *Un vrai gentleman,* se dit-elle. Et elle n'aura jamais à s'inquiéter de ce qu'il fabrique dans son dos.

Entre le plat et le dessert – ils ont choisi le soufflé, qui demande plus de temps de préparation –, Benji sort quelque chose de la poche de son manteau. Une petite boîte. Celeste la regarde presque sans la voir.

Elle savait que cela arriverait. Cela ne devrait pas la surprendre.

« Je ne suis pas allé jouer au golf aujourd'hui, dit Benji. Je suis retourné à New York chercher un petit quelque chose. »

Il ouvre la boîte et dévoile la plus belle bague en diamant que Celeste ait jamais vue de sa vie.

Elle penche la tête et la relève, comme si elle était officiellement présentée à cette bague.

« Celeste, acceptes-tu de devenir ma femme ? » demande Benji.

Les yeux de Celeste s'emplissent de larmes. Non seulement elle savait ce qui allait arriver, mais Shooter aussi. Et *pourtant* il l'a emmenée à Smith's Point, *pourtant* il lui a montré comment se laisser porter par le courant, *pourtant* il lui a acheté un livre sur l'ornithologie, *malgré ça* il l'a appelée Sunshine, et *pourtant* il lui a donné l'impression qu'elle était l'étoile la plus brillante dans le ciel. Et puis il a glissé ce petit mot sous sa porte.

Au cas où tu aurais des doutes.

Il ne voulait pas dire au cas où Celeste aurait des doutes à son sujet. C'était au cas où elle aurait des doutes concernant son mariage avec Benji.

Je suis amoureux de toi.

Shooter est un joueur. Il lance les dés pour voir s'il peut gagner. C'est un jeu pour lui, se dit-elle. Il n'éprouve pas de véritables sentiments.

Elle prend sa serviette et sèche les larmes qui coulent sur ses joues. Elle ne peut pas regarder Benji en face ; il verrait que ce sont des larmes de désarroi. En cet instant, cependant, il doit supposer – ou espérer – qu'elle pleure parce qu'elle déborde de joie.

Tout cela est un gâchis, un gigantesque gâchis émotionnel lié à leur triangle amoureux, et Celeste aimerait se lever et quitter les lieux avec les deux hommes à son bras. Elle va rentrer chez elle, à Easton, chez ses parents.

Elle pense à Shooter en train d'attirer la barmaid à lunettes sexy sur ses genoux, à son sourire malicieux, à ses doigts chatouillant les côtes de cette femme. Elle serait très malheureuse si elle vivait avec Shooter. Les sentiments qu'elle éprouve pour lui sont trop forts ; ils la mèneraient à sa perte. Le meilleur choix, le plus sage, est d'épouser Benji. Elle continuera à être ce qu'elle a toujours été : le centre du monde de quelqu'un d'autre. La petite chérie.

« Oui, murmure-t-elle. Oui, marions-nous. »

*

Quand Benji et Celeste regagnent le bateau, Shooter est déjà là à les attendre. À la lueur qui brille dans ses yeux, il a bu deux ou trois martinis. Ses cheveux sont ébouriffés ; le rouge à lèvres de la barmaid a laissé une trace sur sa joue.

Au cas où tu aurais des doutes, je suis amoureux de toi.

« Alors, ça s'est bien passé, *vous deux* ? » demande Shooter avec un enthousiasme trop appuyé.

Plutôt cinq martinis, en fait, se dit Celeste. Il a la voix pâteuse. Benji va devoir ramener le bateau à la maison.

Celeste tend sa main gauche.

« On est fiancés. »

Shooter rive ses yeux aux siens. *Tu as perdu la partie,* songe-t-elle. Elle jubile pendant quelques secondes. Mais elle se reprend. Ils ont tous les deux perdu.

« Voyez-vous ça, dit-il. Mes félicitations. »

Benji insiste pour que Celeste appelle ses parents sur le bateau du retour, mais bizarrement, ils ne répondent pas. C'est encore plus étrange quand Benji lui annonce qu'il leur a parlé plus tôt dans la semaine pour leur faire part de ses intentions et leur demander leur bénédiction. Ils étaient aux anges, annonce-t-il.

Celeste laisse un message sur le répondeur pour leur demander de la rappeler. Elle attend toute la journée du samedi d'avoir de leurs nouvelles. Quand elle réessaye le dimanche matin, son père décroche, mais il y a quelque chose qui ne tourne pas rond. Il est en larmes.

« Papa ? »

Elle s'accroche à l'espoir qu'il pleure d'émotion à cause de ses fiançailles.

« C'est ta mère », dit-il.

Samedi 7 juillet 2018, 13 h 12

NANTUCKET

Au fil de la journée, la nouvelle de l'assassinat de la demoiselle d'honneur se répand sur l'île. Comme personne ne sait ce qui s'est passé, toutes les hypothèses, même les plus farfelues, sont envisagées.

Un groupe de millennials new-yorkaises qui boit des cocktails et déjeune au CRU est informé de la nouvelle par Ryan, le serveur.

« Comme si ce n'était pas déjà assez difficile comme ça d'être demoiselle d'honneur, dit Zoe Stanton, responsable de magasin pour la marque Opening Ceremony.

— Une demoiselle d'honneur… » murmure Sage Kennedy, employée dans les relations publiques.

Cela lui rappelle quelque chose.

« Cette femme, elle s'appelait comment ?

— Son nom n'a pas encore été divulgué dans la presse », répond Lauren Doherty, kinésithérapeute dans un hôpital de New York spécialisé dans la rhumatologie.

Sage sort son téléphone, malgré sa résolution de ne pas l'utiliser pendant les repas (sauf si elle dîne seule). Elle est presque sûre qu'elle suit quelqu'un sur Instagram qui était demoiselle d'honneur ce week-end lors d'un mariage à Nantucket.

Elle pousse un petit cri. C'est Merritt. Merritt Monaco.

Un frisson la parcourt de la tête aux pieds. Il fut un temps où Sage et Merritt travaillaient ensemble dans une boîte de relations publiques nommée Brightstreet et gérée par Travis et Cordelia Darling. Merritt avait eu une liaison pour le moins malavisée avec Travis Darling, et quand Cordelia l'avait découvert... Sage n'avait jamais vu quelqu'un d'aussi fermement décidé à se venger. Elle avait été *horrifiée* d'entendre Cordelia dire du mal de Merritt à absolument tous leurs clients, et l'insulter de manière *écœurante.* Cordelia avait même contacté les parents de Merritt. Ses *parents,* comme si Cordelia était la proviseure du lycée et qu'on avait chopé Merritt en train de mettre le feu à la cantine. Sage avait gravi des échelons après son licenciement ; en gros, on lui avait filé tous les dossiers de Merritt. Une autre qu'elle aurait pu se réjouir que sa supérieure directe ait fait d'aussi mauvais choix de carrière ; mais Sage avait culpabilisé. Elle soupçonnait que tout était la faute de Travis Darling. Il était louche.

Sage avait voulu contacter Merritt une fois l'orage passé, mais elle avait eu peur d'agir dans le dos de Cordelia. Quand celle-ci lui avait annoncé qu'elle transférait la boîte à Los Angeles, Sage avait accepté sa lettre de recommandation enthousiaste et de bonnes indemnités de licenciement, et n'avait pas tardé à trouver un autre boulot. Elle avait envoyé un texto à Merritt pour lui annoncer le départ de Cordelia, et Merritt avait répondu : Merci de me l'avoir dit.

Elles n'étaient pas devenues amies, loin de là, mais Sage gardait un œil sur Merritt grâce aux réseaux sociaux. Elle la suivait sur Instagram grâce à un faux nom – ce qui était bizarre, elle le savait, mais moins compliqué que de la suivre, de la liker et de lui laisser des commentaires sous sa vraie identité. Elle avait encouragé Merritt quand celle-ci avait décroché un poste à la Wildlife Conservation Society et qu'elle avait commencé à faire de la pub pour Parker et pour Young, Fabulous, and Broke, ainsi que pour la plupart des restaurants et clubs branchés qui ouvraient au sud de la 14ᵉ Rue.

Merritt avait récemment publié des posts sur son rôle de demoiselle d'honneur à Nantucket ce week-end. En début de semaine, elle avait mis en ligne une photo d'elle en train de poser dans sa robe – une tenue en soie vieil ivoire avec des broderies noires sur le corsage, rappelant les gravures faites par les pêcheurs sur les os de baleine ; une idée que Sage avait trouvé *géniale* – accompagnée de cette légende : *Ce soir direction Nantucket. #demoiselledhonneur #mariagedelannee #BFF.*

Est-ce qu'elle avait été *tuée* ?

Sage pose des yeux mornes sur son sandwich au homard et son verre de rosé Rock Angel. Son appétit s'est envolé. Qui aurait envie de tuer Merritt ?

Cordelia, se dit-elle. Elle boit une gorgée de vin pour se donner du courage et se demande s'il est possible que Cordelia soit venue se mêler en douce aux festivités du mariage – déguisée en employée du traiteur, pourquoi pas – afin d'accéder à Merritt de cette façon. C'est absurde ? Ça n'arrive que dans les films ? C'est ce que penserait Sage en temps normal ; mais elle sera à jamais hantée par la méchanceté pure de Cordelia Darling dans les jours ayant suivi sa découverte de la liaison de son mari.

Cordelia est à Los Angeles, se dit-elle. Il n'y a aucune raison qu'elle passe la semaine du 4 Juillet à faire la fête à Nantucket ; la côte ouest a des plages, elle aussi.

Sage range son téléphone et sourit à ses amies. Si ça se trouve, ce n'est même pas Merritt, pense-t-elle. Elle suit le regard de Lauren, par-delà les baies vitrées grandes ouvertes du restaurant. La vue est tout simplement spectaculaire : le port d'un bleu étincelant, les voiliers, les mouettes, les hauteurs de Shawkemo dans le lointain. Cette île n'est pas faite pour le malheur.

À la Greydon House, dans Broad Street, tout le monde ne parle que de la Demoiselle d'honneur assassinée. Heather Clymer, qui séjourne avec son mari Steve dans la chambre n° 2, vient juste de rentrer de la boutique caritative de l'hôpital, où l'un des bénévoles lui a raconté toute l'histoire. Grâce à Heather, la nouvelle s'est répandue comme un virus dans tout l'hôtel : le corps de la demoiselle d'honneur d'un grand mariage chic à Monomoy a été retrouvé tôt ce matin en train de flotter dans le port, et les autorités locales comme celles de l'État soupçonnent un acte criminel.

Laney et Casper Morris sont devant la réception de l'hôtel et s'apprêtent à faire un tour au musée de la Pêche à la baleine de Nantucket quand ils apprennent la nouvelle. Laney plante ses ongles dans le bras de Casper.

« Aïe », fait Casper.

Il est déjà un peu contrarié que Laney l'oblige à se rendre au musée par une journée aussi splendide, la dernière de leurs vacances. Ils devraient aller à la plage ! Le musée de la Pêche à la baleine ne va pas changer de place ; ils pourront le visiter quand ils seront vieux.

« Un grand mariage chic à Monomoy ? » s'exclame Laney.

Elle tire Casper par le bras jusqu'à leur chambre élégamment meublée, où Casper s'effondre sur le lit, content que cet imprévu vienne retarder leur programme du jour.

« Le corps de la demoiselle d'honneur a été retrouvé flottant sur l'eau. Elle est morte. Tu sais de quel mariage il s'agit, n'est-ce pas ? À Monomoy ?

— Celui de Benji ? » lance Casper.

Il sait qu'il a vu juste ; Laney n'a pas arrêté d'en parler ces derniers jours parce que sa meilleure amie, Jules Briar, est l'ex-petite amie de Benji. Casper ne raffole pas de Jules, et il sait que Laney est lasse elle aussi de cette amitié ; mais Jules et elle se connaissent depuis le cours préparatoire à Spence et certaines habitudes sont difficiles à défaire. Jules a découvert d'une façon ou d'une autre que Benji se mariait ce week-end à Nantucket, et quand elle a appris que Laney et Casper seraient sur l'île au même moment, elle a supplié Laney de garder l'œil ouvert et de tout lui raconter à son retour. Jules est follement jalouse de la fiancée de Benji, *qu'il a rencontrée quand Benji et elle ont emmené Miranda au zoo !*

Laney avait fait exactement ce que Jules lui avait demandé. Hier soir, alors qu'ils faisaient la queue au Juice Bar, elle avait vu Shooter Uxley, le meilleur ami de Benji, devant la vitrine du Steamboat Pizza. Il était avec une femme blonde. Laney avait pris une photo de Shooter et de la blonde et l'avait envoyée à Jules.

Celle-ci avait répondu immédiatement. C'est elle ! C'est la femme du zoo ! La fiancée de Benji !

Elles avaient alors échangé des textos : pourquoi la fiancée – Celeste Otis, c'était son nom ; Jules l'avait traquée sur Internet comme il se doit – mangeait une pizza avec Shooter et non avec Benji ? Puis elles s'étaient envoyé des messages pour se dire à quel point Shooter leur manquait. Avec lui, on ne s'ennuyait jamais.

« La demoiselle d'honneur a été tuée. Pauvre Benji ! soupire Laney.

— Peut-être que c'est Benji qui l'a tuée » réplique Casper, avant de s'esclaffer parce que Benjamin Winbury est l'un des types les plus gentils de la planète – si gentil que Casper avait l'habitude de lui reprocher de faire passer tous les autres hommes pour des monstres, comparés à lui. Qui plus est, Casper lui-même a déjà eu envie d'étrangler certaines des amies de Laney. Cette conversation n'a donc rien d'anodin.

« Si c'était la mariée qui était morte, dit Laney, j'aurais soupçonné Jules.

— Carrément. »

Laney soupire.

« Ça fait réfléchir, quand même. Penser que quelqu'un de notre âge peut mourir dans un claquement de doigts. »

Casper tend la main vers sa femme.

« Hé ! Il ne faut pas que ça te file le bourdon. On ignore ce qui s'est passé.

— La vie est si courte. »

Laney sourit à Casper.

« Oublie le musée de la Pêche à la baleine, dit-elle. Allons nous baigner. »

Benjamin Winbury est tenu à l'écart dans le bureau de son père avec celui-ci et son frère.

Intellectuellement, Benji comprend que Merritt est morte, qu'elle s'est noyée devant la maison ; mais il n'arrive pas à se faire à cette nouvelle réalité. Son cerveau ne veut pas basculer vers *Merritt est morte*. Il reste bloqué sur *Merritt est vivante et le mariage aura lieu comme prévu à 16 heures.* Son smoking est pendu dans l'armoire, et dans la poche de poitrine de sa veste sont rangées les alliances, que Benji allait confier à Shooter au moment de lui offrir son cadeau de témoin, une paire de boutons de manchette monogrammés. Il lui reste encore des cases à cocher sur sa liste de choses à faire, comme organiser une excursion en bateau et une journée au spa pour Celeste, une fois qu'ils seront à Santorin ; mais sa procrastination n'a plus d'importance désormais. Le mariage a été annulé.

Évidemment que le mariage a été annulé. Il n'était pas question de lancer les festivités alors que la meilleure amie de Celeste avait été retrouvée morte.

Benji est en proie à une foule d'émotions particulièrement déroutantes. Il est bouleversé, choqué, horrifié – comme tout le monde. Mais il éprouve aussi de la colère et de la rancœur. C'est le *jour de son mariage !* Ses parents ont déployé des efforts considérables et payé des sommes folles pour que ces noces soient inoubliables, et tout cela *en vain.* Cependant, au-delà de ces doléances banales et prévisibles – le plus beau jour de sa vie a tourné au chaos et à la tragédie –, une tristesse plus profonde l'envahit à l'idée qu'il ne s'engagera pas pour la vie avec la femme qu'il aime plus que tout au monde.

Il a été suffisamment influencé par Celeste pour user désormais, à l'occasion, de métaphores liées à la faune et la flore. Celeste est comme un papillon rare que Benji a mystérieusement réussi à capturer. Cette comparaison est de toute évidence déplacée à bien des égards, mais c'est ainsi qu'il pense à elle en son for intérieur, là où personne ne peut le juger : elle est comme un oiseau ou un papillon exotique. S'il pousse l'image un peu plus loin, l'épouser revient à la mettre en cage ou à l'épingler sur une planche. Elle était censée *être à lui.*

Mais la mort de Merritt a montré que Celeste n'appartient qu'à elle-même.

C'est elle qui avait trouvé Merritt. Avec l'aide de Roger, elle avait sorti son corps de l'eau. Et ses nerfs avaient lâché – impossible de lui parler, impossible de la consoler. Elle n'arrivait plus à respirer. Roger et les secouristes avaient sagement décidé de l'emmener à l'hôpital, où ils pourraient la calmer.

Benji avait attendu deux heures avant d'aller la voir, pour lui laisser le temps de digérer ce drame sans être dérangée ; mais quand il était passé la chercher, leur conversation ne s'était pas déroulée comme il l'avait prévu.

Elle était couchée, un peu dans les vapes à cause du Valium. Quand il était entré dans la chambre, elle avait battu des paupières avant d'ouvrir les yeux. Il s'était assis à son chevet, avait pris sa main et lui avait dit : *Je suis vraiment désolé.*

Elle avait fait non de la tête. *C'est ma faute,* avait-elle murmuré.

Pour des raisons que Benji ne pouvait s'expliquer, cette réponse l'avait soudain mis dans une rage folle. Il pensait que Celeste s'en voulait d'avoir organisé un mariage au bord de l'océan, d'avoir demandé à Merritt d'être sa demoiselle d'honneur, de l'avoir fait venir à Nantucket. Et sa réponse avait fusé : *Elle a eu de la chance d'être invitée et d'avoir une amie comme toi, elle ne te méritait pas, elle n'était pas digne de toi, Celeste. Et en plus, c'est probablement elle la responsable ! Tu m'as dit un jour qu'elle avait une réserve de cachets et des idées suicidaires, alors qu'est-ce qui te fait croire que ce n'est pas ça ? Elle a mis en scène sa mort pour bousiller notre grand jour !*

Celeste avait fermé les yeux, et Benji avait cru qu'elle replongeait dans le sommeil à cause du sédatif ; mais elle avait repris la parole. *Je n'arrive pas à croire que tu aies dit ça. Tu accuses Merritt. Tu penses que c'est sa faute. Parce que tu ne l'as jamais aimée. Tu trouvais qu'elle avait une mauvaise influence sur moi. Mais c'était mon* amie, *Benji. C'était l'amie que j'avais cherchée* ma vie entière. *Elle m'acceptait comme je suis, elle m'aimait, elle prenait soin de moi. Si je n'avais pas rencontré Merritt, j'aurais peut-être quitté New York. Je serais peut-être retournée à Easton, et j'aurais travaillé au zoo de Trexlertown. Je ne t'aurais peut-être jamais rencontré. Tu rejettes la faute sur Merritt parce que tu ne parviens pas à concevoir un scénario où quelqu'un de ta famille, l'un de tes proches, aurait commis une très, très grave erreur. Tu t'imagines que les Winbury sont irréprochables. Mais tu te trompes.*

De quoi parles-tu ? avait-il demandé.

Tu le sauras bien assez tôt. Mais pour l'instant, j'aimerais que tu t'en ailles. Je veux parler à la police. Seule.

Quoi ? Et tes parents ? Est-ce qu'ils sont au courant ? Ils étaient encore dans leur chambre quand je suis parti.

J'ai appelé mon père. Va-t'en, s'il te plaît.

Benji était resté perplexe ; mais voyant sa mâchoire serrée, il avait compris qu'elle ne plaisantait pas.

Il s'était levé pour partir. Il savait qu'il était inutile de lui demander si elle voulait se marier en Grèce, ou reporter leurs noces au mois d'août. La mort de Merritt avait changé la donne. Il avait perdu Celeste.

Et voilà qu'il ne lui restait plus qu'à faire les cent pas dans le bureau de Tag, en posant sans cesse la même question à son père et son frère.

« Qu'est-ce qui s'est *passé ?* »

Benji était allé se coucher dès qu'ils étaient rentrés de leur virée en ville la veille. Mais Thomas et Tag avaient poursuivi la soirée.

« Vous confirmez ? demande Benji. *Vous confirmez ?*

— Oui, dit Tag. Il y avait Thomas, Merritt, Featherleigh et moi.

— Qu'est-ce que vous fabriquiez ?

Thomas hausse les épaules.

« On buvait.

— Quoi ? Du scotch ?

— Du rhum, dit Tag. J'avais envie de finir mon cigare, de profiter de la soirée. J'étais tranquillement assis avec ton frère quand Merritt et Featherleigh nous ont rejoints.

— D'où venaient-elles ?

— Manifestement, elles avaient fait connaissance pendant la soirée et ça avait bien accroché entre elles, répond Tag.

Elles sont sorties de la maison en papotant comme de grandes copines. En mode Thelma et Louise.

— Abby m'a demandé de venir me coucher juste après leur arrivée », ajoute Thomas.

Il lève les mains, paumes tournées vers le ciel.

« Je n'ai *strictement rien* à voir avec tout ça. Merritt, je la connaissais à peine. Mais elle avait ce drôle de regard. Tu vois ce que je veux dire ? Le genre à t'attirer des emmerdes.

— C'est clair, murmure Tag.

— Est-ce qu'elle avait l'air bourrée ? demande Benji. Ou d'avoir gobé un truc ?

— Relax, mon vieux, dit Thomas. La police va trouver ce qui s'est passé. »

La police, songe Benji. C'est pour ça qu'ils se planquent dans le bureau de son père : ils attendent d'être interrogés par la police. La pièce sent le tabac et le whisky tourbé et elle est remplie d'objets d'époque – sextants, baromètres, gravures d'anciennes victoires navales britanniques. La gent masculine est généralement intriguée par le bureau de Tag. Quant à Benji, il le déteste. Mais dans les circonstances actuelles, c'est un refuge bien commode, et il a très envie d'un verre.

« Tu me sers un Glenmorangie ? demande-t-il à son père.

— Avant de parler à la police ? Est-ce bien raisonnable ?

— Les flics de Nantucket... Pas de quoi être intimidé, intervient Thomas. Je t'apporte ça. »

Il se dirige vers le bar.

« S'ils soupçonnaient Benji, ils l'auraient interrogé en premier.

— *Moi,* me soupçonner ? » glapit Benji.

Cela ne lui avait jamais traversé l'esprit.

« Pourquoi serais-je considéré comme suspect ? »

C'est à ce moment-là qu'on frappe à la porte du bureau, et son cœur fait des bonds. Serait-ce possible qu'on le soupçonne ?

Tag traverse la pièce à grandes enjambées pour aller ouvrir la porte. Son père a l'air bien comme il faut avec son polo blanc et son short en madras aux teintes sombres ; mais Benji et Thomas sont encore vêtus du short de sport et du T-shirt dans lesquels ils ont dormi.

Le révérend Derby apparaît sur le seuil. Les trois Winbury poussent un soupir de soulagement. Le prêtre donne l'accolade à Tag.

« Je suis venu voir si je pouvais vous aider en quoi que ce soit. »

Benji n'est pas capable de supporter un laïus sur Dieu en ce moment. Il n'est pas d'humeur à entendre que cela faisait partie du dessein divin, pas plus qu'il ne veut débattre pour savoir s'il s'agit d'un suicide et de ce que cela pourrait signifier pour l'âme de Merritt.

« Comment ça se passe, là-dehors ? demande Tag au révérend Derby. Il y a du nouveau ?

— Personne ne m'a parlé directement. Mais j'ai entendu quelqu'un dire que la médecin légiste avait trouvé un sédatif dans le sang de la jeune femme. Elle est sans doute allée se baigner pour une raison ou une autre, et elle a perdu connaissance. »

Un sédatif, pense Benji. *Bingo.* Merritt a pris un zolpidem et en a subi les effets bien connus : son cerveau s'est éteint alors que son corps était toujours éveillé. Elle était entrée dans l'eau au milieu de la nuit et elle s'était noyée.

Le révérend Derby pose sa main sur l'épaule de Benji.

« Tu tiens le coup, jeune homme ? »

Benji hausse les épaules. Il ne voit pas l'intérêt de mentir au prêtre. Il fait partie de la famille – c'est comme un oncle pour lui. La plupart des souvenirs que Benji a de lui n'ont rien de religieux. Le révérend Derby vient tous les ans participer au Thanksgiving anglicisé des Winbury ; il accompagne Tag aux matchs des Yankees ; il a passé de nombreux week-ends ici-même, à Nantucket ; il a assisté aux remises de diplômes de Thomas et de Benji au lycée, à l'université, en école supérieure. La présence du révérend Derby a toujours conféré aux Winbury une certaine autorité morale, quoiqu'aucun des quatre membres de la famille ne soit particulièrement religieux. Voire ne l'est pas du tout, comme Benji. Il ne peut pas parler de la vie intérieure des autres ; mais son existence a été tellement bénie – jusqu'à présent – qu'il n'a pas eu *besoin* de la religion.

« Je suis surtout inquiet pour Celeste, dit-il. Elle est sous le choc. »

Le révérend Derby le regarde de ses yeux bleus larmoyants, mais il a suffisamment d'expérience pour savoir que mieux vaut ne rien ajouter. Il retire sa main de l'épaule de Benji.

« Je vais vous laisser entre vous. Sachez que je suis là, si vous avez besoin de moi. »

Tag lui serre la main et lui ouvre la porte.

« Pour moi, ce sera un scotch », lance Thomas.

Benji et Thomas en sont à leur second verre quand on frappe encore à la porte. Une fois de plus, Tag se lève pour aller ouvrir. Une fois de plus, le cœur de Benji réagit comme un pitbull tirant sur sa chaîne.

C'est sa mère.

« Puis-je entrer ? » demande-t-elle à Tag.

Sa voix est espiègle. Benji sait qu'elle n'aime pas la façon dont Tag préserve l'intimité de son bureau. Cela la rend méfiante, explique-t-elle.

Tag ouvre grand la porte et lui fait signe d'entrer. Greer pénètre dans les lieux. Elle aussi est habillée correctement, d'un pantalon blanc et d'un débardeur en lin de la couleur du pain complet. Ses cheveux sont relevés en chignon et elle a mis du rouge à lèvres. Celeste serait blessée que Greer ait jugé bon de se maquiller ce matin, songe Benji ; mais sa mère fait partie de ces femmes britanniques qui ne souhaitent pas que les étrangers présents dans la maison – la police, les experts scientifiques, l'inspecteur – la voient sans maquillage, peu importe les circonstances.

« Maman », s'exclame-t-il.

Sa mère est capable de rendre la situation plus supportable, il en est sûr.

« Oh, Benny ! »

Elle se sert du surnom de son enfance, qui n'a plus servi depuis longtemps. C'était exactement ce qu'il lui fallait : il sait qu'elle l'aime. Elle le serre si fort contre elle qu'il perçoit ses os et les battements de son cœur. Puis elle recule d'un pas et le regarde droit dans les yeux. Il sent qu'elle veut lui manifester son soutien. S'il y a bien quelqu'un dont les espoirs et les rêves ont été broyés autant que les siens par la désintégration de ce mariage, c'est Greer. Et pourtant, elle semble digérer la tournure prise par les événements de manière digne et affligée, exactement comme il se doit.

« Tu as parlé aux Otis ? demande-t-il. Celeste m'a dit qu'elle avait appelé son père.

— Ils ne sont pas encore sortis de leur chambre. J'ai demandé à Elida de leur monter un plateau pour le déjeuner, mais je suis sûre qu'ils sont trop chamboulés pour faire un vrai repas. »

Elle repère les verres de scotch sur la table basse.

« Et vous, vous avez mangé quelque chose ?

— Non, dit Benji.

— Je ne suis pas contre », ajoute Thomas.

Greer le toise d'un œil sévère.

« Tu peux aller te chercher un sandwich dans la cuisine.

— Qu'est-ce qui se passe exactement ? demande Tag. On n'a toujours pas parlé aux inspecteurs.

— J'ai eu un entretien avec le type de la police d'État, répond-elle. Je crois bien qu'il m'a dans le nez...

— *Toi ?* » s'écrie Benji.

Greer balaye l'air de la main.

« Je ne sais pas trop ce qu'ils ont dans la tête. Le Chef de Nantucket vient de m'appeler pour me demander dans quelle auberge était descendue Featherleigh.

— Featherleigh ? s'exclame Thomas. Bon sang, mais qu'est-ce qu'elle vient faire dans cette histoire, celle-là ?

— C'est la dernière personne à avoir vu Merritt vivante, dit Tag.

— Vraiment ? demande Greer.

— Tu es sûr ? » ajoute Thomas.

Tag leur tourne le dos pour aller se chercher un scotch sur le chariot du bar.

« Je crois bien que oui, dit-il, en regardant le fond de son verre avant de le porter à ses lèvres. Oui.

— Featherleigh était avec toi, non ? » demande Greer.

Son ton est plus curieux qu'accusateur.

« Tu ne l'as pas emmenée faire un tour en kayak ?

— Featherleigh ? intervient Thomas. Pourquoi papa emmènerait-il Featherleigh faire un tour en kayak ? Elle n'a pas l'air particulièrement fan de sports nautiques.

— Je n'ai pas emmené Featherleigh faire de balade en kayak, soupire Tag.

— Vraiment ? dit Greer.

— Oui, je t'assure.

— Tu as pourtant bien emmené *quelqu'un* faire du kayak, réplique-t-elle. Le kayak, celui à deux places, est resté sur la plage posé à l'envers. Avec une seule rame. Et on sait tous que tu es le seul à t'en servir. »

Benji se laisse tomber dans l'un des fauteuils club en cuir et boit d'une traite ce qui lui reste de scotch. Il n'aime pas la tournure que prend cette histoire. Il a devant lui ses proches – ses parents, son frère aîné. Leur clan, celui des Winbury, est particulièrement chanceux, pas seulement en raison de leur argent, de leur statut social et de leurs avantages, mais aussi parce que, selon les normes actuelles, ce sont des gens « normaux ». Ils forment une famille heureuse et normale. Une famille, aurait-il dit, exempte de drames et de secrets.

Il n'en est plus si sûr à présent.

« Qui as-tu emmené dans ce kayak, papa ? » lance-t-il à la cantonade.

Il repense à ce que lui a dit Celeste : quelqu'un dans sa famille a commis une très, très grave erreur.

Il se lève de son fauteuil.

« Papa ? »

Tag est tourné vers le chariot du bar. Il a une main posée sur son verre, l'autre autour de la bouteille.

Greer l'observe. Thomas l'observe. Tous attendent une réponse.

Sa voix est à peine audible, mais ses mots sont clairs.

« Merritt, c'est Merritt que j'ai fait monter dans le kayak. »

KAREN

Karen se réveille en sursaut. La lumière du soleil, d'une belle teinte citron, inonde la pièce. Elle était censée se lever à 8 h 30 pour aider Celeste à se préparer, mais il est sans doute beaucoup plus tard que ça. Elle prend son téléphone et regarde l'écran. Midi et demi.

Elle pousse un cri et se redresse dans son lit. Étrangement, elle n'a pas mal. Aucune douleur ? Elle a pris un oxy hier en fin de soirée, mais quand même, cela fait douze heures maintenant. D'habitude, ses terminaisons nerveuses commencent à hurler au bout de sept ou huit heures.

« Bruce ? »

Son côté du lit est vide mais – elle tend la main – encore chaud.

Elle l'entend vomir. Il est dans la salle de bains. La conséquence des mojitos à la mûre et du scotch qu'il a bus hier soir. Un bruit de chasse d'eau, puis Bruce revient dans la chambre. Il a l'air plus petit, songe-t-elle. Et d'avoir dix ans de plus.

Il vient s'asseoir sur le lit à côté d'elle.

« Karen. Le mariage a été annulé.

— Annulé ? »

Elle le savait déjà au fond d'elle, mais comment ? Elle tente de reconstituer les événements de la veille au soir. Celeste avait voulu rester à la maison, mais Bruce et Karen l'avaient encouragée à faire un tour en ville. Ils voulaient qu'elle s'amuse.

Celeste !

Karen avait fait un mauvais rêve – elle tentait de retrouver Celeste, en vain. C'était alors qu'elle avait eu une révélation :

Celeste ne voulait pas épouser Benji. Karen était allée discrètement voir sa fille dans sa chambre, qui était vide. Elle avait descendu l'escalier. Et surpris cette étrange et abominable conversation entre Bruce et Tag.

Robin Swain.

Karen hoche la tête. Hier soir, cet aveu lui avait porté un coup terrible ; mais ce matin, la stupeur et l'effroi se sont volatilisés, tout comme sa douleur. Les êtres humains éprouvent toutes sortes d'émotions inattendues au cours de leur existence. Robin Swain n'était qu'un petit point sur l'écran radar de leur lointain passé.

« Parce que Celeste ne veut pas épouser Benji, ajoute Karen.

— Non, Karen. Ce n'est pas ça. »

Mais si, c'est ça, pense-t-elle. Karen ne l'a jamais dit à personne, mais elle pense être naturellement plus proche et plus en phase avec Celeste que Bruce. Celeste est la petite chérie de son père, cela ne fait aucun doute ; mais il ne comprend pas ce qu'il y a dans la tête de sa fille aussi bien que Karen.

« Merritt est morte, Karen, reprend Bruce. Merritt, la copine de Celeste. La demoiselle d'honneur. Elle est morte cette nuit. »

Karen a l'impression que sa tête va se détacher de son cou et tomber par terre.

« *Quoi* ?

— Ils ont trouvé son corps dans le port ce matin, dit Bruce. Elle s'est noyée.

— Noyée ? *Pendant la nuit* ?

— Il semblerait que oui. J'étais avec Tag, et puis je suis venu me coucher. Tu dormais quand je suis arrivé. Il était assez tard, mais ça a dû se produire après.

— Oh non », murmure Karen.

Sa consternation est sincère. Merritt était si jeune, si belle, si assurée.

« Comment... Que...

— Elle a bu ou pris des drogues, je suppose. Et puis elle est allée nager. C'est la seule explication possible.

— Où est Celeste ?
— Les secouristes l'ont emmenée à l'hôpital », explique Bruce.
Ses yeux s'emplissent de larmes.
« C'est Celeste qui l'a trouvée.
— Oh, non ! Mon Dieu, non ! »
Leur pauvre petite fille chérie ! Karen craint que Celeste n'ait pas la force de faire face à ce drame. Elle est trop fragile, trop douce, trop gentille. C'était vrai même quand elle était ado – *surtout* quand elle était ado. Les autres filles buvaient et fumaient, prenaient la pilule en cachette ou apprenaient à se servir d'un diaphragme. Celeste restait à la maison avec Bruce et Karen à regarder *Friday Night Lights.* C'était leur série préférée, à tel point que Tim Riggins et Tami Taylor leur semblaient des amis de la famille. Souvent, quand ils étaient tous les trois devant leurs céréales du petit déjeuner, ils se regardaient et s'exclamaient en chœur : « Lucides et vaillants, nous vaincrons ! » Celeste était bénévole au Lehigh Valley Zoo de Trexlertown le week-end. Bruce l'y déposait et Karen venait la chercher. Presque à chaque fois, elle retrouvait sa fille près des lémuriens ou des loutres, qu'elle nourrissait ou grondait comme s'ils étaient de petits chenapans. Karen devait l'arracher à ses animaux. Le samedi soir, ils allaient au Diner 248, puis au cinéma. Celeste y croisait souvent des gamins de l'école, en petite bande ou en duo amoureux ; elle les saluait de la main en souriant, mais ne semblait jamais gênée d'être vue en compagnie de ses parents. Elle restait d'humeur égale et ne manifestait aucun mécontentement, comme si elle préférait être avec Bruce et Karen, tout simplement. Avec Mac et Betty.
« Le mariage est donc annulé, reprend Karen.
— Oui. La police mène l'enquête.
— Cette jeune femme a-t-elle de la famille ?
— Pas beaucoup, je crois. Ça faisait sept ans qu'elle n'avait pas parlé à ses parents. »
Sept ans ? Cela consterne Karen presque autant que le décès de Merritt. Et cependant elle avait bien remarqué, au

comportement de la jeune femme, que personne ne prenait soin d'elle, même de loin.

Il n'y aura donc pas de mariage. Karen le sait depuis la veille, mais elle croyait que ce serait pour une tout autre raison. Que ce serait Celeste qui annulerait tout.

Karen repense soudain à sa visite chez la voyante. Elle en a gardé un souvenir très précis.

Le cabinet de la voyante se trouvait dans le centre d'Easton, non loin de l'usine Crayola ; Karen passait devant tous les jours en allant et revenant du travail. Elle avait lu l'enseigne d'un œil presque indifférent. KATHRYN RANDALL, VOYANTE : INTERPRÉTATIONS INTUITIVES, CONVERSATIONS AVEC LES ESPRITS. Kathryn Randall était un très joli nom, un nom parfaitement normal, un nom sans prétention ; c'était en partie ce qui avait suscité l'intérêt de Karen. Elle ne s'appelait pas Veda, Cristal ou Astrée. Mais Kathryn Randall.

Karen était allée la voir deux jours après avoir appris qu'elle avait des métastases. Elle ne cherchait pas à ce que Kathryn prédise son avenir – elle vivrait encore quelques semaines, quelques mois, peut-être un an, et puis elle mourrait –, mais elle devait savoir ce que la vie réservait à Celeste.

Le « cabinet » de Kathryn n'était qu'une banale salle de séjour. Karen s'était assise sur un canapé en tweed gris et avait scruté le diplôme obtenu par Kathryn à l'université du Wisconsin. Elle lui avait tendu une photographie de Celeste en lui disant : « J'ai besoin de savoir si des intuitions vous viennent concernant ma fille. »

Kathryn Randall avait environ 35 ans, elle était aussi jolie que son nom, avec de longs cheveux châtain clair, une jolie peau et un sourire apaisant. On aurait dit une institutrice de maternelle. Kathryn avait étudié la photo pendant un long moment, suffisamment longtemps pour mettre Karen mal à l'aise. Elle était décontenancée par la banalité du décor. Elle s'attendait à des rideaux de soie, des bougies, peut-être même une boule de cristal – quelque chose suggérant un lien avec le monde surnaturel.

Kathryn Randall avait fermé les yeux et s'était mise à parler d'une voix lente et hypnotique. Celeste était une vieille âme, avait-elle dit. Elle était déjà venue sur Terre plus d'une fois, ce qui expliquait sa sérénité. Elle ne ressentait jamais le besoin d'impressionner les autres. Elle se satisfaisait de qui elle était.

Soudain, Kathryn s'était tue et avait ouvert les yeux.

« Cela lui correspond ?

— Oui, avait répondu Karen, de plus en plus enthousiaste. Parfaitement. »

Kathryn avait hoché la tête.

« Elle sera heureuse. Elle finira par l'être.

— Finira ? »

Une expression inquiète avait parcouru le visage de Kathryn, comme la brise qui ondule à la surface de l'eau.

« Sa vie sentimentale... avait poursuivi Kathryn.

— Eh bien ?

— Je vois le chaos.

— Le chaos ? »

Karen pensait à l'époque que la vie amoureuse de Celeste était solide comme un roc. Elle était fiancée à Benjamin Winbury. Un vrai conte de fées.

Kathryn avait eu un faible sourire.

« Vous avez eu raison de venir me voir. Mais ni vous ni moi ne pouvons rien y faire. »

Karen avait payé les 30 dollars d'honoraires et était partie. Le chaos. *Le chaos ?*

Après cela, Karen avait évité de passer devant le cabinet de Kathryn Randall. Elle se garait sur le parking de Ferry Street, même si c'était plus loin de son travail.

Son cerveau est en ébullition à présent. Kathryn Randall avait eu raison au sujet du chaos. Le mariage est annulé. Merritt est morte. À en croire Bruce, elle a bu ou pris des cachets, puis elle s'est noyée.

Des cachets. Karen se sent soudain aussi nauséeuse qu'après sa première séance de chimio. Elle avait surpris Merritt sortant de cette chambre hier soir. La jeune femme lui avait dit qu'elle cherchait Celeste, mais cela sonnait faux. Elle ne cherchait pas Celeste, elle cherchait des cachets. Avait-elle eu le temps d'aller fouiller dans le troisième tiroir de la salle de bains ? Avait-elle trouvé le flacon et les trois petits œufs nacrés mêlés aux comprimés d'oxy ? Avait-elle été intriguée par ces pilules, et en avait-elle avalé une pour voir quel effet ça faisait ?

L'idée est trop effroyable pour lui arracher des larmes. C'est une pensée compacte, sombre et désespérante : non seulement Merritt est morte, mais c'est la faute de Karen.

Il faut qu'elle compte ses cachets.

Elle ne peut pas compter ses cachets.

Si elle les compte et s'aperçoit qu'il manque un ou plusieurs de ces ovoïdes nacrés, que dira-t-elle à Bruce ? À Celeste ? À la police ?

Elle pousse un long cri dans sa tête.

Karen ne peut pas vivre une seconde de plus sans savoir. Elle se lève. La douleur n'est toujours pas revenue – ce qui est impossible, elle le sait. Elle n'a pas pris d'oxy depuis près de douze heures, ce n'est donc pas ça qui agit sur son organisme. C'est le choc.

Bruce s'écroule sur le lit, les yeux grands ouverts. Il est là sans être là, ce qui est tout aussi bien. Karen ferme la porte de la salle de bains, la verrouille. Elle s'assoit sur les toilettes et ouvre le troisième tiroir. Elle sort le flacon de pilules.

Elle le serre dans son poing.

Puis elle étend une petite serviette de toilette blanche et propre et y vide le flacon. Elle regarde fixement la pile, étale les comprimés de la main.

Un, deux... trois petits œufs nacrés sont bien là. Pour faire bonne mesure, elle compte aussi les comprimés d'oxy. Il n'en manque pas un seul.

Le soulagement qui la submerge manque lui faire perdre conscience. Elle chancelle ; des taches noires surgissent devant ses yeux.

Elle regagne le lit en titubant pour s'allonger. La forme de son corps est encore imprimée sur le blanc des draps et des couvertures, comme dans de la neige. À la manière d'une pièce de puzzle, elle s'installe dans le creux déjà formé et baisse les paupières.

Samedi 7 juillet 2018, 14 h 47

LE CHEF

Il est prêt à laisser Valerie Gluckstern discuter une heure en tête-à-tête avec Shooter Uxley ; mais elle annonce au Chef au bout de vingt minutes seulement que son client est prêt à répondre à ses questions.

Dans la salle d'interrogatoire, le Chef s'assoit en face de Shooter et Val. Il se sent infiniment mieux depuis qu'il a avalé son déjeuner ; mais là, il faut qu'il improvise parce que Barney, de la médecine légale, a appelé pour lui dire qu'ils n'avaient rien trouvé – ni dans les shots, ni sur le cigare, ni dans la bouteille de rhum.

« Tu es sûr ? avait demandé le Chef. Il doit bien y avoir *quelque chose* dans l'un de ces verres. »

Et Barney, qui n'aimait pas qu'on remette en cause son expertise, avait poussé un juron et raccroché.

« Mon opinion a beaucoup évolué depuis ce matin », commence-t-il.

Il sait que Nick aime s'installer doucement dans une enquête, construire une relation, et laisser les informations couler de manière naturelle vers lui ; mais le Chef n'est pas d'humeur à ça. Une fille est morte, ce type s'est enfui, et il exige des réponses. Maintenant.

« M. Uxley est prêt à répondre à toutes vos questions, comme je l'ai déjà dit, répond Val. Il n'a rien à cacher. »

Le Chef regarde longuement le gamin. Il est trop beau pour qu'on le prenne en pitié, même s'il a l'air assez secoué.

« Dites-moi d'où vous veniez quand je vous ai vu arriver ce matin. »

Shooter pose les mains sur la table, les doigts tendus, et parle sans les quitter des yeux.

« De l'embarcadère du ferry.

— Qu'est-ce que vous faisiez à l'embarcadère ?

— Je tentais de quitter l'île.

— Mais vous avez raté le bateau, c'est ça ?

— Je n'ai pas raté le bateau. J'ai juste changé d'avis.

— Vous avez changé d'avis, répète le Chef. Vous feriez mieux d'en dire plus, mon petit. »

Il se tourne vers Val.

« Votre client a menti sur sa présence au Wauwinet. Il a menti sur son alibi. Puis il a tenté de monter à bord du bateau de la Hy-Line avec un billet volé. Et maintenant, j'apprends qu'il était à l'embarcadère ce matin pour prendre le ferry de 6 h 30 – sans doute à l'insu de tous, puisque le marié a signalé sa disparition au sergent Dickson. Selon la médecin légiste, le décès de la jeune femme a eu lieu entre 2 h 45 et 3 h 45 du matin. Elle meurt, et puis il décide de s'enfuir. En me fondant sur ces seuls faits, j'ai déjà un motif raisonnable pour vous inculper de meurtre avec préméditation.

— C'est faux », intervient Val.

Le Chef se tourne vers Shooter.

« Vous avez intérêt à me sortir une histoire sacrément crédible. »

Shooter tape sur ses doigts l'un après l'autre, de l'auriculaire gauche jusqu'à l'auriculaire droit, puis recommence.

Val pose une main sur son bras.

« Dites au Chef ce que vous m'avez dit. Ça ira.

— J'ai quitté le domaine des Winbury tôt ce matin, commence Shooter. J'ai marché jusqu'au rond-point et j'ai pris un taxi jusqu'à l'embarcadère. J'allais là-bas parce que... »

Il hésite, lance un regard à Val. Elle acquiesce en silence.

« Parce que je m'enfuyais avec la mariée. »

Il s'enfuyait avec la mariée, se dit le Chef. *Quelle histoire de dingues, ce mariage.*

« Je suis amoureux de Celeste, et elle m'a dit qu'elle était amoureuse de moi, poursuit Shooter. Hier soir, on est sortis à plusieurs après la fête. Celeste et moi on est partis chercher une pizza, et je lui ai demandé de s'enfuir avec moi. »

Il s'interrompt, baisse les yeux sur la table, prend une grande inspiration tremblante et poursuit.

« Je lui ai dit que je prendrais soin d'elle, que je l'aimerais toujours. Il suffisait qu'elle me retrouve à l'embarcadère à 6 heures ce matin. On devait sauter dans le ferry lent de 6 h 30 direction Hyannis, louer une voiture, rouler jusqu'à Boston, prendre l'avion pour Vegas et nous marier là-bas. »

« M. Uxley a attendu Mlle Otis à l'embarcadère jusqu'à 6 h 35 », ajoute-t-elle.

Elle se tourne vers Shooter.

« Est-ce exact ?

— Quand j'ai vu le ferry s'éloigner, quand j'ai entendu la corne de brume, j'ai su qu'elle ne viendrait pas. Je m'étais dit que j'avais une chance sur deux qu'elle me rejoigne. Quand elle n'est pas venue, j'ai pensé qu'elle avait choisi d'épouser Benji. Alors j'ai pris un taxi pour retourner à la propriété. Parce que j'étais le témoin. Et que le mariage aurait bien lieu, au bout du compte.

— C'est à ce moment-là que je vous ai vu ? demande le Chef.

— Et vous m'avez annoncé que Merritt était morte. »

Il hoche la tête.

« Celeste avait peur de suivre notre plan, vous savez. Elle était persuadée qu'il se passerait quelque chose de grave si l'on agissait ainsi. »

Il déglutit.

« Je suis sûr qu'elle s'en veut.

— Pourquoi ne pas me l'avoir dit dès le début ? demande le Chef. Au lieu de cracher le morceau, vous m'avez menti, puis vous vous êtes enfui. Vous comprenez pourquoi tous les projecteurs sont braqués sur vous à présent ? Pourquoi devrais-je croire un seul mot de ce que vous dites ?

— J'étais bouleversé, répond Shooter. Je pensais revenir assister à un mariage, et vous m'annoncez que Merritt est *morte.* Je ne pouvais pas ajouter notre drame personnel à cette histoire. Celeste aurait dû confirmer mon récit, et je voulais la protéger de ça. Et puis, je n'avais pas envie que les Winbury l'apprennent. J'étais troublé, confus. J'ai cru que ce serait plus simple de dire que j'avais passé la nuit avec Gina. Je ne pensais pas que vous vérifieriez. Ensuite, quand j'ai compris que j'avais été pris en flagrant délit de mensonge, je me suis dit que la seule possibilité pour moi était de foutre le camp. »

Shooter lève les yeux vers le Chef.

« J'ai bien conscience que j'ai fait n'importe quoi. Mais je n'ai pas tué Merritt.

— Merritt savait-elle que vous partiez avec la mariée ? Pensez-vous que Celeste se soit confiée à elle ?

— Nous avions convenu de ne rien dire à personne. On devait tout laisser derrière nous, quitter l'île, et l'annoncer plus tard. Même à ses parents, elle ne devait pas en parler. Ce qui veut dire que non, je ne pense pas qu'elle se soit confiée à Merritt. »

Le silence retombe dans la salle. Le Chef se repasse tout dans sa tête. Ce scénario est-il sensé ? Y a-t-il des trous dans le récit ? Nick est convaincu que l'intuition joue un grand rôle lors des interrogatoires. Peut-être que l'histoire tient debout, mais est-ce que tu crois ce type ?

Oui, se dit le Chef. Roger lui a dit que lorsque Celeste avait trouvé le corps, elle avait un sac de voyage avec elle. Elle était en route pour retrouver Shooter et elle... elle avait quoi ? Vu quelque chose dans l'eau au moment de s'en aller ? Ce n'était pas impossible.

Elle avait un sac de voyage. Pour cette raison, et pour cette raison seulement, le Chef va choisir de croire M. Uxley.

Il se lève et fait un signe de tête à Val.

« C'est bon, vous pouvez partir. »

Il doit enchaîner – et vite – avec Tag Winbury et cette Dale, qui que puisse être cette femme.

Août 2017

CELESTE

Le cancer de sa mère s'est métastasé dans ses os. Il y a des tumeurs sur sa colonne vertébrale. Sa maladie est incurable. Ils peuvent, cependant, lancer de nouvelles séances de chimio, ce qui lui permettra de vivre encore douze à dix-huit mois.

Benji réagit à cette nouvelle en serrant Celeste encore plus fort dans ses bras. Ils sont fiancés à présent, ce qui le pousse à se considérer comme le porte-parole du *nous* qu'ils forment tous les deux. Il veut que Karen prenne un second avis médical au Mount Sinai. Les parents de Benji connaissent des « gens influents » de son conseil d'administration. Ils feront en sorte que Karen obtienne un rendez-vous avec « les meilleurs médecins qui existent, le nec plus ultra ».

Celeste est irritée par la façon dont Benji se mêle de ses affaires. Ses parents et elle forment une unité insulaire : Mac, Betty et Bestiole. Ce sont *eux* le *nous.* Elle a l'impression que Benji s'immisce dans leur trio, avec ses relations haut placées et son optimisme. Dans le monde de Benji, tout problème a une solution, grâce aux amis et à l'argent des Winbury.

« Mes parents n'ont pas *les moyens* d'obtenir un second avis au Mount Sinai, dit-elle. Ça fait déjà longtemps que l'assurance de mon père a atteint son plafond.

— Je paierai.

— Mais je ne *veux pas* que tu payes ! Ma mère a un médecin qu'elle apprécie et en qui elle a confiance. Le Dr Edman, à St. Luke's – qui est un véritable hôpital, soit dit en passant, pas un service de consultations externes dans un centre commercial.

— Ok, j'ai compris », dit Benji, même si Celeste sait exactement ce qu'il pense.

Il pense que St. Luke's n'a pas le niveau du Mount Sinai. Comment pourrait-il être aussi bon, alors qu'il est hors de New York et que Tag et Greer ne connaissent personne siégeant à son conseil d'administration ?

« Je voulais t'aider, c'est tout.

— Merci, répond Celeste, aussi sincèrement qu'elle le peut. Mais je suis complètement chamboulée et je veux gérer ça à ma façon. »

Comme Celeste revient tout juste de ses vacances à Nantucket, elle ne peut plus prendre de congés. De toute façon, c'est la fin de l'été et les employés du zoo sont débordés. Mais au milieu de sa première semaine de reprise, elle loue une Zipcar et part voir ses parents après le travail. Quand elle arrive chez eux, dans Derhammer Street, elle trouve sa mère assise à la table de la cuisine avec un cahier de coloriage pour adultes et un assortiment de luxe de soixante-quatre crayons de couleur. Celeste entre dans la pièce et prend le cahier pour regarder la page sur laquelle sa mère a travaillé. C'est un mandala.

« Pas mal, hein ? » dit Karen.

Elle a colorié le mandala dans des tons verts, bleus et violets.

« Joli », dit Celeste, mais sa voix tremble et ses yeux s'embuent.

Karen travaille à la boutique de cadeaux de l'usine Crayola depuis plus de dix ans et vend des boîtes de crayons de couleur. Certains font la moue devant ce qu'ils considèrent comme un travail subalterne, mais Karen en a toujours été fière. *Je mets de la couleur dans la vie des enfants*, a-t-elle l'habitude de dire.

Karen se lève et laisse Celeste la serrer dans ses bras.

« Je vais gagner cette bataille, dit-elle.

— On n'est pas censé appeler ça une bataille, répond Celeste. J'ai lu cela quelque part. C'est un mot violent, et certains survivants le trouvent blessant. »

Karen a un petit rire moqueur.

« Blessant ? Je suis censée définir ça comment, alors ?
— Comme un voyage.
— Foutaises. »

Celeste bat des cils, étonnée. Sa mère ne dit jamais de gros mots.

« C'est bien une bataille », conclut Karen.

Ils vont dîner en vitesse au Diner 248 et mettent un point d'honneur à commander le fondant au caramel, même si Celeste et Bruce ne parviennent à en avaler qu'une bouchée chacun et que Karen n'y touche pas. Karen s'extasie devant la bague en diamant de Celeste : c'est la plus belle qu'elle ait jamais vue. Le plus gros diamant qu'elle ait jamais contemplé. *De quatre carats ! Et serti de platine !*

« J'envisage de reporter le mariage, l'interrompt Celeste. Je crois que je vais quitter mon travail et revenir vivre ici avec vous jusqu'à ce que tu ailles mieux.
— C'est absurde », s'exclame Karen.

Elle a parlé d'une voix forte et tranchante, et les gens des tables voisines les regardent. Les Otis restent silencieux quelques secondes ; ils ne sont pas du genre à attirer l'attention sur eux.

Celeste sait qu'il vaut mieux ne pas répondre. Depuis qu'elle est petite, sa mère lui répète qu'aucun homme sur terre ne sera jamais assez bien pour elle ; mais c'est parce qu'elle n'avait pas l'imagination nécessaire pour envisager quelqu'un comme Benjamin Winbury, un prince charmant en chair et en os. Un avenir radieux s'ouvre devant Celeste. Elle n'aura jamais à s'inquiéter pour l'argent, comme cela a été le cas pour Bruce et Karen.

Celeste regarde Mac et Betty assis en face d'elle sur la banquette comme à leur habitude, le bras de son père passé sur les épaules de sa mère, la main de sa mère posée sur la cuisse de son père. Celeste les envie. Elle ne veut pas d'argent ; elle veut ce qu'ils ont. Elle veut de l'amour.

Au cas où tu aurais des doutes...

« En fait, dit Karen d'une voix plus basse, je me suis dit que tu pourrais même te marier un peu plus tôt. Au printemps, ou au début de l'été. »

... je suis amoureux de toi.

Plus tôt ? songe Celeste.

Elle acquiesce.

« D'accord », murmure-t-elle.

Shooter est retourné vivre sa vie – *steak houses*, clubs de Manhattan, U.S. Open avec des clients, Vegas avec des clients pour jouer à du foot virtuel. Benji montre les photos à Celeste mais elle n'y jette qu'un rapide coup d'œil. Elle ne peut pas penser à Shooter ; elle ne peut pas *ne pas* penser à Shooter. C'est le désir qu'elle éprouve pour lui qui a provoqué l'aggravation du cancer de Karen. Celeste sait que la vie ne fonctionne pas comme ça ; malgré tout, elle ne peut s'empêcher de penser que les deux sont liées. Si elle reste avec Benji, si elle épouse Benji, Karen se portera mieux. S'ils se marient au printemps ou au début de l'été, sa mère vivra éternellement.

Celeste perd deux à trois kilos, puis quatre ou cinq. Merritt lui fait part de sa jalousie et la trouve magnifique.

Celeste se montre irritable au travail. Elle finit par se mettre en colère contre Blair l'hypocondriaque. Encore une journée d'absence et elle la vire, lui lance-t-elle. Blair menace de porter plainte. Elle a des *raisons légitimes* de ne pas venir travailler. Celeste, dans un accès de rage qui ne lui ressemble pas, lui demande d'arrêter ses *conneries* – et la voilà convoquée dans le bureau de Zed pour un petit sermon sur l'attitude professionnelle, le langage approprié sur le lieu de travail, et bla bla bla.

Greer invite Benji et Celeste pour le dîner. Elle a préparé un plat nommé cassoulet. Celeste répond d'un air déférent que ça a l'air délicieux, mais en vérité, elle est contrariée. Elle ne sait pas ce qu'est un cassoulet. Elle ne supporte pas d'être continuellement confrontée à ces plats savants – Greer ne peut-elle pas se contenter de faire du pain de viande ou des sandwichs au bœuf haché, comme Betty ? Il s'avère que le cassoulet contient du canard, de la couenne de porc et, pire que tout, des *haricots blancs.* Celeste parvient à en avaler deux bouchées. Son manque d'appétit passe largement inaperçu, cependant, car la véritable motivation de Greer n'est pas de nourrir Celeste et Benji, mais de leur faire savoir qu'elle souhaite organiser leur mariage. Les festivités pourront avoir lieu dans leur propriété de Summerland, à Nantucket, le week-end suivant la fête nationale.

Benji prend la main de Celeste sous la table.

« Ça te convient ? demande-t-il.

— On ne veut pas que tu te sentes obligée, dit Tag. Ma femme est parfois un peu péremptoire.

— J'essaie juste de me rendre utile, réplique Greer. J'ai envie de t'offrir mon aide et nos moyens financiers. Je déteste l'idée que tu sois contrainte de t'occuper de ton mariage alors que ta mère est tellement souffrante. »

Celeste acquiesce de la tête telle une marionnette.

« Ça me va », murmure-t-elle.

Au début, Celeste ne bégaie que lorsqu'elle évoque le mariage. Elle a un problème avec le mot *traiteur* ; c'est un mot qui bégaye à lui tout seul. Puis avec *révérend,* puis avec *église.* Les gens font semblant de ne pas s'en apercevoir, mais cela s'aggrave au fil du temps. Benji finit par lui en parler ; elle fond en larmes. Elle ne peut pas s'en emp-p-pêcher, dit-elle. Bientôt, toutes les consonnes dures lui donnent du fil à retordre.

Mais pas au travail.

Pas au téléphone avec Merritt.

Pas quand elle est seule dans son appartement à lire au fond de son lit. Elle peut déclamer des passages entiers de son bouquin sans trébucher une seule fois.

Celeste garde l'espoir qu'un grand mariage raffiné sur l'île de Nantucket se révèle impossible sur le plan logistique – ils s'y prennent au dernier moment, tous les lieux sont sans doute déjà réservés. Le mariage sera ainsi reporté à une date indéterminée, ou alors ils organiseront quelque chose de plus modeste à Easton, quelque chose qui ressemble davantage au mariage de ses parents, une cérémonie laïque toute simple, un repas dans leur petit restaurant.

Mais l'influence et l'argent de Greer semblent suffisamment puissants pour faire des miracles. Greer fait appel aux services de Siobhan, à Island Fare ; elle s'arrange pour que le révérend Derby puisse se charger du service religieux à St. Paul's Episcopal ; elle déniche un groupe et un orchestre, et engage Roger Pelton, le meilleur planificateur de mariages de Nantucket – non pas que Greer ne puisse le faire elle-même, mais elle a un roman à écrire, et il serait idiot d'avoir une perle comme Roger sous la main et de ne pas s'en servir.

Le mariage est prévu pour le 7 juillet.

Greer demande à Celeste ce qu'elle aimerait faire au sujet des demoiselles d'honneur.

« Oh », s'exclame Celeste.

Évidemment, ce n'est pas quelque chose qu'elle peut demander à Greer de gérer.

« Il y a bien mon amie, Merritt Monaco. »

Merritt sera une bonne demoiselle d'honneur. Elle connaît toutes les règles et les traditions – même si Celeste frémit en songeant à l'enterrement de vie de jeune fille qu'elle risque de lui concocter. Il faudra qu'elles en discutent toutes les deux.

Greer la regarde toujours d'un air impatient.

« Qui d'autre ? » demande-t-elle.

Qui d'*autre* ? Sa mère ? On ne demande pas à sa mère de faire la demoiselle d'honneur ; ça, au moins, elle le sait. Elle n'a ni sœur ni cousine. Aucune de ses collègues ne fait l'affaire – Blair n'adresse plus la parole à Celeste désormais ; Bethany est son *assistante,* ce serait trop bizarre ; et le reste du personnel est composé d'hommes. Il y a bien Julia, la colocataire de Celeste à la fac, mais leur relation était plus utilitaire qu'amicale. Elles étaient toutes deux scientifiques, toutes deux soigneuses et respectueuses ; mais leurs chemins s'étaient séparés après leurs études. Il y a aussi la seule amie de Celeste à l'université, Violet Sonada ; mais Violet a pris un emploi au zoo d'Ueno à Tokyo. Quelqu'un du lycée, dans ce cas ? Cynthia, qui habitait au bout de la rue, était alors la meilleure amie de Celeste ; mais elle a lâché ses études en raison de troubles nerveux, et Celeste ne lui a plus jamais parlé depuis lors. Il est vrai que Merritt connaît tout un tas de gens à New York ; mais Celeste a du mal à retenir leurs noms.

Elle est complètement inadaptée sur le plan social et Greer est sur le point de le découvrir.

« Je v-v-vais y réfléchir », répond-elle.

Avec un peu de chance, Greer se dira qu'elle a tellement le choix qu'elle est contrainte de réduire sa liste.

Mais Greer, bien sûr, perçoit la honteuse vérité. C'est parce qu'elle est romancière, se dit Celeste. Elle est très perspicace, presque trop. On dirait presque qu'elle lit dans les pensées.

« Je ne devrais pas m'en mêler, dit Greer, mais je pense qu'Abby aimerait beaucoup être demoiselle d'honneur. »

Celeste retrouve le moral. Abby ! Elle peut demander à Abby Winbury, la femme de Thomas. Elle a l'âge qu'il faut ; elle est féminine comme il faut ; elle a probablement été demoiselle d'honneur déjà vingt fois dans sa vie. Celeste se détend, même si elle a conscience qu'une fois de plus, les Winbury subviennent à ses besoins.

Elle annonce à Benji qu'elle va demander à Merritt d'être son témoin et à Abby d'être sa demoiselle d'honneur. Le front de Benji se plisse.

« Abby ? Tu es sûre ? »

Ce qui est agréable avec Benji, c'est que Celeste n'a rien à lui cacher.

« Je n-n-n-e voyais personne d'autre. Tu vas épouser la fille la moins sociable de New York. »

Benji l'embrasse.

« Et j'en suis absolument ravi.

— Dans ce cas, c'est quoi le problème avec Ab-b-by ?

— Il n'y en a pas. Elle a accepté ?

— J'avais prévu de lui envoyer un mail demain depuis le boulot. »

Benji acquiesce sans mot dire.

« Quoi ? » ajoute Celeste.

Abby comblerait une lacune évidente. Et puis, en tant qu'épouse de Thomas, ne serait-elle pas offensée de *ne pas* être sollicitée ? Certes, elle peut être un peu désagréable parfois – elle a fait partie d'une sororité à l'université du Texas et en a gardé une certaine méchanceté de surface ; et puis elle est obsédée en ce moment par l'idée de tomber enceinte –, mais elle fait partie de la famille.

« J'ai l'impression que leur couple bat de l'aile », dit Benji.

Celeste a un hoquet de surprise.

« Quoi ?

— Thomas part toujours tout seul en voyage. Et il sort avec ses potes après le travail. Sans parler de son obsession pour la salle de sport.

— Je vois », murmure Celeste.

Elle sait que Benji a raison. Ils ont dîné avec Thomas et Abby deux ou trois fois : Thomas est toujours le dernier arrivé, souvent directement de la salle de musculation, dans sa tenue trempée de sueur. Abby leur a dit qu'elle ne le laisse même pas l'embrasser s'il ne s'est pas douché avant. Il doit se laver avant qu'ils fassent l'amour, et leurs rapports sexuels sont planifiés depuis qu'ils essaient de faire un bébé. Mais pourquoi tant d'efforts pour avoir un enfant si l'on a l'intention de se séparer ?

« Ce ne sera pas Thomas mon témoin, ajoute Benji.

— Q-Q-Quoi ? » s'exclame Celeste.

Cela la choque encore plus que la supposée mésentente conjugale entre Thomas et Abby.

« Mais c'est ton f-f-rère !

— Il y a un truc qui cloche avec lui en ce moment. Et je veux me tenir à distance de tout ça. Ce sera Shooter mon témoin.

— Shooter ?

— Je lui ai déjà demandé, dit Benji. Il était si content. Il en avait les larmes aux yeux. »

Les larmes aux yeux, pense Celeste. *Si content.*

« Qu'est-ce que t-t-tu vas dire à T-T-Thomas ?

— Je lui dirai qu'il peut se charger de placer les gens. Ou je ne lui dirai rien du tout. »

Samedi 7 juillet, 15 h 30

GREER

À 15 h 30, quand tous les invités ont été prévenus, que tous les amis et parents restés en Angleterre ont été informés de la tragédie et que tous les préparatifs du mariage ont été remisés en hâte – à l'exception de ceux relevant de la « scène de crime » –, Greer s'accorde une pause pour jeter un coup d'œil par la fenêtre au second cottage, celui où séjournait Merritt. Il est emballé dans du ruban de police tel un cadeau de mauvais goût ; mais la police scientifique est partie, et personne n'est là pour empêcher Greer d'en franchir le seuil. Elle aimerait bien aller fouiner un peu. Elle craint cependant que les Winbury n'aient déjà assez d'ennuis comme ça ; elle ne peut se permettre d'en causer davantage.

Tag a emmené Merritt faire un tour en kayak.

Merritt, pas Featherleigh.

Il faut qu'elle parle à Tag en tête-à-tête ; mais ce dernier lui a dit qu'il avait un coup de fil à passer, sans doute à Sergio Ramone, qui n'est pas qu'un ami mais aussi un brillant avocat spécialisé dans la défense des criminels. Greer n'est pas certaine que même quelqu'un d'aussi doué que Sergio puisse sortir Tag de ce pétrin. Il a emmené cette fille se promener en kayak, et on la retrouve morte le lendemain. Noyée dans le port. Greer se retire dans sa chambre et s'assoit sur la banquette au pied du lit, attendant que Tag la rejoigne – même s'il ne serait guère surprenant que les flics l'emmènent au poste menottes aux poignets, dès qu'ils auront eu vent de cette affaire.

Les garçons avaient mal pris la nouvelle. Benji avait laissé exploser sa rage.

« Tu l'as tuée, papa ? Tu l'as tuée, c'est ça ?

— Non. Je l'ai emmenée faire un tour en kayak, c'est vrai. Mais je l'ai ramenée saine et sauve sur le rivage. »

Il avait l'air sincère. Sa voix, son ton étaient emplis d'une calme conviction. Mais Greer sait qu'il lui ment depuis longtemps – peut-être même depuis le début de leur mariage. Comment pourrait-elle être sûre qu'il dit la vérité ?

Thomas n'avait pas ouvert la bouche. Comme Greer, il était sans doute trop abasourdi pour parler.

La bague que Greer pensait être destinée à Featherleigh, Tag l'avait offerte à Merritt. Greer l'avait vue au pouce de Merritt – elle l'avait *vue* ! Mais son idée fixe avait empêché son cerveau d'envisager d'autres hypothèses.

Cette bague avait été le seul faux pas de Tag. Greer était allée voir Jessica Hicks, la joaillière, pour lui parler des alliances. Elle se disait que cela ajouterait une petite touche sympathique au mariage si Benji et Celeste portaient des bagues fabriquées par un bijoutier de Nantucket. Dès qu'elle avait franchi le seuil de la boutique, Jessica avait haussé les sourcils et lui avait lancé :

« *Ça n'a pas plu à votre belle-fille ?*

Ma belle-fille ? avait dit Greer.

Celle qui est enceinte. Elle n'a pas aimé la bague ?

La bague ?

Votre mari est passé, et...

Ah oui, c'est vrai ! » l'avait coupée Greer d'un ton enjoué, même si un mauvais pressentiment commençait à s'immiscer en elle. Tag n'avait jamais parlé de faire un cadeau à Abby. Et il n'était pas connu pour se montrer prévenant envers leurs enfants ; il laissait ça à Greer.

Il m'en a parlé, mais on est tellement débordés qu'il n'a pas eu le temps de me la montrer, avait-elle ajouté. *Il serait incapable de me la décrire correctement, de toute façon. De quoi avait-elle l'air ?*

Un modèle ouvragé en argent, avait répondu Jessica, *incrusté de saphirs multicolores. Comme celle-ci. C'est fait pour être porté sur le pouce.* Jessica avait alors montré à Greer une bague à 600 dollars. Ce n'était pas une fortune – ce n'était pas comme s'il était passé chez Harry Winston acheter des diamants ; mais Greer était presque sûre qu'elle ne verrait jamais cette bague au doigt d'Abby.

Tag entre dans la chambre, ferme la porte derrière lui et la verrouille.

« Greer », dit-il.

Il lève les mains comme si elle risquait de le frapper.

Elle aimerait bien le frapper. Qu'a-t-il donc *fait ?* Cette fille retrouvée morte, les noces annulées, leur propre mariage, leurs années de vie commune...

Et pourtant, tout ce qu'elle trouve à dire, c'est : « Je croyais que tu couchais avec Featherleigh. »

Tag ouvre des yeux grands comme des soucoupes.

« Absolument pas, répond-il.

— En effet. C'était Merritt.

— Oui. »

Greer hoche la tête.

« Si tu veux que je t'aide, tu ferais mieux de tout me raconter. Sans rien me cacher, Tag. »

Cela avait commencé le soir de la dégustation de vin, explique-t-il. Ils étaient tous les deux bourrés, complètement bourrés, et elle lui avait fait du rentre-dedans. Ils avaient couché ensemble. Rien d'extraordinaire, et surtout, une très mauvaise idée. Il pensait que ça s'arrêterait là mais il l'avait croisée par hasard à New York, dans un bar d'hôtel, et elle lui avait proposé de venir chez elle.

Il ne sait plus trop pourquoi mais il avait accepté. Puis il y avait eu une ou deux autres rencontres, mais il avait fini par exiger qu'elle le laisse tranquille.

« Tu lui as fait des cadeaux ? demande Greer.

— Non.

— Tag. »

Il soupire.

« Une babiole. C'était son anniversaire il y a quelques semaines. C'est à ce moment-là que j'ai rompu. Elle voulait qu'on parte en vacances ensemble. J'ai refusé. Elle a insisté. J'ai réservé une chambre au Four Seasons... »

Au Four Seasons ? Chaque détail la transperce.

« Elle a tardé à se pointer, et pendant les quelques minutes où je l'ai attendue, je suis revenu à la raison. J'ai quitté l'hôtel et je suis rentré pour être près de toi.

— Combien de fois tu l'as sautée ? Je veux le chiffre.

— Plus de cinq, moins de dix », répond-il.

Greer a la nausée. Elle peut comprendre le charme de la chose, sans doute. Merritt était séduisante. Elle était jeune, célibataire, sans entraves. Il y avait quelque chose de rebelle chez elle. Qui n'aurait pas envie de baiser Merritt ? Ce qui lui donne envie de vomir, c'est de s'imaginer elle-même lors de ces six, sept, huit rencontres. Que faisait-elle à ce moment-là ? Était-elle en train d'écrire son roman parfaitement médiocre ou de préparer le mariage de leur fils ? Que ce soit l'un ou l'autre, elle ne prêtait aucune attention à Tag. Elle n'avait pas pensé à lui une seule seconde.

« Et puis c'est tout ? reprend-elle. Rien d'autre ? Tu as eu une liaison, tu as rompu. Ça l'a bouleversée. Je l'ai vue pleurer pendant le dîner de répétition – dans la buanderie, on se demande bien pourquoi. Alors quand tu parleras à la police, tu leur diras qu'elle était accablée par le chagrin et qu'elle a menacé de se suicider si tu ne me quittais pas pour elle. Tu l'as emmenée faire un tour en kayak pour tenter de la raisonner. Tu l'as ramenée sur la plage. Tu es venu te coucher. Et elle s'est noyée.

— En fait...

— En fait quoi ?

— C'est un peu plus compliqué que ça. »

Il se racle la gorge.

« Elle était enceinte. »

Greer ferme les yeux. Enceinte.

« Tu finiras sur la potence », lance-t-elle.

Le visage de Tag se contracte. Greer a lancé la fléchette empoisonnée juste entre ses deux yeux. La fille était enceinte. *Enceinte* d'un bâtard Winbury. Elle est horrifiée à cette idée, mais il n'y a pas de quoi s'en étonner. Thomas Winbury père, généralement connu sous le nom de Tag, a entraîné la ruine de la famille. Son manque de jugeote, ses pulsions primaires et sa faiblesse de caractère ont discrédité le nom des Winbury. Il a commis un meurtre, et il ira en prison.

Greer peut dénigrer Tag en son for intérieur comme bon lui semble, elle sait très bien qu'elle dira et fera tout ce qu'il faut pour le protéger.

On frappe à la porte de la chambre.

C'est Thomas.

« Le chef de la police est de retour, annonce-t-il. C'est à toi qu'il voudrait parler maintenant, papa. »

Tag se tourne vers sa femme. Elle acquiesce mais n'ose dire un mot devant Thomas. Tag devrait s'en tenir à l'histoire qu'ils viennent d'inventer. Elle tente de le lui faire comprendre par le regard, mais il baisse la tête tel un coupable. Greer aimerait être à ses côtés pendant l'interrogatoire. Qu'on la laisse parler, formuler le plaidoyer. Après tout, c'est son métier d'inventer des histoires.

Mais c'est impossible, évidemment. Tag s'est mis dans ce pétrin tout seul ; il va falloir qu'il se débrouille sans elle.

Greer est épuisée. Il est presque 16 heures – le moment qui avait été choisi pour la cérémonie.

Elle s'allonge sur son lit. Elle est si fatiguée qu'elle pourrait dormir jusqu'au lendemain. Peut-être qu'elle dormira en effet jusqu'au matin.

Merritt Monaco. Elle avait 29 ans. Jolie, mais quelconque. C'était elle que Tag baisait.

Le dégoût coule dans les veines de Greer. Elle est tout sauf un perdreau de l'année. Elle a déjà écrit des scénarios aussi infâmes, voire pis encore. Il n'y avait pas une once d'originalité dans cette histoire : un homme d'un certain âge, séduisant, riche, influent, et doté d'une épouse qui ne s'intéresse plus à lui, séduit ou est séduit par une jeune femme belle et sotte. C'est presque l'histoire du monde telle qu'elle s'est toujours déroulée – d'Henri VIII avec Anne Boleyn à ce président américain et sa stagiaire impressionnable. Et pourtant, cela lui semble totalement incroyable. Parce que c'est à elle que ça arrive.

Enceinte.

Quand Tag sera accusé de meurtre, les journaux s'en donneront à cœur joie. Leur fortune et le fait que Greer écrive des romans policiers rendront cette histoire irrésistible. Le *New York Post* en parlera, puis les tabloïds britanniques. Greer sera considérée avec pitié ; ses admirateurs tiqueront ou la défendront avec rage. L'image est glaçante – toutes ces femmes mûres postant des messages indignés sur Facebook ou rédigeant des lettres compatissantes. La vie de Thomas et de Benji sera détruite. Ils deviendront des parias. Thomas sera licencié ; Benji sera contraint de renoncer aux conseils d'administration des organismes de bienfaisance.

Greer se redresse. Elle n'arrive pas à dormir. Elle a besoin d'un cachet.

Elle va dans la salle de bains jouxtant sa chambre et contemple le lavabo de Tag – son rasoir, son blaireau, son peigne en écaille. Elle ne supporterait pas d'entrer dans cette pièce et de trouver le côté de Tag vide. Ils sont ensemble depuis trop longtemps, ils ont traversé trop d'épreuves ensemble.

Greer ouvre son armoire à pharmacie et, ce faisant, éprouve une étrange impression de déjà-vu, comme si elle s'était retrouvée à faire exactement les mêmes gestes il y a très peu de temps – et en son for intérieur elle sait déjà que, quand elle regardera à l'intérieur, ses somnifères auront disparu.

Eh, pense-t-elle. *Une minute !*

Les pilules ont été prescrites par son médecin généraliste, le Dr Crowe. Le Dr Crowe perd la tête, il est presque gâteux. C'est le « médecin pour femmes » de Greer depuis qu'elle a emménagé à Manhattan. Ces cachets sont « assez puissants », comme aime à le lui rappeler Crowe – un cousin des Quaalude que tout le monde gobait dans les années 1970. L'expression

« assez fort » ne leur rend pas hommage : ils assomment Greer sur-le-champ et l'enferment dans un cercueil en obsidienne pendant huit heures d'affilée. Elle ne conserve pas ses somnifères dans un flacon de pharmacie mais dans une boîte ronde en émail ornée d'une photo de la reine Élisabeth II pendant sa jeunesse. Elle a reçu cette boîte comme cadeau de sa grand-mère pour son onzième anniversaire.

Cette boîte se trouve toujours au même endroit, sur la même étagère, et Greer sait pourquoi elle a disparu. Tout du moins, elle pense le savoir.

Elle ferme l'armoire à pharmacie et se regarde dans le miroir. Il faut qu'elle y réfléchisse sérieusement. Mais elle n'a pas le temps. Elle doit parler au Chef sans tarder. Elle doit sauver son salopard de mari.

Samedi 7 juillet 2018, 16 heures

NANTUCKET

Marty Szczerba, assis au bar du Crosswinds, dans l'aéroport de Nantucket, peut enfin prendre son déjeuner. Il aime le sandwich choucroute-bœuf salé, et il raffole du coleslaw. Il a pris treize kilos depuis la mort de Nancy, ce qui ne l'aide pas à trouver une nouvelle petite amie. Une femme d'une quarantaine d'années, pas déplaisante à regarder, prend soudain place à côté de lui. Elle pointe le doigt vers son sandwich et proclame, avec un accent anglais BCBG : « Je vais prendre la même chose que ce monsieur. Et puis un chardonnay. Un grand verre. »

Marty agite son couteau et sa fourchette pour tenter d'attirer l'attention de Dawn, la barmaid, qui regarde Wimbledon à la télévision dans le coin du bar.

« Dawn, la petite dame aimerait passer commande. »

Tandis que Dawn prend note du sandwich, du coleslaw et du grand verre de chardonnay, Marty jette un nouveau coup d'œil discret à sa nouvelle voisine. Elle est blonde, enfin, plus ou moins blonde ; elle est plutôt pas mal, avec des rides d'expression autour de la bouche et des ongles peints en rouge cerise. Elle porte un truc genre combinaison-pantalon sans bretelles vert kaki – Marty sait que c'est censé être chic. Cela lui offre un bon aperçu de ses seins et de ses bras. Elle est un peu bouffie, mais Marty n'a rien d'une sculpture grecque lui non plus.

« Marty Szczerba, dit-il en lui tendant la main.

— Featherleigh, répond-elle. Featherleigh Dale. »

Elle lui serre la main et sourit, puis son chardonnay arrive. Elle lève son verre dans sa direction et ajoute : « J'ai hâte de quitter cette île. Les dernières vingt-quatre heures ont été rudes. »

Marty aimerait bien avoir un verre pour trinquer avec elle, mais il est toujours en service. Lui aussi a eu une sacrée journée, qui a commencé et fini par l'affaire de la Demoiselle d'honneur assassinée et du suspect en fuite. L'homme qu'ils cherchaient a fini par être attrapé par une ado du coin travaillant pour la Hy-Line. Marty est content que le type ne soit plus perdu dans la nature, mais il est agacé d'avoir été doublé par une gamine qui l'a retrouvé grâce à Facebook. C'est de la triche, non ? Marty aurait eu bien besoin de son petit moment de gloire. Il hésite à demander à Keira, l'adjointe du chef de la police, si elle veut sortir avec lui ; mais elle a une trentaine d'années, suit un cours de barre au sol tous les jours, et cherche sans doute quelqu'un de plus héroïque que Marty ne peut prétendre l'être en ce moment.

« Vous êtes de passage ? dit Marty. Où séjournez-vous ? »

Il sait qu'il ne faut pas trop s'emballer avec quelqu'un qui n'est pas de l'île. Il a encore deux ans à tirer avant la retraite, même s'il sera content de s'en aller ensuite. Laura Rae et Ty seront heureux en ménage, peut-être même attendront-ils un enfant à ce moment-là, et Marty deviendra une gêne. Il espère que cette Featherleigh vit à Boston. Ce serait parfait. Tous les mois, il a droit à deux allers-retours gratuits pour Boston sur Cape Air. Il imagine Featherleigh et lui en train de se promener main dans la main dans le grand parc du centre-ville, avant de s'arrêter au Parish Café de Boylston Street pour déjeuner. Ils boiront des cocktails dans le quartier de Seaport. Boston est une ville géniale pour les amoureux. Ils pourront monter dans les bateaux-cygnes. En fin de journée, boire un thé et manger des sandwichs au Four Seasons. Assister aux matchs des Sox. Et dans deux ans, quand Marty prendra sa retraite, sa relation avec Featherleigh sera suffisamment stable pour qu'ils passent à l'étape suivante.

« Londres, répond-elle. J'ai un appartement à Sloane Square, même si je crains qu'il n'appartienne à la banque le temps que je retourne en Angleterre. »

Londres. Le rêve de Marty retombe comme un soufflé. C'est beaucoup trop loin. Mais ce ne serait pas si mal d'aller la voir et de vivre une amourette occasionnelle et sans contraintes. Marty n'est jamais allé à Londres, une lacune à laquelle il doit remédier – d'autant plus qu'il se targue, sur son profil Match.com, d'être un grand voyageur.

« Et que faites-vous dans la vie ? » demande Marty.

Featherleigh boit une longue gorgée de vin, puis s'accoude au comptoir et pose sa tête dans sa main pour l'observer.

« Je vends de vieux objets à des gens riches. Et vous, Marty ? »

Marty se redresse un peu sur son siège.

« Je suis chef de la sécurité à l'aéroport, ici-même.

— Eh bien, c'est un poste prestigieux, dites-moi. »

Elle prononce le mot *prestigieux* de manière si charmante, avec son accent anglais, que Marty ne peut s'empêcher de sourire.

« C'est lui le meilleur », intervient Dawn.

En son for intérieur, Marty remercie Dawn de son soutien, même s'il se sent quelque peu honteux qu'elle ait écouté sa première tentative de drague depuis 1976. Il hoche la tête pour confirmer, puis se demande si Featherleigh se paye sa tête. Après tout, ce n'est pas comme s'il était chef de la sécurité à Heathrow. *Ce doit être infernal comme boulot,* songe-t-il. Des vols du monde entier qui convergent vers le même endroit. Comment pourrait-il repérer les menaces potentielles ? Et pourtant il y a des types qui y parviennent, tous les jours de l'année.

« En été, Nantucket est le deuxième aéroport le plus fréquenté de l'État, explique Marty. Seul Logan accueille davantage de monde.

— Logan ?

— L'aéroport de Boston.

— Ah, oui. Moi, je suis sur liste d'attente pour un vol direction JFK avec JetBlue. »

Elle consulte son téléphone.

« J'espère vraiment que je vais pouvoir monter à bord. »

Elle lance un clin d'œil à Marty.

« Vous ne pouvez pas m'aider, à tout hasard ?

— Avec les compagnies aériennes ? Impossible. »

Cet aveu plonge Featherleigh dans l'abîme électronique de son téléphone. Elle finit son grand verre de chardonnay, puis commence à taper sur son écran. Marty pose les yeux sur son bout de sandwich au fromage figé, son coleslaw transformé en soupe épaisse. Avant que Featherleigh ne cède à l'irrésistible attrait d'Instagram et qu'il la perde définitivement, il lance : « Qu'est-ce qui vous est arrivé de si terrible pendant votre séjour sur l'île ? »

Featherleigh pose son téléphone, et Marty sent un puéril sentiment de triomphe l'envahir.

« Je ne sais même pas comment vous expliquer.

— Essayez toujours.

— J'ai fait tout ce chemin depuis Londres pour un mariage. Attention, je me fichais complètement de ce mariage, mais l'homme que je fréquente devait y assister, alors j'ai dit oui. »

Quand Marty entend *l'homme que je fréquente*, le peu d'enthousiasme qui lui reste part en fumée. Même quelqu'un de « pas mal mais pas magnifique non plus » comme Featherleigh a trouvé un partenaire. *Où sont donc toutes les femmes pas trop laides et encore libres ?* se demande-t-il. *J'ai besoin de savoir !*

« Et puis, pour des raisons trop horribles pour être racontées, le mariage a été annulé et...

— Une minute, la coupe Marty. Vous étiez au mariage de... »

À ce moment-là, son téléphone se met à sonner, et quand il jette un coup d'œil discret à son écran, il s'aperçoit qu'il s'agit du chef de la police. Il faut qu'il prenne l'appel. Il lève les yeux vers Featherleigh et pointe l'index vers le ciel.

« Excusez-moi un instant », dit-il.

Il savoure l'occasion de montrer à Featherleigh qu'il est effectivement quelqu'un d'important.

« Que puis-je faire pour vous, Chef ?

— On recherche quelqu'un d'autre. Et on a de bonnes raisons de penser qu'elle est à l'aéroport, à tenter de choper une place sur l'un des prochains vols. Une femme d'une quarantaine d'années, cheveux tirant vers le blond, nommée Featherleigh Dale. »

Sa mâchoire tombe et il manque lâcher son téléphone ; mais il parvient à se ressaisir et lance un sourire à Featherleigh.

« Je m'en occupe, Chef », répond-il.

TAG

Il serre la main du chef de la police et tente de trouver le ton juste : affligé mais convaincant, inquiet mais dépourvu de culpabilité. Quand Greer l'avait réveillé en le secouant par l'épaule pour lui dire : « L'amie de Celeste, Merritt, la copine, la demoiselle d'honneur, elle est morte, Tag. Elle s'est noyée devant la maison. Elle est morte. Les secours sont là et la police aussi. Celeste a trouvé son corps flottant sur l'eau. Elle est morte. Bon Dieu, Tag, *réveille-toi. Fais* quelque chose », il s'était dit qu'il était pris au piège d'un mauvais rêve. Il lui avait fallu plusieurs longues secondes pour s'apercevoir que Greer était bien réelle et que ce qu'elle disait était vrai.

Merritt s'était noyée. Elle était morte.

Ce n'est pas possible, avait-il pensé. Il l'avait ramenée sur la plage après la balade en kayak. Elle était partie en trombe – fâchée, certes, mais bien vivante.

Et les deux pieds posés sur la terre ferme. Il s'était dit qu'elle était allée se coucher.

Tag ne sait pas trop de quelles informations dispose la police.

Est-elle au courant de sa liaison ?

Est-elle au courant de la grossesse ?

Ils apprendront que Merritt était enceinte dès que la médecin légiste leur fera son rapport ; mais découvriront-ils qu'ils avaient une liaison ? À qui Merritt l'avait-elle raconté ? L'avait-elle dit à Celeste ? Celeste l'avait-elle dit à la police ? Le premier réflexe de Tag, en apprenant l'horrible nouvelle, avait été de se mettre en quête de Celeste pour lui rappeler que l'avenir de la famille Winbury reposait sur sa discrétion. Mais Celeste avait été emmenée à l'hôpital pour recevoir des calmants, et elle n'était toujours pas revenue – ce qui, selon Tag, n'était pas bon signe.

Tag entraîne le Chef vers son bureau. Benji en était ressorti quand il avait avoué que c'était Merritt qui se trouvait sur le kayak, et Thomas s'était tiré lui aussi. Mais ses deux fils savent qu'il vaut mieux ne pas en parler à la police, Tag en est convaincu. Leur bonheur dépend du *sien.*

« Puis-je vous offrir à boire ? » demande-t-il au Chef.

Celui-ci lève la main.

« Non, merci. »

Tag s'installe dans le fauteuil derrière son bureau et propose au Chef l'un des deux sièges qui lui font face. Cela lui donne l'impression de maîtriser la situation, comme si c'était lui qui invitait le Chef à discuter, non l'inverse. *La réalité, c'est ce que l'on perçoit,* songe-t-il. Pourquoi ne serait-ce pas lui qui mettrait le Chef sur la sellette ?

« Qu'est-ce que vous avez ? demande-t-il.

— Pardon ? répond le Chef.

— Une jeune femme est morte. Et c'est arrivé sur ma propriété, ou presque. C'était peut-être juste un accident. Peut-être que Merritt a trop bu et qu'elle s'est noyée. Mais si vous avez la moindre preuve que ce n'est pas le cas, j'ai le droit de le savoir. »

Tag durcit son regard.

« Vous ne croyez pas ?

— Non, dit le Chef. Je ne crois pas. »

Tag ouvre la bouche pour parler – mais dire quoi ? Cela n'a de toute façon aucune importance, parce que le Chef se penche en avant sur sa chaise et lui lance : « Quand avez-vous vu Merritt Monaco pour la dernière fois ? »

Tag cligne des yeux. Son instinct le pousse à mentir – évidemment que son instinct le pousse à mentir ! La vérité est trop compromettante.

« Hier soir », répond-il.

Le Chef hoche la tête.

« À quelle heure ?

— Je ne saurais le dire.

— Bien. Où étiez-vous la dernière fois que vous l'avez vue ?

— J'étais... dehors, derrière la maison.

— Pouvez-vous préciser, je vous prie ? Dans quelles circonstances avez-vous vu Mme Monaco pour la dernière fois ? »

Tag fait une pause. Il a eu toute la journée pour envisager diverses réponses à cette question, mais à présent il perd pied. *S'il ment, ils le foutront en taule.* Or il est innocent. Concernant la mort de Merritt, il est innocent.

« On était derrière, sous la tente, à boire un verre. On formait un petit groupe. À part moi, il y avait mon fils Thomas, une amie de la famille nommée Featherleigh Dale, et Mme Monaco.

— Et comment décririez-vous l'état d'esprit de Mme Monaco à ce moment-là ? »

Tag réfléchit à sa question. Il avait souhaité bonne nuit à Bruce Otis et prévu d'aller se coucher. Mais Thomas était revenu de la ville par ses propres moyens – Abby avait insisté au téléphone pour qu'il rentre ; et quand il était monté la voir, elle s'était rendormie.

« Ou alors elle faisait semblant de dormir, avait ajouté Thomas. C'était comme si elle essayait de me prendre en flag'.

— En flagrant délit de quoi ? » s'était exclamé Tag.

Tout à coup, il avait repensé à la soirée au cours de laquelle il avait rompu avec Merritt. Quand il avait vu Thomas assis seul au bar du Four Seasons. Si bien qu'au lieu d'aller se coucher, il était allé chercher une bonne bouteille de rhum dans le bar de son bureau. Comme le disait Mary Margaret, sa tante préférée : *quand tu ne sais pas quoi faire d'autre, bourre-toi la gueule.* Tag allait avoir une franche discussion avec Thomas. Il était grand temps qu'elle ait lieu.

« Viens sous la tente avec moi », avait-il dit.

Thomas n'avait pas eu besoin qu'on l'y pousse davantage. Il avait dressé l'une des tables rondes destinées à la réception et apporté quatre chaises pliantes – sans doute, s'était dit Tag, pour que les autres puissent les rejoindre quand ils reviendraient de leur virée en ville. Tag venait de remplir leurs shots quand Merritt et Featherleigh avaient surgi de la pénombre. Presque comme si elles avaient guetté leur venue. Tag avait eu la trouille en voyant débarquer Merritt, mais elle lui avait lancé un sourire navré, et Tag avait cru lire de l'assentiment dans ses yeux. Elle ferait ce qu'il lui demandait. Elle prendrait le blé, mettrait fin à sa grossesse, et sortirait de sa vie. Il était sûr qu'elle n'en voulait pas, de ce gosse.

« Souhaitez-vous boire un dernier verre, mesdames ? avait-il demandé.

— Tu me sauves la vie ! » s'était exclamée Featherleigh.

Merritt avait gardé le silence, mais elle s'était assise à côté de lui ; et quand il avait posé un verre devant elle, elle n'avait pas bronché.

Il s'était senti un peu mal à l'aise de voir Merritt soudain si copine avec Featherleigh Dale. Qu'est-ce que ces deux-là foutaient ensemble ? Et pourquoi Featherleigh traînait-elle encore dans les parages ? Elle logeait dans une auberge du centre. Elle avait attendu la dernière minute pour réserver, si bien qu'elle avait atterri dans un « véritable taudis », selon Greer ; c'était peut-être pour ça qu'elle rechignait à s'en aller.

« Merritt semblait de bonne humeur, dit-il au Chef. Enfin, je crois. Je la connaissais à peine.

— Vraiment ? »

Le ventre de Tag se tord. C'est le moment de demander un avocat. En apprenant la mort de Merritt, il avait immédiatement songé à appeler Sergio Ramone ; mais prendre un avocat, cela revenait à admettre qu'il était coupable. Or il ne l'avait pas tuée.

Il ne l'avait pas tuée.

« Je n'ai rien à voir avec la mort de Mme Monaco. Absolument rien.

— Aviez-vous une liaison avec elle ?

— Oui. Mais j'ai rompu il y a plusieurs semaines.

— Mme Monaco vous a-t-elle dit qu'elle était enceinte de vous ?

— C'était sa version des faits.

— Bien. »

Le Chef se penche vers lui.

« Je suppose que lorsque vous avez appris la nouvelle, vous n'avez pas sauté de joie. J'irais même jusqu'à dire que vous auriez tout fait pour ne pas que ça se sache. »

Tag se recroqueville sur lui-même. Peut-il mettre sa vie entre les mains du Chef, peut-être lui demander son aide, d'homme à homme ? Il suffit de regarder le Chef pour savoir que c'est un type respectable. Il porte une alliance en or. Il est sans doute marié depuis vingt-cinq ou trente ans et n'a jamais posé les yeux sur une autre femme.

« J'*aurais fait* beaucoup d'efforts pour ne pas ébruiter la nouvelle, admet-il. Si j'avais été sûr que le bébé était de moi. Merritt voyait d'autres hommes. Notamment un Irlandais nommé Robbie, un barman du Breslin, à New York. Ça pouvait très bien être lui le père.

— Mais elle vous a dit que c'était le vôtre. Peu importe que ce soit celui de Robbie. C'était *vous* qu'elle menaçait. Elle menaçait de révéler votre liaison. Je suis sûr que vous avez eu peur – encore plus ce week-end, alors que tous vos proches sont là. Votre fils était sur le point de se marier. C'était un peu injuste de la part de cette femme de choisir ce moment pour étaler votre linge sale en public. »

Tag sait que le Chef feint la compassion, même si ses paroles sonnent juste. C'était effectivement malvenu de la part de Merritt.

« Je lui ai dit que je lui ferais un chèque après le mariage. Je voulais qu'elle avorte. »

Il lève les mains au ciel.

« C'est mal, je sais. Mais la tuer, c'est autre chose. »

Le Chef le scrute sans mot dire.

« Vous croyez vraiment que j'aurais été assez bête pour noyer une femme avec laquelle je couchais, une femme qui prétendait être enceinte de moi, et la laisser s'échouer sur la plage devant chez moi le jour du mariage de mon fils ? Je n'étais pas désespéré à ce point. J'étais inquiet, bien sûr, mais je n'étais pas acculé à ce point et je n'ai tué personne.

— Vous avez pourtant emmené Mme Monaco faire un tour dans votre kayak, n'est-ce pas ? Celui que nous avons retrouvé sur la plage. Votre femme et votre belle-fille ont toutes deux expliqué que vous étiez le seul à vous servir de ces kayaks.

— En effet. Elle est montée dans mon kayak.

— Au beau milieu de la nuit. Cela ne vous a pas semblé désespéré, comme attitude ? À tout le moins imprudent ?

— Elle m'a dit qu'elle avait besoin de me parler. Loin des autres, loin de la maison.

— Et que s'est-il passé pendant que vous étiez dans ce kayak ?

— Je pagayais vers une plage près d'Abrams Point, mais il faisait nuit noire et j'avais du mal à la repérer. Et quand on s'est retrouvés au large, au milieu de nulle part, le kayak a gîté sur la droite et j'ai entendu un bruit d'éclaboussure. Elle avait sauté dans l'eau. »

Tag se penche en avant.

« Merritt était perturbée, vous comprenez. Elle avait une montée d'hormones, elle était à fleur de peau, elle avait le cerveau dérangé. Elle a reconnu que la seule raison pour laquelle elle voulait garder ce bébé, c'était qu'il lui permettait d'avoir un ascendant sur moi. Et puis elle a sauté du bateau, comme si elle était folle. J'ai dû tourner le kayak et la hisser à bord en la tenant par le poignet.

— Par le poignet ?

— Oui. Et dès qu'elle est remontée sur le bateau, j'ai pagayé comme un fou jusqu'à la maison. Elle a posé les pieds sur le sable et elle a foutu le camp. J'ai cru qu'elle allait se coucher.

— Vous n'avez pas amarré le kayak. Vous l'avez laissé à l'envers sur le rivage. Ce qui, si j'ai bien compris, ne vous ressemble pas.

— Ce n'est pas dans mes habitudes. Mais j'avais peur qu'elle revienne si je m'attardais dans le coin pour m'occuper du bateau. Qu'elle me fasse une nouvelle scène, qu'elle hausse le ton et que les gens nous entendent. »

Tag laisse tomber sa tête entre ses mains.

« Je voulais juste qu'elle me foute la paix.

— Exactement, dit le Chef. Vous vouliez juste qu'elle vous foute la paix. »

Il pose ses mains sur le bureau et se penche en avant.

« La médecin légiste a trouvé un sédatif puissant dans l'organisme de Mme Monaco. Alors je vais vous dire ce que je pense. Je pense que vous lui serviez des shots et que vous avez mis un cachet dans son verre. Puis vous l'avez invitée à faire un tour en kayak, vous avez chaviré de manière prétendument accidentelle, et elle n'est jamais remontée dans le bateau. Ou peut-être que vous avez fait ce que vous me dites, et que vous l'avez hissée par le poignet. Peut-être que vous l'avez laissée tomber dans les pommes au fond du kayak, avant de la balancer à l'eau plus près du rivage, pour qu'on s'imagine qu'elle était partie se baigner et qu'elle avait fini par se noyer.

— Non. Ce n'est *absolument pas* ainsi que ça s'est passé. Je ne l'ai pas droguée, et je ne l'ai pas jetée à l'eau.

— Mais c'est bien vous qui serviez à boire. J'ai tort ?

— Non, mais...

— A-t-elle bu autre chose ?

— De l'eau. De l'eau ! Featherleigh est allée à la cuisine à un moment donné... »

Tag ne se souvient plus si c'était avant ou après le départ de Thomas. Avant, décide-t-il. Thomas pourra s'en porter garant. Mais non... non, c'était après. Après, il en est sûr.

« Et Featherleigh est revenue avec un verre d'eau rempli de glaçons.

— Vraiment », dit le Chef.

Il écrit quelques mots dans son calepin.

« Oui, je vous le garantis », ajoute Tag.

Cela ressemble soudain au petit détail qui lui sauvera la vie. Il s'était méfié quand Merritt avait demandé de l'eau, parce que cela semblait vouloir dire qu'elle se souciait de sa santé – ou de celle du bébé. Il s'était alors aperçu qu'il ne l'avait pas vue porter à ses lèvres l'un des deux shots qu'il lui avait servis. Il s'était demandé si elle les avait discrètement jetés. Featherleigh s'était montrée ravie d'aller chercher de l'eau pour sa nouvelle meilleure amie ; et tandis qu'elle se trouvait dans la maison, Merritt lui avait dit qu'elle avait besoin de lui parler en tête à tête.

« Featherleigh a apporté un verre d'eau à Merritt. Qui l'a bu en entier.

— Elle a tout bu ? Personne d'autre n'y a touché ?

— Non. »

Tag se détend et s'affale dans son fauteuil. Peut-être que Featherleigh a versé de la drogue dans le verre de Merritt, ou qu'elles avaient pris des cachets plus tôt dans la soirée. Featherleigh est un électron libre. Tag l'aurait rangée dans la catégorie des gens inoffensifs ; mais il n'est pas exclu qu'elle ait accidentellement provoqué ce genre de dégâts.

« Il n'y avait pas de verre d'eau sur les lieux, dit le Chef.

— Vraiment ? »

C'est absurde. Tag demeure interdit.

« Eh bien, je vous l'affirme, Merritt a bu un verre d'eau avec des glaçons. Featherleigh est allée le chercher dans la cuisine. »

Il lance un regard noir au Chef. Cela peut sembler risqué, mais il n'a plus envie de se laisser intimider. Il n'a pas drogué Merritt et ne l'a pas tuée.

« Je crois que vous devriez parler à Featherleigh Dale.

— Je crois que vous devriez cesser de me dire comment mener mon enquête », réplique le Chef.

Il hausse à peine la voix, mais le ton est sévère. C'est un gars du coin. Il ne doit guère apprécier les types comme lui, avec leurs demeures prestigieuses et leur morale chancelante.

« J'ai encore une question. »

Tag voit des taches apparaître dans sa vision périphérique, signe annonciateur d'une migraine.

« Que voulez-vous savoir ?

— Mme Monaco avait une vilaine coupure au pied. Et il y avait des traces de son sang dans le sable, devant la maison. Savez-vous quelque chose à ce sujet ?

— Non. Elle n'avait pas d'entaille au pied quand elle était sous la tente. Demandez à Featherleigh ! Demandez à Thomas ! Elle a dû se couper en descendant du kayak. Ce qui prouve bien que je l'ai ramenée saine et sauve ! »

« Cela ne "prouve" rien. Mais merci pour vos réponses », réplique le Chef.

Il se lève. Tag suit le mouvement, même si ses jambes flageolent.

« Il est assez évident, je crois, que Merritt a pris des cachets parce qu'elle était bouleversée, puis qu'elle est retournée dans l'eau et s'est noyée, ajoute-t-il. Vous pourriez simplement conclure que sa mort est un accident. Ce serait plus simple pour tout le monde. Sa famille, ses amis, mon fils – et puis Celeste.

— Je pourrais conclure que c'est un accident. Et vous avez raison : ce serait sans doute plus simple pour tout le monde, y compris pour mon service. Mais ce ne serait pas nécessairement la vérité. Et mon travail, Monsieur Winbury, c'est de chercher la vérité. Ce que, de toute évidence, vous ne parvenez pas à comprendre.

— Je n'apprécie guère votre dernière remarque.

— Il va falloir faire avec. »

Puis, au grand soulagement de Tag, le Chef se dirige vers la porte.

« Je vous ferai savoir si j'ai encore besoin de vous.

— On a fini, alors ? s'exclame Tag.

— Pour l'instant. »

Dimanche 10 juin 2018

CELESTE

Benji est parti à son week-end d'enterrement de vie de garçon. Shooter a fait en sorte que la débauche soit totale : ils ont atterri jeudi après-midi à Vegas, où ils ont rejoint leur suite de luxe au dernier étage de l'Aria avant de jouer jusqu'à l'aube. Le vendredi, ils ont eu droit à une double séance de pilotage de voitures de course et de tir au pistolet. Samedi, ils ont roulé jusqu'à Palm Springs pour jouer au golf et manger des grillades à 1 000 dollars le plat chez M. Lyons. Et aujourd'hui, dimanche, ils reviennent en avion.

Avant de partir, Benji avait tenté de s'excuser par avance.

« Il y aura probablement des strip-teaseuses. Voire pire.

— Des putes et de la c-c-cocaïne, avait répondu Celeste, avant de l'embrasser pour lui dire au revoir. Ou un s-s-spectacle avec des lesb-b-biennes. Je n'ai aucune envie de connaître les détails. Am-m-muse-toi bien.

— Dois-je me réjouir que tu ne râles pas contre ce voyage, ou m'en m'inquiéter ?

— T-t-te réjouir », avait répondu Celeste.

Elle avait passé les nuits de vendredi et samedi à Easton avec ses parents. Le traitement de sa mère était terminé ; ne leur restait plus qu'à être reconnaissants de chaque journée qui lui était accordée. Comme Karen ne se sentait pas trop mal, ils étaient allés se promener dans le quartier, avant de dîner de bonne heure dans leur petit restaurant.

À la demande de son père, Celeste avait apporté sa robe de mariée.

« Tu auras peut-être envie de l'essayer pour montrer à ta mère, lui avait-il dit.

— Mais pourquoi ? avait bredouillé Celeste. Vous v-v-venez toujours, n'est-ce pas ? À Nant-t-tucket ?

— Apporte-la, s'il te plaît », avait répondu Burce.

Et c'était ainsi que, une fois sa mère confortablement installée à la maison le samedi soir, Celeste avait essayé sa robe de mariée. Elle avait mis ses petits talons en shantung de soie blanche et ses boucles d'oreilles en perles. Elle n'avait pas pris la peine de se coiffer ni de se maquiller, mais cela n'avait guère d'importance. Le visage de Karen s'était illuminé ; les yeux brillants, elle avait porté les mains sur son cœur.

« Oh, ma puce, tu es *magnifique.* »

Merci, avait articulé Bruce en silence de l'autre côté de la pièce. Celeste avait virevolté en s'efforçant de sourire.

Aujourd'hui, dimanche matin, Celeste retourne à New York pour retrouver Merritt et déjeuner dans un restaurant du nom de Fish dans Bleecker Street.

« J'ai envie de manger des huîtres, lui avait dit Merritt au téléphone. Et je ne veux croiser personne de ma connaissance. Il faut que je te parle. »

Quand Celeste arrive au Fish, Merritt est déjà installée devant un bloody Mary. Elle ouvre des cacahuètes entre le pouce et l'index et jette les coques sur le sol. L'atmosphère des lieux rappelle celle d'un petit bar vintage ; mais il y a des étendues de glace pilée sur lesquelles s'entassent les huîtres. Le match des Yankees passe à la télé. Le barman porte un T-shirt sur lequel est écrit SEXE, DROGUE ET LOBSTER ROLL.

« Salut », lance Celeste en grimpant sur le tabouret à côté de Merritt.

Elle embrasse son amie sur la joue et commande elle aussi un bloody Mary. Elle mérite bien ce petit plaisir. Elle vient de s'acquitter de ses devoirs de fille unique, tandis que Benji s'est bourré la gueule pendant trois jours.

« Salut. Tu as des nouvelles de Benji ? dit Merritt.

— Non. Je lui ai demandé de ne pas me téléphoner. »

Son humeur est soudain au beau fixe, sa langue agile. Son bégaiement disparaît presque entièrement quand elle est seule avec Merritt.

« Tu es sérieuse ? s'exclame Merritt.

— Oui. Je voulais qu'il en profite, sans devoir se soucier de prendre des nouvelles de sa future épouse.

— Le couple parfait... », soupire Merritt.

Celeste boit une gorgée de son bloody Mary ; l'alcool et les épices lui montent immédiatement à la tête. Elle devrait expliquer à Merritt que si elle a agi ainsi, c'est parce qu'elle ne veut pas entendre parler de Shooter – ce que Shooter a prévu, ce que Shooter fait, ce que Shooter a dit de drôle. Celeste a presque atteint la ligne d'arrivée – le mariage a lieu dans un mois. Mais elle craint toujours d'être piégée par ses sentiments irrationnels. À chaque journée qui passe, elle songe à annuler le mariage.

Elle boit une nouvelle gorgée de son cocktail tandis que Merritt consulte la liste des huîtres sur le menu. Ce serait un tel soulagement de lui avouer ses sentiments. C'est à ça que servent les meilleures amies, non ? Celeste doit l'admettre : elle est une mauvaise amie en *ne le disant pas* à Merritt. Malgré tout, elle a peur de mettre un nom sur ses sentiments. Elle a peur qu'en prononçant la phrase à voix haute – *je suis amoureuse de Shooter* –, quelque chose d'horrible ne se produise.

Merritt commande une douzaine d'huîtres. Elle est d'humeur côte ouest, explique-t-elle. Ce sera donc six Kumamoto et six Fanny Bay. Celeste accepte d'en goûter une de chaque, car elle doit développer son goût pour ces bestioles. Genre : *Crassostrea.* Espèce : *gigas.*

Merritt inspire de manière théâtrale et lui lance : « S'il te plaît, ne me juge pas.

— Jamais je ne ferai une chose pareille. Qu'est-ce qui t'arrive ? »

Merritt tend la main sur le comptoir.

« Je suis si nerveuse que j'en tremble.

— Raconte-moi tout. »

Celeste est habituée aux effets de manche de Merritt. C'est l'une des raisons pour lesquelles elle l'apprécie tant.

« Je vois quelqu'un en ce moment, annonce Merritt. Ça a commencé il y a quelques semaines. Je pensais qu'il s'agissait d'une histoire sans lendemain, mais le type m'a rappelée, et depuis c'est devenu plus sérieux.

— Ok », dit Celeste.

Elle ne voit pas où est le problème.

« Il est marié », précise Merritt.

Celeste hoche la tête.

« Je croyais que ton histoire avec Travis Darling t'avait servi de leçon.

— Travis était un prédateur. Alors que ce type me plaît vraiment. Le problème, c'est que… tu me jures que tu ne vas pas me tuer ?

— Te tuer ? »

Celeste n'a aucune idée de ce que Merritt se prépare à lui annoncer.

« C'est ton futur beau-père. »

Merritt incline brusquement la tête vers l'avant ; mais elle se tourne pour jeter un coup d'œil en coin à Celeste.

« Tag. »

Celeste est fière d'elle-même : elle ne crie pas. Elle ne saute pas au bas de son tabouret pour sortir du bar et quitter les beaux quartiers en métro. Elle sirote le reste de son bloody Mary et fait signe au barman de lui en servir un autre.

Tag. Merritt et… Tag.

Cela fait trop longtemps qu'elle traîne avec Merritt, se dit-elle. Sinon, elle serait scandalisée. Elle se représente sans difficulté le couple qu'ils peuvent former.

« Ça a commencé pendant cette dégustation de vin ?

— Un peu avant. Le vendredi soir, j'avais remarqué qu'il me regardait, quand on attendait le taxi devant la maison pour ton enterrement de vie de jeune fille. Alors le samedi matin, j'ai tâté le terrain pour voir si je l'intéressais vraiment. C'était bien le cas.

— Tu as *couché* avec lui ? »

Tag est séduisant et c'est un mâle dominant, comme les aime Merritt. Mais Celeste ne s'imagine pas *coucher* avec lui. Il est plus âgé que son père.

« Je n'arrive pas à croire que tu aies 28 ans, soupire Merritt. Évidemment que j'ai couché avec lui.

— Beurk. Désolée, mais...

— Je croyais que ce serait juste un coup d'un soir. Il m'a demandé mon numéro, mais je n'ai jamais pensé qu'il m'appellerait. Et dix jours plus tard, il m'a téléphoné à 2 heures du matin.

— Oh la vache », murmure Celeste.

Son cerveau commence à suivre le chemin bien connu : *Qu'est-ce qu'il a dans la tête ? C'est vraiment un sale type ! Le connard classique !* Celeste l'aimait bien jusqu'à présent. Cela lui fend le cœur de découvrir qu'il harcèle son amie – une femme qui a l'âge de ses enfants. Est-ce que c'est une habitude chez lui ? Sans doute ! Et Greer, dans tout ça ? Celeste n'aurait jamais imaginé plaindre un jour Greer Garrison – et pourtant c'est le cas. Elle comprend la pulsion physiologique qui sous-tend les agissements de Tag. Il est encore viril, il cherche à disséminer sa semence et propager l'espèce.

Mais enfin, quand même !

« Mais quand même ! » s'exclame-t-elle.

Merritt sursaute devant cet éclat.

« Désolée », murmure Celeste.

Elle plonge le nez dans son second bloody Mary.

« Excuse-moi. Je ne te jugerai pas. Mais s-s-s'il te plaît, Merritt, il faut que tu cesses de le voir. Demain. Mieux encore, dès c-c-ce soir.

— Je ne crois pas en être capable. Je suis mordue. Il m'a ensorcelée. C'est mon anniversaire la semaine prochaine, et je lui ai demandé de m'emmener en voyage. Je crois qu'il est en train d'y réfléchir.

— Tu n'es p-p-plus une enfant », réplique Celeste.

Elle grimace. Voilà qu'elle recommence à bégayer. Évidemment que ça recommence ! Elle est passée d'une agréable sensation de détente à l'impression de sortir d'un manège de foire tournant dans tous les sens, en ayant l'estomac rempli de beignets.

« Il ne t'a pas *ensorcelée*. Tu as le droit d'exercer ton libre arbitre et de t'en aller.

— Je ne pense qu'à lui. Je l'ai dans la peau. C'est comme une maladie. »

On leur sert leurs huîtres et Merritt, d'un air absent, en arrose la moitié de sauce piquante.

« Est-ce que tu as ne serait-ce qu'une vague idée de ce que cela fait ? »

Je l'ai dans la peau. C'est comme une maladie.

Oui, pense-t-elle. *Shooter.*

« N-N-Non », dit-elle.

Celeste sait que ce n'est pas une bonne idée mais elle reste avec Merritt au Fish tout l'après-midi. Elle choisit une salade Cobb, Merritt un burger au thon avec un supplément de wasabi. Elles commandent une bouteille de sancerre, puis – parce que Celeste a toujours du mal à digérer la nouvelle et que Merritt éprouve une sorte d'euphorie à la partager enfin – une seconde bouteille.

Le sancerre est un sauvignon blanc originaire de la vallée de la Loire, explique Merritt.

« Tag me l'a appris lors de la première soirée qu'on a passée ensemble.

— Cool », dit Celeste.

Elle se montre patiente tandis que Merritt dévoile peu à peu les détails de sa relation avec Tag. Ils se voient dans son appartement à elle. Une fois, ils sont sortis manger des sandwichs. Tag a payé, a tiré sa chaise pour qu'elle puisse s'asseoir, a pris ses restes pour les mettre à la poubelle. C'est un homme raffiné, il est mûr, intelligent, et il a réussi dans la vie. Elle sait que c'est un cliché mais elle craque pour son accent britannique. Elle a envie de dévorer sa façon de parler, de se baigner dedans. Tag est jaloux de Robbie. Il s'est pointé devant chez elle au milieu de la nuit parce qu'il était fou de jalousie.

« Est-ce qu'il p-p-parle parfois de Greer ? » demande Celeste.

Elle se sert un autre verre de vin. Elle commence à être ivre. On a débarrassé leurs assiettes, alors elle s'attaque à la coupelle de cacahuètes.

« Il la mentionne parfois. Mais on n'aime pas trop aborder le sujet de la famille.

— Sage décision », murmure Celeste.

Merritt lui raconte que quelques jours plus tôt, Tag lui a demandé de se pointer au bar d'un hôtel où il retrouve des clients pour boire un verre. Ils avaient fait l'amour dans les toilettes, puis elle était repartie.

On dirait une scène de film, songe Celeste. Sauf que c'est la vraie vie – sa meilleure amie et son futur beau-père, en chair et en os. Elle devrait être *scandalisée !* Mais dans un retournement de situation qui ne lui ressemble pas, elle est presque soulagée que Merritt agisse encore plus mal qu'elle ne le fait. Elle est amoureuse du meilleur ami de Benji. Et cependant, elle a fait preuve de volonté. Une qualité qui, elle le sait à présent, est une espèce en voie de disparition. D'autres qu'elle vivent des aventures autrement plus indécentes.

« Il faut que je rentre, dit-elle en consultant son téléphone. Benji atterrit dans vingt minutes et il v-v-vient dîner chez moi.

— Pas un mot à Benji, bien sûr », dit Merritt.

Celeste jette un coup d'œil à son amie. Elle ne sait pas trop quel genre de regard elle lui lance – elle a l'impression que son visage est en pâte à modeler. Le bar semble scintiller autour d'elle. Elle est *vraiment* bourrée.

« Bien sûr que non », répond-elle.

Merritt paie l'addition et Celeste, pour une fois, ne proteste pas et ne propose pas d'en payer la moitié ; pas plus qu'elle ne refuse quand Merritt lui fourre 30 dollars dans la main et la fait monter dans un taxi direction le nord de Manhattan. C'est un pot-de-vin, et Celeste le mérite amplement.

*

Sans trop savoir comment, elle parvient à gravir les marches et à ouvrir la porte de son appartement. Elle ne voit pas comment elle aurait le temps de décuver avant que Benji ne débarque pour le dîner ; mais si elle annule, il croira qu'elle est contrariée par son week-end à Vegas.

Elle ne doit *absolument pas* lui parler de Merritt et de son père. Il ne faut pas qu'elle dérape. Elle doit faire comme si tout allait bien, comme si tout était normal, comme si rien n'avait changé.

Elle envoie un texto à Merritt. Quitte-le ! Tout de suite ! S'il te plaît !

Puis elle s'endort à plat ventre sur son futon.

Elle se réveille au son de l'interphone. La lumière qui filtre à travers l'unique fenêtre de sa chambre s'est adoucie. Il est tard. Quelle heure est-il ? Elle consulte son réveil. 19 h 15. Ce doit être Benji.

Elle se précipite vers la porte pour lui ouvrir, puis court vers la salle de bains pour se brosser les dents et s'asperger le visage. Elle est toujours ivre mais moins qu'avant, et elle n'a pas encore la bouche sèche ni la gueule de bois. Elle a même un peu faim. *Peut-être qu'ils pourraient aller au restaurant péruvien qui sert du poulet,* songe-t-elle. On est dimanche soir, ce qui veut dire que Benji rentrera dormir chez lui, et qu'elle pourra être au lit à 22 heures. Demain, elle doit gérer deux grands groupes en sortie scolaire ; c'est la malédiction du mois de juin.

Elle est plongée dans ces pensées triviales quand elle ouvre la porte – et ce qu'elle voit la laisse bouche bée.

Ce n'est pas Benji. C'est Shooter.

« Hein ? dit-elle.

— Salut Sunshine. Je peux entrer ?

— Où est B-B-Benji ? »

Une flèche de panique chauffée à blanc lui transperce le corps.

« Il s'est p-p-passé quelque chose ?

— Il a pris un taxi à JFK pour rentrer directement chez lui. Il ne t'a pas appelée ?

— Je ne s-s-sais pas », bredouille Celeste.

Elle n'a pas consulté son téléphone depuis... avant de s'endormir ivre morte.

Shooter hoche la tête.

« Crois-moi, il t'a téléphoné et t'a laissé un message pour te dire qu'il avait envie de rentrer chez lui et de se coucher. Ce brave Benji était à ramasser à la petite cuillère quand on est descendus de l'avion.

— Ok. Qu'est-ce que tu f-f-fais ici, alors ?

— Je peux entrer, s'il te plaît ? »

Celeste jette un coup d'œil derrière l'épaule de Shooter. La cage d'escalier est toujours aussi grise et misérable. Et son appartement a tout pour inspirer la honte – certes, Shooter vit dans un logement de fonction à Hell's Kitchen ; mais même cela donne des complexes à Celeste.

Elle n'est pas censée se soucier de ce que pense Shooter.

« D'accord », dit-elle.

Elle imite bien le ton désinvolte, si ce n'est un chouïa agacé ; mais dans son ventre cela s'agite dans tous les sens, à la manière de Kellyane, l'ara fébrile du zoo du Bronx. Si Benji est sonné par ses dernières aventures de célibataire, Shooter n'est guère reluisant non plus. Il a les cheveux en bataille et porte un T-shirt des New York Giants, un short kaki effiloché et des tongs. Celeste trouve que cela lui donne l'air plus jeune, presque innocent.

Elle s'écarte pour le laisser entrer, puis ferme la porte derrière lui.

« Alors, comment s'est passé l'enterrement de vie de garçon du siècle ? »

Au lieu de répondre, Shooter l'embrasse, une seule fois ; et la sensation est exactement celle dont Celeste rêvait – exquise et douce. Elle roucoule telle une colombe, et Shooter l'embrasse à nouveau. Leurs bouches s'entrouvrent, la langue de Shooter cherche la sienne. Les jambes de Celeste se mettent à trembler ; elle n'arrive pas à croire qu'elle est encore debout. Shooter prend sa tête entre ses mains. Il les pose doucement contre son crâne, mais l'électricité entre eux, la chaleur, le désir sont absolument fous. Celeste ne savait pas que son corps pouvait réagir ainsi à celui d'un autre. Elle s'embrase.

Les mains de Shooter courent le long de son dos jusqu'à ses fesses. Il l'attire vers lui. Elle a tellement envie de son corps qu'elle pourrait pleurer. Elle déteste avoir eu raison. Elle savait que si ce qui se passe entre eux en ce moment se produisait, elle perdrait le contrôle de ses sens.

Continue, pense-t-elle. *Ne t'arrête pas !*

Il recule d'un pas.

« Celeste », murmure-t-il.

Sa voix est rauque.

« Je suis amoureux de toi. »

Moi aussi je suis amoureuse de toi. Mais elle ne peut pas le dire – et soudain sa raison se met en marche, comme elle aurait dû le faire il y a quelques minutes déjà. *Ce n'est pas bien ! Il ne faut pas !* Elle est fiancée à Benji. Elle ne va pas abîmer de serment, elle *ne le trompera pas.* Elle ne le trompera pas. Elle ne se comportera pas comme Merritt et Tag. Ils ont beau croire que l'intensité de leur désir justifie leurs actes, c'est juste parce que ça les arrange sur le plan moral. Celeste n'est pas croyante, mais sa conception du bien et du mal est inébranlable. Et elle est également convaincue – même si elle ne l'avouerait jamais – que la liaison de Merritt et de Tag, si elle se poursuit, aura de terribles conséquences. Quelque chose d'effroyable.

Ce ne sera pas le cas la concernant. Elle ne peut pas se permettre de chanceler – sinon sa mère mourra. Elle en est certaine.

« Il faut que tu partes, dit-elle.

— Celeste…

— Va-t'en. »

Elle ouvre la porte. Elle sent qu'elle va s'évanouir.

« Shooter. S'il te plaît. *S'il te plaît.* »

Il la regarde un long moment de ses yeux bleus hypnotiques. Celeste se cramponne à la petite partie de son être qui sait que c'est ce qu'il faut faire. Qui sait qu'il n'y a rien d'autre à faire.

Shooter n'insiste pas. Il s'en va.

Celeste ferme la porte derrière lui.

Samedi 7 juillet 2018, 17 h 15

NANTUCKET

Nick vient d'avoir des nouvelles du Chef : son entretien avec Featherleigh Dale est soudain *très important.* Tag Winbury, le père, est toujours un suspect potentiel ; mais le Chef n'est pas convaincu que ce soit lui le coupable.

« Il a avoué avoir emmené la fille faire un tour en kayak, lui avait dit le Chef. Il m'a raconté qu'elle avait sauté dans l'eau, volontairement, et qu'il l'avait remontée à bord en la tenant par le *poignet,* ce qui colle avec le rapport de la médecin légiste. Il a admis avoir servi les shots. On peut donc raisonnablement penser qu'il a versé de la drogue dans l'un des verres, mais la police scientifique n'a rien trouvé – ni dans la bouteille, ni dans les verres. Il ignorait que la fille s'était coupée au pied. Il m'a dit qu'elle avait dû se faire mal au moment où ils avaient regagné la plage. Il faut qu'on parle avec Featherleigh au sujet de cette entaille. Et il a ajouté que Merritt avait bu un verre d'eau, que Featherleigh Dale lui avait rapporté de la cuisine.

— De l'eau ? avait dit Nick. Il n'y avait pas de verre d'eau sur les lieux.

— Exactement. Peut-être qu'il ment. Ou alors...

— Quelqu'un s'est débarrassé de ce verre », avait conclu Nick.

Greer Garrison, la mère du marié, était allée dans la cuisine tard dans la soirée boire un verre de champagne. Nick n'en démordait pas : elle cachait quelque chose.

« Si Greer était au courant de la liaison...

— Et du bébé... avait ajouté le Chef.

— Peut-être que c'est *elle* qui a mis un cachet dans ce verre d'eau ? Et puis elle est revenue pour nettoyer le verre. Elle l'a passé au lave-vaisselle, en mode programme intensif. Mais comment aurait-elle pu savoir que Merritt irait se baigner par la suite ?

— Les parents Winbury sont peut-être de mèche, avait répondu le Chef.

— Les deux ? La veille du grand mariage du fiston ? Des noces entièrement à leurs frais ?

— Autre chose, avait dit le Chef. Tag Winbury est loin d'être un imbécile. S'il avait profité de cette balade en kayak pour noyer notre victime, il aurait veillé à bien remettre le bateau à sa place, tu peux me croire. Tu vois ce que je veux dire – histoire d'effacer les indices.

— Est-ce qu'on ne mouline pas dans le vide ? Et si c'était juste un accident ?

— Sois particulièrement rigoureux avec Featherleigh, avait répliqué le Chef.

— Tu me connais. Je suis un fin limier. »

Nick est déjà dans la salle d'interrogatoire quand on lui amène Featherleigh Dale. Il l'entend râler un peu dans le couloir – elle va rater son vol pour JFK. Il faut absolument qu'elle retourne à Londres. Luklo ouvre la porte d'un geste brusque et l'invite à entrer dans la pièce. Nick se lève de sa chaise.

Featherleigh Dale et lui se toisent du regard.

« Vous êtes à croquer, on vous l'a déjà dit ? » lance-t-elle.

Luklo sourit d'un air narquois. Nick tend la main à la femme.

« Madame Dale, je m'appelle Nick Diamantopoulos, et je suis inspecteur de la police d'État du Massachusetts. Je n'ai que quelques questions à vous poser. Dès que nous aurons terminé, et si vos réponses nous satisfont, je demanderai à l'agent Luklo de vous ramener à l'aéroport pour que vous puissiez prendre votre avion.

— Si j'avais su que l'inspecteur de police aurait votre allure, réplique Featherleigh, j'aurais assurément commis un crime.

— Si vous voulez bien vous asseoir. »

Featherleigh traîne sa valise à roulettes dans la pièce et pose un sac à main débordant *de tout et n'importe quoi* – un livre de poche, une brosse à cheveux, un sac de bretzels ouvert, qui se répandent sur le sol – sur son bagage ; puis elle attrape une pochette plus petite rangée dans le sac et la garde contre elle avant de s'approcher de la table et d'entreprendre de poser du rouge vermillon sur ses lèvres.

Nick attend qu'elle s'installe. *Cette femme est trop bordélique pour tuer quelqu'un, même sans le vouloir*, songe-t-il. Mais peut-être qu'il a tort. Featherleigh Dale a un peu plus de 40 ans. Elle est potelée, et ses cheveux oscillent entre le blond et le roux – comme si elle avait changé d'avis au beau milieu d'une teinture. Elle porte ce qui ressemble à une combinaison de l'armée de l'air en 1942 – les manches en moins.

« Je peux vous offrir quelque chose à boire ? demande-t-il.

— Non, sauf si vous avez un chardonnay correct. Vous m'avez coupée dans mon déjeuner. »

Nick se rassoit.

« Allons-y. Madame Dale, je...

— Feather. Mes amis m'appellent Feather.

— Feather », répète Nick, avec une ombre de sourire sur les lèvres.

Il y avait autrefois une prostituée travestie sur Brock Avenue, à New Bedford, qui s'appelait Feather. La Plume. Il fait une pause pour se souvenir qu'il s'agit d'une affaire grave et qu'il doit se montrer rigoureux.

« Commençons par la façon dont vous avez rencontré les Winbury. »

La Plume balaie l'air de la main.

« Je les connais depuis toujours.

— C'est-à-dire ?

— C'est-à-dire que, voyons... Tag Winbury était à Oxford avec mon frère aîné, Hamish – qu'il repose en paix. Ce qui veut dire que je le connais depuis toujours. J'ai revu la famille aux obsèques de mon frère, et par la suite, nos chemins n'ont cessé de se croiser. Je gère une entreprise qui déniche de vieux objets pour des gens comme Greer – des richards qui n'hésitent pas à lâcher 30 000 livres pour un canapé. Je lui ai trouvé des fenêtres récupérées dans une église de Canterbury. Elles sont parties pour 10 000 livres chacune, et je suis presque sûre que Greer ne les a même pas fait poser.

— Vous entretenez donc une relation d'affaires avec les Winbury.

— Et personnelle, aussi. On est amis.

— Oui, c'est vrai. Vous êtes venue de Londres pour le mariage. Vous connaissez bien Benji et Celeste ?

— Je connais un peu Benji. Celeste pas du tout. Je l'ai rencontrée hier soir. Elle et son amie. C'est tellement triste, ce qui s'est passé.

— Qu'est-ce qui s'est passé ? » demande Nick.

Feather écarquille les yeux.

« Vous n'êtes pas au courant ? L'amie de la mariée, Merritt, s'est *noyée*. La demoiselle d'honneur. Je pensais que c'était pour ça que vous aviez des questions à me poser.

— Oui, bien sûr, c'est pour ça, évidemment », bafouille Nick.

L'éparpillement de cette femme le perturbe.

« Je voulais dire, que s'est-il passé hier soir ? Vous faisiez partie du groupe qui s'est assis sous la tente pour boire du rhum, n'est-ce pas ?

— Du Mount Gay Black Barrel, précise Feather. De la Barbade. J'ai visité le domaine où on le fabrique, vous savez. J'adore ce truc.

— Qui se trouvait à cette table avec vous ?

— À part moi, Tag, Thomas et Merritt », répond Feather.

Avant d'ajouter d'un ton grave : « À savoir la défunte.

— Vous avez donc rencontré Merritt hier dans la soirée. Vous pouvez me raconter ?

— On a fait connaissance comme cela arrive lors d'une fête. Je l'ai tout de suite remarquée. Elle était jolie, élégante, et elle avait confiance en elle. J'aime les gens assurés. »

Elle regarde Nick avec un grand sourire.

« *Vous* avez confiance en vous. Ça se voit. C'est un trait de caractère très attirant chez un homme.

— Vous avez donc remarqué Merritt de loin, poursuit Nick. Quelqu'un a-t-il fait les présentations ?

— On n'a fait connaissance que plus tard. Beaucoup plus tard, en fait, une fois la fête finie. »

Nick prend note en hochant la tête. Il sent que Feather n'a besoin que d'un léger encouragement pour continuer à parler.

« Je cherchais désespérément un autre verre. Les jeunes étaient partis faire un tour en ville – la mariée, le marié, le témoin, Thomas – mais personne n'avait songé à inviter cette vieille Feather, et je n'étais tout simplement pas prête à retourner à mon auberge. J'ai tenté d'arracher une bouteille à l'employée du traiteur, mais ça n'a pas marché. Alors je suis partie à la chasse.

— À la chasse.

— Il fallait que je sois discrète. Je savais que si Greer me voyait, elle me mettrait sur-le-champ dans un taxi.

— Vraiment ?

— Greer ne m'aime pas. Elle ne m'*apprécie* pas. Elle vient d'une vieille famille fortunée, des propriétaires terriens. Elle a grandi dans un manoir appelé Swallowcroft, elle a fait ses études à Wycombe Abbey, et ainsi de suite. Et elle me soupçonne de courir après son petit mari. La bonne blague ! »

Feather s'esclaffe.

« Il est vraiment *beaucoup* trop vieux pour moi. »

Nick a besoin de limiter le verbiage de cette femme pour éviter qu'elle ne s'égare, ce qui ne l'empêche pas de noter : *Greer soupçonnait Feather + Tag ???*

« Revenons à la façon dont vous avez rencontré Merrit.

— Je me suis donc faufilée un peu partout, sur la pointe des pieds, en me cachant derrière les buissons – ce qui est plus difficile qu'il n'y paraît quand l'éclairage se déclenche au moindre mouvement. Je me suis dit que je trouverais sans doute une bouteille dans le pavillon de la piscine. »

Feather se tapote la tempe de l'index.

« Il y en a là-dedans. Quoi qu'il en soit, je suis tombée sur la demoiselle d'honneur dans la roseraie de Greer. Elle était assise et en larmes.

— En larmes ?

— Je lui ai demandé si elle allait bien. Elle m'a répondu que oui. Je lui ai demandé si je pouvais faire quelque chose pour elle. Elle m'a dit que non. J'étais un peu surprise. Je pensais que c'était une fille sûre d'elle, et elle se tenait là comme une gamine dans la cour de récré abandonnée par ses amis. Alors je lui ai demandé si elle voulait participer à mon petit jeu.

— Votre jeu ?

— Chercher en douce de l'alcool dans le pavillon de la piscine. Elle a accepté et elle est venue avec moi.

— Et ensuite ?

— On a ouvert le portail, on a pris deux chaises longues, j'ai fait glisser les portes vitrées du pavillon, et tadaa ! Un bar entier ! J'ai préparé deux vodkas tonic et je les ai apportées près du bassin. Merritt m'a dit qu'elle ne voulait pas de la sienne, qu'elle avait un peu mal au ventre, ce qui m'allait parfaitement. Ça en faisait deux pour moi.

— Elle n'est pas partie à ce moment-là ?

— Non, elle est restée avec moi. On a papoté un peu. On s'est rendu compte qu'on avait beaucoup de points communs.

— Quoi, par exemple ?

— On avait toutes les deux une liaison avec un homme marié. Vous imaginez la scène ? C'est quand même incroyable, comme coïncidence. »

Pas vraiment, a-t-il envie de répondre. Mais il doit avancer avec prudence. Feather semble sincère. Malgré tout, il fait ce boulot depuis suffisamment longtemps pour savoir qu'elle joue peut-être la comédie.

« Merritt a-t-elle parlé de l'homme avec qui elle avait une liaison ?

— Elle m'a juste dit qu'il était marié. Et que c'était un vrai salaud, apparemment. Il lui avait couru après, couru après... avant de la jeter comme une vieille chaussette. Il ne quittera jamais sa femme, non non, hors de question. Et je connais malheureusement trop bien ce scénario, vous pouvez me croire.

— Merritt n'a pas dit qui était cet homme ?

— Non, et je ne lui ai pas donné le nom de mon amant. On était là pour compatir, pas pour se confesser.

— A-t-elle dit si l'homme qu'elle fréquentait était présent au mariage ?

— Au mariage ? Non. Elle vit à Manhattan. Pourquoi est-ce que... Vous pensez qu'elle voyait un homme marié qui était là hier soir et que c'est lui qui l'a tuée ? »

Nick a besoin d'infléchir la conversation.

« Que s'est-il passé quand vous avez quitté le pavillon de la piscine ?

— On a décidé de regagner la maison principale. Et on est tombées sur Tag, Thomas, et leur bouteille de Black Barrel.

— Ont-ils eu l'air surpris de vous voir toutes les deux ensemble ? »

Feather penche la tête de côté.

« Si c'était le cas, je ne m'en souviens pas. Tag nous a demandé si on était partantes pour un dernier verre. On a dit oui.

— Vous vous êtes donc assises sous la tente pour boire du rhum. Qu'est-ce qui s'est passé ensuite ?

— Que croyez-vous qu'il s'est passé ? On s'est bourré la gueule. »

Elle garde le silence quelques secondes.

« Encore plus qu'avant.

— Et Merritt, elle buvait ?

— Je suppose que oui. Mais je ne peux pas vous le garantir parce que, si vous vous souvenez de ce que je vous ai dit, elle avait l'estomac barbouillé. Au bout d'un moment, la femme de Thomas lui a demandé de monter dans leur chambre, et j'ai pensé que la fête était finie. Mais Tag est un couche-tard, il semblait prêt à continuer encore un peu, et c'est là que Merritt a demandé de l'eau. C'est moi qui suis allée lui en chercher.

— Vous avez apporté un verre d'eau à Merritt ? »

Feather acquiesce.

« Avec des glaçons ? »

Feather lève les yeux au ciel, comme si la réponse à cette question était écrite au plafond.

« Je ne sais plus. Désolée. C'est important ?

— Avez-vous remarqué quelque chose pendant que vous étiez dans la maison à chercher un verre d'eau ? Avez-vous vu quelqu'un ? Fait autre chose ? »

Feather acquiesce.

« Je suis allée pisser.

— Vous êtes allée aux toilettes. C'était avant de préparer le verre d'eau ? Ou après ? »

Feather le regarde fixement.

« Après. J'ai laissé le verre sur le plan de travail. Je ne l'ai pas emporté aux toilettes avec moi, si c'est ce que vous voulez dire.

— Mais vous n'avez vu personne dans la cuisine ?

— Non.

— Avez-vous entendu quelqu'un ?

— Non. La ventilation était allumée. Dans les maisons très chics, vous savez, on n'écoute pas les autres faire pipi.

— Personne venu du jardin ne vous a suivie à l'intérieur de la maison ? demande Nick.

— Non.

— Et quand vous avez apporté le verre d'eau à Merritt, elle l'a bu ?

— D'une traite, comme si elle avait avalé une livre de sel.

— Est-ce que vous vous souvenez avoir *repris* son verre ? Parce qu'il n'était pas sur la table ce matin. Alors que les shots y étaient. »

Feather fait non de la tête.

« J'ai complètement oublié si j'ai repris le verre ou pas. À choisir, je dirais que je l'ai laissé sur la table, pensant que la femme de ménage le récupérerait le lendemain. »

Nick prend note : *Femme de ménage ?*

« Et comment la soirée s'est-elle achevée ? reprend-il.

— On a fini la bouteille de rhum. Tag a dit qu'il allait en chercher une autre dans son bureau. Juste après son départ, Merritt a annoncé qu'elle allait se coucher. Je suis donc restée seule sous la tente pendant un petit moment… et puis je me suis dit que je ferais mieux de déguerpir. Je ne voulais pas rester avec Tag à boire avec lui jusqu'à pas d'heure.

— Pourquoi ?

— C'aurait été mal vu. Si Greer nous avait attrapés... »

Feather s'interrompt quelques secondes.

« Cette femme me terrifie.

— À ce point ?

— Elle terrifie tout le monde. Quand elle parle, il suffit de la regarder pour savoir qu'au fond d'elle elle pense le contraire de ce qu'elle dit. Les romanciers sont des menteurs, c'est bien connu.

— Vous avez l'air très sûre de vous.

— Mais c'est vrai, non ? s'exclame-t-elle. Ils mentent pour gagner leur vie. Ils inventent des histoires. Et cette tendance déteint sur leur vie privée, c'est logique. »

Nick est intrigué par cette réponse.

« Avez-vous vu Greer ne serait-ce qu'un instant, une fois la fête finie ? L'avez-vous vue dans la cuisine se servir une coupe de champagne ?

— Non », répond Feather.

Elle sursaute.

« Pourquoi ? Vous croyez que Greer a quelque chose à voir avec ce qui s'est passé ?

— Vous ne l'avez pas vue du tout ? »

Feather fait non de la tête.

« Avez-vous revu Merritt pendant la nuit ?

— Non.

— Donc la dernière fois que vous l'avez vue, elle quittait la tente en annonçant qu'elle allait se coucher.

— C'est bien ça.

— Est-ce qu'à un moment dans la soirée, Merritt s'est coupé le pied ?

— Coupé le pied ? Non.

— Portait-elle des chaussures quand vous vous êtes lancées dans votre chasse à la bouteille ?

— Oui. Des sandales argentées. Des pompes sublimes. Elle m'a dit que c'était offert par la marque. Je lui ai demandé si elle pouvait m'en obtenir une paire gratuitement. Elle m'a demandé quelle taille je faisais et j'ai répondu du 41. Elle m'a dit marché conclu. »

Les yeux de Feather s'emplissent de larmes.

« C'était vraiment une fille adorable.

— Oui. J'en suis convaincu. »

Il écrit : *Pas de coupure. Sandales.* Il sait qu'il y avait des sandales argentées sur les lieux, sous la tente – que Merritt avait sans doute abandonnées là quand elle était partie faire du kayak. Nick a enfin l'impression de comprendre ce qui s'est passé la nuit dernière. Ne lui manque que quelques détails cruciaux.

« Bien, quand vous avez... déguerpi, où êtes-vous allée ? Avez-vous appelé un taxi pour regagner votre auberge ?

— Mmh-mmh, marmonne Feather.

— Pardonnez-moi, mais j'ai besoin que vous répondiez par oui ou par non. »

Elle hésite.

Ok, c'est bon, songe Nick. *On y est.*

« Feather ?

— Oui. Oui, je suis rentrée.

— Et quelle heure était-il ?

— Impossible de vous dire.

— Il était tard, en tout cas. »

Elle hausse les épaules.

Nick plonge ses yeux dans les siens et lui lance son plus beau sourire. Helena, la sœur de Nick, appelle ce sourire « la tuerie », car il lui permet généralement d'obtenir tout ce qu'il veut. Et Feather y succombe elle aussi. Elle lève un sourcil.

« Vous êtes célibataire ? Parce que si c'est le cas, vous parviendrez peut-être à me convaincre de rester une nuit de plus.

— Vous avez appelé un taxi tout de suite ? insiste Nick. Ou êtes-vous restée sous la tente ? Ou alors, vous avez fait autre chose.

— Autre chose ?

— Le responsable de votre auberge a dit à notre agent que vous étiez revenue à 5 h 15 ce matin. Or le décès de Mme Monaco a eu lieu entre 2 h 45 et 3 h 45. Si l'on remonte dans le temps, elle est sans doute entrée dans l'eau entre 2 h 30 et 3 h 30. Alors, si vous n'avez pas rejoint votre hôtel avant 5 h 15...

— Le responsable se trompe. C'était avant 5 heures. Bien plus tôt.

— Mais vous m'avez dit il y a dix minutes que vous ne saviez pas quelle heure il était, réplique Nick.

— Bon sang, je vous garantis que c'était bien avant 5 heures du matin !

— On peut facilement vérifier les caméras de surveillance. »

Feather s'esclaffe.

« Ce taudis n'a *pas* de vidéosurveillance ! Vous essayez de me *piéger* !

— Ils ont été victimes d'un cambriolage l'année dernière, réplique Nick. Rien n'a été volé, mais Mlle Brannigan, qui dirige l'auberge, est un peu fébrile depuis lors, ce qui est bien compréhensible. Elle a donc installé des caméras. »

Nick referme son calepin, prend son stylo et se lève.

« Je vais envoyer l'agent Luklo chercher les enregistrements. »

Il lui tourne le dos et s'éloigne, se demandant combien de pas il va devoir accomplir. Deux seulement.

« Attendez. Ne partez pas.

— Souhaitez-vous modifier votre réponse ? demande-t-il.

— Oui. Vous avez une cigarette ?

— J'ai arrêté il y a cinq ans. J'ai sauvé ma peau. C'est une sale habitude.

— Répugnante. Mais parfois, il n'y a rien de tel.

— Je vous l'accorde. »

Il se rassied.

« Il m'arrive d'en taxer une quand je bois du bourbon.

— Vous êtes humain, dans ce cas », murmure Feather.

Elle fond en larmes.

« Et je suis humaine moi aussi.

— Mais je ne dis pas le contraire. Vous êtes humaine, et les humains font des erreurs. Ils commettent plein d'actes malencontreux. »

Il se tait et ouvre très lentement son calepin.

« Maintenant, pourquoi ne pas me dire ce qui s'est passé ? Vous n'avez pas appelé de taxi, n'est-ce pas ?

— Non. En effet. Je suis entrée dans la maison et je me suis endormie. »

Nick en lâche son stylo.

« Vous vous êtes *endormie* ?

— Enfin, je suis tombée dans les pommes.

— Vous voulez me faire gober ça ?

— C'est la pure vérité », réplique-t-elle.

Nick se relève.

« Vous êtes l'une des dernières personnes à avoir vu Merritt Monaco en vie. À moins que vous ne trouviez un chauffeur de taxi qui atteste être passé vous prendre avant 2 h 45 du matin, vous étiez sur les lieux à l'heure de sa mort. C'est aussi vous qui lui avez apporté de l'eau, la dernière chose qu'elle a ingérée avant de mourir. Savez-vous dans quel pétrin vous vous êtes fourrée, Madame Dale ?

— Je suis restée chez les Winbury parce que j'attendais quelqu'un.

— Qui ? »

Nick tente de faire le tri entre les principaux protagonistes. Le père Winbury couchait avec Merritt. Shooter Uxley est amoureux de la mariée. Qui attendait-elle au milieu de la nuit ?

Elle pleure à chaudes larmes devant lui.

Nick hésite sur la stratégie à suivre. Doit-il élever la voix et l'intimider ? *Non*, pense-t-il. Ça ne fonctionne qu'à la télé. Dans la vraie vie, ce qui marche, c'est la patience et la gentillesse.

Il attrape la boîte de mouchoirs qui se trouve dans la salle d'interrogatoire précisément pour ce genre d'occasion. Il la pose sur la table, en sort un mouchoir, le tend à Feather, puis se cale au fond de son siège.

« Qui attendiez-vous, Feather ? demande-t-il d'une voix aussi douce que possible. Qui ?

— Thomas », chuchote-t-elle.

Thomas ? Qui est Thomas ? Puis Nick se souvient : le frère de Benji.

« Thomas Winbury ? Êtes-vous liée sur le plan… sentimental avec Thomas Winbury ? »

Un homme marié, pense-t-il. Tag… Elle le trouve bien trop vieux. *Elles étaient là pour compatir, pas pour se confesser.*

« Je l'étais, admet Feather. Mais il m'a quittée au mois de mai… »

Elle s'interrompt pour prélever un autre mouchoir dans la boîte et se mouche.

« … au moment où sa femme est tombée enceinte. Il m'a dit qu'il ne pouvait plus me voir. Et de ne pas venir au mariage. Il m'a dit que si je venais, il me tuerait. Ce sont ses mots exacts. »

Les pensées de Nick se bousculent dans sa tête. Tel père, tel fils. Thomas couche avec Feather, mais rompt quand il apprend qu'Abby est enceinte. Il demande à Feather de ne pas venir au mariage. Il la menace. Il s'imagine sans doute qu'elle va parler à Abby de leur liaison.

« Vous croyez qu'il était sérieux ? demande-t-il. Les gens passent leur temps à dire "je vais te tuer". Pas assez subtil à mon goût. Ou alors pensez-vous… pensez-vous qu'il a vraiment essayé de vous tuer ? »

Il n'y avait rien dans les shots, rien dans la bouteille.

Le verre d'eau.

« Reprenons depuis le début. Quand vous êtes allée chercher de l'eau pour Merritt dans la cuisine. Vous m'avez dit que tout le monde était encore assis autour de la table, c'est bien ça ? »

Feather réfléchit quelques secondes.

« Oui.

— Et il n'y avait personne dans la cuisine ? insiste-t-il. Vous êtes sûre de ne pas avoir vu Greer ? Je sais qu'elle vous fait peur, mais vous pouvez me dire la vérité.

— Non. Je n'ai pas vu Greer.

— Et vous êtes bien allée aux W.C. après avoir préparé le verre d'eau ? Combien de temps êtes-vous restée aux toilettes ?

— Une minute ou deux, je pense. La durée habituelle. Mais je me suis aussi remaquillée un peu.

— Disons cinq minutes, dans ce cas. Ça vous semble correct ?

— Oui. »

Ce qui avait laissé à Thomas tout le temps de se faufiler dans la maison et de verser de la drogue dans le verre d'eau – ou à Greer de faire de même.

Mais Merritt n'a pas été empoisonnée, songe-t-il. *On lui a juste filé un sédatif.* Ce qui ramène Nick au père, Tag Winbury. Celui-ci aurait pu trafiquer l'eau avant d'emmener Merritt faire un tour en kayak. Quand elle était « tombée à l'eau », elle aurait ainsi eu plus de chances de se noyer.

Et que dire de son entaille au pied ?

Peut-être s'est-elle coupée sur un coquillage des fonds marins en tombant du kayak ? Mais il y avait du sang sur le sable. Si Feather dit la vérité et que Merritt portait des sandales plus tôt dans la soirée, elle avait dû se couper le pied une fois descendue du kayak. Aurait-elle pu se blesser le pied sur la plage, avant de monter dans le bateau ? Il n'y avait pourtant pas de sang dans le kayak.

À moins que Tag n'ait fait disparaître toute trace.

Mais dans ce cas, pourquoi ne pas amarrer le kayak ?

Aaarrgh ! Nick sent que la réponse est *juste là* sous son nez... et il est incapable de la voir.

Il sourit à Feather et lui lance : « Je reviens dans deux petites secondes. »

Puis il sort de la salle d'interrogatoire pour appeler le Chef.

« Il faut que tu parles à Thomas, le frangin », dit-il.

KAREN

Un coup frappé à la porte la réveille. Karen se tourne vers Bruce, qui dort et ronfle avec rage.

On frappe à nouveau. « Betty ? Mac ? » entend-elle.

C'est Celeste. Karen pose les pieds sur le sol et se lève avec précaution. Étrangement, elle ne ressent toujours aucune douleur.

Elle ouvre la porte et découvre sa fille belle et triste vêtue de la robe rose pâle à lacets qu'elle est censée porter le lendemain pour son voyage de noces. Elle porte son sac en toile jaune à motif cachemire.

« Oh, ma pauvre Bestiole », s'exclame-t-elle.

Elle prend sa fille dans ses bras.

« Je suis tellement navrée, ma puce. Tellement triste pour Merritt.

— C'est ma faute, dit Celeste. Elle est morte par ma faute. »

Karen voit dans cette réponse l'amorce d'une conversation plus longue. Elle jette un coup d'œil à Bruce. Il dort toujours comme une souche, comme on dit ; elle sait qu'elle devrait le réveiller – il aura envie de voir Celeste ; mais elle sent que sa fille a besoin d'une confidente, et il y a des choses que les hommes ne peuvent pas comprendre.

Karen prend sa canne, sort dans le couloir et ferme la porte de la chambre derrière elle.

« Où est-ce qu'on va ? »

Celeste l'entraîne vers un solarium au bout du couloir, calme et désert. Karen franchit la marche en se tenant à son bras. Celeste la guide jusqu'à un canapé aux coussins d'un jaune orangé éclatant, de la couleur du calendula.

Karen prend le temps d'admirer la pièce. Le sol en brique posée en chevrons est couvert de tapis décoratifs en herbier marin. Le pourtour de la pièce est habillé de plantes en pot luxuriantes – philodendrons, fougères, plantes araignées, ainsi qu'une rangée de cinq arbres identiques taillés en forme de globes. Du plafond pendent des sphères en verre soufflé, sur lesquelles tourbillonnent une multitude de couleurs. Karen, fascinée, les contemple quelques secondes ; elles semblent aussi fragiles que des bulles de savon.

Celeste suit son regard et dit : « Apparemment, Greer était obsédée par ce genre d'objets quand elle a écrit *Meurtre à*

Murano. C'est une île près de Venise où l'on fabrique du verre. J'ai dû chercher sur Internet quand Benji m'a dit ça.

— Oh », murmure Karen.

La pièce a de gigantesques fenêtres qui donnent sur la roseraie circulaire.

« Il y a une foule de merveilles dans cette maison, ajoute-t-elle.

— En fait... » commence Celeste, avant de se taire.

Karen ne sait si elle acquiesce ou pas. Elle s'assoit à côté de sa fille sur le canapé aux teintes gaies.

« J'ai décidé hier soir que je n'allais pas épouser Benji.

— Je sais.

— Comment ça ? chuchote Celeste. Comment le sais-tu ?

— Je suis ta mère. »

Karen pourrait raconter à Celeste son rêve avec l'hôtel étrange ; et comment, dans ce rêve, sa fille s'était égarée. Elle pourrait lui dire qu'elle s'était réveillée tellement certaine qu'il ne fallait pas qu'elle épouse Benji qu'elle était sortie de son lit pour partir à sa recherche ; mais qu'elle était tombée sur Bruce et Tag, et qu'elle avait appris quelque chose qu'elle aurait préféré passer le peu de temps qui lui restait à vivre à ne pas savoir. Elle pourrait même lui parler de son rendez-vous chez Kathryn Randall, la voyante, qui lui avait prédit que la vie amoureuse de sa fille connaîtrait une phase de chaos... *Mais ni vous ni moi ne pouvons rien y faire.*

Elle préfère se contenter de ces quatre mots. C'est suffisant. Elle est la mère de Celeste.

Il lui apparaît soudain que le temps qu'il lui reste à vivre compte beaucoup. Il y a tant de moments de sa vie qui tomberont dans l'oubli : enfermer ses clés dans sa voiture devant le Jabberwocky, dans le centre d'Easton ; voir sa carte de crédit refusée chez Wegman's ; faire pipi derrière un arbre dans Hackett's Park, quand elle était enceinte de Celeste ; accomplir son meilleur temps au deux cents mètres papillon lors de la plus grande compétition de l'année contre Parkland, quand elle était en terminale ; manquer s'étouffer avec un bonbon à la cerise lors d'une partie de kickball, quand elle avait 10 ans ;

se faufiler vers le huitième trou du Northampton Country Club en compagnie de Bruce, lors de son bal de promo. Ces moments avaient semblé importants à Karen à l'époque ; mais ils s'étaient évaporés pour rejoindre la brume grisâtre de son passé.

Ce qu'elle s'apprête à dire à Celeste, cependant, lui survivra. Sa fille se souviendra de ses mots pour le restant de son existence, elle en est certaine. Elle se doit donc de faire attention.

« Quand tu as rencontré Benji, on était très contents. Ton père et moi sommes si heureux ensemble... On voulait que tu trouves quelqu'un. Que tu profites de ce que nous avons eu. »

Celeste pose sa tête sur ses genoux. Karen lui caresse les cheveux.

« Tout le monde n'est pas comme toi, dit Celeste. Tout le monde n'est pas aussi chanceux du premier coup... voire ne le sera jamais.

« Celeste. Il y a des choses que tu ne sais pas...

— Toi aussi, il y a des choses que tu ne sais pas ! J'ai tout fait pour aimer Benji. C'est quelqu'un de bien. Et j'ai bien compris que c'était important pour Mac et toi que j'épouse quelqu'un qui puisse s'occuper de moi sur le plan financier et que...

— Pas seulement sur le plan financier, la coupe Karen – même si elle se rend compte que ce reproche est probablement fondé. Benji est quelqu'un de solide. Il vient d'une bonne famille, et...

— Sa famille n'est pas ce qu'elle laisse paraître. »

Le regard de Karen se perd dans l'étendue sereine du port de Nantucket. Peut-être Celeste sait-elle déjà que la maîtresse de Tag Winbury est enceinte. Qu'une famille aussi riche et respectée que les Winbury ait un second récit se déroulant en profondeur sous le premier, à la manière d'un ruisseau noir et trouble, est parfaitement logique – ou alors totalement absurde. Mais Karen est mal placée pour les juger. Il y a quelques heures à peine, c'était elle qui craignait d'avoir causé la mort de Merritt.

« Il y a si peu de familles qui le sont, dit-elle. Si peu de *gens* qui le sont. On a tous des défauts que l'on cherche à cacher, ma puce. Des secrets qu'on tente de préserver. Chacun d'entre nous.

— J'ai réussi à tenir jusqu'à la veille du mariage, explique Celeste. Avant, je me disais que si j'agissais selon mes vrais sentiments, il se passerait quelque chose de grave. Puis je me suis dit que c'était idiot. Mes agissements n'ont pas d'influence sur le destin des autres. Mais Merritt est morte. Elle est *morte,* alors même que je venais de prendre ma décision. C'est la seule véritable amie que j'aie jamais eue dans ma vie, à part Mac et toi. Et voilà qu'elle est partie pour toujours. Pour toujours, maman. Et c'est ma faute. C'est moi qui l'ai tuée.

— Non, Celeste, tu...

— Si, c'est moi. D'une façon ou d'une autre, j'en suis responsable. »

Karen regarde les larmes couler sur le visage de sa fille. Elle est intriguée – et inquiète – de voir Celeste répéter qu'elle est responsable de la mort de Merritt. Sa fille a-t-elle effectivement *fait* quelque chose ? Ou *omis* de faire quelque chose ? Il n'est guère judicieux qu'elle s'entête à dire que c'est sa faute alors que la maison grouille de policiers.

« Qu'est-ce que tu veux dire par là, ma puce ? Est-ce qu'on sait ce qui s'est passé ?

— Je crois qu'elle a pris des cachets. Je crois que c'était volontaire. Elle était engagée dans une relation qui n'augurait rien de bon, dans un *contexte* qui était compliqué... et je lui ai dit, de manière catégorique, qu'elle devait définitivement cesser de voir cet homme. Mais elle m'a expliqué qu'elle en était incapable. Je l'ai découverte en train de pleurer dans la roseraie hier soir.

— Vraiment ?

— Elle voulait savoir pourquoi c'était si difficile pour elle de trouver l'amour, pourquoi elle se trompait tout le temps. Je l'ai prise dans mes bras, je l'ai embrassée et je lui ai dit que tout irait bien, qu'elle devait juste tourner la page. Mais tu sais ce que j'aurais dû faire ? J'aurais dû lui dire que je faisais des erreurs, moi aussi. Que l'amour, c'est difficile pour tout le monde. »

Celeste reprend son souffle.

« J'aurais dû lui dire que je n'étais pas amoureuse de Benji. Mais je n'arrivais même pas à me le dire à moi-même, alors à haute voix devant quelqu'un… C'était ma meilleure amie, et je ne lui ai rien dit.

— Oh, ma chérie.

— Tôt ce matin, je suis sortie regarder la mer une dernière fois, parce que je savais que je ne profiterais plus jamais de ce paysage. Et j'ai vu quelque chose qui flottait sur l'eau.

— Celeste… murmure Karen.

— C'était Merritt. »

Karen ferme les yeux. Toutes deux se taisent. Dehors, les oiseaux chantent, et Karen perçoit le doux clapotis des vagues sur la plage des Winbury.

« Je ne vais pas épouser Benji, poursuit Celeste. Je vais partir en voyage – toute seule, peut-être. Passer du temps avec moi-même. Tenter de comprendre ce qui s'est passé.

— Je crois que c'est sage, ma puce. Allons l'annoncer à ton père. »

Bruce est toujours assoupi au fond du lit, même si ses ronflements se sont calmés. Il a les cheveux dressés sur la tête, la bouche béante ; et même à cette distance, Karen sent son haleine chargée du whisky de la veille. Sa main gauche, celle qui porte l'alliance, repose sur sa poitrine à l'endroit du cœur. *Leur amour est bien réel,* se dit-elle. Il est solide, mais souple ; simple et sans fard. Il s'est épanoui dans leur modeste maison de Derhammer Street, sur le siège avant de leur Toyota Corolla, dans la routine de leur quotidien – petit déjeuner, déjeuner, dîner, au lit, et on recommence. Il a résisté aux longues semaines de travail, aux rhumes de cerveau, aux chutes de neige et aux vagues de chaleur, aux maigres augmentations de salaire et aux factures inattendues ; il a résisté à la mort des parents de Karen, du frère de Bruce, des parents de Bruce, et aux pertes moins lourdes des crapauds, lézards et serpents de Celeste (chacune exigeant des obsèques). Il a résisté à la construction de la route 33, à la grève des enseignants quand Celeste était au CM1, à la défaite des Eagles de

Philadelphie une saison après l'autre, malgré les hurlements passionnés de Bruce devant la télé (pour finalement l'emporter l'année dernière, alors que, il faut bien l'avouer, Bruce et Karen avaient cessé de s'intéresser au foot) ; il a résisté au triste jour où la famille Easley avait déménagé, emportant avec elle ses chiens Black Bean et Red Bean, à l'époque les meilleurs amis de Celeste. Il a résisté aux soirées Pampered Chef organisées par des femmes toutes secrètement convaincues qu'elles cuisinaient mieux que Karen ; il a résisté à l'étrange amitié de Bruce et Robin Swain, et il survivra à ce week-end tragique.

On allait à la poste envoyer des colis et vérifier notre boîte aux lettres, et la file d'attente était toujours très longue le samedi, mais vous savez quoi ? Je m'en fichais. J'étais capable de patienter pendant une heure entière. J'étais capable d'attendre toute la journée... parce que Karen était là.

Pendant que Celeste secoue doucement l'épaule de Bruce pour le réveiller, Karen se glisse dans la salle de bains et verrouille la porte derrière elle. Elle ouvre le troisième tiroir, trouve le flacon de pilules, prend les trois petits œufs nacrés et les jette dans les toilettes.

Sa douleur a disparu. Elle se sent plus forte que depuis des semaines, si ce n'est des mois. C'est absurde, et pourtant c'est le cas.

Elle ne peut pas s'en aller pour l'instant. Il faut qu'elle voie la suite.

GREER

Elle alpague le Chef quand il sort du bureau de Tag.

« Il y a quelque chose que vous devriez savoir », dit-elle.

Le Chef semble à peine l'entendre. Il a les yeux rivés à son téléphone.

« Si vous voulez bien m'excuser », marmonne-t-il.

Il lit le texte qui s'affiche sur son écran, puis lui lance : « Votre fils Thomas… Où est-il ? C'est à lui que je dois parler ensuite. »

Greer est sidérée qu'il ne la prenne pas au sérieux. Elle a réfléchi à la meilleure façon d'agir : devait-elle lui parler des cachets ? Oui, pour plusieurs raisons. Elle lui parlera des cachets, et tout ce cirque finira enfin.

« Je ne sais pas où il est, répond-elle. Mais monsieur, Chef Kapenash, il y a quelque chose que je dois absolument vous expliquer. »

Le Chef semble enfin la remarquer. Ils sont dans le couloir ; Dieu seul sait qui peut les entendre. Tag est toujours dans son bureau. Il a peut-être l'oreille collée à la porte. Greer se demande si elle n'aurait pas dû discuter avec lui de sa décision. Il a toujours été doué pour étudier un problème sous tous les angles possibles et imaginables, et s'assurer que la stratégie choisie ne sera pas contre-productive. Souvent, quand Greer avait besoin d'aide pour l'intrigue de l'un de ses polars, elle lui demandait son avis, et il trouvait presque toujours une réponse originale. C'était là l'un des moments préférés de Greer, de toute sa vie de femme mariée : allongée dans son lit avec son mari, la tête posée au creux de son bras, elle lui expliquait ses personnages et leurs motivations tandis qu'il se faisait l'avocat du diable. Il louait son imagination ; elle s'extasiait devant la pertinence de ses propositions. Développer des personnages exigeait d'être lettrée comme Greer ; mais l'intrigue bénéficiait souvent de son esprit de mathématicien. Dans ces moments-là, elle avait eu l'impression de faire partie d'une équipe.

Oh, comme elle le déteste ! L'espace d'un instant, elle regrette de ne pas avoir épousé quelqu'un de médiocre et de terne. De *riche* et de terne – Reggie, par exemple, son cousin au troisième degré. Un accent chic, et pas la moindre once d'originalité.

« Pouvons-nous aller dans le salon ? » demande-t-elle au Chef.

Elle pivote sur ses talons, sans attendre de réponse.

Le Chef la suit, et Greer ferme la porte derrière lui. Elle ne prend pas la peine de s'asseoir. Si elle s'assoit, elle risque de perdre courage.

« J'ai oublié de dire quelque chose à l'inspecteur », commence-t-elle.

Le visage du Chef se ferme et devient très professionnel. Il est pas mal, dans son genre, se dit-elle. Il a un côté bourru qu'elle trouve séduisant, presque sexy. Et il a l'âge qu'il faut. C'est comme ça que Tag regarde les filles. À elle désormais d'évaluer les candidats à de futurs intermèdes romantiques. Le Chef pourrait-il s'intéresser à elle ?

Aucune chance.

Le Grec, peut-être, s'il avait envie d'une femme plus mûre. Greer rougit, puis remarque que le Chef la regarde d'un air impatient.

« Ce n'est pas vraiment que j'ai oublié », reprend-elle.

Elle tient à le préciser.

« C'est un élément qui vient juste de me revenir à l'esprit. »

Le Chef acquiesce de manière presque imperceptible.

« Je me suis couchée je ne sais plus quand, vers minuit et quelque, mais je n'arrivais pas à dormir. J'étais un peu tendue.

— Tendue.

— Excitée par ce mariage. Je voulais que tout se passe bien. Alors, comme je l'ai dit à l'inspecteur, je me suis levée et je suis allée dans la cuisine me servir une coupe de champagne.

— Continuez, dit le Chef.

— Ce que j'ai oublié de dire à l'inspecteur – enfin, ce dont je ne me souvenais *plus du tout* sur le moment –, c'est que j'ai emporté mes somnifères dans la cuisine. Je voulais prendre un cachet avec de l'eau avant de boire du champagne.

— Quel genre de cachet ?

— Il faudrait que j'appelle mon médecin à New York pour en être sûre. Ils sont très puissants, ils m'assomment sur-le-champ et je dors d'une traite pendant huit heures. C'est pourquoi, au bout du compte, j'ai décidé de *ne pas* en prendre. Je devais me lever tôt ce matin. J'ai donc espéré que le champagne à lui seul ferait l'affaire – ce qui a été le cas. Mais quand j'ai cherché mes cachets tout à l'heure dans l'armoire à pharmacie où je les range d'habitude, ils n'étaient plus là. Et c'est alors que je me suis souvenue les avoir emportés à la cuisine. J'ai vérifié le plan de travail à côté du réfrigérateur, ainsi que toutes les étagères, tous les tiroirs, tous les endroits possibles plus difficiles d'accès. J'ai demandé à Elida, ma femme de ménage. Elle ne les a pas vus.

— Étaient-ils dans un flacon délivré sur ordonnance ? Avec une étiquette dessus ?

— Non. J'ai un pilulier. C'est une boîte en émail avec une peinture de la reine Elizabeth sur le couvercle.

— Qui aurait pu savoir que les cachets à l'intérieur étaient des somnifères ?

— Ces somnifères et ce pilulier sont une sorte de plaisanterie familiale. Mon mari est au courant, bien sûr. Ainsi que nos enfants.

— Mme Monaco pouvait-elle savoir qu'il s'agissait de somnifères ? »

Greer sait qu'elle n'a pas le droit d'hésiter, ne serait-ce qu'une seconde.

« À dire vrai, oui. Je lui ai montré la boîte en lui proposant un somnifère la dernière fois qu'elle est venue ici, au mois de mai. »

Cette réponse ne passerait pas au détecteur de mensonges, elle le sait. En vérité, Greer avait proposé à Merritt de l'aspirine pour soigner sa migraine après la dégustation de vin – mais jamais de somnifère.

« Je crois que nous pouvons en déduire ce qui s'est passé, ajoute-t-elle.

— À savoir ?

— Merritt a pris un somnifère. »

Le Chef ne dit rien. Cet homme est exaspérant. Il demeure indéchiffrable, même pour Greer – qui d'habitude repère les intentions cachées des gens et les émotions qui les gouvernent comme si elle scrutait un cours d'eau limpide.

« Elle s'est servie dans mon pilulier, précise-t-elle. Puis elle est allée nager, pensant peut-être se rafraîchir avant de se glisser dans son lit. Et elle a perdu conscience à cause du cachet. C'était un accident. »

Le Chef sort son calepin et son crayon.

« Décrivez-moi à nouveau votre boîte à pilules je vous prie, Madame Garrison. »

Il a gobé cette histoire, songe-t-elle ; et le soulagement parcourt son corps telle une brise légère.

« Elle est ronde, d'environ quatre centimètres de diamètre, et de couleur rouge cerise, avec un portrait de la reine sur le couvercle. La partie supérieure est munie d'une charnière. Elle s'ouvre en un déclic.

— Et combien de cachets y a-t-il à l'intérieur ?

— Je ne saurais le dire exactement. Entre quinze et vingt-cinq.

— La dernière fois que vous vous souvenez avoir vu cette boîte, elle se trouvait dans la cuisine. Est-il absolument impossible que vous l'ayez rapportée dans votre chambre ?

— Absolument », répond-elle.

Une fois de plus, elle est à fleur de peau. Ses nerfs frémissent dans son corps.

« Vous êtes donc sûre de ne pas avoir rapporté ces cachets dans votre chambre, insiste le Chef. Et pourtant, vous ne vous souveniez pas de les avoir emportés dans la cuisine quand vous avez parlé à l'inspecteur. Voyez-vous, je me demande comment vous pouvez être aussi catégorique.

— Je range ces cachets toujours au même endroit, réplique-t-elle. Et ils n'y étaient plus. Si je les avais rapportés dans ma chambre, ils auraient été là où ils sont toujours.

— Aucun moyen de le certifier », dit le Chef.

Il s'éclaircit la voix.

« J'ai plusieurs raisons de penser que Merritt n'a pas pris de cachets de son plein gré. »

De son plein gré. Oh, mon Dieu. Ils soupçonneront Tag d'avoir drogué cette fille, évidemment. Ou bien elle.

« Attendez deux minutes... », dit Greer.

Le Chef lui tourne le dos et se dirige vers la porte.

« Merci pour ces informations. Je dois aller voir Thomas, votre fils. »

Mardi 3 juillet – vendredi 6 juillet 2018

CELESTE

Le mardi, au travail, elle dresse une liste de choses qui pourraient remplacer l'amour.

La sécurité, sur le plan financier
La sécurité, sur le plan affectif
Un appartement

Après leur lune de miel, elle doit emménager dans l'appartement de Benji à Tribeca. Ils ont passé en revue le studio de Celeste pour voir ce qui ferait le voyage jusqu'au sud de Manhattan. Ni son futon, ni ses meubles trouvés dans des vide-greniers, ni sa vaisselle, ni ses ustensiles de cuisine, ni son rideau de douche et son tapis de bain, ni les deux lampes dont le pied était fait d'un bocal plein de haricots. Quand Celeste lui avait dit qu'elle voulait prendre les bougies arc-en-ciel fabriquées par sa mère, Benji avait répondu : « Prends celle qu'Abby t'a donnée, si tu veux une bougie. » La bougie en question était un produit de luxe au pin et à l'eucalyptus achetée chez Jo Malone, qu'Abby avait offerte à Celeste comme cadeau de fiançailles. Celeste adore l'odeur de cette bougie ; mais quand elle avait découvert son prix, elle avait su qu'elle ne pourrait plus jamais l'allumer.

Celeste avait immédiatement décidé de garder les bougies de sa mère, contre l'avis de Benji – aux yeux de qui, de toute évidence, elles n'étaient pas aussi bien que celles d'un grand magasin. Elle les posera sur la cheminée, un point c'est tout.

Benji a annoncé à Celeste qu'il a contacté un agent immobilier de Sotheby's : celui-ci leur cherche une maison dans la 78e Rue Est, plus précisément dans la zone comprise entre Park et Lexington Avenue. Celeste tente de s'imaginer vivant dans ce quartier, propriétaire d'une maison dans cette rue. Serait-ce aussi bien que l'amour ?

Shooter vit dans un appartement de Hell's Kitchen. Qui ne contient qu'un matelas et une télé, lui a dit Benji. Shooter est toujours sur la route.

La famille

Tag, Greer, Thomas, Abby, le futur bébé d'Abby, divers tantes, oncles et cousins en Angleterre.

Shooter a encore moins de famille que Celeste. Il n'en a aucune.

Nantucket

C'est peut-être le plus grand rival de l'amour. Car Celeste n'a jamais ressenti pour un lieu ce qu'elle éprouve pour cette île. Elle tente d'oublier que les moments les plus romantiques qu'elle a connus à Nantucket sont liés à Shooter. Elle pourrait très bien aller au Chicken Box avec Benji ; elle pourrait emmener Benji à Smith's Point, et lui montrer le toboggan aquatique creusé dans la roche. À Nantucket, elle aura toujours une plage où se promener, un sentier où faire son jogging, une ferme où acheter des variétés de tomates anciennes et des épis de maïs, un bateau à moteur sur lequel faire un tour dans le port, des rues pavées où flâner le soir. Celeste meurt d'envie de découvrir Nantucket à chaque période de l'année. Elle a envie d'aller à la Fête des jonquilles au printemps, vêtue d'un pull jaune, pour pique-niquer de poulet froid, d'œufs mimosa, d'une salade d'asperges et de fromage, en regardant défiler les voitures de collection. Elle a envie d'y aller à l'automne, quand les feuilles changent de couleur, que l'on récolte les canneberges, et que l'équipe de football du lycée joue à domicile. Elle a envie d'y aller à Thanksgiving, de participer à la baignade en eau froide du Turkey Plunge, de regarder les arbres s'illuminer le vendredi soir, de manger des saint-jacques tout juste pêchées dans le détroit. Elle a envie d'y aller au cœur de l'hiver quand il y a du blizzard, alors que Main Street se couvre de neige et qu'il n'y a plus âme qui vive dans les rues.

Shooter ne pourra pas lui offrir Nantucket comme Benji en est capable.

Celeste n'ayant rien trouvé de plus, elle remonte dans sa liste jusqu'à *Sécurité financière.* Elle aura une assurance maladie. Elle pourra faire ses courses chez Zabar, Fairway, Dean & DeLuca. Elle pourra acheter des salades hors de prix, des bouquets de fleurs fraîches – tous les jours si elle le souhaite ! Des orchidées si elle en a envie ! Et puis des boîtes de macarons, des bouteilles de Veuve Clicquot – des *caisses entières* de Veuve Clicquot. Elle pourra acheter des ouvrages le jour de leur parution et obtenir des places d'orchestre dans les salles de spectacle. Ils pourront voyager – à Londres, bien sûr, mais aussi à Paris, Rome, Shanghai et Sydney. Ils pourront faire un safari en Afrique, peut-être même une randonnée pour aller voir les gorilles des montagnes en Ouganda – un rêve si fou que Celeste le range dans la même catégorie qu'un voyage dans l'espace. Elle fera du lèche-vitrines avec Merritt chez Opening Ceremony, chez Topshop, chez Intermix. Elle essaiera des tenues sans regarder l'étiquette. C'est inimaginable. Ce n'est pas réel.

Comment on va faire ? avait-elle demandé à Benji. *P-p-pour l'argent, je veux dire. Une fois qu'on sera m-m-mariés ?*

J'ajouterai ton nom à mes comptes en banque, avait-il répondu. *On te donnera une carte de retrait et un carnet de chèques. À mes 35 ans, j'aurai accès au compte en fiducie de mes grands-parents Garrison, ça fera de l'argent en plus.*

Celeste se demande depuis lors combien d'argent contient le compte Garrison. Un million de dollars ? Cinq millions ? Vingt millions ? Quelle somme peut remplacer l'amour ?

Et m-m-mon salaire ? avait-elle demandé.

Garde-le pour toi, avait-il répondu.

Celeste gagne 62 000 dollars par an ; mais à entendre Benji, on dirait une piécette qu'elle a trouvée sur le trottoir. Elle suppose qu'à ses yeux, c'est bien le cas.

Bethany, l'adjointe de Celeste, entre dans son bureau sans frapper et Celeste s'empresse de cacher la liste. Que penserait Bethany si elle la voyait ? Quel genre de femme est obligée de faire une liste des raisons qui la réjouissent d'épouser Benjamin Winbury ?

« Celeste ? »

Bethany semble mal à l'aise, comme si elle se doutait qu'elle avait interrompu quelque chose.

« Oui ? dit Celeste.

— Zed veut te voir dans la salle de conférence.

— La salle de conférence ? »

Elle était censée retrouver Zed dans son bureau, parce qu'elle part en congé demain pour deux semaines et demie – mariage et lune de miel inclus –, et qu'elle doit déléguer les tâches qui s'empilent sur son bureau.

Bethany hausse les épaules.

« C'est ce qu'il a dit. »

La porte de la salle de conférence est fermée, et quand Celeste l'ouvre d'un seul coup, elle voit une dizaine de ballons dorés et, au centre de la table, un gâteau rond entouré de fleurs en sucre et de ces mots : *Félicitations, Celeste !* Une acclamation s'élève dans la salle. Tous ses collègues du zoo sont là : Donner, Karsang, Darius, Mawabe, Vern – et même Blair, du Monde des reptiles.

Celeste fond en larmes. Une fête prénuptiale ! On lui a organisé une petite fête avec des ballons, un gâteau, quelques paquets de chips et un cadeau emballé. Celeste n'en croit pas ses yeux. Ce n'est pas le genre du zoo, et ce n'est pas le genre de ses collègues. Ils savent évidemment qu'elle va se marier ; et Blair est convaincue que sa migraine du jour est à l'origine de sa rencontre avec Benji. De fait, trois des collègues de Celeste feront le voyage jusqu'à Nantucket – Bethany, Mawabe et

Vern ; mais comme c'est la semaine du 4 Juillet, les hôtels à prix raisonnables étaient tous déjà complets. Le trio débarquera donc sur l'île samedi à midi, et repartira par le bateau rapide de 21 h 30. Celeste est touchée qu'ils fassent le voyage – rouler depuis New York et prendre le bateau demande plus d'efforts qu'elle ne les imaginait capables d'accomplir pour elle ; mais elle est aussi un peu nerveuse à l'idée qu'ils viennent sur l'île. Et Benji n'avait fait qu'accroître son inquiétude en lui disant : « Je n'arrive pas à imaginer Mawabe et Vern dans la même pièce que ma mère. »

Bien que le sentiment de Benji fasse écho au sien, elle en avait pris ombrage.

« Et pourquoi pas ? Ce serait une b-b-bonne chose pour ta mère de se rendre compte que des gens comme Mawabe existent. Dommage que B-B-Blair ne vienne pas elle aussi. »

Elle avait gardé le silence quelques secondes.

« B-B-Bethany est normale. À peu près.

— À peu près », avait concédé Benji.

À présent, Bethany s'avance en lui tendant son cadeau. Celeste est sûre que c'est elle qui l'a choisi et que tous les autres ont mis la main à la poche – même si certains, comme Darius, n'ont sans doute pas encore payé leur part.

« Qu'est-ce que ça p-p-peut bien être ? » demande-t-elle.

Elle ouvre le paquet, soulève le couvercle de la boîte et découvre un simple tablier blanc avec *Mme Winbury* brodée en noir sur le devant.

Mme Winbury. Le découragement l'envahit.

« J'adore », dit-elle.

*

Son bégaiement est si handicapant, si imprévisible que Benji et elle ont dû adapter leurs vœux de mariage avec le révérend Derby pour qu'elle n'ait plus qu'à dire : « Oui, je le veux. »

Mais même ces quatre mots sont un défi pour elle.

C'est le mercredi 4 juillet, jour de la fête nationale. Benji et Shooter, Thomas et Abby, Tag et Greer sont déjà à Nantucket.

Mais Celeste a dû travailler jusqu'à la veille, et Merritt a une fête avec feu d'artifice qu'elle ne peut pas manquer ce soir. Les parents de Celeste ne doivent arriver sur l'île que vendredi. Elle décide donc de prendre l'avion pour Boston avec Merritt le lendemain matin, puis de se rendre en Uber jusqu'au cap Cod et de prendre le ferry rapide direction Nantucket.

Elle appelle Merritt à 15 heures le mercredi après-midi.

« Je n'en suis p-p-pas capable, dit-elle.

— *Quoi* ? s'écrie Merritt. De quoi parles-tu ? »

De quoi elle parle ? Elle est en train de lui dire qu'elle ne peut pas épouser Benji. Elle sait que c'est une erreur. Elle est amoureuse de Shooter. C'est un état physique, une maladie. Comme l'a dit Merritt, elle l'a dans la peau. Celeste a l'impression d'être au bord d'un précipice. Si Shooter était à ses côtés en cet instant, prêt à lui prendre la main et à ne jamais la lâcher, elle sauterait.

Mais il n'est pas là. Il est à Nantucket, à effectuer les tâches confiées au témoin, avec son talent habituel.

« Je ne peux pas p-p-prononcer mes vœux, je b-b-b... »

Elle ne parvient pas à le sortir. Le *bégaiement* est, de manière ironique, le mot le plus dur à prononcer.

« J'arrive tout de suite », dit Merritt.

Merritt se plante devant Celeste et dit : « Celeste Marie Otis, voulez-vous prendre pour époux Benjamin Garrison Winbury ? Pour l'aimer et le chérir, l'embêter et l'importuner, lui crier dessus et le baiser, jusqu'à ce que la mort vous sépare ? »

Celeste sourit.

« Allez, vas-y, dit Merritt.

— Oui, je le v-v-eux. »

Elle grimace.

« Fais comme si c'était un autre mot, suggère Merritt. Imagine qu'il s'agit d'un *meuh*, comme le bruit de la vache, ou d'un *feu* comme dans une cheminée. Je crois que tu te mets trop la pression. »

Un *feu*, comme dans une cheminée, se dit Celeste.

« Je le feu », dit-elle.

Merritt esquisse un sourire.

« Encore une fois. »

— Je le v-v-veux. Enfin, je le feu.

— Eh bien voilà », dit Merritt.

Elle jette un coup d'œil à son téléphone.

« Je dois y aller. On s'entraînera encore demain. Et vendredi.

— D'accord. Merritt, je... »

Son amie lève la main.

« Tu n'as pas à me remercier. Tu es ma meilleure amie. Je suis ta demoiselle d'honneur.

— Ce n'est pas ça. Je veux dire, merci, bien sûr. M-m-mais je voudrais savoir si tu as romp-p-pu avec Tag ?

— Non. C'est lui qui m'a quittée. »

Une fois à Nantucket, Celeste se transforme en marionnette manipulée par Greer et Roger Pelton, l'organisateur du mariage. Roger est comme un oncle bienveillant et extraordinairement compétent. Il relit le programme des trois jours avec Celeste – où elle doit se trouver, ce qu'elle doit faire, ce qu'elle doit porter ; les tenues sont alignées dans l'armoire. Le jeudi après-midi, Greer a prévu pour elle un massage, une manucure-pédicure, et une extension de cils.

« Une extension de cils ? Est-ce bien n-n-nécessaire ?

— Non, dit Roger. Je vais appeler R. J. Miller et annuler la séance.

— Merci.

— Le plus important dans mon travail, c'est de protéger mes mariées de leurs mères et de leurs belles-mères. »

Celeste aime que Roger l'appelle « ma mariée ». Elle fait comme si c'était lui qu'elle allait épouser, ce qui la détend un peu. Provisoirement.

Telle une espionne ou une tireuse d'élite, Celeste garde toujours un œil sur Shooter. Leurs regards se croisent et restent rivés l'un à l'autre, et elle se sent fondre à l'intérieur. Il tente de lui faire passer un message – mais lequel ? Elle meurt d'envie qu'il la regarde, même si cela la dévaste complètement. Quand il ne la regarde pas, quand il plaisante avec Merritt, Abby ou Greer, elle ressent une jalousie maladive.

Les parents de Celeste arrivent sur l'île. Elle redoute que, à la manière de Benji, les Winbury ne considèrent Karen et Bruce comme « le sel de la terre » et qu'ils les traitent avec condescendance – peut-être même sans s'en apercevoir.

Mais Greer se montre adorable avec ses parents, et Tag plus qu'adorable. Celeste aimerait lui en vouloir ; mais il est si affable, si charmant, qu'elle ne peut qu'éprouver de la gratitude à son égard. Elle fera face à sa colère et à sa déception plus tard, une fois le mariage passé.

Le dîner de répétition se déroule exactement comme prévu. Les invités boivent le cocktail à la mûre. Celeste le goûte dans le verre de Benji, et décide de rester au vin blanc. Elle n'a pas le temps d'espionner Shooter ; elle est trop occupée à rencontrer untel et unetelle : Featherleigh, une amie de Tag et Greer venue de Londres ; Peter Walls, un associé de Tag ; des voisins londoniens, des voisins new-yorkais, l'entraîneur de lacrosse de Benji à St. George's, et les quatre Alexandre – l'Alexandre blond et BCBG, l'Alexandre asiatique, l'Alexandre juif, qui est fiancé à une femme noire nommée Mimi, danseuse à Broadway, et l'Alexandre connu sous le nom de Zander, marié à un certain Kermit.

Celeste craignait que ses parents ne se sentent intimidés et débordés par cette foule, mais ils se débrouillent bien, et Betty a l'air plus en forme qu'elle ne l'aurait cru. Elle marche avec une canne et Celeste sait qu'elle prend une forte dose d'analgésiques, mais elle semble heureuse, presque rayonnante. Elle est bien plus heureuse de ce mariage que Celeste elle-même.

Elle passe alors un accord avec Dieu : *S'il Te plaît, j'irai jusqu'au bout de ce mariage si Tu gardes ma mère en vie.*

Des serveuses proposent des amuse-bouches ; ils semblent tous plus originaux et délicieux les uns que les autres, mais elle est bien trop anxieuse pour avaler quoi que ce soit. Elle sirote son vin, sans grand effet sur sa fébrilité. Son corps est comme engourdi. Tout ce qui compte à ses yeux, c'est Shooter. Où est-il ? Elle ne le voit pas. Puis il apparaît soudain, frôlant son bras en passant. Le visage de Celeste s'illumine au moindre contact physique avec lui. Elle n'a repensé au baiser qu'ils ont échangé dans son appartement que deux ou trois mille fois depuis lors. Comment a-t-elle eu la force de le repousser ? Elle n'en revient toujours pas d'y être parvenue.

Son père se lève pour porter un toast. Il parle d'abord de Betty, et les yeux de Celeste s'emplissent de larmes. Puis il parle d'elle : *Benjamin Winbury, je te le dis du fond du cœur : prends soin de notre petite fille. C'est le trésor, l'espoir, la lumière et la chaleur de notre vie. Elle est ce que nous laisserons au monde derrière nous. À vous deux et à votre vie commune.* Puis tout le monde trinque et boit.

Thomas se lève pour prendre la parole. C'est alors que Celeste se penche vers Benji et murmure : « Je croyais que c'était Shooter qui portait le toast.

— Il a refusé.

— Comment ça ?

— Il m'a dit qu'il ne voulait pas parler ce soir. Il portera un toast demain, quand on sera mariés. »

Demain, pense Celeste. *Quand on sera mariés.*

Celeste n'a pas envie de faire un tour en ville ; elle a assez dissimulé ses sentiments pour la soirée. Elle veut aller se coucher. Pour le dire franchement, elle aimerait dormir comme lorsqu'elle était petite : entre Mac et Betty.

Sa mère sent que quelque chose ne va pas. Celeste s'en rend compte à la façon dont Betty insiste pour qu'elle sorte avec ses amis, qu'elle passe du temps avec Benji.

Je serai avec lui pour le reste de mon existence ! pense-t-elle. Le temps qui lui reste à passer avec sa mère est compté. Le sablier se remplit plus vite quand la fin approche. Mais Celeste sait qu'elle satisfera davantage sa mère en accompagnant les autres.

Qui plus est, Shooter est de la partie. Quant à Merritt... Celeste doit garder un œil sur elle. Mais tandis qu'ils s'entassent dans les voitures, son amie manque à l'appel.

« Attendez une minute », dit Celeste.

Elle sort de la Land Rover des Winbury et traverse l'allée jusqu'au second cottage. Elle passe la tête à l'intérieur, mais les lumières sont éteintes. Merritt n'est pas là.

« Celeste, lance Benji. Allez, viens !

— Il faut que je trouve Merritt », crie-t-elle.

Elle tente de se souvenir de la dernière fois qu'elle l'a vue. C'était pendant le dîner, évidemment ; mais Celeste a dû saluer et discuter avec tant d'invités qu'elle n'a pas passé une seconde avec sa seule véritable amie. Et Merritt n'a pas porté de toast, même si elle avait laissé entendre qu'elle songeait à le faire. *Mon Dieu,* pense Celeste. *Pourvu qu'elle ne soit pas avec Tag.* Mais ça ne peut être que ça. Où pourrait-elle être sinon ? C'est toujours elle la première à vouloir faire la fête jusqu'au bout de la nuit.

Celeste parcourt la maison à toute allure en vérifiant chaque pièce – la cuisine, la salle à manger d'apparat, la salle à manger de tous les jours, les toilettes, et même le cube luminescent de la cave à vin. Elle arpente le couloir et vérifie l'alcôve devant la chambre de Greer et Tag – mais elle n'a pas le courage de frapper à la porte de leur chambre, ni à celle du bureau de Tag. Elle poursuit son inspection en hâte et passe une tête dans le salon blanc, même si elle n'y a jamais mis les pieds. Elle distingue une silhouette dans l'un des fauteuils et pousse un cri de stupeur.

« Ce n'est que moi », dit quelqu'un à l'accent britannique. C'est cette Featherleigh.

« Vous cherchez quelqu'un ? ajoute-t-elle.

— Mon amie Merritt. La demoiselle d'honneur. Elle porte une robe noire.

— Si vous m'apportez une bouteille de whisky, je vous dirai où elle se trouve.

— Pardon ? »

On lui a dit que cette femme était une vieille amie de la famille, mais Celeste n'arrive pas à imaginer que Greer puisse supporter un tel sans-gêne.

« Vous avez vu Merritt ? excusez-moi, il faut absolument que je la retrouve.

— C'est moi qui suis navrée, mon cœur. Je l'ai repérée tout à l'heure, elle est plutôt pas mal, mais je ne l'ai pas vue depuis des heures.

— Ok, merci », répond Celeste, espérant ne pas paraître impolie quand elle se précipite hors de la pièce.

Que fait cette femme dans le salon ? Greer ne lui a pas proposé de *dormir* là, quand même ?

Elle traverse la buanderie en trombe et sort par la porte latérale avant de courir vers le pavillon de la piscine. Elle entend tousser, et distingue à peine l'ombre d'une silhouette penchée en avant dans la roseraie. C'est elle.

« Merritt ! »

Celeste franchit la passerelle voûtée qui enjambe l'étang aux carpes koï et pénètre dans la roseraie. Merritt est en train de cracher dans l'herbe.

« Tu es malade ? »

Merritt se redresse et s'essuie la bouche. Des larmes coulent sur son visage.

« Les huîtres ne me réussissent pas. »

Celeste tend les bras et étreint son amie.

« Ma pauvre. Viens, je te raccompagne à ton cottage. Je vais dire aux autres d'aller en ville sans moi. Je n'en avais pas envie de toute façon.

— Non, s'exclame Merritt. Non, vas-y, s'il te plaît, sinon je vais culpabiliser. J'ai juste besoin de prendre l'air. »

Elle tente de sourire à Celeste, mais se remet à pleurer.

« Il n'y a que moi pour gâcher une soirée aussi magnifique.

— Tais-toi, dit Celeste. C'est stressant, les mariages.

— Surtout celui-ci. »

Merritt tend sa main gauche.

« Tu vois cette bague ? »

Elle lui montre l'anneau d'argent qui orne son pouce.

« Il me l'a offerte pour mon anniversaire.

— Tag ? » murmure Celeste.

Elle saisit la main de Merritt et scrute la bague. Elle est sertie de minuscules pierres multicolores. C'est très joli, mais Merritt a beaucoup de bijoux sympas, dont certains gracieusement offerts par diverses marques de mode.

« C'est une *bague*, dit Merritt. Il aurait pu m'offrir n'importe quoi pour mon anniversaire – un livre, un foulard, un bracelet. Mais il m'a offert une *bague*.

— Ok, mais bon... »

Celeste est presque sûre que Tag voyait cette bague comme un gage de son affection, rien de plus ; mais il aurait pu choisir quelque chose d'un peu moins chargé sur le plan affectif. C'est à ce moment-là qu'elle entend le klaxon de la Land Rover, et qu'elle sait que Benji perd patience. Elle est partie beaucoup plus longtemps qu'elle ne l'aurait cru.

« Je t'adore. Tu le sais, n'est-ce pas ? Et quand tu partiras d'ici dimanche, tu n'auras plus jamais à revoir Tag Winbury. Je te promets que je ne t'obligerai pas à venir à nos fêtes de famille.

— J'aimerais que ce soit aussi simple », murmure Merritt.

Elle inspire de manière théâtrale.

« Il y a quelque chose que je dois te dire. »

Le klaxon retentit à nouveau. Celeste est agacée par l'impatience de Benji, mais elle sait qu'une flopée de gens à l'arrière de sa voiture attendent qu'elle revienne.

« Je dois filer, dit-elle. Viens avec nous.

— Je ne peux pas. Je ne me sens pas bien. Je vais rester un peu ici, et puis sans doute aller me coucher.

— Avant minuit ? Ce serait une première. »

Elle serre à nouveau Merritt dans ses bras.

« Demain, on trouvera le temps de discuter, je te le promets. Je me fiche qu'une église pleine de monde doive attendre. »

Merritt rit doucement.

« D'accord. »

Ils sont douze, et la ville est pleine de fêtards venus passer le week-end sur l'île. Il y a la queue pour entrer au Boarding House ; le Pearl ne peut plus accueillir personne, tout comme le Nautilus. Ils envisagent le piano-bar du Club Car, mais Thomas proclame que l'on *finit* au Club Car – on n'y commence jamais la soirée. La femme Alexander l'Asiatique porte des talons aiguilles et ne veut pas prendre le risque de marcher jusqu'au Straight Wharf ou au CRU.

Celeste se tourne vers Benji, attendant qu'il décide. En cet instant, ils sont massés à l'angle de l'India et de la Federal et empiètent sur la chaussée.

« Allons dans le bar du fond du Ventuno », dit-il.

Tout le monde est d'accord. C'est tout près, et c'est en plein air. Ils y boiront un verre et puis ils aviseront.

Celeste se retrouve sans trop savoir pourquoi en queue de peloton – sans doute parce qu'elle traîne les pieds, au sens littéral du terme. Elle ne voit pas l'intérêt de boire encore un verre. À choisir, elle a plutôt besoin de manger. Elle était tellement occupée à s'inquiéter pour Mac et Betty et à leur décortiquer leurs homards qu'elle n'a rien avalé du tout.

« Je meurs de faim, marmonne-t-elle.

— On est deux. »

Elle se tourne et découvre Shooter sur sa droite.

Elle cherche Benji des yeux. Il est en tête de la petite troupe, à discuter avec Mimi, la danseuse de Broadway.

« Il est occupé, dit Shooter. Allons chercher une pizza. »

Il lui prend brusquement la main.

« Je ne peux pas », murmure Celeste.

Elle a peur de le regarder, et baisse les yeux vers ses sandales ornées de strass. Ses orteils sont peints d'une couleur nommée Sunshine, assortie à sa robe du soir. Mais elle laisse sa main dans la sienne, pendant quelques secondes défendues.

« On revient tout de suite », lance Shooter.

Il siffle entre ses doigts, et Benji se retourne.

« J'emmène ta fiancée manger un morceau. On revient dans dix minutes. »

Benji leur fait un signe de la main, puis se tourne à nouveau vers Mimi – et Kermit, qui s'est joint à leur conversation.

Il s'en fiche éperdument.

« D'accord, dit Celeste. Allons-y. »

Il y a la queue devant le Steamboat Pizza, et un flot continu de voitures débarque du ferry en retard. Celeste se sent un peu exposée, et garde ses distances physiques avec Shooter. Elle rêvait d'être seule avec lui ; mais maintenant que c'est le cas, elle est muette comme une carpe. De l'autre côté de la rue, une femme aux longs cheveux noir de jais, qui porte des bottines en daim avec un short – des bottines en daim en juillet ; même Celeste sait que c'est interdit – semble braquer son téléphone sur Shooter et elle. Est-elle en train de les prendre en photo ? Celeste lui tourne le dos. Elle a envie de plaisanter sur les soins et le type d'alimentation à procurer à une future mariée ; mais elle est incapable de papoter de manière anodine – Shooter aussi, apparemment.

« Suis-moi », dit-il.

Il sort de la file d'attente, ce qui n'est pas très grave – Celeste n'aurait rien pu avaler devant lui de toute façon – et commence à descendre la rue en direction de l'embarcadère. Celeste le suit à pas pressés. Ils se faufilent, contournent des groupes d'adolescents, évitent des couples avec poussettes, s'arrêtent brièvement pour laisser passer deux personnes âgées.

Elle ne demande pas à Shooter où ils vont. Ça lui est égal. Elle le suivrait n'importe où.

Ils traversent le parking des autorités portuaires. Shooter en tête, marchant à grands pas ; il coupe à droite du bâtiment du terminal et se retourne pour vérifier qu'elle est bien derrière lui. Il l'attend, pose une main sur son dos, et l'entraîne vers un banc au bord du quai. Celui-ci donne sur la partie active du port. Ce n'est pas très glamour, mais joli malgré tout. Tout est beau à Nantucket.

Ils s'assoient côte à côte, leurs cuisses se touchent ; puis il passe le bras autour de ses épaules. Celeste ressent soudain l'effet du vin qu'elle a bu plus tôt dans la soirée. Elle agit sans réfléchir ; sans se soucier qu'on la voie. Elle enfouit son visage dans le torse de Shooter et respire son odeur. Il est *tout ce qu'elle veut.*

« Pars avec moi », murmure-t-il.

Elle inspire comme pour dire « *ben voyons* » – mais il la coupe dans son élan.

« Je parle sérieusement, Celeste. Je suis amoureux de toi. Je sais que c'est mal, je sais que c'est injuste, je sais que tous nos amis vont nous détester, surtout mon meilleur ami – enfin, mon frère, parce que Benji est mon frère à tous points de vue. Ça m'est égal. Enfin, non, mais tu comptes davantage à mes yeux. Je n'ai jamais ressenti cela pour personne auparavant. Mes sentiments pour toi sont tragiques ; ils sont shakespeariens – je ne sais plus quelle pièce exactement, un mélange de *Hamlet* et de *Roméo et Juliette,* je pense. Je veux que tu sortes en douce de la maison et que tu me rejoignes ici, à cet endroit exact, à 6 h 15 demain matin. J'aurai deux billets pour le ferry de 6 h 30. Le bateau arrive à Hyannis à 8 h 30, ce qui est l'heure prévue pour le réveil de toute la maisonnée demain. Le temps que les gens se rendent compte de notre départ, on sera en sécurité sur le continent. »

Celeste hoche la tête, le nez collé au torse de Shooter. Ce n'est pas qu'elle acquiesce, c'est qu'elle veut en savoir plus ; elle veut imaginer leur fuite. L'angoisse cesse de lui serrer le cœur. Elle inspire à pleins poumons.

« Tu peux dire non. Je m'attends à ce que tu dises non. Et si c'est le cas, je me présenterai à l'autel demain aux côtés de Benji, comme je le lui ai promis. Je porterai un toast en faisant un discours aimable et éloquent, avec la dose d'humour nécessaire – et au moins une phrase sur le fait que Benji ne te mérite pas. Je te demanderai une danse et quand cette danse sera finie, je te ferai une bise sur la joue et je te laisserai continuer ta vie. Avec lui. »

Celeste expire.

« Si tu viens avec moi, j'achèterai quatre billets pour Las Vegas – un pour moi, un pour toi, deux pour tes parents. Et je t'épouserai demain en fin de journée. On peut aussi aller moins vite. Mais il faut que tu saches que je suis sérieux. Je t'aime. Si tu ne ressens pas la même chose que moi, je serai quand même reconnaissant, sur mon lit de mort, de chaque seconde que j'aurais passée avec toi. Tu auras au moins prouvé que le cœur de Michael Oscar Uxley n'est pas en pierre. »

Michael Oscar Uxley. Elle s'aperçoit avec stupeur qu'elle ne lui a jamais demandé son vrai nom.

« Oui, dit-elle.

— Quoi, oui ? »

Elle lève la tête. Elle contemple les yeux bleus de Shooter... mais ce qu'elle voit, ce sont ses parents de profil, depuis la banquette arrière de leur vieille Toyota. Tournés l'un vers l'autre, ils chantent « Paradise by the Dashboard Light ». *M'aimes-tu, m'aimeras-tu à jamais ?* Celeste a 11 ans, elle connaît elle aussi toutes les paroles, mais elle n'ose pas chanter parce qu'il y a une telle... *harmonie* dans leurs voix qui se mêlent.

Puis elle remonte dans le temps, avant qu'ils ne soient Mac et Betty à ses yeux, avant même qu'ils ne soient papa et maman, à l'époque où ils n'étaient que des concepts : amour, sécurité et chaleur.

Celeste est jeune, elle n'a qu'un an ou deux. Ils jouent à un jeu appelé Bébé vole. Bruce tient Celeste d'une main et Karen de l'autre. Ils la balancent entre eux deux jusqu'à ce que Bruce crie « Bébé » et que Karen crie « Vole ! » Et ils soulèvent Celeste du sol. Pendant un court instant délicieux, elle est suspendue dans les airs, en apesanteur.

Enfin, elle pense à ses parents quand ils étaient ados – sa mère en maillot de bain rouge, son père en pantalon de jogging et sweat à capuche, les yeux rivés sur son orange. Le moment où leurs regards se croisent, où leurs mains se touchent. Cette certitude. Cette reconnaissance. *C'est toi. C'est toi que je veux.*

C'est ça ce que l'on ressent.

En vérité, rien ne peut remplacer l'amour.

« Oui », répète-t-elle.

Samedi 7 juillet 2018, 17 h 45

LE CHEF

Il trouve Thomas dans la cuisine, en train d'engloutir un sandwich à la dinde. Près de son assiette se trouve un grand verre de scotch aux trois quarts plein.

« Monsieur Winbury ?

— Thomas, dit-il en s'essuyant précipitamment les mains sur une serviette, avant d'en tendre une au Chef. M. Winbury, c'est mon père.

— J'ai quelques questions à vous poser.

— Vous avez déjà parlé à presque tout le monde. Je ne sais pas si j'aurais grand-chose à ajouter.

— Merci de m'accorder quelques secondes », réplique le Chef.

Il n'a plus la patience nécessaire pour gérer les tentatives de diversion.

« Suivez-moi », ajoute-t-il.

Il se dirige vers le couloir et oblique direction le salon. Thomas renonce à son sandwich, mais emporte son verre de scotch. Le Chef ne peut pas lui en vouloir. Thomas prend place sur le canapé, pose sa cheville sur son genou, et s'enfonce dans les coussins à la manière d'un homme parfaitement insouciant, tandis que le Chef ferme la porte derrière eux.

« Les événements de la nuit dernière ? lance-t-il. Après la réception ?

— Le bar du fond du Ventuno. Le Boarding House. J'ai pris un verre et je suis parti. Ma femme m'a appelé pour me dire qu'elle voulait que je revienne. Et fissa.

— Qu'avez-vous fait une fois rentré ?

— Je suis monté voir Abby. Elle dormait, alors je suis redescendu boire un verre.

— Quelqu'un s'est-il joint à vous ?

— Mon père.

— Qui d'autre ?

— Personne.

— Vous en êtes sûr ? »

Les sourcils de Thomas se dressent sur son front – de la pure comédie. Il fait semblant de se souvenir de quelque chose. Le Chef s'étonne de ne pas le voir claquer des doigts.

« Ah, oui ! Au bout d'un moment, Merritt nous a rejoints, ainsi qu'une amie de mes parents, Featherleigh Dale. Elle est antiquaire à Londres, elle est venue pour le mariage.

— Pourquoi Featherleigh Dale était-elle chez vous si tard dans la soirée ? Elle dort ici ?

— Non. Je ne sais pas trop ce qu'elle faisait encore là.

— Vraiment ?

— Oui, vraiment. »

Le Chef laisse le mensonge reposer un instant entre eux, dans toute sa puanteur.

« Vous étiez tous les quatre assis sous la tente à boire du rhum, est-ce exact ?

— Oui, monsieur.

— Qui a été le premier à partir ? Vous ?

— En effet. Ma femme m'a engueulé. J'avais déjà tiré sur la corde, alors je suis monté me coucher.

— Avez-vous une idée de l'heure qu'il était ?

— Environ 2 heures, je dirais.

— Réfléchissez bien à ce que je vais vous dire. Vous souvenez-vous de Featherleigh Dale allant chercher de l'eau dans la cuisine ? Un verre d'eau, pour Mme Monaco ? »

Thomas fait non de la tête, mais enchaîne en disant : « Oui.

— Quand Featherleigh est partie chercher de l'eau, vous vous souvenez combien de temps elle est restée absente ?

— Cinq minutes. Peut-être un peu plus.

— Vous avez bu dans ce verre d'eau ?

— Non, monsieur.

— Quelqu'un d'autre a-t-il bu dans ce verre, selon vous ? Même une gorgée ?

— J'étais là pour boire du rhum, Chef. Je n'ai pas grand souvenir de ce verre d'eau. »

Quelque part dans la maison, l'horloge sonne 18 heures. Le Chef meurt d'envie de rentrer chez lui, de retirer ses chaussures, de s'ouvrir une bière, de serrer sa femme dans ses bras, et de parler à Chloe. Il a l'impression que cette journée a duré cinq ans, mais c'est toujours comme ça avec les meurtres. De retour au poste, il trouvera sa boîte vocale saturée de messages insistants de journalistes, il le sait bien. Un second cours de gestion du stress ne sera pas du luxe, quand toute cette histoire sera finie.

« Permettez-moi de changer de sujet. Votre mère a-t-elle un pilulier ?

— Pardon ?

— Votre mère a-t-elle une boîte où elle garde ses...

— Ses somnifères ? Oui. Elle est ronde. Il y a un portrait d'Elizabeth II dessus.

— Diriez-vous que cette boîte est bien connue des membres de votre famille ? »

Thomas rit.

« Oh que oui. Tout le monde la connaît, malheureusement. C'était un cadeau de sa grand-mère.

— Et diriez-vous que tous les membres de votre famille savent qu'elle contient des *somnifères* ?

— Oui. Et que ma mère refuse de les partager. J'en ai demandé un une fois, et elle m'a dit que je ne le supporterais pas.

— Vraiment », dit le Chef.

Greer lui a affirmé avoir proposé l'un de ces somnifères à Merritt. Ils étaient donc « trop puissants » pour son fils, mais elle en avait donné un à l'une de ses convives ? Cela semble-t-il vraisemblable ?

Non, absolument pas.

« Avez-vous vu ce pilulier dans la cuisine hier soir ?

— Non. Pourquoi ? Il traînait quelque part ? »

Thomas se redresse un peu.

« Vous pensez que Merritt a pris l'un des somnifères de ma mère ?

— Vous n'avez pas vu ce pilulier ? insiste le Chef. Vous n'avez pas *touché* aux cachets ? »

Thomas se frappe le genou de la main.

« Absolument pas. Mais *Merritt* a dû repérer les pilules de ma mère et en prendre une – voire deux – sans avoir conscience de leur force. Et puis elle est allée se baigner. »

Il se lève.

« Je pense que tout le monde conviendra qu'il s'agit d'une mort accidentelle. Il n'y a aucune raison de continuer à en faire tout un foin. Cette petite inquisition a déjà produit assez d'angoisse comme cela, et...

— Nous n'avons pas fini », le coupe le Chef.

Il attend que Thomas se rassoie à contrecœur.

« Savez-vous si Merritt s'est fait une entaille au pied ?

— Une entaille ? Non. Mais si elle s'est coupé le pied, elle est peut-être allée dans l'eau pour la nettoyer. »

Le Chef n'avait pas envisagé cette possibilité. Elle avait une vilaine blessure au pied. Peut-être l'avait-elle rincée dans l'eau pour éviter de tacher la maison des Winbury. Le seul endroit où ils avaient repéré du sang, c'était sur le sable.

« Et puis, Merritt avait bu », ajoute Thomas.

Le Chef ne répond pas. Il est curieux de voir Thomas lui proposer des théories.

Il est dans le métier depuis suffisamment longtemps pour savoir que c'est ainsi que se comportent les coupables.

« Quelle est votre relation avec Mme Dale ?

— Ma... Je vous l'ai déjà dit, c'est une amie de mes parents.

— C'est tout ? Rien de plus intime avec elle ?

— Pas vraiment, non.

— Mon collègue de la police d'État du Massachusetts a interrogé Mme Dale. Elle lui a dit qu'elle avait eu une liaison avec vous, mais que vous aviez rompu en mai quand votre femme était tombée enceinte. Est-ce vrai ?

— Non ! s'écrie Thomas.

— L'un de vous deux ment.

— C'est elle qui ment. Pour tout vous dire, c'est une menteuse pathologique. Elle fait l'objet d'une enquête pour fraude à cause de son commerce de vieux objets. Et ça, elle l'a dit à votre collègue ? Elle a tenté de vendre une fausse table George III en bois à ce qu'elle croyait être un client naïf. De toute évidence, elle passe son temps à mentir.

— Vous semblez plutôt bien connaître la vie de l'amie de vos parents, lance le Chef.

— Ma mère m'en a parlé.

— Votre mère ? Je peux donc aller demander à Greer si elle vous a parlé des accusations de fraude contre Featherleigh et de leur contenu exact. Elle confirmera vos propos. »

Thomas acquiesce sans mot dire. Il a l'air confiant, si l'on excepte les trois rides qui lui barrent le front.

Le Chef se lève.

« Très bien. Je vais aller discuter avec votre mère.

— Attendez ! »

Thomas se replonge au fond du canapé.

« J'ai eu une brève aventure avec... Mme Dale. Featherleigh.

— Pendant combien de temps ? »

Thomas lève les mains au ciel.

« Brève n'est pas le mot. Mais occasionnelle. »

Il s'interrompt quelques secondes.

« Pendant plusieurs années. »

Le Chef se rassied.

« Vous aviez donc une liaison avec Mme Dale depuis plusieurs années ?

— Par intermittence. Et comme elle vous l'a dit, j'ai rompu en mai.

— Le fait que Mme Dale ait choisi d'assister au mariage vous a-t-il contrarié ?

— Évidemment que cela m'a contrarié. Je veux qu'elle sorte de ma vie. Ma femme est enceinte, je dois me concentrer sur elle et sur la relance de ma carrière. Cette histoire avec Featherleigh, comment vous dire – ça partait en vrille. Elle me faisait du chantage.

— Du chantage ? »

Thomas prend son verre de scotch et en avale la moitié. Le Chef a un sentiment de triomphe mâtiné de honte. Ce n'est pas la première fois qu'il parvient à faire craquer et parler des gens, et cela lui procure toujours une vraie satisfaction – presque comme réussir à forcer un coffre-fort ; mais cela lui semble toujours vaguement indécent. Ce type a caché sa liaison pendant *des années,* et voilà qu'il crache tout. Tant de crimes, notamment des meurtres, sont commis par des gens aux motivations obscures, à la manière de Thomas. Il n'avait sans doute pas l'intention de tuer quiconque ; il voulait simplement garder le secret concernant cette liaison.

« J'ai commencé à la fréquenter après la mort de Hamish, son frère aîné. Hamish était un camarade de classe de mon père. Je suis allé aux funérailles avec mes parents – c'était avant de rencontrer Abby –, et lors de la réception qui a suivi, Featherleigh et moi on s'est bourré la gueule, et il s'est passé ce qui s'est passé. Par la suite, je la voyais dès que j'étais à Londres ou qu'elle était à New York. Puis j'ai rencontré Abby. J'ai dit à Featherleigh que je ne pouvais plus la revoir, et elle a perdu les pédales.

— Comment ça ?

— Abby est venue rejoindre ma famille à Virgin Gorda pendant les vacances de Noël, la première année où nous étions ensemble. Featherleigh a dû l'apprendre d'une façon ou d'une autre, parce qu'elle s'est pointée à Virgin Gorda avec l'un de ses clients d'Abou Dabi, qui avait un yacht gigantesque. Une autre fois, juste après la fin de mes études de droit, elle a fait une apparition surprise à la fête de remise des diplômes de mon camarade de classe. Elle a déboulé au Bemelmans Bar de l'hôtel Carlyle à New York, et elle a raconté à tout le monde que c'était *moi* qui l'avais invitée.

— Pourquoi n'avez-vous pas corrigé le tir ?

— Parce que... eh bien... il m'est arrivé de voir Featherleigh alors que j'étais déjà avec Abby. Et c'est là que je me suis planté. Je n'ai pas rompu de manière nette. Je ne l'ai pas considérée clairement comme un élément de mon passé. La première fois, je ne savais pas si cela allait marcher entre Abby et moi ; alors quand Feather m'a appelé pour me dire qu'elle avait une suite au Gramercy Park Hotel, j'y suis allé. Ensuite, après sa deuxième fausse couche – un épisode vraiment douloureux –, Abby pleurait tout le temps et elle était déprimée, c'était très difficile à vivre. Elle avait l'impression d'être une ratée. J'avais l'impression d'être un raté. On a commencé à se disputer. Toutes nos conversations nous ramenaient directement à ses grossesses. Il n'était plus question de sexe entre nous. C'était une période difficile. Et Featherleigh en a profité. Elle est apparue comme par magie à New York, puis à *Tampa*, en *Floride*, où je travaillais sur une affaire. Elle m'a envoyé un billet en première classe pour Paris et, quelques mois plus tard, pour Marrakech. Bien entendu, elle facturait le prix de ces billets à ses clients, persuadée qu'ils ne s'en apercevraient pas. Mais ils l'ont vu, évidemment, et l'ont traînée devant les tribunaux. Cela a coulé sa boîte, épuisé ses réserves d'argent. Et cela l'a poussée à se comporter de manière stupide – comme tenter de faire passer une imitation de table Georges III en bois doré pour un meuble d'époque. »

Le Chef hoche la tête. Il tient son homme. Il le sent.

« Et cette histoire de chantage ? dit-il.

— Le chantage... »

Thomas s'enfile d'une traite le reste de son verre. Le Chef espère qu'il boira la bouteille entière – n'importe quoi pourvu qu'il continue à parler.

« Cela remonte à janvier de cette année. Je voulais rompre. Feather m'a dit que si je faisais ça, elle raconterait à Abby ce que nous avions fait. Alors j'ai dû continuer. »

Thomas presse ses doigts sur ses orbites.

« J'ai commencé à merder au travail. Je faisais tout pour qu'on ait un enfant et pour empêcher Featherleigh de jacasser. Et puis, en mai, Abby est tombée enceinte, et l'embryon semblait viable. C'est là que j'ai décidé de ne plus laisser Featherleigh Dale contrôler ma vie. Les accusations de fraude m'ont été bien utiles. Je me suis dit que même si elle contactait Abby, elle n'aurait pas été crédible.

— Malgré tout, cela vous a contrarié que Mme Dale assiste au mariage de votre frère.

— Je lui ai demandé de ne pas venir. Je l'ai suppliée – implorée, même.

— Et menacée, réplique le Chef. Selon Mme Dale, vous lui avez dit que si elle se pointait à Nantucket, vous la tueriez. Avez-vous prononcé ces mots ? »

Thomas confirme d'un hochement de tête.

« Oui. Oui, j'ai bien dit ça.

— Avez-vous mis l'un des somnifères de votre mère dans le verre d'eau que Featherleigh a apporté sous la tente, pensant que c'est elle qui le boirait ? Avez-vous pensé que ce serait *elle*, Featherleigh, qui irait se baigner et se noierait peut-être, ou prendrait le volant et aurait un accident ? L'avez-vous fait, Thomas ? Parce qu'après ce que vous m'avez dit, je comprendrais que ce soit le cas. »

Thomas se met à pleurer.

« J'ai tout fait foirer. »

Le Chef expire à se vider les poumons, peut-être pour la première fois depuis qu'il s'est levé.

« Il faut que vous veniez au poste signer une déclaration. Vous avez droit à un avocat. »

Thomas renifle, hoche la tête.

« Je crois que vous ne m'avez pas bien compris. J'ai tout fait foirer, mais je n'ai drogué personne. Je n'ai pas vu les cachets de ma mère. Je n'ai pas touché au verre d'eau. Et, pardonnez-moi de dire ça, mais il faudrait beaucoup plus qu'un malheureux petit somnifère pour tuer Featherleigh Dale.

— Donc, vous... Vous n'avez pas... »

Thomas hoche à nouveau la tête.

« Je voulais que Featherleigh disparaisse du paysage. Mais je n'ai rien versé dans l'eau de quiconque. Je n'ai ni vu ni manipulé les somnifères de ma mère, et Featherleigh constitue toujours une sacrée menace pour moi. »

Thomas sourit tristement au Chef.

« C'est la vérité. »

Le Chef appelle Andrea pour lui dire qu'il ne tardera pas à rentrer.

« Tu as trouvé ce qui s'est passé ? lui demande Andrea.

— Pas tout à fait. Attention, on a découvert un tas de secrets pas très ragoûtants, mais on ne peut véritablement relier aucun d'eux à la mort de la jeune femme. »

Il songe à Jordan Randolph, du *Nantucket Standard.* Le journaliste va vouloir lui poser des questions. Tout le monde aura des questions.

« Comment va Chloe ?

— Elle est dans tous ses états, soupire Andrea. Elle m'a dit qu'elle avait créé des liens avec la demoiselle d'honneur pendant le dîner de répétition.

— Des liens ? s'exclame le Chef. Comment ça ?

— J'ai tenté d'en savoir plus, mais c'est à toi qu'elle veut parler. Je lui ai dit que tu étais débordé et que...

— Non, non, c'est bon », dit le Chef.

Il se demande si les réponses qu'il cherche ne se trouveraient pas sous son propre toit.

« Je serai à la maison dans deux minutes. »

Le Chef frappe à la porte de la chambre de Chloe.

« Entre », dit-elle.

Elle est allongée sur son lit et lit un ouvrage sur les tortues. C'est une blague ? *Tortues à l'infini,* est-il écrit sur la couverture. Le Chef n'a aucune idée de ce que cela veut dire, mais il est content qu'elle soit plongée dans un bouquin. Son téléphone est branché sur la table de chevet, et il bourdonne et clignote pour signaler l'arrivée de nouveaux messages – d'Instagram, suppose-t-il, ou de Snapchat, ou de ce qui a remplacé Instagram et Snapchat. Nick saurait, probablement.

« Salut », dit-il avec ce qui lui reste de bonne humeur.

Il ferme la porte derrière lui et s'assoit sur le fauteuil bleu vif en peluche de Chloe. Il lui rappelle Grover dans *1, rue Sésame,* mais au moins, il est confortable.

« Ta tante m'a dit que tu voulais me parler ? »

Chloe acquiesce sans mot dire, pose son livre, et se redresse sur son lit. Elle n'est pas maquillée, ce qui est inhabituel chez elle. Son visage, à mesure qu'elle grandit, devient de plus en plus beau – une beauté héritée de sa mère. Tess n'était pas beaucoup plus âgée que Chloe aujourd'hui quand le Chef l'avait rencontrée. La jeune cousine adorée d'Andrea, aussi proche qu'une sœur.

« Il y a deux choses que je veux te dire, commence Chloe. À propos d'hier soir.

— Vas-y.

— J'ai écouté aux portes pendant la fête. J'ai surpris une conversation entre la demoiselle d'honneur et le père du marié. Je crois qu'ils... se fréquentaient. J'en suis sûre. Elle portait son enfant. Il voulait qu'elle s'en débarrasse. Il a dit qu'il lui ferait un chèque. Elle a dit qu'elle voulait garder le bébé parce que ça la reliait à lui. Elle a dit qu'elle raconterait tout à Greer. Greer, c'est la femme de ce type. »

Le Chef hoche la tête et tente de ne laisser transparaître aucune émotion sur son visage. Il est ulcéré que cette histoire ait pu arriver aux oreilles de Chloe.

« Tu n'en as parlé à personne, j'espère. C'est explosif, comme information.

— Je n'ai strictement rien dit, murmure Chloe. J'attendais que tu rentres. »

Après avoir dialogué toute la journée avec des menteurs, le Chef est rassuré de constater qu'il sait reconnaître la vérité quand il l'entend.

Il inspire longuement.

« Et le second point dont tu voulais me parler ?

— C'est arrivé pendant que je débarrassais les assiettes. C'était après le dessert, après les toasts, et j'avais un plateau de flûtes à champagne à rapporter à la cuisine. Je n'ai pas regardé où je mettais les pieds, j'ai trébuché et je suis tombée. Tous les verres se sont cassés. »

Du verre brisé, pense le Chef.

« Où cela a-t-il eu lieu ?

— Là où la plage et la pelouse se rejoignent. Du côté gauche de la maison, quand tu tournes le dos à l'eau. »

Le Chef le note dans son calepin.

« La demoiselle d'honneur m'a aidée à tout ramasser, reprend Chloe. Et elle était vraiment cool. Elle m'a demandé mon nom et d'où je venais, et quand je lui ai dit que je vivais à Nantucket, elle m'a dit que j'étais la fille la plus chanceuse du monde. »

La voix de Chloe s'enroue et elle s'essuie les yeux.

« Je n'arrive pas à croire qu'elle soit *morte*. Alors que je lui ai parlé *hier soir*.

— Cela arrive parfois, dans la vie. Il est fort possible qu'elle ait pris des cachets, peut-être qu'elle avait trop bu…

— Elle n'était pas ivre, réplique Chloe. Absolument pas. Elle avait l'air d'être la plus sobre de tous les gens présents.

— Je veux juste que tu comprennes, Chloe, que chaque décision que tu prends – qui tu fréquentes, avec qui tu sors, si tu choisis de fumer ou de boire – n'est pas sans conséquence. Je pense que Merritt, au bout du compte, a été victime de ses choix inconsidérés. »

Chloe regarde fixement le Chef pendant quelques secondes, et il voit qu'elle lui en veut de se servir de la mort de Merritt pour diffuser un message d'intérêt général. Le moment est pourtant plus que propice à la pédagogie. Chloe tend la main vers son téléphone, et le Chef sait qu'il l'a perdue. Andrea est plus douée que lui pour gérer Chloe ; il finit toujours par parler comme l'oncle bourru qui est aussi le chef de la police.

« Autre chose, Chloe, ajoute-t-il, même s'il sait qu'elle n'a qu'une envie – qu'il foute le camp de sa chambre. Merritt s'est-elle *coupée* en t'aidant à ramasser le verre brisé ?

— Si elle s'est coupée ? »

Elle lève le nez de son portable.

« Non. Pourquoi ?

— Je me posais la question, c'est tout. Tu es sûre qu'à vous deux, vous avez ramassé tous les morceaux de verre ?

— Il faisait nuit. On a fait de notre mieux. En fait, j'avais peur que Greer ne découvre un morceau de verre que nous aurions manqué, et que j'aie des ennuis à cause de ça aujourd'hui. Mais je suppose qu'ils avaient d'autres chats à fouetter. »

Le Chef se lève.

« Attends, j'ai autre chose à te montrer », dit Chloe.

Elle brandit son téléphone et se déplace prestement jusqu'au bord du lit. Le Chef s'assoit à côté d'elle.

« Merritt est influenceuse, alors j'ai commencé à la suivre sur Instagram hier soir quand je suis rentrée. C'est son dernier post. »

Le Chef prend le téléphone des mains de Chloe et met ses lunettes de lecture. C'est la première fois qu'il est sur Instagram, et il constate que ce n'est rien de plus qu'une photo avec une légende. En l'occurrence, l'image montre deux jeunes femmes cheveux au vent, posant à la proue du ferry rapide de la Hy-Line. Nantucket se dessine en arrière-plan – le port, les voiliers, les maisons de pêcheurs aux bardeaux gris des quais, les clochers des églises unitarienne et congrégationaliste. La blonde – le Chef constate qu'il s'agit de Celeste, la mariée – semble nerveuse ; elle sourit d'un air hésitant. Mais Merritt, la brune, est radieuse. Elle resplendit, donne tout ce qu'elle a à cet instant. *Elle donne bien le change,* pense le Chef. Rien n'indique ou ne laisse penser qu'elle était enceinte d'un homme marié et qu'il ne voulait plus entendre parler d'elle. La légende de la photo indique : *En route pour la chapelle... week-end de mariage avec la MEILLEURE AMIE qu'une femme puisse espérer. #temoindelamariee #demoiselledhonneur #heureuse-pourlavie.*

« Hashtag heureuse pour la vie, murmure Chloe. Ça me fend le cœur. C'est le truc le plus triste au monde, tu ne trouves pas ?

— Presque, dit le Chef en rendant le téléphone à Chloe. Presque. »

Le Chef enfile des vêtements décontractés et regarde avec envie les canettes bleues de bière Cisco bien fraîche dans le réfrigérateur – mais ce n'est pas encore l'heure de se détendre.

Il a donné rendez-vous à Nick au poste pour tout passer en revue une dernière fois.

« Ne te soucie pas de moi pour le dîner, dit-il à Andrea. Je demanderai à Keira de nous faire livrer quelque chose.

— Je déteste les enquêtes sur les meurtres, répond-elle en levant la tête pour l'embrasser. Mais toi, je t'aime.

— Moi aussi je t'aime. »

Il donne un baiser à sa femme, un deuxième, un troisième. Il songe à laisser Nick patienter un peu.

Le Chef et Nick se retrouvent au poste dans l'une des salles d'interrogatoire. Keira, l'adjointe du Chef, a commandé une salade César au chou kale et deux pizzas artisanales au Station 21, pour qu'ils puissent reprendre des forces.

Nick plante des dents voraces dans la pizza crevettes-pancetta.

« C'est pas mauvais. D'habitude, j'évite tout ce qui est qualifié d'"artisanal". J'aime la vraie bouffe.

— Selon Chloe, Merritt ne s'est pas coupée en l'aidant à ramasser le verre brisé, dit le Chef. Mais cela a pu se produire après la balade en kayak. Chloe m'a dit qu'elle a renversé le plateau juste à côté du chemin menant au cottage de Merritt.

— Cela pourrait expliquer pourquoi Merritt est entrée dans l'eau, dit Nick. Je veux dire, tu nettoies une coupure au bord de l'eau, mais tu n'y plonges pas le corps entier.

— Sauf si la sensation est agréable. Il faisait chaud la nuit dernière.

— Et je crois que la demoiselle d'honneur n'appréciait guère la chaleur. La clim de sa chambre était à fond. Il neigeait presque là-dedans.

— Ça ne nous dit pas qui lui a filé le somnifère.

— Elle en a peut-être pris un volontairement, répond Nick. Après tout, on sait qu'elle était bouleversée.

— N'est-ce pas risqué ? demande le Chef. Prendre un somnifère quand on est enceinte ?

— Le père Winbury n'a-t-il pas dit qu'elle avait sauté du kayak au beau milieu du port ? C'est la définition même de l'imprudence. Elle était d'humeur à se mettre en danger, on dirait bien. »

Le Chef pique de sa fourchette un morceau de chou frisé dans le bol en aluminium posé devant eux.

« L'hypothèse de l'accident ne me plaît pas. Il y a deux personnes qui voulaient voir Merritt disparaître : Tag Winbury et Greer Garrison. Et une qui voulait que Featherleigh Dale disparaisse : Thomas Winbury.

— Appeler ça un accident serait plus facile à supporter pour la famille de Merritt, lance Nick. Et pour la mariée.

— On ne bosse pas pour sa famille. On bosse pour le Commonwealth du Massachusetts. Et, plus largement, au nom de la justice, pour tous les citoyens de ce grand pays. Tu penses que c'était un accident, toi ? Vraiment ?

— Non. Je penche pour la mère Winbury. »

Le Chef mâchonne un croûton.

« C'est drôle. Moi je penche pour le père. Tag Winbury voit les somnifères de sa femme, en laisse tomber un dans le verre d'eau de Merritt. Puis il l'emmène faire un tour en kayak et se débarrasse de ses deux problèmes – plus de maîtresse, plus de bébé. Et toi, comment tu vois les choses ?

— Greer découvre la liaison et le bébé, et c'est elle qui met un somnifère dans le verre d'eau, espérant que Merritt le boira et que Tag emmènera la fille se promener en kayak. Ou peut-être, je dis bien peut-être, que Greer a voulu tuer son mari. Peut-être qu'elle lui a filé un cachet en espérant qu'il partirait faire un tour en kayak et ne reviendrait jamais. »

Nick prend une part de la pizza à la saucisse.

« J'ai bien conscience que cela peut sembler tiré par les cheveux.

— On verrait peut-être les choses autrement si on avait ce verre d'eau », dit le Chef.

Nick penche la tête.

« Tu ne trouves pas ça bizarre que ce verre ait été retiré de la table alors que les shots sont restés ? Quelqu'un n'a rapporté *que le verre d'eau* à l'intérieur. Ou alors, quelqu'un est sorti de la maison et n'a enlevé *que le verre d'eau.* »

Le Chef secoue la tête et prend une part de pizza. Il n'arrive pas à croire que c'est Chloe qui a fait tomber le plateau des flûtes à champagne. Des bris de verre sur la pelouse, un pied coupé, la demoiselle d'honneur entre dans l'eau pour nettoyer la plaie, la demoiselle d'honneur est morte. Ce n'est pas la faute de Chloe ; personne ne le penserait. Mais si elle n'avait pas fait tomber ce plateau, Merritt serait-elle encore en vie ? Oui. Si elle n'avait pas pris un somnifère ou si on ne lui avait pas fait avaler un somnifère, et si elle n'était pas entrée dans l'eau, elle *serait* encore en vie. À marcher vers l'autel en boitant, peut-être. Mais vivante.

« Le fait est que nous n'avons pas assez de preuves pour inculper qui que ce soit », soupire Nick.

Le Chef sait qu'il a raison.

« Demain, on rappellera le frère et on lui dira qu'on a conclu à un accident. Elle a avalé un somnifère, elle est allée prendre un bain de minuit, et elle s'est noyée.

— Il y a tellement de secrets dans cette famille. Je n'arrive pas à croire que ce ne soit pas l'un d'eux le responsable de sa mort. »

Le Chef lève sa tasse de café.

« À la mémoire de la défunte », dit-il.

Nick lève la sienne et trinque avec lui.

« Qu'elle repose en paix. »

Samedi 7 juillet 2018, 18 h 55

NANTUCKET

***The Nantucket Standard* – www.ackstandard.net**
Samedi 7 juillet 2018

Une noyade accidentelle selon la police de Nantucket

20 h 12

La police de Nantucket, en lien avec la police d'État du Massachusetts, a conclu que la mort tôt ce matin de Merritt Alison Monaco, 29 ans, originaire de New York, était un accident. Mme Monaco était à Nantucket pour assister à un mariage samedi. Elle laisse derrière elle ses parents, Gary et Katherine Monaco, de Commack, État de New York, ainsi qu'un frère, Douglas Monaco, de Garden City, État de New York. Mme Monaco travaillait à la New York Wildlife Conservation Society, où elle occupait le poste de directrice des relations publiques depuis 2016.

Le chef de la police de Nantucket, Edward Kapenash, a déclaré : « Nous avons enquêté sur cette affaire et établi que la mort de Mme Monaco était un accident. Nous remercions toute la communauté de Nantucket pour sa coopération et encourageons les habitants et les visiteurs de l'île à faire preuve d'une extrême prudence dans l'eau et aux abords de l'eau. »

Marty Szczerba reçoit une alerte de l'*Inquirer* sur son téléphone : apparemment, la demoiselle d'honneur de Monomoy s'est noyée de manière accidentelle. Marty trouve ça louche, et un peu décevant. Après la tentative de fuite du principal suspect sur un bateau de la Hy-Line, et la spectaculaire sortie de Featherleigh du restaurant, cette mort était un *accident ?*

Hum.

Marty s'aperçoit alors de ce que cela signifie : Featherleigh Dale n'est pas soupçonnée de meurtre, et pourrait donc être intéressée par une petite idylle. Marty ne se voit pas courir après ce qui ressemble de près ou de loin à un coup d'un soir, mais boire un verre avec elle ne serait pas désagréable.

Il décide d'appeler le commissariat pour demander à Keira si Featherleigh a été ramenée à l'aéroport ou si elle a passé une nuit de plus dans une auberge de l'île.

« Salut, Keira, dit-il quand elle décroche. C'est Marty Szczerba. J'ai une question à te poser.

— Salut, Marty. »

Le seul son de sa voix rappelle à Marty qu'il a toujours un gros béguin pour elle.

« J'ai une question à te poser *à toi*. Quand est-ce que tu m'invites à boire un verre ? »

Marty cligne des yeux. Le téléphone devient chaud au creux de sa main. *Featherleigh ? Connais pas.*

« Ce soir, ça te dit ? »

Celeste envoie un texto à Benji pour lui dire qu'elle rentrera de l'hôpital en taxi.

Je passe te chercher ! répond Benji.

Non, s'il te plaît, répond Celeste. Trois points apparaissent sur l'écran, puis un second texto. On discutera à mon retour.

Benji a soudain trop chaud et sa peau le démange. Il se sent mal dans son être pour la première fois de sa vie. Comme il aimerait se défaire de son identité en cet instant ! Il ne veut plus être un Winbury. De toute évidence, Celeste est au courant pour Merritt et Tag. Ils avaient une liaison, si l'on peut dire. Il y avait *quelque chose* entre eux – Benji ne veut surtout pas connaître les détails. Mais il a le sentiment que son père est responsable de la mort de Merritt.

Son propre père.

Tu crois que ta famille est irréprochable, lui avait dit Celeste. *Mais tu te trompes.*

Benji rejoint Celeste dans l'allée, mais elle lui lance un regard vide.

« Laisse-moi une minute, s'il te plaît, Benji. Je dois parler à mes parents.

— Tes parents ne sont pas la priorité en ce moment, Celeste. Je suis ton fiancé. On était censés *se marier* aujourd'hui. »

Elle passe devant lui et entre dans la maison. Il ne peut rien faire de plus que de ne surtout pas la suivre comme un petit chien.

Il se dirige alors vers la cuisine. Thomas est en train d'amasser sur une assiette des sandwichs, de la salade de pommes de terre et des fruits d'été apportés par le traiteur un peu plus tôt dans l'après-midi, comme cela avait été prévu – c'était censé être le déjeuner précédant la cérémonie. Quand Thomas remarque que Benji le regarde fixement, il lui lance : « Quoi ? J'ai faim et ma femme est enceinte, elle a besoin de manger. »

Benji répond d'une voix aussi calme que possible : « Est-ce que c'est la faute de papa ? Il la *baisait* ?

— On dirait bien », répond Thomas d'un air détaché.

Il note l'expression de dégoût qui traverse le visage de son frère.

« Allez, cesse de jouer à l'enfant de chœur, Benny. »

Enfant de chœur ? pense Benji. Cela fait-il de lui un *enfant de chœur* d'attendre de son père qu'il se comporte comme un homme moral et intègre, qu'il ne trompe pas leur mère avec quelqu'un de l'âge de Benji – quelqu'un qui se trouve être la *meilleure amie de Celeste ?*

« Tu *savais* ? demande-t-il.

— Pas vraiment, répond Thomas. Mais j'ai vu papa au bar du Four Seasons il y a quelques semaines, et il s'est planqué pour que je ne le voie pas. Je me suis dit qu'il y avait *anguille sous roche.* »

Thomas bat des paupières.

« Je sais pourquoi, maintenant. »

Benji frémit. Le Four Seasons, à Manhattan ? C'était *là* qu'ils se retrouvaient, comme dans un roman ou un film ? Thomas disparaît dans le couloir avec son assiette avant que son frère ne puisse lui demander ce que *lui* faisait au Four Seasons.

Benji ne veut pas savoir.

Il traîne au bas de l'escalier près de la table où s'entasse le courrier, jusqu'à ce qu'il entende Celeste sortir de la chambre de ses parents. Il se précipite alors à l'étage et la rattrape juste avant qu'elle n'entre dans sa chambre/celle de Benji/leur chambre commune. Sa chambre à lui, qui servait de suite pour la future mariée et qui sera leur chambre à eux dans cette maison.

« Celeste. »

Elle se retourne.

« J'ai besoin de m'allonger un peu, dit-elle.

— Je comprends que tu sois fatiguée. »

Il la laisse entrer dans la pièce, la suit, puis referme la porte derrière eux.

« Benji », murmure-t-elle.

Sa robe de mariée est pendue à la porte de l'armoire. Elle perturbe Benji, à la manière d'un fantôme sans tête.

« Tu ne vas pas m'épouser, dit-il. C'est ça ? Pas du tout, jamais ?

— Non. Désolée, Benji, mais c'est non. »

Tout le corps de Benji s'engourdit. Il acquiesce en silence, mais il a l'impression que sa tête est manipulée par une ficelle. Celeste ! Il a envie de l'en dissuader. Il a envie de lui dire qu'elle ne doit pas le juger en fonction des agissements de sa famille. Il n'est pas son père. Il n'est pas son frère. Il est gentil, loyal, et il l'aimera toute sa vie.

Mais il se retient. Absolument tout ce qu'il possède vient de ses parents : son argent, son appartement, son éducation, ses avantages. Condamner sa famille, nier l'amour inconditionnel qu'il leur porte, serait hypocrite – et Celeste s'en apercevrait. Cela fait vingt-huit ans qu'il considère sa situation de privilégié comme un acquis. Il doit maintenant accepter la honte qui l'accompagne.

« Qu'est-ce que tu vas faire ? demande-t-il.

— Je ne sais pas trop. Peut-être partir en voyage. Ou pas.

— Je sais que cela te semble inimaginable pour l'instant, mais tu surmonteras cette épreuve. Je ne dis pas que Merritt ne te manquera pas, mais...

— Benji. »

Il se tait immédiatement.

Il parle comme un vrai connard.

« Ma décision n'a rien à voir avec Merritt.

— Comment ça ? »

Elle hoche la tête.

« C'est à cause de moi. »

Elle ne veut pas l'épouser.

Il aimerait pouvoir dire qu'il est sonné, qu'elle lui balance tout ça au visage sans qu'il s'y attende. Mais ce n'est pas vrai.

« Tu ne bégaies plus », murmure-t-il.

Elle sourit, d'abord tristement, puis avec une pointe de soulagement – ou de triomphe.

« Non. Je sais. »

Alors que Benji regagne le premier cottage – il a besoin de se planquer ; il ne supporterait pas de se retrouver face à ses parents –, il voit Shooter qui marche dans l'allée.

Shooter. Benji l'a complètement perdu de vue, tout comme il a perdu la notion du temps, la notion de tout. Shooter a l'air d'un homme qui vient de survivre à un naufrage. Il n'est pas rasé, sa chemise oxford bleue est froissée et tombe sur son pantalon, son blazer bleu marine est coincé sous son bras, et il regarde fixement son téléphone, bouche bée.

« Tu as l'air encore plus mal en point que moi ! lui lance Benji, s'efforçant de se montrer aussi badin qu'ils le sont d'habitude quand ils discutent entre eux. Où étais-tu ?

— Au commissariat. »

Il emboîte le pas à Benji quand celui-ci entre dans le premier cottage, puis se dirige droit vers le frigo et décapsule une bière.

« Tu en veux une ?

— C'est pas de refus, dit Benji.

— Écoute, il y a des choses que tu dois savoir.

— Épargne-moi ça, s'il te plaît. J'en ai déjà trop entendu. »

Épargne-moi ça, s'il te plaît. J'en ai déjà trop entendu.

Shooter digère la remarque. La police avait fini par le relâcher. Au bout du compte, ils n'avaient rien à lui reprocher, si ce n'est d'avoir ralenti une enquête en cours. Ils lui avaient collé une amende de 300 dollars, qu'il avait payée en liquide. Val Gluckstern lui avait proposé de le ramener en voiture à Summerland, mais il avait envie de marcher. Il avait besoin de s'éclaircir les idées.

Il s'était demandé jusqu'où il devrait aller dans ses explications. Peut-être tout dire. Peut-être rien. Il voulait plus que tout parler à Celeste, mais il avait peur. Il avait vendu la mèche à la police, ce qui sonnait déjà comme une trahison. Il avait peur que Celeste ne se fâche ; mais il avait surtout peur qu'elle nie avoir jamais eu l'intention de s'enfuir avec lui.

Il avait remonté l'allée en coquillage blanc des Winbury, longé les rangées d'hortensias, franchi l'arche de buis. Son téléphone avait bipé. C'était un texto d'un numéro inconnu, avec le 212 pour indicatif. Shooter avait lu le message plus par habitude que par curiosité.

C'était une photo de Shooter et Celeste devant le Steamboat Pizza. Ils ne se touchaient pas, mais ils étaient très proches l'un de l'autre – trop proches, sans doute. Shooter avait cliqué sur la photo et l'avait agrandie. Celeste regardait dans le vague, en direction de l'appareil photo ; et Shooter regardait Celeste, les yeux emplis de pur désir. D'ardeur, de convoitise.

Cette photo lui avait glacé le sang. C'était une menace. Quelqu'un d'autre connaissait-il leur projet ? Qui l'avait prise ? Qui l'avait envoyée ?

Shooter s'était arrêté net. Il avait répondu par texto : Qui est-ce ?

Il n'y avait pas eu de réponse. Shooter avait passé en revue toutes les possibilités. L'indicatif 212 était celui de Manhattan. Et qui que ce puisse être, soit il se trouvait sur le trottoir faisant face à la pizzeria, soit il connaissait quelqu'un qui s'y trouvait à ce moment-là.

Le sous-entendu était clair, non ? Quelqu'un tentait de lui faire peur. S'il avait reçu cette photo, Benji aussi, sans doute. Mais Benji savait que Shooter et Celeste étaient allés chercher une pizza. Ce n'était pas comme s'il avait reçu une photo de Shooter et Celeste quelques minutes plus tard, assis sur le banc près de l'embarcadère. Cela aurait été plus difficile à expliquer.

Ok, d'accord. Pour le dire franchement, Shooter était trop crevé pour ces petits jeux. Il avait franchi l'arche de buis et était tombé nez-à-nez avec Benji.

Épargne-moi ça, s'il te plaît. J'en ai déjà trop entendu.

« J'ai fui la police ce matin, dit Shooter. Ils voulaient m'interroger. Je leur ai dit que je devais aller aux toilettes, et j'ai foutu le camp par la fenêtre de la salle de bains.

— Sans blague.

— Je suis sérieux.

— J'espère que tu leur as dit que tu ne voulais pas parler à la police à cause de ce qui est arrivé à ta mère. »

Shooter boit une longue gorgée de bière. Benji est le seul à savoir pour Cassandra. Sa mère était devenue dépendante à l'héroïne à la mort de son père, et avait fait une overdose l'une des rares fois où Shooter était passé la voir. Il avait 21 ans, travaillait comme barman à Georgetown, et il lui avait filé un billet de 50 dollars. Elle l'avait dépensé pour acheter de la poudre. Le lendemain matin, en se réveillant, il l'avait trouvée morte. Et, bien sûr, il s'en était voulu. Il avait supplié la police du comté de Dade de le foutre en taule ; mais les flics avaient trop d'expérience en matière d'overdose pour accuser qui que ce soit d'autre que la consommatrice elle-même.

« Je suis monté dans le bateau de la Hy-Line et ils m'ont attrapé, menotté et emmené au poste. J'ai pris une avocate. Elle était avec moi quand j'ai dû témoigner sur ce qui s'est passé la nuit dernière. »

Benji réagit à peine. Comme s'il s'attendait à ce que Shooter se livre à ce genre d'exercice théâtral. Ou alors il n'écoute pas vraiment.

« Ils ont trouvé quelque chose dans le sang de Merritt, murmure Benji. Des cachets.

— Tiens donc. Celeste ne le prend pas trop mal ? »

Benji se lève brusquement du canapé.

« Si Celeste ne le prend *pas trop mal* ? Alors, récapitulons. Elle a fait une telle crise de nerfs qu'elle a passé la moitié de la journée aux urgences. Mais elle semble avoir acquis une certaine lucidité. Elle ne veut pas m'épouser. Du tout. Jamais. »

Malgré son extrême fatigue, Shooter est soudain aux aguets. Quels seront les prochains mots de Benji ?

« Elle dit que cela n'a rien à voir avec ce qui est arrivé à Merritt. C'est *elle* qui est en cause. Elle ne veut pas m'épouser – ni le mois prochain, ni l'année prochaine, ni sur une plage d'Aruba, ni dans une mairie de Pennsylvanie. Elle ne veut pas m'épouser. Quand allait-elle me le dire ? Avait-elle prévu de me laisser seul devant l'autel ? Oh, et puis, devine quoi. Devine quoi. Vas-y. »

Shooter n'a aucune envie de deviner. Ce qui n'est pas très grave car Benji n'attend pas de réponse.

« Elle ne bégaie plus ! Plus du tout ! Elle décide qu'elle ne veut pas m'épouser, et son trouble de la parole disparaît. »

Elle a cessé de bégayer hier soir, se dit Shooter. Si Benji avait fait attention, il s'en serait aperçu. Quand Celeste et Shooter avaient quitté le banc près de l'embarcadère, ils étaient retournés chercher une pizza ; et quand Shooter avait demandé à Celeste ce qu'elle voulait, elle avait répondu : « Une tranche de pizza au pepperoni et un soda, s'il te plaît. » Ses mots étaient aussi limpides que le son des cloches d'une église un matin d'été.

« Et c'est tout ce qu'elle t'a dit ? » demande Shooter.

Son projet de fuite avec Celeste était d'une lâcheté incroyable, il s'en rend compte à présent. Parce qu'il avait voulu par-dessus tout échapper à ça : le jugement de Benji.

« Si c'est *tout ?* Elle n'avait pas besoin d'en dire plus. Elle m'a détruit. »

Benji jette violemment sa bouteille de bière, qui heurte le mur et se brise. Puis il plaque ses mains sur son visage, et émet un bruit sourd. Shooter s'aperçoit qu'il pleure.

Shooter Uxley jalouse Benjamin Winbury depuis le jour où ils se sont rencontrés à la St. George's School, en classe de troisième. Et même si Shooter a toujours rêvé d'avoir quelque chose – n'importe quoi – que Benji ne pouvait posséder, tout ce qui lui vient à l'esprit en cet instant c'est l'infinie gentillesse que Benji lui a toujours témoignée. Le lendemain de la mort de sa mère, Benji avait sauté son partiel d'économie à Hobart et pris l'avion pour Miami. Alors qu'ils étaient en terminale à St. George's, et que Shooter était si démuni qu'il avait organisé des parties de dés illégales, c'était Benji qui avait encouragé les étudiants à venir parier. À ce moment-là, Benji était l'élève chargé de la discipline dans les classes ; il aurait pu avoir des ennuis, perdre ses fonctions, risquer l'exclusion provisoire. Mais rien de tout cela ne lui avait paru aussi important que de donner à Shooter la possibilité de gagner suffisamment d'argent pour continuer ses études.

Benji l'avait choisi comme témoin, au détriment de son propre frère.

Benji avait toujours cru en lui et continuait de le faire – même si Shooter avait *failli* lui voler sa fiancée.

Celeste avait fait ce qu'il fallait. Elle avait rompu. Cela devait arriver. Il doit laisser Benji gérer sa rupture – et Celeste, la disparition de Merritt. Quand l'eau aura coulé sous les ponts, Celeste et lui pourront se retrouver. *Mais dans combien de temps ?* se demande-t-il. Shooter est très impatient de nature. Il veut que sa vie aux côtés de Celeste commence aujourd'hui même.

Il décide de garder la photo de Celeste et lui. Elle est arrivée tel un cadeau anonyme envoyé par l'univers. Quand il la regardera, il se souviendra qu'il a enfin quelque chose dans sa vie qui vaut la peine de se montrer patient. Il se souviendra qu'elle a dit oui.

Shooter se lève. Il tend la main à Benji, le serre contre lui ; il absorbe les frémissements de son ami qui sanglote.

Il se tait.

Samedi 7 juillet 2018, 20 heures

GREER

On frappe à la porte de sa chambre. Greer se lève.

« Entrez. »

Elida, la femme de ménage, ouvre la porte et entre dans la pièce. Elle devrait être partie depuis longtemps. Même avec le mariage, elle était censée quitter ses fonctions à 15 heures pour pouvoir assister à la cérémonie une heure après. Mais la voilà, à accomplir calmement et résolument sa mission.

« Elida », murmure Greer.

Les larmes lui montent aux yeux.

Comment doit-elle interpréter le fait qu'au sein de son foyer, elle ne puisse faire confiance qu'à deux personnes bien précises : son fils cadet et sa femme de ménage ?

Elida cache quelque chose dans son dos. Elle tend la main et brandit le pilulier de Greer.

« Quoi ? » s'exclame Greer.

Son esprit de romancière se demande immédiatement si *Elida* est en lien avec la mort de Merritt. Peut-être que sa femme de ménage a appris l'existence de la liaison et du bébé, et empoisonné cette fille par allégeance envers elle. Ce serait un rebondissement maîtres-et-valets inattendu.

« Où l'avez-vous trouvé ?

— Dans la chambre de M. Thomas. Dans la poubelle. »

Dans la chambre de Thomas. Dans sa poubelle. Sa *poubelle ?* Thomas sait à quel point elle adore cette boîte. Elle n'arrive pas à croire qu'il ait pu la jeter. Elle l'arrache des mains d'Elida. Il y a encore des cachets à l'intérieur, elle les entend.

« Merci, Elida. Vous pouvez rentrer chez vous. »

La bonne sort prestement de la pièce. Greer remet la boîte à sa place, dans l'armoire à pharmacie. Puis elle monte à l'étage d'un pas résolu.

Alors qu'elle approche de la chambre de Thomas, elle entend des cris. Cela ne la surprend guère ; elle-même apprécierait beaucoup d'avoir le droit de crier. Elle ne tarde pas à s'apercevoir qu'il s'agit de Thomas et d'Abby.

Sa première pensée est que ces hurlements ne sont pas bons pour le bébé, puis elle se souvient que ses plus grandes disputes avec Tag avaient eu lieu pendant ses grossesses. Ses hormones modifiaient complètement son humeur, la faisant osciller entre euphorie et désespoir. En vérité, la pire de leurs querelles – au moment où, enceinte de Thomas, elle s'ennuyait ferme, alors que Tag travaillait tous les soirs jusqu'à 22 heures et partait en voyage d'affaires à travers l'Europe tous les week-ends – l'avait incitée à saisir un stylo et à écrire son premier roman, *La Proie de Saint-Germain-des-Prés.*

Greer soupire. Penser à son premier roman la pousse à penser à son vingt et unième, qu'elle doit rendre dans moins de quinze jours. Eh bien, ce n'est pas maintenant qu'elle va le finir, et personne ne le lui reprochera. La maîtresse de son mari, enceinte de lui, a été retrouvée morte devant sa propre demeure le jour du mariage de son fils. Greer a bien mérité un traitement de faveur.

Elle se plante derrière la porte, d'où elle perçoit distinctement ce qui se dit. Elle déteste espionner ainsi, mais elle va devoir leur demander de baisser d'un ton. La dernière chose que les gens résidant dans cette maison ont besoin d'entendre, c'est Thomas et Abby qui se chamaillent.

Mais c'est alors qu'Abby lance : « Je sais pour toi et Featherleigh depuis des années, depuis Virgin Gorda, depuis la fête de remise de diplôme de Tony Berkus au Carlyle ! Amy Lackey m'a dit qu'elle t'avait vu avec une femme à l'air vulgaire au restaurant L'Entrecôte à Paris, le week-end où tu m'as dit que tu allais voir tes parents à Londres. J'ai lu tous tes textos et tes mails, et j'ai fouillé dans tes factures de cartes de crédit, y compris la carte Visa Signature de la British Airways dont tu crois que j'ignore l'existence ! »

Greer était sur le point de frapper à la porte. Elle se fige. Thomas et Featherleigh ? *Thomas ?* Featherleigh a quinze ans de plus que lui. C'est impossible.

« J'ai rompu, je te l'ai dit, répond Thomas. J'ai rompu pour de bon en mai, dès qu'on a su pour le bébé. »

Deux secondes ! songe Greer. *Featherleigh lui a dit que sa liaison avec un homme marié s'était finie au mois de mai.*

Il est pour le moins démoralisant de constater que Thomas semble avoir hérité de la moralité douteuse de Tag. Cela prépare Abby à devenir l'exacte réplique de Greer, une génération plus tard.

Dieu merci, Benji est un Garrison pur jus.

« Il n'y a jamais de rupture définitive quand il s'agit de toi et Featherleigh, réplique Abby. Regarde la nuit dernière ! Je t'ai *vu* avec elle sous la tente. Je t'ai vu ! Et je savais ce qui allait se passer. Tu allais m'amadouer en montant me voir, et dès que je serais endormie, la baiser près de la piscine !

— Tu délires complètement, dit Thomas. Je suis monté te voir et Featherleigh est *partie,* Abby. Elle est retournée dans son auberge ou sa chambre d'hôtes, je ne sais même pas où elle a créché, c'est dire comme elle m'intéresse...

— Elle n'est *pas* partie ! crie Abby. Je suis descendue sans faire de bruit pendant que tu étais dans la salle de bains à te laver les dents, et je l'ai entendue dans les toilettes pour femmes en train de fredonner “The Lady in Red”. Elle n'allait nulle part. Elle guettait ton retour. »

C'est à cet instant que Greer comprend tout.

Elle retourne précipitamment dans sa chambre pour chercher son portable.

Elle envoie un texto à Thomas et à Abby.

Faites moins de bruit. Tout le monde peut vous entendre.

*

Thomas a une liaison avec Featherleigh depuis des années, et Elida a trouvé le pilulier dans sa chambre. Au fond de la poubelle.

Réfléchissons.

C'est Tag l'expert en intrigues, pas Greer. Mais après vingt et un romans policiers, elle a appris une ou deux choses sur la motivation des personnages. Elle a vu Abby la veille, quand elle était allée dans la cuisine se servir un dernier verre de Veuve Clicquot, et elle avait *laissé ses pilules sur le plan de travail.* Abby avait volé les cachets à ce moment-là – ou, tout du moins, remarqué leur existence. Beaucoup plus tard, elle était descendue voir si Featherleigh était partie. Elle l'avait entendue fredonner dans les toilettes, et avait sans doute décidé d'endormir la vieille fille… pour l'empêcher de batifoler avec Thomas.

Qui pourrait le lui reprocher ?

Abby avait mis un cachet dans le verre de Featherleigh – sauf que ce n'était pas le sien. C'était Merritt qui l'avait bu.

La police avait dit que la mort de Merritt était accidentelle – et c'était bien un accident, en effet. Abby ne se rend sans doute même pas compte que c'est elle la coupable, et Thomas ne fera jamais le rapprochement. Le secret appartient à Greer, et elle l'emportera dans la tombe.

L'avenir de la famille Winbury en dépend.

Dimanche 8 juillet 2018, 2 h 47

NANTUCKET

L'île de Nantucket garde les secrets de ses habitants.

Quand Merritt Monaco et Tag Winbury reviennent de leur promenade en kayak, Merritt est trempée et en pleurs. Tag, quant à lui, se débat avec ses sentiments, mêlant rage et tendresse. Merritt descend du bateau en titubant, et Tag renverse le kayak d'un coup de pied, soulevant une gerbe de sable mouillé. Il hésite à suivre Merritt, mais décide de regagner la maison. Il ne parvient pas à la raisonner pour l'instant. Il lui faudra attendre que ce mariage soit fini pour recommencer à discuter avec elle.

Merritt tourne la tête juste assez pour voir Tag détaler vers le port d'attache que constitue sa demeure. Elle n'arrive pas à croire qu'il se soit montré si veule et si cruel. Il y a quelques semaines à peine, elle l'avait trouvé planté devant son immeuble tel un adolescent énamouré. Aujourd'hui, ce n'est plus la même personne.

Elle retire d'un coup sec l'anneau d'argent qui orne son pouce et le jette à l'eau, puis regrette immédiatement son geste. Un acte puéril, une fois de plus. Le premier étant d'avoir sauté du kayak alors qu'ils se trouvaient à des centaines de mètres du rivage. Elle s'était comportée comme toutes ces femmes qui agissent de manière désespérée pour attirer l'attention de leur amant.

À un moment, elle avait bien cru qu'elle allait se noyer. Elle se sentait si fatiguée, si engourdie. Ses membres étaient trop lourds pour se mouvoir, et elle avait failli couler telle une pierre au fond du port.

Tag l'avait attrapée par le poignet et hissée sur le kayak. Il était encore plus en colère qu'au début de la balade.

C'était juste une aventure, avait-il dit. *Pour* s'amuser, *pour* se lâcher, *pour* s'échapper. *Rien de plus, Merritt. Rien de plus !*

Je t'obsédais complètement, avait-elle répliqué. Mais sa bouche était pâteuse, et il n'avait pas compris ce qu'elle lui disait. Il aurait nié de toute façon. Mais Merritt sait qu'il était obsédé, fasciné, obnubilé. Pendant des heures, des jours, des semaines, elle avait occupé toutes ses pensées.

Malheureusement, cela n'avait pas duré. Son obsession, pour ce qu'elle valait, s'était envolée aussi mystérieusement qu'elle était arrivée. Merritt souhaiterait inspirer à quelqu'un un sentiment plus solide, un sentiment véritable. Semblable à celui que Benji et Celeste éprouvent l'un pour l'autre.

Ils incarnent le couple parfait. Plus que tout au monde, Merritt veut vivre la même chose.

Il est très tard. Elle a du mal à garder les yeux ouverts. Elle pourrait s'allonger sur la plage et dormir jusqu'au matin. Mais à son réveil, elle en est sûre, Greer sera campée au-dessus d'elle à la regarder d'un air désapprobateur.

Elle remonte la plage en titubant, se dirige vers le chemin dallé qui contourne la maison et mène à son cottage. Elle imagine Tag l'attendant à l'intérieur – ou alors qu'il lui a laissé un petit mot, ou une rose coupée dans le jardin, posée sur son oreiller. N'importe quel signe.

Elle pousse un cri. La douleur est vive et soudaine. Elle lève le pied et retire un éclat de verre planté dans sa chair. Elle est au bord de la pelouse, là où la jolie jeune fille a laissé tomber le plateau de flûtes à champagne.

Il y a du sang partout. Elle retourne sur la plage en trébuchant. Il y a maintenant du sable dans la coupure. Il va falloir qu'elle la nettoie dans l'eau et qu'elle remonte en sautillant jusqu'au sentier.

L'eau salée est censée tout soigner, mais elle ne s'attendait pas ce que ça pique autant. Baissant la tête, elle voit une volute de sang se former dans l'eau, et se remet à pleurer. Cette jeune fille, la nièce du chef de la police de Nantucket, l'avait regardée avec une telle admiration dans ses grands yeux écarquillés. Elle ne se rendait absolument pas compte que Merritt avait foutu sa vie en l'air.

Elle est enceinte. Et célibataire.

Ce n'est pas grave. Elle élèvera cet enfant seule ; elle sera loin d'être la première à le faire. Peut-être même en fera-t-elle un blog : *Comment une influenceuse millennial est devenue mère célibataire.* Ses paupières sont lourdes. Lutter contre le sommeil, c'est comme tirer sur une corde pour sortir d'un trou sombre et profond – mais elle y parvient. Quand elle ouvre les yeux, elle voit un reflet argenté dans le lit de l'océan, à quelques mètres d'elle.

Sa bague.

Ouf. Il faut qu'elle la récupère. C'est le seul cadeau que Tag lui fera jamais. Elle la gardera pour le bébé. Ce sera une fille, elle en est sûre. Et longtemps après qu'elle sera passée à un autre homme, puis au suivant, elle chuchotera à son enfant : *C'est une bague que ton père m'a donnée. Ton vrai père.*

Elle s'avance dans l'eau et se penche pour attraper l'anneau ; mais elle le frappe du pied sans le vouloir, et doit attendre que le sable retombe avant de pouvoir le retrouver. Elle est incroyablement fatiguée, beaucoup trop pour rester debout. Alors elle tend les bras et les jambes et laisse son corps flotter. Elle ouvre les yeux sous l'eau.

Où est la bague ?

Là. Elle la voit.

Cette bague est comme l'amour, se dit-elle. *Un tout petit peu trop loin pour qu'elle puisse l'atteindre.*

5

REMERCIEMENTS

Je tiens tout d'abord à remercier le sergent-détective Tom Clinger, de la police de Nantucket, qui a accepté de me rencontrer pour m'expliquer la procédure. En raison de la nature de ce roman et de son cadre temporel, j'ai dû procéder à des modifications qui n'auraient pas lieu d'être dans le cadre d'une véritable enquête. Soyez assurés cependant que Tom m'a livré des informations fiables. Sa mère, Marie, peut être fière de lui !

Merci à mon frère, Douglas Hilderbrand, météorologue au NOAA/NWS, qui m'a expliqué en détail comment se forme le brouillard. Il plaide pour que les gens soient « prêts à affronter la météo » – et, après l'année qui vient de s'écouler, je ne peux qu'être d'accord avec lui.

Cindy Auris : c'est à toi que revient le mérite de m'avoir fait découvrir Meat Loaf dans les années 1970. Cela fait dix-huit ans que j'essaie de placer « *Paradise by the Dashboard Light* » dans l'un de mes romans, et j'y suis enfin parvenue !

Mon éditrice, Reagan Arthur, a *une fois de plus* travaillé sur ce texte avec brio. Quand je vous dis que cette femme a toujours raison : elle *a* toujours raison. À tous les écrivains en herbe qui pensent qu'un tel roman est facile à écrire et bouclé en un seul jet : c'est une tâche ardue, je vous l'affirme. Cela demande un travail incroyable, et une succession de relectures et de corrections. J'ai la chance de bénéficier de l'intelligence, de la profondeur et de la lucidité de Reagan pour me guider jusqu'à la version définitive.

À mes agents, Michael Carlisle et David Forrer d'Inkwell Management : je vous adore au-delà de ce que je puis exprimer. Vous faites partie de la famille.

À mon attachée de presse, Katharine Myers : avec ta gentillesse, ta douceur et ta patience, tu es l'œil calme dans l'ouragan de ma vie publique, et je veux à la fois te remercier pour tout ce que tu fais, et te dire que je suis désolée pour le chaos et les « considérables changements de dernière minute » qui sont ma marque de fabrique.

À Tayler Kent : merci de poursuivre la tradition des super nounous pour les enfants Cunningham. Je n'aurais pas pu écrire ce roman si tu ne t'étais pas chargée de ce dont je n'avais pas le temps de m'occuper – et ce avec élégance et humour, et une compétence infaillible.

À mes amis, aux femmes de mon cours de barre au sol à Go Figure, et aux parents que j'ai côtoyés dans le stade de foot, à côté du terrain de basket, et près du terrain de baseball : merci de m'avoir offert une communauté dont je peux être fière. Je remercie tout particulièrement Rebecca Bartlett, Debbie Briggs, Wendy Hudson, Wendy Rouillard, Elizabeth et Beau Almodobar, Chuck et Margie Marino, John et Martha Sargent, Heidi et Fred Holdgate (qui m'a été d'une aide précieuse pour tous les détails liés à l'aéroport de Nantucket), Evelyn et Matthew MacEachern, Mark et Gwenn Snider, ainsi que tout le personnel du Nantucket Hotel, Dan et Kristen Holdgate, Melissa et Angus MacVicar, Jana et Nicky Duarte, Linda Holliday et le Dr Sue Decoste, Paul et Ginna Kogler, les Timothy Fields petit et grand, Manda Riggs, David Rattner et Andrew Law, West Riggs (qui m'a aidée à choisir les bateaux des Winbury), Helaina Jones, Marty et Holly McGowan, Scott et Logan O'Connor, Liza et Jeff Ottani (les parents de Kai, mon enfant préféré), Sheila et Kevin Carroll (les parents de Liam, mon autre enfant préféré), Carolyn Durand de Lee Real Estate, qui m'a montré l'une de ses superbes propriétés de Monomoy pour que je puisse mieux décrire la maison des Winbury. Merci à Cam Jones pour ses informations sur la St. George's School et à Julia Asphar concernant l'université Miami, dans l'Ohio.

Merci à ma mère, Sally Hilderbrand ; à mes frères et sœurs, notamment ma demi-sœur Heather Osteen Thorpe, la meilleure amie que j'ai au monde ; et à Judith et Duane Thurman, mes seconds parents pendant plus de trente ans.

À la fin des remerciements, je parle toujours de mes enfants. C'est une année douce-amère pour moi, car mon aîné, Maxwell, entre à l'université à l'automne. Mon premier roman, *Beach Club,* a été accepté par un éditeur au printemps 1999, alors que j'étais enceinte de Maxx ; sa vie et ma carrière ont donc été menées en parallèle. Maxx Cunningham : je suis très fière de toi et de tout ce que tu as accompli, mais laisse-moi te dire que le meilleur reste à venir, et que j'ai hâte de le voir. Dawson : tu es mon cadet bien dans sa peau, sans doute la personne la plus appréciée de toute l'île de Nantucket, et, oui, tu absorbes 90 % de mon énergie parentale, mais je ne changerais absolument rien chez toi (quoique… à toi de deviner). Shelby : tu es mon héroïne – à l'âge de douze ans, tu es déjà une « femme forte et indépendante » –, et je m'efforce chaque jour d'être un tant soit peu la mère que tu mérites.

Pour conclure, je tiens à exprimer ma gratitude et à envoyer de l'amour, de la force et de la résolution à toutes les survivantes du cancer du sein qui liront ce livre. Je remercie les incroyables employés du Breast Cancer Research Fund, qui n'économisent pas leur peine, ainsi que mon oncologue, le Dr Steven Isakoff, qui me maintient en bonne santé, quatre ans après le premier diagnostic. C'est un voyage, ou bien une bataille – appelez ça comme vous voudrez ; mais bientôt, nous parviendrons à le vaincre. Et nous pourrons toutes nous qualifier de survivantes.

DERNIÈRES PARUTIONS

M. J. Arlidge
Quand le chat n'est pas là...

Catherine Bardon
Une femme debout

Harold Cobert
Le Rouge et le Blanc

Frédéric Couderc
Hors d'atteinte

Claudia Cravens
L'Affranchie

Jonathan Dee
Sugar Street

Laura El Makki
Combien de lunes

Lou Eve
Sous les strates

Honorée Fanonne Jeffers
Les Chants d'amour de Wood Place

Dominique Fouchard
La Foire aux fiancés

David Gibbins
L'Héritage d'Atlantis

Emilia Hart
La Maison aux sortilèges

Victoria Hislop
La Statuette

Rebecca Makkai
J'ai quelques questions à vous poser

Charlotte Mendelson
Accrochages

Lydia Millet
De l'espoir et autres créatures ailées

Grégory Nicolas
Mes sœurs, n'aimez pas les marins

Heather O'Neill
Perdre la tête

Daphne Palasi Andreades
Les Filles comme nous

Valérie Paturaud
La Cuisinière des Kennedy

Marie Pavlenko
Traverser les montagnes, et venir naître ici

Roland Perez
Ma mère, Dieu et Litzie

Alexis Schaitkin
Autre part

Cat Shook
Les Magnolias de Myrtle Lane

Catherine Steadman
Jeux en famille

Emma Straub
Demain, même heure

Antje Rávik Strubel
Femme bleue

Akli Tadjer
De ruines et de gloire

Rosa Ventrella
Les Enfants de Haretz

Alice Winn
Les Ardents

Pour en savoir plus sur l'actualité des Escales,
vous pouvez consulter notre site Internet
www.lesescales.fr
et nous suivre sur les réseaux sociaux

Editions Les Escales

@LesEscales

@LesEscales

Achevé d'imprimer par
Normandie Roto Impression s.a.s.
N° d'impression : 2402818

Imprimé en France